南无袈裟理科佛 著

金蚕往事

④

上海社会科学院出版社

本故事纯属虚构。

目录

第十四卷　降头术，麒麟胎　　　　　　　　001

第二十七章　潭边故旧，白河苗族　　　　001

第二十八章　似是故人，浮出水面　　　　005

第二十九章　如释重负，暗夜危机　　　　009

第三十章　　夜走寨西，茸毛如球　　　　013

第三十一章　我辈忍辱，但不折腰　　　　017

第三十二章　神婆发威，古努暂退　　　　021

第三十三章　停歇江边，短暂宁静　　　　025

第三十四章　原二结印，白纸化人　　　　029

第三十五章　困境吞枪，小道倒地　　　　033

第三十六章　傀儡替身，重返格朗　　　　037

第三十七章　火焰焚身，黑衣男人　　　　041

第三十八章　村中激战，又见姚远　　　　045

第三十九章　误中副车，意外之喜　　　　049

第四十章　　悬空僧人，杂毛失踪　　　　052

第四十一章　恍然若失，苗寨问道　　　　056

第四十二章　尘封故旧，水池白茧　　　　060

第四十三章　神婆授蛊，结伴同行　　　　064

第四十四章　树顶暗哨，箭毒凶猛　　　　068

第四十五章　雪瑞提枪，三皇炮锤　　　　072

第四十六章　三人相聚，互道有缘　　　　076

第四十七章　那一拳的风情	080
第四十八章　两次谈话，一道刀光	084
第四十九章　达成和解，奇葩狱友	088
第五十章　和尚施法，雪瑞破阵	092
第五十一章　东突西夺，恐怖血池	096
第五十二章　十年为蛊，百年为惑	100
第五十三章　格朗渊源，诡象丛生	104
第五十四章　血池生魔，老友救场	108
第五十五章　百兽奔腾，群友聚首	112
第五十六章　蛟龙出水，佛光顿悟	116
第五十七章　武伦凶猛，巴通圆寂	120
第五十八章　小叔斩魔，小道消息	124
第五十九章　兵分两路，蒙面叛徒	128
第六十章　拯救囚女，白室生变	131
第六十一章　千里遥系，黄金传说	134
第六十二章　互诉离别，那一巴掌	138
第六十三章　蛊中金蚕，降中飞头	141
第六十四章　通道炸断，小道发飙	145
第六十五章　小道杀蛟，雪瑞失惑	149
第六十六章　决战来临，黑天出现	153
第六十七章　山穷水尽，强援来袭	157
第六十八章　七星剑阵，黑天伏法	161
第六十九章　般智高歌，师兄走远	165
第七十章　原二哼歌，临终托付	169

| 第七十一章 重返苗寨，神婆赠丹 | 173 |
| 第七十二章 寥寥故旧，麒麟消息 | 177 |

第十五卷　两个朵朵　181

第一章　花生米	181
第二章　萧家	185
第三章　三叔醒转	189
第四章　雨红玉髓	193
第五章　裂魂	197
第六章　寻访铁齿神算刘	201
第七章　失玉	205
第八章　报警	209
第九章　直觉和线索	213
第十章　贼王传人猴三	217
第十一章　剑斩黄大仙	221
第十二章　黄大仙有三宝	225
第十三章　两块钱的自助餐	229
第十四章　临时工与堂妹子	232
第十五章　小婧爱情故事	236
第十六章　小妖朵朵强势归来	239
第十七章　"醉不成欢惨将别，别时茫茫江浸月"	243

第十六卷　矮骡子的逆袭　247

| 第一章　奶奶故去，千里奔丧 | 247 |
| 第二章　乡下酒席 | 251 |

第三章　病房里的鬼水母　　　　　255

第四章　问情　　　　　　　　　　259

第五章　连环凶杀案之第三个死人　263

第六章　连环凶杀案之黑夜降临　　267

第七章　矮骡子卷土重来　　　　　270

第八章　死神来了　　　　　　　　274

第九章　天亮之后　　　　　　　　278

第十章　奔波忙碌，治病救人　　　282

第十一章　青山界，我们来了　　　286

第十二章　坡下传来的惨叫　　　　290

第十三章　堵门熏烟，红布透火　　294

第十四章　吴临一，阴蛇蛊　　　　298

第十五章　所谓童子尿　　　　　　302

第十六章　失足　　　　　　　　　306

第十四卷　降头术，麒麟胎

第二十七章　潭边故旧，白河苗族

我和杂毛小道在附近隐秘的地方，各找了一棵斜叶榕的树杈子，爬上去休息。

这斜叶榕有十多米高，根茎处由许多手臂粗细的藤条组成，人骑坐在树杈子上面，正好被茂密的绿叶给遮挡，而我们正好居于高处，即使地面发生任何异常情况，也能够第一时间发现。因为有金蚕蛊在，我们也不用担心这林子中最容易出现的毒蛇和巨蟒，或者别的什么虫子毒物，在我们睡觉的时候光临。

而且它还可以给我们当哨兵，随时提醒我们敌人的接近。

于是，我把金蚕蛊叫了出来，让它自由行动，只是需要给我们预警。

这山林中的食物比城市里要多无数倍，肥虫子自然高兴得要命，拼命地点头答应。我也放宽了心，抱着斜叶榕的枝干，跟对面十米远的杂毛小道挥了挥手，然后沉沉睡去——我需要至少三个小时的充足睡眠，不然，即使勉力行走，也不能够有良好的体力，处理随时发生的危机情况。

睡梦中的时间不知道过了多久，当我隐约听到有水花的声音传来时，脑子一激灵，便清醒过来。我睁开眼睛，透过树枝的间隙看去，却见到那个小潭边，出现了好几个人。

总共四个人，三个女人一个男人。女人全部都穿着我熟悉的蓝黑色粗布右衽上衣、青素百褶裙系围腰，头上还缠着蓝色的头巾；而那个男人，则穿着藏青色的对褂和无直裆大裤脚筒裤。之所以说我熟悉，是因为她们的穿着，是很浓郁的苗族服饰，特别是女人们头顶扎头巾的方式，能够让我一眼看得出来。

只不过，在我老家里，穿这样民族服饰的人越来越少了，即使在乡下的村寨里，也只有上了岁数的老人家，舍不得丢掉以前的衣服，才偶尔穿一穿，不然就是那些搞旅游的民俗风情村寨里，穿着银饰盛装的民族服饰，供人观赏。

然而我眼中的这四个人，却是正正经经的生活常用服。

这就奇怪了，在这缅甸山区的茂密林子里，怎么会出现这么几个穿着苗家服饰的人呢？她们都是提着木质的背篓桶（一种盛水工具），用木勺一瓢一瓢地往背篓桶里面装清潭中的水，几个女人还叽叽喳喳的调笑着，那个男人有点沉默，在旁边稳着背篓桶。他个子不高，腰间插着一把碎布缠绕的刀子，黑色的，看着似乎很沉重。

他们，应该不是善藏法师那一伙人，而是这大山中的山民吧？

我们贸然跑进这连绵不绝的山中来，一点情况都不了解，是不是要上去跟她们接触，然后探听一番呢？这样子，多少也了解一些状况，白天好走出这大山，不至于迷了路。不过，她们若是不可靠，转身把我和杂毛小道卖给了善藏法师那一伙人，那就有些不妥了。

我抬起头，看向了十米外的另一棵斜叶榕去，只见杂毛小道也在看着我。

他似乎明白我的顾虑，看着我询问的目光，最终还是点了点头。

我把枪挂在枝丫上，从树上滑了下来，小心地往清潭处走去。我和杂毛小道并没有隐藏身形，一出现，立刻引起了那四个人的警觉，他们本来是蹲在潭边舀水的，现在全部都站了起来，那个男人还把手放到了腰间，一脸不安地看着我们。

我长期在苗疆成长，虽然平时不讲苗话，但是总是听着我母亲和外婆这些长辈说话，多少也还是知道一些日常用语的。虽然苗族打招呼一般也说"吃了没"，但是并不适合此情此景，我只有硬着头皮走上去，跟这三男一女打招呼，说道："蒙雾……"

"蒙雾"在苗话里面是"你好"的意思，如果他们是苗族的话，一定会听得懂的。

果然，我这一句话出口，他们几个人的脸色都不由自主地放松了一些，身体也舒展下来。那个男人往前一步，然后说了长长的一段话。我并不懂太多的苗话，也说不出复杂的来，他的话语中，我也只能勉强地听出几个词语："你们""来这里""中国"……

我不好意思地笑了笑，接不下去了，只有用晋平的方言说明——我不会讲太多的苗话，但是我是正宗的苗族人。男人有些诧异地看着我，好一会儿，他才用有些生硬的云省话问我："你们是中国人？跑到这里来干哪样？"

我是谁？作为一个曾经的保险销售，借口这东西自然张口即来。我便说，我们是中国人，来这里是对缅甸的雨林植物进行调查研究，准备分门别类整理好，然后用出书写论文，只可惜我们在昨天的时候，碰到了一条大蟒蛇，结果我们就跟向导失散了，在丛林里面迷了路，找不到回去的道路了。

男人点点头说，哦，原来是这样。他转过头去，把我的这一番说辞用苗话讲给三个女人听。她们听到了，表情都放松下来了，笑，然后跟这男人说了几句话，男人不住地点头，然后告诉我们，她们要请我们到寨子里面去做客呢。我和杂毛小道都露出了高兴的笑容，说："好呢，我们在丛林里面转了一个夜晚，困死了，正求之不得呢。"

三个女人把四个背篓桶的水装满，然后相互帮忙，放在背上站起来。男人谢绝了我们的帮助，也背上了这个大大的木桶，然后一边跟我们说着话，一边往西北的方向

走去。

　　通过交谈，我们知道这个男人的汉名叫做熊明（即苗族十二大姓中的"仡雄吾"），他们几个是附近寨黎村子的人。寨黎村是一个苗寨子，他们的祖先最早是云省白河苗族的分支，在明朝中叶的时候，从国内迁徙到此，并且一直繁衍生息下来。

　　寨子的人世代过着自给自足的闭塞生活，在山林中开垦着土地，种玉米、稻谷、香蕉和土豆为食，很少有人走出山外去，再加上这些年附近都在打仗，他们更是少与外界交流——当然，也不是说没有交流，至少熊明便到过大其力，也知道现在的大概局势。

　　不过，那些都与他们这个与世无争的寨子，没有任何关系。

　　他们生长于斯，繁衍于斯，死后，与这山林融为一体，世世代代，连绵不绝。

　　熊明的云省话说得并不利索，而我的晋平话跟云省话又有一些差距，不过这并不影响我们的交流。他是一个健谈的人，刚才的沉默只不过是暂时的休息而已。从那小潭到寨黎村有差不多四里路的距离，我们一直在热切地聊着天，我从中也探听到不少的消息。

　　比如西南方向有个叫做错木克的村子，是有名的长颈族，他们村子的和尚很厉害……

　　比如往北有一个黑央族的聚集区，唱歌不比侗族大歌差……

　　比如黑央族旁边一个叫做王伦汗的大毒贩子，有好大一片种植鸦片膏子（罂粟）的林园，他跟几个地方的人关系都很好，而且手头还有部队，经常来他们寨子拉人……

　　来到了寨黎，我看到了熟悉的吊脚楼。这是一个还算是大的寨子，在向阳的斜坡上错落分布着上百家的房子，外观陈旧，有吊脚楼，也有缅甸常见的茅草屋，看样子并不是很富裕，有着让人心中沉闷的贫穷。不过能够看见鼓楼和打谷场，这些倒是和国内一样。

　　有梯田从山下一直蔓延到山上，水亮亮，在这阳光下，格外漂亮。

　　一道蜿蜒的小溪水从寨子的西北处流过。

　　我指着那溪水，问熊明："既然那里有水，为什么你们还要跑到几里地远的那个水潭里去背水呢？"熊明咧嘴一笑，露出了一口的白牙："你们是不知道吧，那个潭子，本地人喊它叫做福龙潭，有人说在里面看到龙咧，喝了那里的水，精神百倍，长命百岁呢！——这寨子里有三个百岁老人，都是托了那福龙潭的福分呢……"

　　我们往前面走，正准备进寨子，杂毛小道拉住了我，我不解，看着他。杂毛小道跟熊明嘿嘿地笑，说，老乡，我们这次来，跟错木克村子的那个和尚有点误会，他还喊了一伙拿枪的人来找我们麻烦呢，你们要是跟他们有来往的话，我们就不进寨子了……

　　熊明愣了一下，眼睛眯了起来。

他沉默了好久,然后问我们到底是不是到林子里来科学考察的。我点头说是。他又问我真的是苗族的?我点头说是,他叫我张开嘴,让他看看我的牙齿,我依着照做。熊明看了一阵子,然后笑了,说,既然是我们苗家人,到家了,不进门喝一碗油茶,怎么能放你们走呢?莫说是碰到错木克的老和尚,就是王伦汗,他也不敢到寨黎里面来撒野的。

　　熊明拉着我的衣袖往里走,说,走嘛,里面还有两个也是从外面来的人,说不定你们还认识呢,进屋里头去,先喝碗油茶。

第二十八章　似是故人，浮出水面

熊明的热情，让我们有些不好意思拒绝。

说实话，由于受到的教育不一样，我对中华民族的亲密感，远远高于单一的苗族，一直以来，也为是一个中国人而骄傲，少数民族的身份给我带来唯一的好处，就是高考时多了二十分的加分，可我还偏偏没有利用上。甚至，我至今为止，都还不能够熟练地运用苗话。

当然，这与社会大环境有关，我们是被熟化的苗族，要想摆脱贫困，便没有选择。

然而让我没有想到的是，在这个远离祖国、东南亚的深山老林子里，竟然有人因为我的苗族身份，便不顾忌错木克村的那个善藏法师的压力，将我留在这里。这份感情如果是真挚的话，无疑让我感动。我看了一眼杂毛小道，他点了点头，说要得，是要去吃一碗油茶的。

于是，我们顺着发黄的道路，往寨子里走去。

由于是在雨林之中开辟的寨子，所以成片田地并不多见，都是东一块西一块的，扣扣索索不利落。这里的建筑大多是吊脚楼，但是屋脊的角度一般都比较大，倾斜，利于雨水的排除。熊明的家在寨子进去的第三家，另外三个女人则背着水离开，熊明朝一个年长一些的女人喊了几句，然后回头过来跟我们解释，说让她去喊寨子的头人。

熊明家的房子算是寨子中比较新的，楼板看着也没有烟熏火燎的黑旧。

我们进到屋，直接来到灶房里。他扯着嗓子喊了一声，"吱呀"一声响，木门被推开，走进一个瘦小的女人，那是他婆娘。熊明让他婆娘去准备做油茶，然后让我们在灶房里，围着火塘坐，他端了几个糙瓷碗，又从柜子里翻出一个陶罐子，打开，有酒香飘来。

熊明把酒给我们倒满，说这是家里面的苞谷酒，来了客人，要喝三碗的。

说完，他一口饮尽，然后看着我们。

我看着碗中黑黄的液体，也没有多说，一口喝完。这酒看着不怎么样，却有些烈，回味也绵长。我们一连喝了三碗酒，还没说几句话，听到堂屋的楼板在响，然后木门被"吱呀"一声推开，走进三个人来。

见来人了，熊明立刻站起来，朝这三个人一一打招呼，然后双手合十致礼。

我和杂毛小道也站起来，看向来人：当先的是个六十多岁的长者，须发皆白，包着藏青色的头巾，双手如同枯木；旁边的是一个老太婆，撑着一根竹棍，稀疏的头顶挽一个小小的螺髻，看上去就像一个日本武士；而最后一个是中年男人，骨骼粗壮。

老太婆张嘴说着什么，她没有几颗牙了，左手食指伸到嘴里去含着，然后在熊明的额头上画了一个符号。熊明连声感谢，然后用云省话给我们介绍，说这个是他们寨子的头人黎贡，这个是神婆蛊丽花，这个是他叔叔熊付姆。

然后，他直接将我们遇到的麻烦讲给了这三个来人听。

他们仔细听着，我则好奇地看着旁边这个叫做蛊丽花的老太婆。之所以关注她，是因为她跟我外婆一样，都是苗寨子里的神婆，而且给我的感觉，竟然有一些隐隐的相似。三个人听完了熊明的描述，头人黎贡，也就是那个六十多岁的长者打量着我，然后问了一些关于我家乡的问题，我虽然奇怪，但还是一一作了回答。

最后，三个人当着我的面，用苗话商量了一下，便嘱咐我们这几天不要出门，如果有人过来找麻烦，他们自己应付便是。说完他们要走，熊明拦着，说，既然来了，喝碗油茶再走嘛。黎贡笑了，说，要得，不过村子里还是要通知一下的。便让熊明他叔熊付姆去通知一下那三个女人，不要乱说出去。

熊付姆点头出去，其他两个人搬了木块做的矮板凳，坐在火塘边跟我们聊天。

黎贡这个老头喜欢吹牛，摆起他们这一族的历史来，滔滔不绝，不过这一套大概也就是熊明给我讲的那些，其中的筚路蓝缕，老头儿讲得颠来倒去。而那个蛊丽花，则不时地笑，露出一口没有牙的嘴巴，笑眯眯地看着我和杂毛小道。

我有些奇怪，这个村子为什么敢收留我和杂毛小道？

要知道，善藏法师和他的那一伙不明来路的同伴，可都是狠角色，寨黎村跟错木克相隔也才几十里路程，虽是山路，但是多少也应该知道一些厉害，为什么还如此淡定，几个人围着火塘等待着熊明的婆娘，把油茶弄好呢？

他们似乎并不关心善藏法师的报复，而更关心那油茶什么时候熟。

聊着天，蛊丽花突然想起一件事情来，说前两天寨子里来了两个外乡的姑娘崽，不晓得你们认不认得到哦？她这么说，我们倒是来了一些兴趣，说，长什么样子啊？

蛊丽花往外面叫了几句话，跑进来一个光屁股的小孩子来。她让这个小孩子去她家，把那两个小姐姐找过来，小孩子听完，头也不回地跑开了去。过了十来分钟，我们听到堂屋的楼板在响，接着门被推开，走进两个让我和杂毛小道都诧异万分的人来：雪瑞，和她那个长相英气的女保镖，一个叫做崔晓萱的女孩子。

我们进山之时，李家湖跟我通话的时候还在说他女儿雪瑞和堂弟李致远，并没有返回香岛，而是失踪了的事情，这个消息让我们头大了一圈，当时若不是没有任何音讯，说不定就折转返回仰光去帮忙找寻了。然而人生往往充满了意外，没想到，我们居然在大其力北部的深山老林中，又见到了雪瑞。

不光是我们，雪瑞和崔晓萱也十分地惊奇，雪瑞大步跑到我们面前来，紧紧拽着我和杂毛小道的衣袖，惊喜地说："陆左哥，萧大哥，怎么会是你们……你们怎么在这里？是专门过来找我们的吗？"由于感觉十分的突然，她的话语说得颠三倒四，竟然有些颤抖，眼角居然还流出了激动的泪水来。

我站起来，伸出另外一只手，摸了摸雪瑞的头发，没有回答，反问她们怎么到的这里。

不问还好，这一问，雪瑞居然抽噎起来。而女保镖崔晓萱则一副欲言又止的表情，急得我难受。神婆蛊丽花从旁边拿了两个凳子过来，摆在火塘边，让两人坐下，笑着说："莫哭了，先坐下，果然是熟人呢，好好说就是了，哭唧个哦……"

她长得并不好看，甚至有些凶，然而这一笑，竟然有一些慈祥的感觉。

我仿佛看见了我外婆。

雪瑞坐了下来，平静了之后，告诉我们，她是被她堂叔李致远骗到这里来的。原来她和许鸣离开仰光的前一天晚上，许鸣告诉她我和杂毛小道将要前往大其力市，问她要不要提前到那里去玩。大其力是金三角最有名的中心城市、旅游胜地，而且是一城两国，缅甸和泰国仅仅被一条河隔开来。听说那里也有很多前辈高人，如果在那里又遇到我和杂毛小道，岂不是很有趣？

雪瑞这孩子看着老老实实，其实是一个跳脱的性子，而且十六七岁，正是叛逆的时期，总想着跳出父母的阴影，做一些自己喜欢做的事情，于是她和小堂叔一番密谋，瞒过了送行的人，没有坐上返回香岛的班机，而是直接改签了大其力市。

同行的就三个人，许鸣、雪瑞和死都不肯离开的崔晓萱。

她们比我和杂毛小道提前两天到的大其力市，第一天参观了大其力大金塔、华人观音寺，也逛了大其力商品集散市场达乐街。然而在傍晚的时候，她们发现许鸣不见了，然后一伙人突然出现，将她们两人给掳走，用货车押运到了城外去，在某个村子里歇了一夜。

第二天，她们的眼睛被蒙上，然后给人用草席卷着抬到一个地方去。走的是山路，一颠一颠的，好在不知道为什么，那些人突然就全部跑了，把她们丢在山路边。她们两个是自己爬出来的，跌跌撞撞往林子里跑，最后被寨黎的一个老猎人给救了下来，一直到了现在。

雪瑞叙述的时候，我一直看着她的眼睛。其他人不知道，我和杂毛小道可是知道的，作为一个天师道北宗传人，雪瑞自然有着一定的本事，这也许就是她能够从那一伙不知来由的匪徒手中逃脱的理由吧，只不过在这里，当着苗寨里的人，不太好说，故而将其略去了。

许鸣怂恿她来的大其力？之后这个家伙又失踪了？

听完雪瑞的叙述，我和杂毛小道对视一眼，从彼此的眼中都看到了深深的疑虑。我想了一下，问雪瑞，你小爷爷（李隆春）有一个姓钟的助理，你认识吗？那个人现在还好吗？雪瑞皱着眉头想了一会儿，说她记得，她小爷爷是有一个姓钟的助理，上个月住院了，好像是什么血癌，挺倒霉的，这件事情她还是前些天听她爹地谈起的。

钟助理，住院了？

我心中几乎有一个答案呼之欲出。旁边的熊明高兴地说道："来来来，好了，来吃油茶！"

第二十九章　如释重负，暗夜危机

一碗褐黄色的香油茶，上面漂着白色红色的炒米和绿色的葱段、红色的酸辣椒、三五粒作点缀用的花生和黄色的苞谷米，有一股独特的香味。熊明和他婆娘给我们每个人都盛好一碗油茶，我学着头人黎贡、神婆蛊丽花一般，将碗摆在地上，筷子横放，祭告了一下逝去的先人，然后开始小心地吃起这滚烫的食物来。

也许是我在苗疆长大，所以觉得味道还可以，但是雪瑞和她的女保镖却都皱起了眉头。

黎贡和蛊丽花吃得也十分香甜。

见雪瑞和崔晓萱并没有吃多少，我可不想节外生枝，便笑着说，吃不惯吗？我却喜欢得紧，要不然我帮你们吃了吧？雪瑞摇头说不用，吃着好像还挺香的，而崔晓萱却如释重负，将碗里面的油茶全部都倒给了我。我大口吃完，然后又问熊明还有没有。

熊明咧着嘴笑，说，有咧，有咧，管够的！

昨天一夜劳累，最后一次进食又是在杜若噶家里，相比那怪味的米饭和虫子酱来说，油茶倒算是美食了，于是我又添了一碗，美美地祭奠了我的五脏庙。同样吃得很香的还有杂毛小道，他是个极有眼色的人，知道苗寨人穷，但是很要面子，吃得越香，主人家面子越大，越肯贴心巴适地帮你。

吃完油茶，黎贡跟我和杂毛小道说放心，这两天先在熊明家待着，不要出去乱走动，错木克那里的和尚过来找麻烦，自有他们对付的。

我看他说得笃定，连声道谢。

蛊丽花走的时候，意味深长地看了我一眼，说：" 年轻人，我在你身上看到了苗家人最纯正的血脉，也看到了灵力的影子。不管你们是什么目的而来，在寨黎这里一天，便可以保你一天平安，这个承诺，是来自白河苗蛊蛊丽花的承诺……"

她咧着一张没有几颗牙齿的嘴巴笑，然后跟着黎贡走出了灶房，离开熊明家。

熊明一边跟他婆娘收拾碗筷，一边笑着跟我说："陆哥子，你的面子好大哟，第一次看到蛊奶奶（念第一声）这么跟人说话呢！平时寨子里面谁有个病啊灾啊的，都是她给看的，地位其实比头人还高呢。蛊奶奶说你们两个惹到麻烦了，那就莫急着离开，在我家里住几天，等过了这阵子，再回去……"

我站起来连声感激，又从钱包里掏出一大把缅币来，递给他，算是这些天来的房费。

熊明不肯收，说，不得行，不得行，怎么能够收钱呢？而且还这么多！再说了，他要钱也没有用啊，他一年不出去一回，用也用不上。我坚持给，说，总是用得上的，给村子里的人置办点好东西，不多，意思意思而已。

我将钱强塞给他，又从背包里拿出一把瑞士军刀来。这刀子是阿根在我生日的时候送给我的，陪伴我好几年。不过现在也没有其他的东西了，于是递给他。

对于这把军刀，熊明倒是蛮喜欢的。

给完报酬，我们几个人来到一个空着的房间，我仔细询问起这一次的细节来。见我不厌其烦地问，雪瑞看出一些什么来了，问我的意思是她小堂叔故意把她们引到这里来的，然后找人绑架的她们？这不可能吧，再怎么说，李致远都是她的堂叔，血浓于水，而且往日无怨近日无仇的，一点利益纠葛都没有，怎么可能会害她？

这绝对不可能！

我望着杂毛小道苦笑，跟他说，你当初结的苦果，现在还是由你来解释吧。杂毛小道的脸色也是铁青，嘴角抽动，有一种莫名的愤怒在压抑着。最终，他还是叹了一口气，说，想不到，真的想不到，他居然会干出这种事情来，亏我们当初选择信任了他，现在想一想，人怎么可以变化得这么快？人心啊人心，你怎么可以这么可怕……

我摇着头，说："所以说人之初性本恶，猜疑链一旦出现，那么知情者最好的下场，莫过于死亡。——只有死人的口是最严的！而当时的知情者除了你我，就是秦伯；至于钟助理，他也许不知道，也许是一个心怀鬼胎，试图从中取利的家伙罢了！我有时候在想，从105号石头，到顾老板的失踪，到雪瑞来到这里，说不定，都是那个家伙在导演呢！真正的目的，就是将我们引到这个丛林中来，不明不白地死去！"

"许鸣导演的？"杂毛小道喃喃自语说着，难以置信地摇头，说："不可能，绝对不可能！那小子怎么可能有这么大的能量呢？你简直是在说笑话。"

"许鸣不能，但是秦伯，以及秦伯后面的人却未必不能啊！"

我的一句话，将杂毛小道所有想要表达的话语给堵住了。我们两个，都被这个猜测所深深震撼到：有必要吗？为了杀死我们两个，需要布这么大的一个局吗？还是说，我们只是这局中的一个小小的环节，而已？

雪瑞在旁边听得一头雾水，问你们到底在说什么？许鸣是谁？

杂毛小道看了一眼雪瑞旁边的女保镖，考量了一下，长叹了一声，将六月末的时候我们在香岛的所有遭遇，跟她挑重点，一一讲出来。雪瑞开始并没有怎么样，然而听到了后面，却咬起了牙齿，恨恨地看着我和杂毛小道，沉声指责我们当初应该把事情的来龙去脉，直接讲给她父亲和她小爷爷李隆春听的。要是如此，哪里会有今天的一切？

我叹气，说当时我们的考虑，第一是因为没有证据，第二也是出于善意的妥协。然而没想到最后居然酿出这样的错误来，早知道如此，当初就应该什么也不管不顾，直接将事情挑明了最好。只可惜，这个世界上最稀少的，就是"早知道"三个字，都

是太年轻啊！

看到我和杂毛小道一脸懊悔的表情，雪瑞气嘟嘟地张了张嘴巴，却不知道说什么好。

而女保镖崔晓萱，则从头到尾没有说话。

这件事情对于她来说，太过离奇了，又或者与她根本没有什么关系，所以沉默，是最好的选择。

说完这些，杂毛小道也长长舒了一口气。这件事情一直憋在心里，对于我们两个来说，其实也并不好受，今天这一说，心中也如释重负。他说道："或许，事情并不是我们所想象的那样子呢？到底是怎么样，这个需要时间来证明，我们还是考虑应该怎么样渡过现在的难关吧。"

确实，我们现在纠结于许鸣是不是幕后凶手，还不如先面对善藏法师即将而来的怒火。

善藏法师的同伙来得远比我们想象的快速，下午两点多的时候，苗寨门口下面的水田上，就来了十来个全副武装的男人。领头的是那个气势如刀的劲装男子，另外还有两个脸上抹着白灰、穿着黑色袈裟的僧人，但并不是善藏法师。

迎上前去的只有一个人，她便是寨子里面的神婆蛊丽花。

隔得太远，而且有了上次的教训，我们并不敢直视那个劲装男人，而是用眼睛的余光去扫视。双方大概说了五分钟，然后好像谈崩了，那个劲装男子气势汹汹，好像要跟蛊丽花这个年近古稀的老婆婆打起来一般。然而蛊丽花却淡定得很，拄着竹竿，淡然地看着对方。

劲装男子似乎顾忌着什么，最后气势降了下来，说了两句话，然后挥手，带着手下离开。

神婆蛊丽花那瘦小的背影一直站在村口，目送着这十来人离去。

夏日的太阳照在她的身上，她的背影是那么的瘦小，却又是那么的伟岸。

蛊丽花足足在太阳下站了半个小时，才拄着竹竿脚步蹒跚而归。她返回了寨子，然后我看到有人来叫了熊明出去。寨子里最大的那幢房子便是族长头人黎贡的，我看到神婆蛊丽花走了进去，又看见熊明走了进去，熊付姆也走了进去，一起的还有几个老家伙。

他们在召开紧急会议，讨论接下来的事情，然而却没有通知我们。

我心里面有一种不祥的预感。

到了下午四点的时候，熊明回来了，跟他一起的还有村子的头人黎贡。这个六十多岁的老头子坐下来后，跟我们讲起了今天下午的事情：来的那个人叫做波噶工，是这附近大毒贩王伦汗的头号马仔，这一片掷地有声的强势人物，他们过来，找的便是我们。他说，有人告诉他，他要找的人，就在这寨子里。如果三天内不把我们交出去，要么放他们进寨搜查，要么就直接翻脸，他的人随时猎杀苗寨外出的人员。

好强硬的一份宣言，好狂妄的一份战书。

只是，他们为什么不敢直接进寨来呢？还需要过这么一道手续，他们在顾忌什么？

我抬起头来问黎贡，说，既然这样，那么需要我们做些什么呢？任何事情，跟我们明说便好，不用顾忌什么的。

黎贡咽了咽口水，说，要不然，你们趁夜离开吧？

第三十章　夜走寨西，茸毛如球

主人家既然已经这么说了，我们硬赖在这里，肯定是说不过去的。

这个隐藏在异国深山中的苗寨子，没有帮我们隐藏踪迹的义务，也不可能因为萍水相逢的我们，而去跟这附近的几家势力交恶，惹得自家鸡犬不宁。——天底下都没有这样的事情，若果真发生了，连我自己都会觉得不合理，不科学。他们能够过来通知我们，而不是转手将我们卖了，这已经让我们很感激了。

我和杂毛小道两个蟑螂一样顽强的家伙，跑到野林子里去，倒也不用作什么准备，只是雪瑞，这个单纯得如同百合花的小女生，肯定是不能够让她跟着我们受苦的。我当时便跟黎贡说起此事。黎贡说波噶工要找的只是我们，雪瑞和小崔并不用怕的，可以一直留在苗寨，到了九月初，他会派人将雪瑞两人都送出山，送到大其力市去。

只可惜，这山里手机没信号，通知不了心焦的李家湖。

他这般说，我和杂毛小道都放心了，便商量天黑之后，从西边出村突围。

我们不知道善藏法师和那个叫做波噶工的男人，到底会派多少人过来搜寻我们，但是这整个山峦林子这么大，一个师的军队扔在这里也是白搭，倒也不用多么担心。

然而雪瑞却反对我们的提议，他乡遇故知，她自然不肯再跟我们分离。当着黎贡的面，雪瑞说：“要走一起走，何必留在这里等待？”

崔晓萱却并不赞同雪瑞跟着我们去冒险。作为一个保镖，她首先考虑的是雪瑞的安全，而不是雪瑞的个人意愿。她本来对雪瑞擅自更改行程陷入困境这件事情，就有着满腹的怨气，此刻更是坚决反对，认为应该原地等待，过几天由寨黎苗人送她们出山便是。

我和杂毛小道自然也是希望雪瑞能够安静待着，虽然这丫头是什么天师道北宗传人，但是她的眼睛并不是很方便，而且是个娇滴滴的小女子，跟我和老萧这种糙老爷们不一样，在林子里有着各种不方便。于是，我们好一通劝，终于将倔强的雪瑞说服留下。

自从得知了村子的决定，熊明一直没有说话，一言不发，等黎贡出去之后，他忙着给我们张罗晚饭。他婆娘是一个勤快的女人，没多久便帮他料理出一顿饭来。这一顿饭并不丰盛，甚至可以说是简陋，但也是费尽了心思。吃饭的时候，他女人和那个光屁股娃娃夹了菜，端着一碗饭就坐在门口吹山风去了。熊明不断地劝酒，说几句话，便开始道起歉来。

熊明说蛊丽花的姐姐还在的时候,整个这一片地界,没有一个敢惹他们寨黎苗村的人。谁敢惹,第二天便死去,化作一堆虫子。可惜蛊丽花的姐姐去年睡着了,轮到蛊丽花来做这个神婆,本事没有学到几分,老是被人欺负。

"唉……"熊明一边喝酒,一边有些恨铁不成钢地吧唧嘴。

听熊明说这话,我们都来了兴致,说,蛊丽花这个神婆,平日里都做些什么?为什么那些家伙拿枪拿刀的,样子凶得要死,却没有人敢直接闯到俺们这个寨子里来?

熊明看着我,又观察了一下外面的动静,咽着口水说:"按道理,这些事情本来不应该告诉你们的,不过今天这件事情,确实是我对不起你们——把你们领进寨子,却保证不了你们的安全,真是罪过——告诉你们也无妨的。陆左,你是苗族,应该知道苗家三十六峒苗蛊的事情吧?"

我说,听老人家讲过一些,有讲十八峒、三十二峒的,也有说三十六峒的……

熊明点头,说:"陆左你是明白人,这些知道便容易说了。我们这寨黎苗村,其实也是三十六峒中白河苗蛊的一脉。当年从云省迁徙至此,老辈人有说是护送建文帝外逃而来的。不过这话说说也就罢了,建文帝终究是汉人的皇帝,跟我们苗家有哪样关系?不过到了这雨林里,世代繁衍,也算是把家安了下来,其中蛊姓一脉的老人,就是懂蛊。亏得有他们在,才让我们的先辈能够在这里安家落户。神婆她老人家,最擅长布置石头蛊,外人不敢入村,也不敢欺辱俺们,这就是很大的一部分原因啦。"

石头蛊?

这东西相传是一种极其厉害的蛊毒,它能够灵化普通的石块,随意一块,便能够指挥其渗入人体之内,使人便秘消瘦,周身疼痛异常,长此以往,精神恍惚,痛不欲生,五脏六腑都生出结石,阻碍气血流畅,不出三两年,体内一连串的石头出现,便一命呜呼了。

这东西我自然是听说过的,而且还见过跟它有异曲同工之妙的玻璃降,也几乎如此。

十二法门中说得比较玄乎,而按照我的理解,这石头蛊应该就是类似胆结石、肾结石之类的东西,如果不及时排除,定然是会影响正常的生活。

熊明连连劝我们喝酒,我有金蚕蛊在,自然来者不拒。后来到了太阳落山,大地陷入了黑暗的时候,熊明已经喝得有些高了。我们整理好行装,大概是晚上九点的时候,熊明的叔叔熊付姆过来找我们,说他已经探好了附近的地形和人员,波噶工的人只是守住了路口,从林子里摸出去,这家伙就抓瞎没办法了。

熊付姆给我们拿来了一些干粮给养,然后带着我们从后门出去。

雪瑞和崔晓萱住在神婆家隔壁,傍晚的时候就回去了,我们也不打算再去看望,顺着屋子院墙的掩护,偷偷往村子西边溜去。之前的时候熊明就跟我们讲好了地形,所以走得并不吃力。过了西边的一片水田,熊付姆握着我们的手,一脸歉意,说:"对不起了,听波噶工说你们杀了他们的人,所以族里面的意见有很多分歧,老人多,我也说不上话。你们出了村子往西走七八里,有条江河,顺着水一直往下走,就能够到城里头去了。"

我们说,晓得了,往回走吧,雪瑞她们两个的事情,就拜托了。

与熊付姆告辞,差不多十点钟,我和杂毛小道便摸黑往西边走去。这个时候,若是在城市里,应该还是华灯初上、夜幕降临的夜场生活开端,然而在这雨林之中,却已是万籁寂静。天上的星子不多,暗淡,所以前路并不好走。不过也正因为如此,波噶工的人才更难以发现我们。——要是月明星稀,乌鹊南飞,说不定我或者杂毛小道的脑袋,已经被套在某个瞄准镜的十字架里面了呢。

山林行路,自然少不了小妖朵朵的帮助。虽然不情愿,但是现在是生死危急关头,小娘也耍不得脾气,在我跟乖乖地朵朵聊了几句话后,小妖朵朵便出现了,噘着嘴,给我们领路。

这个微缩的大美女在林中间隙行过,枝叶回避,藤条低伏,仿佛她是这林中的王者。

走了没多远,小妖朵朵突然停了下来,四处张望。

在黑乎乎的林中,某一个黑暗的地方,有呜咽声传来,飘飘渺渺,如泣如诉。杂毛小道和我都是久在江湖中混的人,只这一异常,立刻就发觉出不对劲来。

我浑身的汗毛都竖了起来。

除了这呜咽声,还有沙沙的脚步声,从远处慢慢接近而来。杂毛小道拿出了桃木剑,而我则右手开山刀,左手震镜,缓步走到一棵大树之前,背靠着,瞧向四周。

我们估计波噶工的人手并不多,不可能守住每一处地方,然而却忽视了另外一个人——善藏法师。这个格朗佛庙的主人,深谙降头之道,手下也是高手频出,他若想在村外蹲守我们,自然有着更加聪明的办法。东南亚重术不重道,所以凶狠诡异的术法层出不穷,然而对于宇宙大道之根本真理,却并不是没有人研究。

万物皆有联系,只要找准方法,我们的行踪并不难找寻。

只不过,不知道善藏法师安排在这里围堵我们的,到底是谁?是他本人么,还是诸如王初成这么一伙人?杂毛小道开始挥舞着桃木剑,念起了经文来,抵抗这发自内心的寒冷。从这声音传出来,十秒钟之后,一道尖锐的风压从西边响起,朝着我的胸口呼啸而来。

这速度,不比出膛的子弹慢多少。

我几乎来不及闪避,只是将左手的震镜往前一伸,高喊一声"无量天尊"。这一声喊叫,声音都变了形,尖锐,像惊慌的少女。而随着我这一声呐喊,震镜从中心发出一道金光,与那个朝我奔袭而来的东西轰然撞到一起。

借着这道亮光,我看到了这个陡然出现的东西。

这是一个篮球大的东西,毛茸茸的,那毛既粗且长,黑色中泛着一股子邪异的亮光。我看不到它的眼睛,整个身体便是一张大嘴,一口白森森、交错的犬牙,上面全部都是黑色红色的口涎。除此之外，这怪物还有八只肢节，像螳螂一般的手，奋力舞动。

震镜的光只是将其暂时停住，一秒钟之后，它与我猛然撞上。

第三十一章　我辈忍辱，但不折腰

被震镜的光照一阻止，这毛团的速度减缓了许多，然而撞上我的胸口，却依然大力。

我仰天倒去，这巨大的力道被体内的金蚕蛊给吸收了一部分，好歹没有气血翻涌。当后背和头与底下的草丛亲密接触的时候，我几乎还没有半点反应，就感觉自己的脸和身体被这毛团的八只肢节给紧紧兜住，奋力往回收缩，接着一张恐怖的大口，喷着腥气朝我的喉咙咬来。我的手被这毛球的肢节给锁住，竟然动弹不得。

眼看它在怀中热烘烘地蠕动，接着脖子一阵热气吹来，我动弹不了手，只得翻滚，低头，下巴紧紧贴着锁骨处。这篮球大的毛团子，力道居然如斯恐怖！

一把木剑从斜处陡出，将这鬼东西的嘴给拦住，不让它闭口。

一阵蕴含着灵气的劲力从剑上传来，接着巧劲一挑，那毛团被高高地挑飞，杂毛小道一张黄符纸往那东西的身上贴去。正中，然后传出一阵恐怖的尖叫。

这叫声，我上一次听到还是过年时邻居杀猪，听到的那绝望声音。

我根本就没看到什么，只觉得眼皮处跳了几次，然后树梢摇动，那毛团子又失去了踪影。

在杂毛小道的帮助下，我站起来，四处黑暗，借着淡薄的星光，我才发现我的衣服在瞬间被那个突袭而来的家伙给撕裂成了一条一条的，衣袖都化作了碎片。再看空中的小妖朵朵，只见这个狐媚子全身竟然紧张得发抖，四处张望，完全没有她平日的淡定从容。

我和杂毛小道背靠背，小心防备着这毛团子的再次来袭。

这东西，到底是什么？

杂毛小道缓慢踏着斗罡星步，桃木剑依着圆弧摇摆着，说，这个家伙，莫非就是虎皮猫大人所言的"咒灵娃娃"？经杂毛小道这一提醒，我立刻想起来了虎皮猫大人对那东西的描述：那是一种将许多鬼娃娃放在怨咒灵阵中如同养蛊一样自相残杀，历时三年而炼制出来的毛茸茸的鬼崽子。将其外貌对比，确实很像。而且也唯有鬼吃鬼而成的咒灵娃娃，能够让小妖朵朵心生害怕之意。

想来也是，仰光碎尸案出现的两个东西，受降的食猴鹰已然出现了，咒灵娃娃自然也应该是随之而来的。

这一下，事情闹大了。

各方豪杰来汇集，我和杂毛小道两个年轻的愣子哪里能够抵挡得住？

前方不知道埋伏得有多少恐怖，没办法，顾不得脸面，我和杂毛小道在小妖朵朵的带领下，往回路狂窜。刚跑四五米，那咒灵娃娃又从后方飞射而来。它既然成就了肉身，而非灵体，我右手的砍刀便也不客气，头也不回，就往回劈去。

然而这刀挥到半空，就再也落不下去了。

这把开山大砍刀被四只又红又黑的骨质肢节给定住了，接着那鬼东西奋力一别（方言，撬的意思），刀子竟然碎成了好几块，不复完整。力道竟然这么大！我心中胆寒——我这肉身凡胎的，可比不了那钢铁造物，要是被这咒灵娃娃给弄一下，肢体的完整可就不保了。

我想起了在那个下午，林记玉器行后面的工坊里，血流成河，八个人的身体被残忍地切割成无数的碎肉块。当时还在猜想什么人这么恶心变态，现在看来，大概都是这个家伙的杰作吧。

我可不想成为一地的碎肉块，被后来者唾弃，恶心，甚至将隔夜的剩饭吐在我的身上。

这咒灵娃娃的优势在于敏捷力重，神出鬼没，来去无踪，而且那八条节肢和一张大嘴，似乎可以撕裂一切。我将这剩余的刀把往这东西的身上一掷，却见杂毛小道的桃木剑已然顶上了它的身体。杂毛小道总能够在极混乱的时候找准一点儿空隙，一剑直中这恐怖的小东西。

桃者乃五木之精，桃木剑历来都是辟邪之物，握在杂毛小道这个内行人手上，自然更加厉害。又是一剑，咒灵娃娃被杂毛小道的吐劲再次伤到，发出哇哇的尖叫，跌落在地上。杂毛小道大喝一声，桃木剑挥舞如同疾电，不去刺咒灵娃娃，而是刺向了无关紧要的空地处。

这几剑虽然刺到了空处，然而地上的咒灵娃娃身上却冒起了黑烟来。

这夜黏稠如墨，然而与这黑烟相比较起来，却又显得淡薄许多。

我诧异地看着杂毛小道，他则得意地一挽剑花，说幸亏大人提前告诉过破解咒灵娃娃的法子，只需用茅山密传的《登隐真诀》，配合那破地狱咒的剑法，便能够镇住这恐怖鬼怪之物。这东西邪门，但是越邪门，越容易被正道所破解，所谓"浩然正气"，便是如此。

杂毛小道正得意，从林子深处射来几道红线，他挥剑去挡，然而那红线一挡便碎，散成了一堆又腥又臭的黏液。杂毛小道大叫不好，这东西有毒，往后退几步，就有些摇摇欲坠。

一听到有毒，金蚕蛊不用我反应，便立刻出动，吸附在杂毛小道的喉鼻之处。

失去了杂毛小道的钳制，在地上蹲伏的咒灵娃娃又抬起头来。

又有几道红线从黑暗中喷射出来，掠过我们的身边。

小妖朵朵虽然害怕那咒灵娃娃，然而也咬着牙，指挥着地上的藤蔓，将其紧紧缠住。杂毛小道被金蚕蛊解了毒，头也不回，死命往回奔去："有埋伏，风紧扯呼！"那一道一道的红线,鬼知道是什么东西,我吓得浑身惊栗,拉着浮在空中的小妖朵朵就往回跑。

要是能够悄悄潜出去,那也就算了,如果前面有着重重埋伏,傻子才往前冲呢。

然而我们没跑几步,便感觉前面一阵熏臭,一大股死人的尸体腐败味道,幽幽传入鼻子里来。前方一道亮光出现,只见人影幢幢,竟然有五个人挡在了前方。我一看咋那么熟悉呢,再一瞅,清一色穿着迷彩绿军服,只是浑身血淋淋,竟然没有一个完整的人。

我认出了其中一个,就是昨天夜里冲突的时候,被杂毛小道一剑点中死穴的家伙。

他死了,气息全无,然而却又摇摇晃晃地出现在我们的面前不远处,面目狰狞地等着我们。几乎在一瞬间,我便明白了面前这些到底是什么东西。丧尸或者还魂尸,最早是出现于海地伏都教的邪恶教士手中,利用河豚或者蟾蜍的毒素制造出来的活死人。然而天底下并非只有伏都教一家有此能力,更多的地下势力都会,只不过秘而不宣而已。

这东西并不如僵尸一般拥有自己的神志,更多的只是听从主人的命令,或者遵循本能。

只是,作为死者,没有人愿意自己死后的肉体还遭受这般的亵渎,除了变态,一般人都不会将自己人炼制成如此邪恶的东西。我心中拔凉,这个善藏法师要有多恶毒,多么没有人性,才会将自己的伙伴或者手下,弄成这般人不像人鬼不像鬼的样子?

值得一提的是,这里的丧尸跟后来电视上由于科学病毒蔓延的一系列电视电影相比,生存能力强一点,但是并不能够通过撕咬,将普通人转变为同样的活死人。制造它们需要法师的精力以及一些秘而不宣的原材料,并不是通过病变组织感染而完成的。

我们在几秒钟之内就相遇,开始交手。

这些活死人的武器只有两样:牙齿和爪子。东南亚的热带季风给这里带来了独特的闷热天气,虽然才过了一天,因为被提炼过,所以他们的周身都开始加速腐败,浑身烂肉,涂了一身尸油,将滴未滴,脸色铁青,犬牙变得尖锐,高高突出唇间,朝着我们扑来。

杂毛小道两个,我三个。我怒了:被重点照顾的感觉,真不好受。

因为肌肉僵硬绷直,这几个活死人的劲道也十分大,我冲前一个弹腿,踢中了一个活死人,周边两个立刻就围了上来,伸出双手来抓我。要是让这几个家伙给缠住,后面的咒灵娃娃和不知名的喷红线者一冲上来,我几条命都来不及死。我也没有了太多的争胜之心,脚步灵活,与这几双手错身而过,然后猛跑着。

这五个活死人身型并不高大,脚步迈得也小,三三两两,竟然被我们给甩在了后面。

往回跑，跑回村子吗？

望着前方山边出现的水田亮影，我的脚步有些迟疑了。杂毛小道显然也有了这方面的考虑，前进的方向发生了偏移，朝着水田的边缘往村口跑，他跑的方向，是我们昨天栖身的福龙潭附近。我明白了他的意思，为了给我们提供庇护的寨黎苗村，为了在里面的雪瑞，宁死，杂毛小道也不想连累别人。

这也正巧是我的想法，喝了别人家的油茶，就要为人家考虑些事情的。

我、小妖朵朵、杂毛小道以及他脖子上的肥虫子，我们过村不入，沿着水田的烂泥田埂，朝那边的道路飞奔着。后边有五个活死人在后面紧紧跟着。突然，有一声老女人的喊声传来："白河苗蛊，石头为阵，闯我阵者，皆是敌人。我辈忍辱，但不折腰，来者，皆死！"

这话是地地道道的云省话，接着我听到后面的田埂处传来了好几声水响，扭头一看，只见那五个腐臭烂肉的活死人，全部都栽倒在水田里，不再起来。

第三十二章　神婆发威，古努暂退

　　这骤然的变化让我们有些诧异，我回头，只见刚才那几个还像打了鸡血一样的活死人，此刻全部都栽倒在水田里，奋力挣扎，却没有一个能够站起来，浑身抖如筛糠，古怪之极。有一道红线从林子里飞射出来，还没到一半，从地上便跳出一块泥土疙瘩，将这红线挡住了去势。

　　黑夜里，之所以能够看得这么清楚，是因为寨子边的水田上，燃起了一排火把。

　　骤然亮起的火把，将这整一片地方照耀得如同白日。

　　整个寨黎苗村都陷入了一片诡异的寂静之中，村子里连犬吠鸡鸣都没有，除了靠近这边有一个拄着竹竿的枯瘦人影之外，几乎没有一个人。

　　火把上的火焰跳跃闪动，让我们看到了这个枯瘦的人影。

　　她是这个苗寨子的神婆。

　　她的名字叫做蛊丽花。

　　我已经都奔到了村口边缘，这个时候却停住了脚步。从我们刚才跑来的林子处，出现了两个黑衣僧人，长得又黄又瘦，脸上还抹着几道白灰。这两个黑衣僧人，一个脑袋上顶着一团黑毛茸茸的咒灵娃娃，一个胸前抱着一个与这咒灵娃娃一般毛绒，但是却分成了两节形状、色彩艳丽的生物。这个东西应该是个罕见的巨型狼蛛，比那咒灵娃娃还大上一圈，粗壮的八条肢节舞动着。

　　这个大狼蛛，应该就是刚才一直喷红线的家伙。

　　这两个黑衣僧人一出现，并没有立即看向我和杂毛小道，而是小心翼翼地盯着在水田边的蛊丽花蛊奶奶，他们仿佛不是在看一个年近耄耋的老人，而是在注视一头蛰伏的猛虎。既然蛊丽花介入了，我们也就没有再跑，只是远远地瞧着这两个黑衣僧人，看看他们的说法。

　　既然蛊丽花说了云省话，怀中抱着狼蛛的黑衣僧便也出言说道："寨黎的神婆，这是我们与外乡人的恩怨，你为什么出手相帮？难道你是想引发格朗教派与苗寨的战争吗？"

　　蛊丽花拄着竹竿在水田边站着，从我这个角度看过去，只见她的脸在火把跳动的焰火中，阴晴不定。她听完黑衣僧人的威胁，咧开没几颗牙齿的嘴笑，这笑声像丛林里的猫头鹰，尖厉。笑完，这个苗寨子的神婆说道："古努，你这个契努卡的叛徒，现在投到了格朗教，胆气倒是硬了好多。不过，你一个人，能够代表你们教派了？老婆子我清理几个落到我田坎头上的死人骨头，哪个敢讲什么？你们想要来这里嚣张，先看看我死了没得？我姐死了没得？不然的话，赶紧离我这里远远的……"

被唤作古努的黑衣僧人眼睛在我们和蛊丽花的两边来回扫视，声音不阴不阳："下午的时候，你们的头人黎贡说没有见到这两个小畜生，现在他们又从寨黎跑了出来……这分明就是对我们的挑衅。如今，你还真打算将他们掩护到底吗？"

"莫要以为王伦汗加入了你们格朗教，这整一片雨林就是你们的天下了，我们都要听你们的招呼。要知道，我姐她没有死！她没死，寨黎苗人的尊严就没有一个人敢动摇，你要想试试她的厉害，只管进来便是。"

两人隔着水田遥遥对着话，蛊丽花数次提到她姐姐，而两个黑衣僧人都一副敬畏的表情，这让我和杂毛小道心中也多了几分好奇，这个素未谋面的老婆子，到底有着怎么样的本事，竟然能够人未到，名就唬人。然而，显然一个未露面的人，仅凭一个名字是吓不住人的。古努缓步走到几个活死人跌倒的田地边，伸手平摊，那只恐怖体型的狼蛛便顺着他的身子攀爬下地，这个僧人双手合十，默念着经，五个活死人竟然在经文中，机械地站了起来，朝向村中。

古努说道："甭拿蛊丽妹的名头来吓唬我。我们得到消息，她已经进入了沉眠，你既然要将那两个小子的事情往自己身上背，那么我就成全你，掂量掂量你的本事咯？"

他说完，趴在地上的丑陋狼蛛就开始喷射红线，而五个活死人则歪歪扭扭地越过水田，朝村子里走去。

活死人的喉咙里面，呜咽着恐怖的嚎叫声。

蛊丽花佝偻的背，这一下子突然直了起来。

狼蛛射了七八股红线一般的浆液，没出半路便给地上跳起来的泥土疙瘩给挡住，跌落到地上去。这些都是石头蛊，附着了蛊婆婆念头的东西。而那些活死人，没有冲出几步，便如同失去了动力，僵直住了，还往前跑，但是浑身的骨节都塞住了，动弹不得，又一头栽落在水田里。

在这寨黎的地盘里，蛊丽花有着天然的主场优势。

我在这段时间里一直看着黑黢黢的丛林里，就怕那里面埋伏着一伙枪手在，到时候一个集体扫射，只怕我有金刚身都抵挡不住。此刻见那蛊丽花出手了，自然不能够袖手旁观，翻身迈步返回去，要与那两个黑衣僧人搏命。

没跑十米，我一脚就踩到一根滑腻腻的东西，差点摔倒。我反应灵敏，这一脚下去，立刻知道是有蛇来了，脚顺着这蛇平趟横戳，将这即将向我咬来的高昂蛇头给狠狠踩在了脚底下。

一用劲，这条蛇立刻就失去了性命。

然而死去了一条蛇，还有无数条蛇又从草丛子中爬了出来，"嘶嘶"地吐着红信子，往我们这边游走而来。我心中一惊，玩蛇可是错木克格朗寺庙的老把戏，这一群蛇不要命地围攻过来，我们只有跑路的份。

我往后连退几步，耳朵边听到一声重重的敲击声，只见旁边的杂毛小道陡然出剑，与一团黑影对拼了一记。

是那咒灵娃娃在趁乱偷袭。

小妖朵朵周身青光，青转红，红转黑，一股若有若无的热气在空气中飘散出来。蜿蜒着朝我们这边爬行的蛇群，纷纷停下了脚步，犹豫不前，有的则转向越过水田，朝萤丽花那边游动过去。而那团色彩斑斓的狼蛛，已然冲到了萤丽花身前五米处。

"古努，你是要来真的？"

萤丽花双手一挥，还在水田泥泞处挣扎的五个活死人突然全身一阵颤抖，接着一大串石头便从这些假货的身上挤了出来，"砰""砰"的几声闷响，这些人居然全部都炸成了碎片，水田里一大片黑红色的血液，一地的碎肉渣子。而冲到近前的花背狼蛛，则不能再前进一步。

从黑幽幽的寨子里，那依山而建的一栋栋吊脚楼的中心处，传来一阵庞大的气息。

这气息仿佛是从天而降的石块，一瞬间沉甸甸地压在了我们每一个人的心头。

这气息既有愤怒，也有诅咒，还有威胁之意：如若接近，粉身碎骨。

不知道怎么的，这气息在我脑海中显示的中文，便是这八个大字。刚才还在狂奔的蛇群，此刻却被吓得往回路里盲目地逃散开去。

在我前方八米处的一个草丛子里，发出了一声惊栗的叫声，积怨颇深。

是那个咒灵娃娃，它本是个凶猛的鬼物，凶残之处，从工坊中一地的碎肉即能够看得出来，然而它今天晚上却屡次碰到墙壁，先是被杂毛小道两次针对性的咒文制止，又被这莫名而来的一股庞大气息所镇，发出了凄厉的嚎叫声。

这气息不管是谁，都被震慑住了，便是小妖朵朵和肥虫子，都一阵痛苦。

那两个黑衣僧人立刻应激而为，黑色的袈裟突然浓烟滚滚，有好多呜咽的骷髅头围着他们旋转。我大惊，这东西可不是一般的降头术了，滚滚浓烟的怨气，那袈裟上可染有多少的冤魂？我牵着脸色立刻变得不正常嫣红的小妖朵朵，又继续往回跑去。杂毛小道踏着斗罡禹步，缓缓后退。

萤丽花手中的那根黄色的竹竿，探向了水田，静静指着那只花背狼蛛。而这脸盆大的昆虫则没有太大的反抗，缩成了一团，瑟瑟发抖，显然是被这一股突然爆发又转瞬而逝的气息吓丢了魂。萤丽花的竹竿轻颤，语气却平稳："古努，老婆子不想造杀孽，带着你藏在林子中的手下，退出我寨黎的范围，你们和这两个年轻人的事情，山里面解决，我也管不着了。不然，你想要代表你后面的人朝我们宣战，也可以，那就来吧……"

古努的黑色袈裟冒着烟雾，将他的脸遮住，看不清楚。

他沉默了一下，说："好吧，看在萤丽妹婆婆她老人家在这林子里的名头上，我就在寨子外面，再动手就是。"说完，他狠狠地瞪着我和杂毛小道，说你们两个，我们外头见。"

滚滚的浓烟随着这两人，缓缓退入了山林。

我知道寨黎苗村也庇护不了我们，唯有抓紧时间逃出善藏法师这一伙人的包围圈。此刻也不多说话，朝茧丽花婆婆拱手为礼，与杂毛小道朝着村口，朝着水潭那边飞奔而去。

我们要赶着这时间间隙，撕裂出一道口子，觅得生机。

第三十三章　停歇江边，短暂宁静

　　常人在黑暗的丛林里面奔走，哪怕是跑上一夜，也未必能够走得出十里山路。这是因为丛林里藤蔓杂乱，根本就没有一条可供人安全行走的路径，而且危机四伏，需要小心翼翼地防备时不时窜出来的毒蛇虫蠹，或者险恶的地况；更加让人头疼的是，丛林和大山里跟城市根本就没得比，几乎没有人造光，黑漆漆的夜里面，即使有着月光和星光，一般人走路也要小心防备，不要摔倒，或者撞上什么东西。

　　黑暗即未知，未知即可怕。

　　然而我和杂毛小道却没有这些担忧。因为有了百毒不侵的金蚕蛊，因为有了草木成精的小妖朵朵，因为有了对"炁"的感应和领悟，丛林对于我们来说，虽然是麻烦的，是讨厌的，但同样也是相对安全的。

　　月光之下，我们将这密密麻麻的丛林和树木，当作了隐匿身形的最佳去处，身后纵然有无数的危险，在小妖朵朵的带领下，却也有了鱼入大海般的顺畅。

　　除了奔跑，我心中其实还一直在思虑一些问题。

　　比如寨黎苗村已然决定将我们遣送出寨子，那个蛊丽花婆婆却又因为什么原因，不惜得罪格朗寺庙的人，悍然出手？难道真的是为了苗人的尊严？

　　比如蛊丽花的姐姐，众人口中传诵的蛊丽妹，她到底是一个怎么样的人物，竟然让格朗寺庙的人心生畏惧？还有，她所谓的"睡着了""沉眠"到底是一个什么样的状态？

　　那个叫做古努的黑衣僧人，怎么又跟身上纹得有黑色蜘蛛的契努卡扯上了关系？

　　这两个人刚才的对话，里面的信息量太大了，一下子就将我的脑袋给填满了，急迫之间，我也分析不出个所以然来，只有跑路。开山大砍刀被咒娃娃弄碎，杂毛小道便在前面用桃木剑挑开垂下来的藤蔓，急急奔跑。我心生羡慕，这家伙上次说给我弄一把施术的法剑的，这诺言却迟迟没有兑现，说与他听，他跳过一根紫苞藤，说可以，但是需要寻摸材料才行。

　　我们先是沿着村口的那条小道跑了好几里路，然后并没有前往那个福龙潭，而是拐出岔口，往左边的山上爬去。福龙潭附近的树上留存两把枪和匕首，但是那个地方地势平缓，最好扎营，此番前去，说不定我们就直接奔到了狼窝子了。

　　所以，我们要往最险恶的地方逃去，越是不可能，越能够逃脱包围。

　　跑路的艰辛，我便不作多余的描述，反正又是一路奔劳，脚都陷入了麻木。说起来，夜里赶路其实是没有办法的选择：夜里小妖朵朵才能够出来，给我们在这雨林中开辟出一条可供行走的道路来；白天视线清明，然而小妖朵朵却不能够出现——除非是光线阴暗、不强烈。

我听到山里面有枪声在响，在很远的地方回荡，一夜都在喧闹。

寨黎苗村往西直走七八里就是一条大江，顺流而下，可以直接到大其力市。直去也有路，是那种弯弯曲曲的小路，不过必然会有人把持住要道。我和杂毛小道一夜间翻过了两道山，又穿越了一大片林子和两条小溪水，路上也碰到了蛇和猛兽，路过林子时还碰到一群猴子，不过这些猴子并没有被人指挥，朝我们下手。

夜间的雨林里，其实仔细听，也很热闹，许多鸟类，各种各样的，在黑暗处啼叫着。

我怀念起了无所不能的虎皮猫大人了，这只肥鹦鹉，不知道现在又蹲在哪里？

一夜的行走，杂毛小道跟我说他总是感到后背凉凉，一股阴冷的气息在弥漫，似乎被人盯上了一般。我们翻过第二个山头的时候，杂毛小道蹲在一棵野芒果树后面磨蹭了一会儿，掏出一张湿漉漉的黄符纸来，它无法自燃，杂毛小道一边念着咒文，一边肉疼地用打火机将其点着。说来也怪，这黄符纸原本如同浸水一般，然而当杂毛小道念咒完毕，一把点燃之后，却如同沾了汽油一般，轰然冒出一股白色烟雾来，将我们两个给笼罩。

看着杂毛小道一脸肉疼，我问，这是什么符？

杂毛小道疾奔，并没有说什么，当作没有听见。过了好一会儿，似乎忍不住了，跟我说这符能够隐匿身形，将我们的气息掩埋，与这丛林和谐自然，不会被格朗寺庙的高手用神念探知到。不过这东西有时效，只能坚持十二个时辰。

他没有多说，但是想来定是十分珍贵的。

因为按照惯例，杂毛小道的符纸，一般只要是湿漉漉的，都是珍贵非常。

整整行走了六个小时，我们两个在江边的一个隐秘的小洞子处停住了脚步。这小洞子干燥，是江边的山壁旁的裂缝，被一大丛绿色的荨麻草给遮挡着，要不是小妖朵朵，我们还真的难以发现。不远处有几棵可四五人围抱的老榕树，枝叶繁密，连起来足足有一亩地。不远处有平缓的江水，老榕树前有一小块草地，绿茵茵。

这个时候的我精神已经达到了极度疲倦，与杂毛小道走进了石洞里，求得小妖朵朵帮我们把这一片的痕迹给作了掩饰。待她返回，我将背包往头下一垫，倒头就睡。

这一睡足足有十来个钟头。

我醒来的时候，看见杂毛小道坐在洞口，用刻刀在默默雕着那块蓝花冰玉石。这块玉石基本成形了，是一柄造型古朴的玉剑，就像战国时期的青铜剑造型，连把柄处的护手都没有。他一边雕，一边透过草丛的间隙，看着外面。

我们商量了一下，决定暂时在这里先待一到两天，等格朗寺庙的人撤了，再出山，与小叔汇合，并另外派人过来，将雪瑞接出去。说起来，事情千头万绪，我们是没有一点耐心在这里等待的，但是"过刚者易折，善柔者不败"，善藏法师那一伙人的势力实在太强了,我们确实需要避一避风头,而不是去硬碰硬,头破血流。

整整一天,我们除了草草吃了些干粮外,并没有做太多的事情。杂毛小道仔细地雕着他手中的玉剑,在上面篆刻上一个又一个符文;而我,则盘腿而坐,不时用十二法门中的"固体",恢复全身的体力。

说句老实话,为了避免排泄的臭味将敏感的善藏法师一伙人吸引而来,我们甚至都没有上大号。

憋着。

我反复做着"固体"的各种法子(有瑜伽,有行气,有意念,也有其他),心中越发对肉搏能力强横的家伙产生羡慕。这段时间以来一直持续的高强度战斗,让我深深认识到一件事情:肉搏能力不行,是我一直以来的硬伤。虽然我经常依靠着金蚕蛊和朵朵、小妖朵朵脱险,但是,本身素质的提高,一直很缓慢。

打铁还需自身硬,老是依靠外力,总有一天会什么都借不到的。

一天的时间,我和杂毛小道除了最开始商量的时候说话外,一直默默无语,在这异国的雨林中,享受难得的宁静,放空自己,让心得到平静。

越是诸事繁杂,越要让自己真正宁静下来。

到了傍晚,太阳在西边的林间树梢处,洒落下一片金子般的余晖之后,天色渐渐变得昏暗。远处浅矮的灌木林中,传来一阵喊叫声,吸引了我和在给玉剑抛光的杂毛小道的注意。透过绿色草丛的间隙,只见有一行人从林间跑到这片榕树下来。

领先的那个青葱少年,让我心中一跳。

这小子还真的是阴魂不散,到哪里都有他。

这一行人总共有七个人,除了领头的加藤原二和一个穿袍子的老男人外,一水的黑西装。黑西装这种装扮在国内或者他们日本,的确是一种很职业的装扮,而在这东南亚的热带丛林中,却着实有些装波伊,既热又不方便,好像别人不知道他们是黑社会一样。

不过我们很快发现,这几个人里面有伤者。

受伤的是一个长得跟电视剧里面的猪头小队长一般的男子,他右边的小腿受伤了,被两个人给扶着,一路拖到了第三棵大榕树下。立刻有一个眼镜男给他做处理,忙活了一阵,从小腿里面挑出了一颗子弹头来。

看这节奏,应该是跟善藏法师的人对上了。只不过,善藏法师咋这么霸道,我们算是觊觎他兜里面的105号石头,该死;这日本人又怎么惹上了他们,这么不依不饶?

莫非,小日本也是把贼手摸进了同一个兜里?

有说"他乡遇故知",也有说"敌人的敌人就是朋友",但是我们却没有上前相认的想法。深山老林子里,杀人就像杀鸡,没有什么动静,加藤原二上次说再见到我们,绝对手下不留情,这个家伙认定了他那植物人的姐姐至今没醒,就是我们给害的，现在上去，能有什么好果子？

我看见了那小子的黑西装随从手上，可是拿着手枪的。

几个人还没有歇一会儿，从他们的来路又传来了一阵声音，乱糟糟，接着冒出了一个穿着军服的男人来。日本人立刻各自隐蔽，而加藤原二那小子则二话不说，朝我们这边跑来。

第三十四章 原二结印，白纸化人

见加藤原二越来越近，我心中一阵紧张，拳头都攥得紧紧的。

反而是杂毛小道镇定，他几乎没有受到任何影响，眼睛看着前方，而手上则一直拿着张黑色软牛皮，给那柄玉剑慢慢地抛光。他是如此漫不经心，仿佛自己是一个电视机前的观众，所有的事情，都跟他无关，唯有手中的玉器，是他所关心和在意的。

果然，杂毛小道很有先见之明，加藤原二跑到离洞口六七米远的那棵大榕树旁，没有再继续过来，而是趴在树后，紧张地看着那片林子里。

由于角度的关系，我正好看见原二撅着屁股的销魂姿势。第二次世界大战后的日本提出"一杯牛奶强壮一个民族"，所以日本人的身高有了大幅度的增高（又或者是其他原因，待讨论），然而加藤原二的个子并不算高，甚至还没有一米六。

所以他虽然帅，但是却透着一股子奶油味道，像个没断奶的孩子。

然而这小子的阴毒，却也是能让我记忆犹新。

追逐原二他们而来的人在远处树林的间隙中露出了一些影子，我视力好（以前近视两百度，后来经过金蚕蛊在体内逐渐改造，已是完美视力），能够看到一些大概——竟然有个熟人，就是那个战场意识超级强大的劲装男人，也就是那个被人称为波噶工的家伙。

他是这附近大毒贩、军阀王伦汗的头号马仔，或许还是抓捕我和杂毛小道的行动总指挥。

不知道为什么，我心中突然涌出了一阵狂喜，脑海里只有六个字："狗咬狗，一嘴毛！"

波噶工只是晃了一面，然后就隐藏在了密林之中，双方开始交火了，噼里啪啦，打得那是一阵热闹。枪战，说实话我昨天是经历过了，但作为旁观者却是第一次，就像春节时放鞭炮一样，闹腾。不过，就火力和攻击距离而言，拿着国产五六式半自动步枪的缅甸武装，基本上能够完胜拿着小手枪的日本人。交火没有两分钟，黑西装们基本被压制得露不了头。

杂毛小道终于不雕他的玉剑了，拉着我往旁边避开，小心那流弹。子弹可是不长眼，要是被咬到肉，只有哭的份。

太阳已经沉到了天际，西边的天空有云，金灿灿的，但是已经开始昏暗下来。交火又持续了五分钟，因为各自隐蔽，看不清楚，所以双方伤亡情况并不明了，但是从听到的惨叫声来看，日本人已经有至少两个人中弹了，而波噶工带领的缅甸武装，则几乎没有伤亡。

之后，双方熄火了，然后开始喊话谈判。

然而让人气愤的是，他们……他们居然用英文作为沟通方式！所以即使双方扯着嗓子在喊，英语短板的我依然表示压力很大。我回过头来看着杂毛小道，他轻声表示除了在江城时跟两个乌克兰美女学习过乌克兰床调之外，他也没有任何外语技能。没文化，真可怕，这下抓瞎了，我除了心中抱怨他们为什么不用云省话交流外，只有静静等待双方的交涉结果了。

然而就在这当口，我发现一直静静蹲立在我们不远处的加藤原二，居然做出了一个让人想不到的动作：他在结印！

"临、兵、斗、者、皆、阵、列、在、前"，这个跟我十二法门中所习的密宗"九会坛城"真言有一定的区别，它属于东密（即以东寺为根本道场的日本真言密教，属外密，形式主义特别浓厚，日本的武士道和幕府杀手"忍者"，都借鉴其中的一部分内容）的范畴，后来随着日本的漫画文化而广为人知，殊不知最早出自东晋葛洪的道藏名著《抱朴子》。

加藤原二结印的手势纯熟之极，而且精准，几乎可以当作教科书一般。

当他左手的拇指和食指圈起，左手其余手指轻轻握拳，以右手包裹左手，完成最后的这一个动作的时候，从他身上突然涌出了一股旋转的白色气息来。这气息寒沁如冰，阴风阵阵。接着这小子从身上掏出一个用红色丝绸包裹的东西，掀开，是三张白纸。

他将这三张白纸迅速展开，往前一扔，轻声叱呵一句听不懂的鬼子话。

让人目瞪口呆的事情出现了：那三张白纸开始舒展开来，如同充了空气的气球，飘浮于空中，露出了本来的面目。这是三个白纸剪制的纸人，都是穿着和服的女子，像是日本浮世绘中的艺妓，大小模样都很相像，十分传神，而且通体都是白色，形状靠剪纸技艺来表现，唯有嘴唇，特意涂成了血红的颜色。

这纸人飘浮着，空洞的眼睛处，显得十分无神。

然而那一股旋转的气息被加藤原二用一种独特的手势和咒文，打入了这三个纸人之中后，轻薄的纸人竟然没有缓缓地跌落在草地，而是全部都站立到了上面——是的，它们站立在了草地上，像人一样。

从我这个角度，能够看见两个纸人如同真实的日本艺妓一般站立着，然后嘴角诡异地笑着，而另外一个纸人，因为完全侧向了我，所以就像消失了一般。

我看向了杂毛小道，他张了张嘴，没有声音，但是从口型上来看，他应该在说两个字："式神。"

和中国的道术、蛊术以及东南亚的降头术一般，"式神"这东西也在日本那个岛国一直有流传。相传它是日本的道士（阴阳师）的拿手好戏，是一种凡人所看不到的下阶灵体、神怪，被有灵性的阴阳师役使，做出很多匪夷所思的事情。我曾经读过日

本最伟大的阴阳师安倍晴明的传记，多少也知晓一二。

没想到，这个日本小子竟然是一个玩弄式神的好手。

这三个日本娘们模样的纸式神刚一出现，其中一个体态丰饶的女子眉毛耸动，空洞的眼睛便瞧向我们这边来。然而也许是杂毛小道昨夜燃烧的那道湿漉漉的符纸起了作用，它（她）稍微一停顿，便将注意力投向了隐藏在林中的波噶工一伙。它们薄如蝉翼，然而动作却灵敏得让人惊讶，居然开始走动起来，从侧面，朝黑暗处隐去，无声无息。

这薄如纸片的三个式神，让我有一种看到了二维生物的错觉。

不过，我们依然能够察觉到其中所蕴含的邪恶力量。

或许这便是妖气吧？

双方的谈判依然在继续，因为距离过远，波噶工并不知晓加藤原二在这边的小动作，大声地说着什么。我英文粗通一二，然而这一大段一大段带着强烈的缅语口音和日语口音的英语，却果断放弃。过了差不多半分钟的时间，我终于不用受到这折磨了，因为，波噶工所在的那个地方，开始陆续出现了惨叫声。

我能够看到一个瘦小的军人在林间往后跑去，结果整个人从头到脚，一下子裂成了两半。

这是活生生的两半，血在一瞬间，喷射出了三米之高。

然后看到一个飘飞的纸片人从旁边一闪而过。

陡然的变故让波噶工一伙人有些猝不及防，好是慌乱了一阵。日本人立刻打了一个反冲锋，将阵地反推进了十几米。不过总共就这几个青瓜秧子，也打不出什么漂亮仗来。林中一片慌乱后，又听到佛教的经文传出来，越来越远，再后来，几乎不可闻。

波噶工的人退入丛林之中，没有了踪影。

又过了一会儿，黑西装从林中拖了四具尸体过来，几乎没有一具是全乎的，扔在了榕树前的空地上。有一个黑西装远远地站在树林边缘放哨，那个长袍子老男人则站在了空地前跳起了铿锵有力的舞蹈来。这舞蹈其实也是跳大神的一种，不过多了一些日本的元素在里面。那三个纸片女人则站在四具尸体旁边，嫣红的嘴唇附在了血液黏稠的地方，咕嘟咕嘟地吸食着。

它们自然吸食不了真正的血液，但是随着时间的推移，那些鲜红的血液开始逐渐地变黑了。

日本人死了一个，有一个重伤，几乎快要断气了。加藤原二已经离开了刚才藏身的榕树，走过去，将那个死去的黑西装平放在长袍男的后面不远处，跪下来祈祷。眼镜男则忙碌地对着那个重伤者实施最后的抢救，显然效果并不明显，最后，他徒劳地冲那人喊着什么。

我仔细听，听懂了，他在说："××××（名字），雅蠛蝶……"

如此说来，这哥们离死不远了。

祈祷完毕，加藤原二站起来，拉住了跳完大神的长袍男人说道，刘钊老师，依你看，这些家伙为什么一直对我们连番追杀呢？竟然连拜码头的方式都不允许，简直是不可理喻啊！

那个被称为刘钊老师的老男人朝原二很恭敬地点了一下头，说，加藤君，这附近是格朗教的活动地盘，那个姚远就是格朗教的暗线，他们之所以对我们下如此狠手，如果不是误会，那么肯定就是知道我们为麒麟胎而来！加藤君，你将家族给你的式神祭出来，却没有赶尽杀绝，只怕他们随之而来的报复，会更加凶险啊！

我眉头一挑，这个行为举止很有日本人模样的家伙，居然是个中国人？

第三十五章　困境吞枪，小道倒地

　　听到这个行为举止皆如同日本人的家伙口中，说出字正腔圆的中文，我的嘴角直抽抽。而听到他口中的家族啊、式神啊之类的，我心中更是悲愤——这悲愤既是羡慕，又是嫉妒。日本的传承，除了部分寺庙之外，确实多以家族为主体，这个我是了解的。式神这东西，据说是属于跟矮骡子一般的灵界低级物种，更多的时候跟使用者的能力相搭配，如果不是家中长辈所传，必然不会这么厉害的。
　　要知道，加藤原二这小子，他可只有十六七岁。
　　自古英雄出少年啊。
　　两人继续对话，说得也杂，断断续续，不过我却从中得知了他们来到这片位于大其力北部山区雨林的缘由——跟我们一样，他们也怀疑那块105石头，就是能够宁神的麒麟胎。而且让我心中猛跳的是，他们之所以会来到这里，也是听到了大其力市湄赛河畔的情报掮客泰国人差猜所言，一路追踪至此。
　　随着他们谈话的继续，我心中愤怒起来。
　　因为加藤原二和刘钊开始谈起了我与杂毛小道两人。从他们的话语中，我得到一个信息，那就是差猜那个泰国肥佬，居然转手就把我和杂毛小道的行踪给卖了，而且还将我们可能出现的地方给一一地指点出来。我想起了当初在那个小院的房子里，差猜还说他没有把我卖给缅甸警方，我欠他一个人情。现在看来，他说的没错，但是把我卖给日本人，似乎也不是什么好德行。
　　我记得我曾经说过，回来的时候会给他一个惊喜的，如果能够回去，是应该给他准备一下。
　　二十四日子午断肠蛊，似乎是一个不错的礼物。
　　加藤原二对我和杂毛小道已有杀意，跟刘钊的谈话中，多次表明如果见到我或者那个小道士，一定要抓住；抓不住，直接枪杀了事，一定不能让我们逃脱在外，让他心头郁积。
　　三个纸片女人吸完了生魂的鲜血，浑身都散发出一道雾蒙蒙的红光，接着蜷缩成一团，被原二纳入怀中。几个西装男对此司空见惯，并没有过多的惊奇，对自己死去的同伴也没有表示出过多的伤悲。他们尝试着挖坑埋葬，但是没有工具，草草挖了一个小坑，却被爬出来的一堆虫子给恶心到，没有再挖，而是商量了一番，将那人用皮带绑在了榕树的枝头，摆成一个耶稣受难的造型来。
　　而那个腹部和腿部中弹受了重伤的伤员，在被打了一针吗啡之后，发放了手枪和一些生存物资，让他在此留守，等待救援。

其他人，则为了避免波噶工的人马再次来袭，十分钟之后，全部消失在东边的丛林中。

然而一直到了夜间八点多，波噶工的人也没有再次来袭。我和杂毛小道吃了一些干粮，又跑到江边放了肚子中的库存，悄悄返回的时候，发现那个重伤的日本人守在榕树下面，先是叫了一阵子妈妈，然后悲伤地唱起了民歌："樱花啊，樱花啊，暮春三月晴空里，万里无云多明净……"

这声音一阵比一阵悲凉，树上有老鸹在叫，好几个扁毛畜生在拍打着翅膀，啄食着他原先的同伴。

与树上绑着的那个家伙一般，他也是一个被同伴抛弃的人，在这丛林的夜里，无数爬虫在黑暗中潜行，窸窸窣窣，死亡在一分一秒地向他靠近，而死去的同伴以及地上的肉块，变成了丛林中食腐动物的盛宴，有虫子，有鸟类，也有几只长着啮齿的野鼠，欢快地进食着。

他可以想象，自己在今天或者明天，又或者后天，将变成这些黑暗中不知名生物口中的食粮。

意识在一点一点地崩溃，之前所有意志和理智所铸就的坚持，在一瞬之间垮了，这个男人朝树上啄食尸体的鸟类连开了六枪，接着有东西跌落在地上的声音传来，之后是死一样的沉静。

正当我犹豫着是否出于人道主义精神过去支援一番的时候，又传来了一声枪响。

这枪声跟之前的相比，有些沉闷，像是堵着了什么一样。

后来我想明白了，手枪里的最后一颗子弹，这个日本人留给了自己。在黑暗的绝望中，他选择了逃避，用主动的方式，将一切未知的等待都给结束了。

他不想等了。

我和杂毛小道面面相觑，讶异了半天。良久，我问杂毛小道，要不要去收一下尸？如果再放任这般下去，我们这个山壁的夹缝处也待不了了，看着那一堆死人，心中都膈应。杂毛小道摇头说，还是不要动吧，要万一他们有人回来，看到这些，岂不是暴露了自己？不过呢，人死了，总是要超度一下的。

我这才想起来，死人了，可以叫朵朵出来，将还未消弭的天魂，补充吸食一下，不要浪费。

最近由于需要小妖朵朵对于丛林草木的控制，所以朵朵出来的时间并不多，不过这丫头并没有吃醋，反而是对自己不能够帮上忙，有一点小小的伤心，见我将她唤出来，她高兴死了，拍着粉嘟嘟的手掌，跟我一阵撒娇，然后开始飘飞到空中，吸食我看不到的天魂能量。不过，过了一会儿，她一脸煞白地跑了回来，说，好多老鼠，怕怕……

我出了洞口，往大榕树那边的空地走去。果然，因为加藤原二这一伙日本人并没有收拾敌人尸体的习惯,在清冷的月光下,那些尸体身上爬着一团团黑色的小东西,毛茸茸的一片,蠕动着,都是些大如狸猫、小如拳头的老鼠,在上面啃食着死人的尸体肉。

刚刚自杀的那个人,他的衣服下面一拱一拱的,新鲜的尸体已经被好几只老鼠给占据了。

难怪他会自杀,一想到自己死后就会受到这种待遇,他自然是想着"早死早超生"的念头,眼不见为净罢了。我在很久之前曾经讲过,老鼠一般是避开人的,但是有一种例外,会毫无顾忌地拼命攻击人,这种老鼠不管什么品种,都叫做尸魈,是吃过死人肉所变成的,凶狠异常,而且带着剧毒。

杂毛小道见到这情景,几步冲上前去,手一挥,一道火焰就从他的手上洒出来,黄符纸飘飞,那些油黑铮亮的老鼠纷纷躲开,有几只吃得正兴起的老鼠不肯离开,被杂毛小道用桃木剑将其挑飞去。朵朵平日里有些怕老鼠,然而此刻却帮忙驱赶,加上肥虫子跑出来,"虎躯一震",总算是将这一片弄得宁静了。

在这黑夜中发出光亮,其实是一件很冒险的事情,吃人的老鼠逃开之后,杂毛小道立刻将符纸给弄熄。黑灯瞎火的,他又摸黑给这些死去的家伙超度,我也在旁边帮忙,搭个戏台。杂毛小道舞弄得有些卖力,而且除了最后的那个家伙怨念比较深之外,其他的都好说,没有十分钟,我们已然完成得差不多。然而我们并没有停歇下来,而是将这些死去的家伙,全部都收拾好,扔下河里去。

丢河里,总比留在这原地,再给虫吃鼠咬的好。

忙活了半天,地上的全部都收拾干净了,我和杂毛小道望着树上那个死人,有点高,离地三米多,真闹不懂加藤原二这伙日本人到底是怎么想的。杂毛小道气喘吁吁,说,算了,我们回去吧,休息到明天,隐匿符纸的效果消失之后,一切的因果也断了联系,善藏那伙人估计是找不到我们的。

回去,养精蓄锐,等待明天长途跋涉,返回大其力。

商量好,我们洗干净手,又返回了这岩石洞中。这洞口不向阳,有些阴,即使在白天,朵朵以她的鬼妖之体,也能够出没,不过现在我们这境况,却对她的修行有些阻碍。惯例,我和杂毛小道睡觉休息,她便在外面放哨示警,不过她可比小妖朵朵勤奋,坐在对面的树梢上,对着月亮的潮汐和星辰的引力,开始修炼着她的《鬼道真解》。

我有的时候虽然总说这小丫头笨,但是朵朵的持之以恒,却十分值得我去学习。

人只有做到"坚持"二字,才有资格去谈道,谈顿悟,谈明了真我。

杂毛小道仍然在摸黑篆刻他的新作品,我则继续睡觉,恢复体力。睡前,我还跟他聊天,说干吗要这么着急雕这一柄玉剑,拿来玩儿吗?火急火燎的!他说不是,他这两天的心神总是焦虑不安,似乎有人在背后默念着他一样,他是为了转移注意力,通过雕刻东西,来修行自我的。

我闭上眼睛,即使清醒的时候有着一万件事情未办,但是睡着之后,一切皆休。

迷迷糊糊,大概是凌晨五点多钟,我被一种奇怪的哼哼声吵醒,睁开眼睛,只见朵朵正在我的前方不远处,扶着杂毛小道,而昨天还是神采奕奕的老萧,此刻却神情萎靡地瘫软在地,口中有鲜血流出,而地上,则是好几块接近凝固的血团子。

我一下子醒了过来,想到了杂毛小道昨天凌晨燃烧的那道隐匿符纸,似乎只管用十二个时辰。

这时间,刚刚过去,他就变成了这副模样,这是为何?

第三十六章　傀儡替身，重返格朗

杂毛小道突然的受伤，让我的瞌睡一下子就消失无踪，我几步跑过去，扶起他的上半身，问，怎么回事？

杂毛小道已经说不出什么话来了，血却顺着张开的嘴往外面流出来。朵朵告诉我，小明叔叔本来已经睡着觉了，可是刚才却突然在睡梦中大叫一声，然后口吐鲜血，栽倒在地。我将右手拇指压住了老萧后颈处的哑门穴，然后将肥虫子放出来，附在他口鼻之间，查探状况。

我扶着杂毛小道的左手处一片冰凉，湿漉漉的，上面似乎有好多的汗水。

这到底是怎么回事？发生了什么事情？

我深呼吸，尽量让自己的心神稳定下来，不要慌乱。过了一会儿，杂毛小道突然出声了："小毒物，别乱动，我中了降头了……"见他没有再吐血，眼神清明，我将压住哑门穴的右手收回，问他，这到底是怎么回事？杂毛小道挣扎着半坐而起，一脸沮丧，叹气，说："唉，应该是中了傀儡替身降。从出了错木克村，我心里就一直忐忑，总有一种被人窥探的感觉。刚开始还觉得是自己多疑了，没在意。昨天凌晨跑路的时候，就越发强烈，所以才燃烧了那张珍贵的隐匿符纸。哪知道这功效一散，便立刻中了招……"

一听到傀儡替身降，我的右眼就开始跳了起来。

这个东西的名头很响，基本上在整个东南亚都很流行，方法也各式各样，听过的人很多。我们来的时候，有一次跟许鸣聊天，他谈起缅甸这边的一种隐秘做法：取这边一种特殊的红水蛭和大蟑螂混养数日，然后将其一起烧成灰，这灰需要三两三克，如此的剂量混合着百年老坟的坟土以及其他秘而不宣的东西，再加上受降人的鲜血，铸就成一个泥娃娃。这个东西，就是替身傀儡。

具体的做法不得而知，我所晓得的是，用银针念咒刺这泥娃娃，受降的本体感同身受，一样痛苦。

七七四十九日之后，将这泥娃娃摔碎，那被下降头的人便也死亡，魂飞魄散。

又或者有大拿者，更是可以通过某些手段，将这一个时间给缩短，使受降之人速死。下这降头需要三个条件，第一是需要受降者的鲜血，第二是施降者需要记住受降者的模样，第三个最重要，就是受降者一定要身体虚弱，没有什么抵抗力。如此三点都有的话，方能够成功。

我奇怪，说，你确定是在错木克被下的降头？

我问这话也是有道理的，倘若真是善藏法师或者他的手下出的幺蛾子，这三个条件，除了第二点勉强符合外，第一点和第三点怎么可能有？而且最重要的一点在于，以杂毛小道的道行，怎么可能被这单纯的诅咒灵降所暗算？

这简直太稀奇了，就像一个奥运游泳冠军，在一个小池塘里淹死一般，不可思议。

然而事实就发生在我的面前，杂毛小道像生了一场大病般，奄奄一息，若不是我扶着他，几乎都不能坐直。他脸色如金箔，黄黄的，惨笑，说："应该是。还记得在格朗寺庙中被蛇咬不？鲜血应该就是那个时候留下来的，至于有道行者不受降，这东西也只是相对而言的。我们这几日一直奔波逃命，精疲力竭，自然最容易被乘虚而入。常在河边走，哪能不湿鞋，此次遭劫，也算是常事。"

说着话，金蚕蛊已经到了他体内逛了一圈，因为是灵降诅咒，而并非蛊降，它也没有办法。

我望着怎么看都像是命不久矣的杂毛小道，嘴巴发苦，说："这傀儡替身降，一旦被施术，便不能够自解，要么将那泥巴玩偶用秘法超度、割断一切联系，要么把施术之人干掉，不然的话，只有静待死亡。善藏法师那家伙是个危险人物，未必能够等得五十天，他必然有法子加速这一过程。老萧，你自己感觉你能够坚持多久？"

杂毛小道伸出三个手指，说，他若在此地布阵，三天之内，可保自己无事。

我站起来，说，好，有这三天就足够了，我现在出发，去将那善藏法师的首级取下来，将这降头的根源给断绝了。杂毛小道拉住我，苦笑说："你现在充什么牛人物？你以为你是关羽，善藏是华雄？要真如此，我们未必还要待在这个小洞子里，像老鼠一样过活了。善藏那个家伙，说不定已经在错木克村拉好大网，正等待我们自投罗网呢，现在跑去，那不是也把命搭了？"

杂毛小道不让我走，然而他现在虚弱得跟一个坐月子的女人般，浑身没有几两气力，也拦不住我。

我让他在这里等着，我去去便回。杂毛小道见拦不动我，破口骂："你这个傻瓜，现在跑了还能留一条性命，愣着脑壳子跑过去，两个人都死了算球……平时聪明得要死，粘上毛就是一个猴，现在倒是不开窍了。"

我只任由他骂，问他布阵的事情要不要我帮忙。他没好话，说，不用，赶紧滚蛋去。

我嘻嘻笑，又自顾自地跟他商量了一会儿，见他浑身软弱无力，又在他的指挥下，用石头、树枝和符纸，在这洞口布置了一个隐匿气息的法阵。完了之后，我拉着在我屁股后面跑前跑后帮忙的朵朵，指着杂毛小道，说我走了，让她帮着照顾，要万一有什么野兽或者毒虫爬进来，驱赶一下。

朵朵睁着一双水汪汪的大眼睛，点头，说好。

我将脖子上的槐木牌摘下来，放在杂毛小道的身边。

没有朵朵的照顾，中了一次灵降攻击的杂毛小道只怕要和昨天夜里自杀的那个日本人一样，陷入被抛弃的孤独境地当中，我走了，也放心不了。见我这样，杂毛小道叹了一口气，说："得，朵朵都交给我，敢情是在交待身后事了。娘的，你要是不回来，我就把你家娃变成我闺女，叫我爸爸……"

朵朵的眼睛清澈，看着我发愣，待我要走的时候，突然哭了起来，跑到我面前，拉着我的衣角哭，大滴大滴的金豆子就掉了出来，像真的一般。她哭着说："呜呜，陆左哥哥，你不要朵朵了，你怎么可以不要朵朵啊……哇哇，我很努力的，我给你洗衣服，我天天对着月亮练功，不打瞌睡了，我不要麒麟胎了……不要哇……"

小萝莉突然的情绪让我和杂毛小道都有些措手不及，我蹲下来，好是一顿劝，然后又骂老萧，说："这个乌鸦嘴，胡说啥子哟？我只不过是出去一会儿，好好照顾小明叔叔，要是他被蛇吃了，那不但要打你屁股，而且还真的不理你了，不要你了，让你自己一个人去。"

朵朵有些婴儿肥的精致小脸上还挂着泪珠，然而却被我吓到了，说，好，好，我好好照顾道士叔叔……

这一番又拉又打，总算是将朵朵暂时哄住。我大概等到了六点多，清晨的光线开始明朗起来的时候，摸了摸朵朵滑滑的脸，然后又叮嘱了杂毛小道一番，出了洞口。树上的日本人依然还在，然而身上被鸟啄虫咬，已经血肉模糊了，我路过的时候，看见尸体上密密麻麻布满了蚂蚁，是黑红色的，个头不大。

最开始的一段时间，我走得比较小心，不留痕迹，而穿过最开始的一片林子，我就不再注意脚下了，快速奔走。

没有小妖朵朵的帮助，在丛林中行路其实还是一件比较让人头疼的事情，这里的植物繁衍简直能用畸形来形容，绿意盎然的植物在地上、在路上以及在上空，胡乱地生长着。我找了一根折断的木棍，然后在林中穿梭。有金蚕蛊在附近大范围机动巡逻，倒也不太担心有什么埋伏，偶尔有几条诸如蛇和丛林绿蜥蜴之类的漏网之鱼跑到我面前，也被我一棍打死，嚣张不得多少。

我想说的事情是，撇开了金蚕蛊和朵朵，其实我依旧还是一个让人不敢小觑的家伙。

毕竟，作为本命金蚕蛊的拥有者，所拥有的不光是这么久以来古怪的经历，更多的时候，我享受着金蚕蛊给我带来的"随风潜入夜，润物细无声"的好处。而这种好处，才是金蚕蛊之所以被人称作"蛊中之王"，最重要的因素之一。

创造和毁灭，永远都是前者更受人发自内心的尊敬。

错木克村在我所在位置的南方，不属于这条江的流域，而是要翻过几道高山险壑，朝着密林中进发。路程是遥远的，有一种动物行走时踏出来的小路，然而我多数是不敢走，怕有人埋伏，于是更多的时候，我宁愿穿越密林和没有人行过的地方。一路上，我居然还看到了大象。这种憨态可掬的大个子无疑是让我惊喜的，不过我却不敢跟那四头大象、两头小象组成的象群做接触，而是远远地绕了过去。

我长途跋涉了差不多十个钟头，终于赶在了太阳落山的时候，从西北的方向，来到了错木克村外。

若不是有着金蚕蛊，只怕我根本坚持不了这种高强度的行进。

然后，我远远地看到在错木克中间的平坝子上，燃起了一个火堆，好多人在跳舞，最中间，绑着曾经收留我们住宿过的一家人。

第三十七章　火焰焚身，黑衣男人

　　村中的空地上，一片篝火闪耀下，我看见了杜若噶，看到了她的两个半大小孩，看到了如山野中花朵一般的莫丹，看到了杜若噶的那个老实不喜言语的丈夫，还看到了喜欢"憨猪哥哥"的向导吴刚，他们一律被粗绳子给捆着，跪倒在地上，由一些穿着白衣服的男人给看着。

　　我还看到了善藏法师。

　　我来得正是时候，这个长相并不好看的老法师穿着黑色的袈裟，正在克扬村民的面前大声宣扬着什么。这一回，他并不是孤身一人，旁边还站着好几个比他稍微年轻一些的僧人，同样是黑色的袈裟。我在缅甸这么久以来，通常看到的僧人都是穿着红色的袈裟，黄色的也有，但是黑色，却只有在这山里才见到。

　　或许黑色袈裟，是这所谓的格朗教派独特的一种标志吧。

　　不过我注意到，这里面并没有穿着军装的人员，除了僧人外，其他的都是穿着民族服饰的克扬族人。

　　善藏法师说了一会儿，然后出来一个白衣老女人跟跪着的杜若噶说着话，好像是在责问。这个白衣老女人我依稀记得好像那天晚上出现过，只是嘱咐我们不要靠近格朗佛塔。她是村中的头领之一，脖子束着好长的一串铜环，这让她低着头的时候，有些不方便，于是她蹲在地上来，跟杜若噶说着话，莫丹呜呜地在旁边哭，白衣老女人就伸手去抚摸她的头，好像宽慰了几句。

　　看到这情景，我的脸一下子就黑了。

　　我想到了电影《色戒》最后王佳芝和王力宏饰演的那个男人双双跪着被人枪毙的情景，这画面从我脑海中一闪而过，便一下子将我的心给纠结起来：善藏法师莫不是因为没有抓到我们，就拿和我们一起来的吴刚和将我们领进村子的杜若噶来杀之泄愤？

　　他们跟我们有半毛钱的关系啊？他不会这么变态吧？

　　正当我存着侥幸的心理观望着，几个黑衣僧人已经驱使人堆好了一个很大的木头架子，而善藏法师也刚好宣布完他的决定，拍拍手，几个长相彪悍的男人就将跪着的吴刚、杜若噶和几个小孩子驱赶到这木头架子旁。我离得远，看不出个究竟，但是也知道那些木头都是晒得干燥、油脂重的柴火，几乎是一点即着。

　　有一个黑衣僧人持着一个火把，在一旁静静等待。

　　这个家伙我认识，他就是前夜在寨黎苗村出现的古努，手持着巨型狼蛛、被蛊丽花婆婆喝斥为契努卡叛徒的家伙。只见他面无表情地盯着在地上放声大哭的一伙人，那火把缓缓地朝着木架移动，只待这些人都被捆上，将其付之一炬。火刑啊？这可是最愚昧的宗教惩罚手段。我心中有一种莫名的后悔和罪恶感，感觉跪在地上的这些人，都是我害的。

然后又想着：为什么别人的罪恶，要让我来承受？

小女孩莫丹开始放声大哭起来，她的哭声跟朵朵是如此的相似，让我心中的愤怒越发地凝重起来。我看着那个花骨朵般的小女孩被一个粗鲁的妇人拽着乌黑的头发，往木堆旁推搡而去，拳头立刻攥得紧紧的，忍不住就要挺身而出了。然而一想到杂毛小道还在小洞子里等着我将那该死的善藏法师给结果掉，心中又是一僵，不断地劝告自己：要冷静，要冷静，冲动是魔鬼！

正在几个人就要被火焚之时，白衣老女人突然伸出了手，制止了族人的举动，跟善藏法师争执起来。

果然，对自己族人下此狠手，自然会有人挺身而出，质疑这愚昧的决定。

我这才放下心来。

善藏法师是个斗争高手，他并不与白衣女人争辩，往后退一步，旁边几个黑衣僧人立刻迎了上来，与那白衣老女人接话。也许是这决定实在太过于不得民心，也许是被惩罚的这些同族实在可怜，在旁边围观的克扬族人们，纷纷围了上来，参与了辩论。

一时间，除了四周负责警戒的持枪警卫（也是克扬族人），其他人都陷入了两派的争论中，十分热闹。

我开始慢慢地向前移动。此行的目的，最好是拿到给杂毛小道下傀儡替身降的媒介物泥娃娃，如果实在找不到，那就弄死善藏。杀死善藏这件事情，我是没有一点儿心理负担的，但是方式却实在有待商榷：我最厉害的手段，莫过于下蛊；然而金蚕蛊的灵蛊部分，稍有道行者都能够避开，药蛊却需要离得很近，最好有身体接触为佳。所以，我需要找到一个合适的位置，接近，下蛊，并且能够安全而迅速地逃离。

然而我没有走几步，便感觉到有些不对劲来。

在我前面的不远处，居然伏着好几个人，这些人的装束有些怪异，是缅甸警方那种短装服，在这样的傍晚里，如果不仔细看，还真的有一些看不清。我心中一紧，这是怎么回事，怎么会出现这样的人？我悄无声息地隐在了一棵香蕉树后边，眉头不由皱了起来。而这时，空地上的争吵已经进入了最后的时刻，克扬族里面似乎大多数人对这种惩罚有着满腹的意见，然而善藏法师为了安抚死去的手下，一定要让杜若噶一家人以及在旁边打酱油的吴刚，烈焰焚身，以作偿命。

这就是矛盾。生死之间的争论，没人去退让。

这一场争论最终以一声尖厉的嚎叫结束，只见那木堆之上，倏然出现一道黑影，那黑影只有一只狸猫一般大，长相怪异，如同一个毛茸茸的肉团一般，裂开一道嘴，密密麻麻的恐怖牙齿显露。这嚎叫便是由它而发出来的，如同夜枭，又或者飞行中的炮弹声，长达十秒钟，结束之后，所有人都陷入了沉静。

我听着后背发麻，一身的冷汗冒出来。

克扬族所有的人，包括那个最开始挑起争端的白衣老女人在内，全部都跪了下来，五体投地，不断朝那个突然出现的咒灵娃娃磕头跪拜，念着虔诚的经文。善藏法师指着那个长相恐怖、怪异的咒灵娃娃，大声地说着什么。我听不到，自行脑补为：所有的一切，都是它的旨意，都需要遵守。

争端泯然不见，虽然十分不情愿，然而所有的克扬族人似乎都挺害怕那个咒灵娃娃，也害怕掌握咒灵娃娃的善藏法师，趴在地下，小心翼翼地看着三个大人、三个小孩全部被绑在一根靠近木堆的柱子上。然后那个古努将火把探向了木堆的下方。

六个人的性命，就要在这一会儿被火魔所夺走了。

这时候，错木克的村口处，大步走来了一个戴着白色旅游帽的黑衣男子。由于这里是个动乱之地，错木克村的村口自然有人放哨，然而那个男子却并不管围堵上来、手持步枪的克扬族人的威胁，一步一步，缓缓地走向了正在进行愚昧火刑的场地中央。

那些人大声地警告着，然而却阻挡不了黑衣男子前进的步伐。最后他们都火了，除了两个警戒的人持枪外，其余三个人全部都扑了上去，准备将这个戴着白色旅游帽的男人给按倒。

这个男人往旁边一闪，竟然如同鬼魅，出手如电，将这三个人一下子就制服了。而持枪的两个男人，立刻被不知道从哪里飞出来的一群黑毛蝙蝠给缠上了。这些蝙蝠凶狠极了，展开着黑红色的肉翅，扑到了这两个人身上——几乎每个人身上都被五个以上的黑毛蝙蝠给附着——奋力吸食着血液。这恐怖的小生物自然引起了恐慌，步枪清脆的响声在夜里响起来，然而那个男子早已离他们七八米外。

所有发生的一切，都只是在眨眼之间，短短的几秒钟内完成。

然后，黑衣男子来到了平地篝火前的十米之处。

在他来的地方，出现了一大批穿着警服的持枪男人和好些个穿着黑色笼基的家伙，踏着他的脚步前进；而我面前不远处的那几个埋伏者，也没有再掩饰身形，跨过溪流，朝着空地处前进。黑衣男子似乎在跟善藏说着什么，然而作为一个语言不通的异国人，又离得那么远，我并没有听到什么。最后的结果是双方没有谈拢，木堆被点着，火焰一下子就蹿了上来，而顶端的咒灵娃娃，电射一般朝黑衣男子飞去。

它带着恐怖的叫声，十分吓人。

黑衣男子双手结印，是正宗小乘佛教的日轮印，结完印后，一双肉掌与这人造鬼物立刻对上。那东西的力道我是清楚的，这蓄力一击，如同出膛的炮弹，在我的想法中恐怕黑衣男子要吃亏。然而没有，黑衣男子身体都没有往后退一步，整个身子如同弹簧，往后收缩了一下，竟然倏然将这毛茸茸的咒灵娃娃往火堆里扔了过去。

这一掷，木堆的平衡被打破，轰然垮塌，燃烧的火焰往下面一低，开始朝四处蔓延开来。

在旁边被捆住的杜若噶和吴刚等人吓得哇哇大叫。

这会儿，黑衣男人的脸正对着我这边，我凝神看去，心中大骇：怎么会是他？

第三十八章 村中激战，又见姚远

木堆上面应该浇注了助燃剂，火把往上一靠，立刻就蹿出一大股的火焰来，熊熊燃烧。

这火舌已经开始无情地舔舐着旁边的几个人，正在这个时候，与杜若噶亲近的克扬族人也顾不得格朗佛塔的威严，纷纷跑上前来，解绳子的解绳子，救火的救火，一片混乱。那个黑衣男人已经跟善藏法师的手下交起手来，好是一阵眼花缭乱。刚才匆匆一瞥，我已然知晓这个黑衣男人的身份，他便是吴武伦，最开始是在玉石交易会上面坐镇场子，我在仰光大金寺的广场上，还与他对过话，是一个煞气很重的男人。

他怎么会跑到这里来，还跟善藏法师，跟这格朗教派交起手来？

看到那些跟着吴武伦一起来的那伙人，我似乎明白了些什么——吴武伦或许是代表着缅甸军政府的高手，过来围剿格朗教这个明显不正常的佛教支流。

吴武伦虽是高手，然而善藏法师的手下却也不是吃素的，咒灵娃娃也是凶悍非常，所以一时成胶着状态。杜若噶一家人被族人给救了下来，而一直没什么存在感的吴刚则悲哀地看着火舌靠近。平坝子上一片混乱，我也顾不得暴露自己的身份，趁乱跑了上去，将吴刚给解开。这小子被烤得头昏脑涨，见到我来了，高兴得要命，紧紧抓住我，朝那边大吼。我听不懂什么，然而却明了他是在告发我。

真是个烂泥扶不上墙的家伙，我将这家伙一脚踹开，转头去找善藏，然而却见不到人了。

他见势不妙，转身便跑开了。

真是个猴儿一般精明的人物。

我也顾不上可能出现的蛇群了，为了杂毛小道那个鸟人，我一定要将善藏法师的首级拿下来。顺着道，我就往半山腰上的格朗佛塔跑去。正在与善藏的几个手下斗法的吴武伦看见了我，认出来了，大喊，陆左，你怎么会在这里？我没理，往山上跑去。突然听到枪声大作，原来是那些武装分子藏在角落，见吴武伦带着这么多警察过来，立刻就开枪还击了。我也机警，一听枪声，立刻就往旁边的一间茅草屋旁躲去。

接着我听到有惨号声传来，听着口音，是村民中了流弹。

城门失火，殃及池鱼啊。

枪声一响起，基本就没有我的事情了。我不是动作枪战片的男主角，身上也没什么防弹衣能够在这枪林弹雨中来去自如。不过要杀善藏，有金蚕蛊足矣，我将肥虫子唤出体内，让它飞在空中，去追寻善藏法师的踪迹，自己则绕到了屋子后头，探头去看战况。

因为吴武伦一伙里面有个人在高喊他们是政府军之类的话语，所以克扬族的人虽然也有枪，但是敢于反抗的并不多。但是这里还隐藏着许多武装分子，他们跟政府军可没什么交情，来了都是枪杆子伺候，于是双方打成了一团，村民则四散逃去。在那堆篝火的照耀下，附近有七八具尸体倒伏，差不多都是克扬族的人，有的还未死透，低声地呻吟着。

我心中疑惑，善藏法师的根据地在这里，但是跟克扬族人好像并不是一路的，而那些武装分子杀起人来，也并没有顾忌。我似乎还记得听人说过，善藏法师并不是克扬族的人。

流弹横飞，但是我也不能够坐以待毙，肥虫子出去追杀善藏，成与不成，还是两说，我伏着身子绕出了茅草屋，在这一间间房子间穿梭着。突然前方有黑影一闪，我立刻躲在一旁，爆豆的枪声立即响起来，将我旁边的土墙炸得到处飞。我伏在地上，听到脚步声渐近，慢慢爬到另外一边，待那个人朝我原来的藏身之处开枪扫射时，飞身扑出去，与这人滚倒成一团。

他自然不是一人，我和他滚倒在地，旁边还有一个人大声喊着话，枪口指着我和这个家伙。

在这种情况下被枪指着，随时可能丧命，我心情自然并不好受，我尽量不让自己露在外面，而是被我身上这个家伙压着，避开随时可能发射子弹的枪口。终于，两秒钟后，我们滚到了那个站着的家伙脚下，我伸出脚，一下子将这个家伙给钩倒在地。许是害怕，我爆发出了最大的力量来，一巴掌扇过去，竟然将那个家伙的头给扇歪了一边。

"咔……"即使慌乱，我也能够听到一声很明显的骨头扭曲声。

将最大的威胁消除了，我的心终于放松下来，伸手将地上那个家伙刺过来的军匕给打飞，翻身上来，抓到地上的一块石头，砰，使劲地砸在了他的脑壳上。生死关头，所有的道德和仁慈都显得苍白无力，你死我便活。这个黑瘦的男人应该是一个半职业的军人，力气大，搏斗技巧也厉害，哇啦哇啦地叫着，然而被我砸到白色的脑浆子都蹦出来，几下之后，再无声息。

我精神已经紧张到了极点，将这两人都解决后，佝着身子翻查战利品，没有手枪，我便拿了一把匕首、一把五六式自动步枪，将弹夹也搜出两个，然后朝刚才的方向摸去。

而就在这个时候，我听到了一种诡异的声音，嗤嗤嗤，是蛇在吐信子。这信子的声音十分密集，有好多。我听到有一种若有若无的笛声传到耳边，暗叫不好，转过一个弯，只见在通往格朗佛塔的那条泥路上，有好多条粗粗细细的蛇，从上而下，朝吴武伦他们那边游去。

这个时候，在刚才那个平坝子上，与吴武伦交手的几个黑衣僧人早已经不见踪影,地上躺着一个,被黑色袈裟给遮盖住,也看不出来是哪个。

蛇群的游动速度很快,不一会儿就淹没到下山的路,整条土路上,全部都是各种颜色的蛇虫。

驱蛇攻人,这是善藏法师的绝活。

然而吴武伦却是有备而来,手一挥,跑来两个全副武装、背着大罐子的手下,手持着一个长管子,一启动,立刻有炙热的火焰,朝前方的蛇群喷射而去。这两架火焰喷射器的加入,让一向横行无忌的蛇群遭了大殃,强行的架势几乎在一瞬间就被瓦解,顾不得幕后驱使的人,四处逃散而去。吴武伦他们占了上风,我也不敢再掺和,闻着一阵焦糊的蛇肉味,从西边撤出。

跑了一会儿,所幸吴武伦的人大部分注意力都在格朗佛塔那边,并没有注意我,于是我又撤回了刚才观望的野香蕉树下。

我不敢走。善藏不死,杂毛小道便活不成。这会儿太乱,我要等到一切尘埃落定的时候,再做决定。

我甚至还幻想着吴武伦也许不知道我和杂毛小道在大其力犯下的祸事,仗着是老相识,要是他胜出了,我上去攀一番交情,将那个泥娃娃拿到手,再求得法子,将这个降头给解了。然而问题在于,倘若吴武伦知道我和杂毛小道的事情,出于法纪在,他一定会将我抓住,没有什么商量的余地。毕竟这个时节可不是拍武侠剧的时候,当街杀人,一定会受到惩罚的。

吴武伦跟我可没有太多的交情,在他的国土上杀了人,他可没有帮我隐瞒的义务。

当我蹲下身来回望时,只见那火焰喷射器已停了一架,在高温中,一道黑影在四处飞射,不断有人跌倒在地,那是咒灵娃娃在逞凶。半山腰上的格朗佛塔钟声响起来,铛铛铛,随着这钟声响起,整个错木克村陷入了一种诡异的气氛里,枪声逐渐停歇了下来。

夜黑了下来,那火焰也变得有些凝固,蛇群嗤嗤的叫声越发地强烈了。村子里的人开始还跑回家里去,这会儿火光连天,全部都顶着家当,往村外跑。吴武伦的人也不管这些村民,他们已经开始冲上了半山腰,准备接管格朗佛塔。

然而冲到最前面的手持火焰喷射器的家伙被人射爆了油箱,一瞬间化作了跳动的火焰。

这突然的变故让他们进攻的节奏给一下子打乱了,顿时减缓下来。我眯着眼睛看,发现在不远的山坡上,有一个人影在奔跑,而且朝着我这边跑来。这可真够奇怪的,我这边再往后可是雨林子,要跑也往田里或者路口那边跑去啊,跑这里,怎么有出路?

然而我的眉头皱了起来,因为我认出了这个单瘦的人来。

这个人,就是我们一路追寻至此的那个家伙。

姚远。

踏破铁鞋无觅处，得来全不费工夫。现在他的手里面可能已经没有105号石头了，但是他定然是知晓石头解开之后，是个什么样子。将他俘获，我便可以知道105号石头到底是不是麒麟胎了。他便是这所有一切的因果。我心中兴奋，然而同时，又为他怎么也随着跑出错木克村，生出许多疑惑来。

他跑得跌跌撞撞，显然腿脚并不是很好。

他穿过这一片小林子，准备朝着后面的山里跑去。我蹑手蹑脚地埋伏到了他的前方，今次过来，倒是有一些惊喜。

第三十九章　误中副车，意外之喜

　　在这里请容许我说明一下姚远的相貌：这是一个半老头子，穿着克扬族的衣服，灰白色的；他的下巴长得有一缕飘逸的山羊胡，脸小且瘦，就像是电视里面经常出镜的绍兴师爷，浑身都透着一股精明和市侩。

　　姚远的身手不错，趁着后面的村子一片喧闹，足尖点地，朝这边疾跑而来。

　　我深呼吸，吸气、呼气，准确地卡住他前行的位置，在接近的一瞬间从草丛里跳出来，将其迅速扑倒，然后紧紧按在地上。姚远剧烈挣扎，我则一手刀打在他的脖子后面。按照电视上的情节，他应该一下子栽倒不醒，然而遗憾的是，也许是我的力道不对，姚远没有晕，而是"啊"的一声惨叫，然后倒在地上直抽抽。姚远上了年纪，但是人却精神，被我敲了一手刀，抽过之后，手就往腰间摸去。

　　我见他腰间鼓鼓囊囊，也不敢让他发挥，将其狠狠按住，低声喊一声"住手"。

　　没承想姚远居然很听话，停止了挣扎，低声问我是谁。

　　他似乎松了一口气。我将他的双手控制起来，并没有耐心跟他多说什么，只是问，李秋阳拍到的那块石头，到底是什么样子的？姚远恍然大悟，说原来是为了那块石头而来。我说，是，快说。这个时候，有一道光束朝我们这边照过来，我压低了身子，等光束离开之后，才低声说："我只是一个追寻石头而来的过路人，你将那石头解出来之后的模样告诉我，至于李秋阳那些人的死，我不会跟你追究的……"

　　我们之前闯过格朗佛塔，姚远肯定是知晓的。他惨笑了一下，说："好，你肯定是听多了传言，实话告诉你，那块石头解出来后，出玉了，是块红翡，外边晶莹透亮，里面有一团黑色雾气，呈现出一滴血的样子。有煞气，很浓重的煞气，几乎像实质一样浓郁。善藏说这是一块千年难遇的凶虎藏身玉，天然自带一滴琥珀血，很厉害的材料。不过你别想了，那块玉石被善藏送走了，至于哪里，我也不知道……"

　　听着姚远的这一番描述，我已经有九成的把握，这 105 号石头肯定不是我们要找的麒麟胎了。它或许对别人有着很重要的用途，各方争抢，但是对于我和杂毛小道来说，却没有半点的意义。用匕首比着他的心窝子，我把他慢慢地拉回我刚才所在的野香蕉树后面，从地上捡起那把缴获而来的步枪，然后问他，为什么要杀了李秋阳，为什么现在又要逃跑？

　　姚远叹气，说李秋阳是他多年的好友，他一直在李秋阳的公司里当顾问。然而可惜的是，他来缅甸之前，在家乡被人下了破解不了的降头，所以听从了那人的威胁，撺掇李秋阳来到缅甸，将那块石头给竞拍下来。他这一直以来，都像是一个傀儡一样，被人指挥着手脚，然而目睹着李秋阳的惨死，他心中自然也是既悲愤，又担忧，总想着寻摸一条出路，今天趁这村中大乱、佛塔空虚，他将破解自身降头的东西偷了出来，转身便往这外面跑。他也不敢走大道，只有躲入这山林中……

我去摸他鼓鼓囊囊的腰间，除了有一把短刃之外，还有一个硬邦邦的人形玩偶。

这人形玩偶仅有两个拳头一般大小，摸着软中带硬，一捏，是泥土的材质。我问他是不是中了"傀儡替身降"。他点头，说是。他往日也是以给人看命算卦观风水为生，多少也懂一些忌讳和讲究，然而却中了这莫名的降头，整日如同虫噬一般钻心疼痛，无奈之下，只有做出了让自己都觉得惭愧的事情。他受人驱使，害死了李秋阳等人，但那是并不情愿的事情。今天偷了这泥娃娃，便是能够给他解降的本物。

我拿着这泥娃娃，借着微弱的光线打量，越看，越觉得跟杂毛小道的样子很像，特别是眉目之间的猥琐，简直就是一模一样的气质。

我将这泥娃娃举在姚远的眼前，说，你确定这个泥娃娃是你中降头的媒介物？

姚远瞪着眼睛看了一会儿，疑惑地说，这个东西怎么不是很像啊？按道理，掺了本人的血液精华铸就而成的泥娃娃，一般跟主人长得有一部分的形似——这东西没什么科学根据，但是隐隐的似乎还是有一些牵连——然而我手中的这泥娃娃，跟姚远的长相气质，简直就是天差地别。

姚远咽着口水想骂娘，我……好像拿错了！

他这么说，一脸的沮丧，然而我心里却高兴得爆了。姚远简直就是活雷锋，这个东西应该就是给杂毛小道下降的那个泥娃娃。刚才我还准备拼死拼活地突入格朗佛塔，没想到姚远这个家伙竟然直接将它送到了我的面前。不理他的沮丧，我急忙问，有了这泥娃娃，到底如何解降呢？

姚远的心神都还没有从拿错东西的情绪中缓解过来，不过我这刀尖比着，他也没有敢怠慢太多，说这解降的法子也简单：只需被下降人把这泥娃娃高高敬着，然后下跪祭拜，拜九下，每拜一次便大喊一声自己的名字，然后用香烛将这泥娃娃熏个九遍，在上面浇一泡热腾腾的尿，再找一个阴属性的大树根边，将其埋掉。如此这般，身上所有的束缚便全部都解开了。

姚远可怜巴巴地看着我，说他想返回去，将自己的那个泥娃娃取回来。

我问他，下傀儡替身降的人，是不是那个长相丑陋的善藏法师？

他点头，说是。我指着一片明亮的错木克村和山腰上的重重黑影，说不定那个家伙已经死于乱枪之中了，只要他一死，所有的一切都烟消云散了，何必去执着将泥娃娃找回来呢？现在太乱了，过去实在有危险。姚远摇了摇头说，狡兔三窟，你真以为善藏是个穷途末路的人？这个家伙早已经把格朗佛塔里面的地下通道整理收拾好了，只要情形不对，随时可以撤回他们的总部去。

我很敏感地听到了"总部"两字，眼睛都亮了，问，那总部在哪里呢？

姚远说不知道，他在这里的身份，说好听了是客人，说不好听一点就是个俘虏因犯，哪里能够知晓那么多的事情？总部便是总部，不过应该也在这一片山区里。果然，肥虫子在此刻已经悠悠地一路找回来，竟然给了我同样的答案：善藏跑了，毛都没有见着，此刻在那里负隅顽抗、做垂死挣扎的一伙人，应该也被他给抛弃掉了。大人物一旦认真起来，手都是很黑的。

我将那个泥娃娃小心地放在了随身的包袱里，遥望错木克村，熊熊火焰在燃烧，许多蛇因为怕热，纷纷朝着这边的溪流处游来。那里的战况如何，已经引不起我任何的兴致和好奇了。此刻我唯一的想法，就是赶回江边的洞口，将这泥娃娃按照姚远的方法，给杂毛小道解降才是。

这是我目前心中唯一的期盼和想法。

我指着姚远，让他跟我走。没有小妖朵朵的关照，在这丛林中行路，除了靠意志之外，似乎还要有一个相互扶持的家伙在。而且，我把姚远押回去，有好多事情需要找他了解和核实——如果这解降法子是错误的，到时候我还不是白跑一趟？只有他在旁边，遵照做，才能够尽心尽力，因为他如果耍花样的话，我直接可以将他一枪弄死，或者，二十四日子午断肠蛊，可以用来给他考验一下毅力。

虽然极其想返回去找寻自己的泥娃娃，但是被枪指着，姚远其实根本就没有选择的余地，只有点头。

不管错木克里面双方势力的交战结果如何，我们必须马上离开，因为若是他们任何一方胜出，歇了口气，那么我们将面临的，一定是猛烈地报复或者盘查，此时不走，更待何时？我们两个就在黑暗中往回路摸索。因为那天的月色依然不错，所以虽然没有小妖朵朵的帮忙，但是还是能够勉强行路。

姚远对在我们周围探路的肥虫子十分好奇，他是个算命先生出生，走南闯北，自然也是极有见识的，便问我是不是蛊师——能够指挥一条肥虫子颠来跑去，自然是这种职业了。我也不否认，然后问起善藏法师的信息来。姚远所知的不多，不过他懂得缅甸语，所以多多少少能够听得懂一些内容，于是他告诉我，善藏法师并不是地位最高的人，在总部，还有很多厉害之极的降头师在。而那些外来的武装分子，则听闻是北边毒枭王伦汗的人手，被借调于此，协助善藏行事。

江边离此地很远，我白天都走了十来个钟头，何况现在是夜里，路况也并不是很理想，我们走了差不多有三个多钟头，竟然还不及我白天一个多小时的路程多。路过一片林子，姚远突然不敢再往前行了。我问，怎么了？他僵直地伸出手指，往林子上空颤抖地指去。我顺着看，心中大惊。

我看到了一个僧人，在林中的半空中，悬浮着。

第四十章　悬空僧人，杂毛失踪

这个世界上有很多东西和现象是难以解释的，比如西省密宗修行大圆满时出现的一种死亡现象——"虹化"，得道高僧在圆寂时，其肉身化作一道彩虹，进入佛教所说的空行净土无量宫中，有的肉身成虹身，直接不见，有的身体缩小，或者只留下指甲毛发；再比如肉身悬空而起。

这里的悬空，并非指的是魔术中用威亚、钢丝吊着欺骗人视觉的小把戏，而是纯粹利用人的念力，将肉身承托而起。意念这东西虚无缥缈，寻常人倘若想把它具象形容，是很难做到的，在西欧有这么一句话"让上帝的归上帝，恺撒的归恺撒"，这里面所说的上帝管辖，便指的是精神范畴。

世人之所以对有道行者如此尊敬，因为那是神的范畴。

人不是灵体，肉身悬空，这需要的能力是常人所不能够理解的。古时候的人形容楚霸王项羽有"过顶之力"，就是说的这一点，我至今也没有看到一个人能够做到。并不是那东西很难，而是法门不通，方向不一样，比如说你让一个学计算机的人去盖房子，这就真的有些难为人家。不过虽然说方向不同，然而能够让念力托载自己悬空的，却实在不多，正如同修藏密者很少能够虹化的道理一般。

这样的每一个，都是传奇人物。

然而这些都不是让我惊讶的事情，我真正吓了一跳的是，这个穿着红色袈裟的僧人我还真的有见过，就在几天以前的下午时分，这个老僧人带着一个眉目清秀的弟子，慢腾腾地从错木克村往外走去，他当时还意味深长地看了我一眼，然后头也不回地离开，让夕阳将他的影子斜斜拉长，然后消失在苍翠的森林之中。我们当时还以为是两个普通的行脚僧人，甚至还担忧他们在丛林中遇到危险。

世界是如此之大，又是如此之小。

它是圆的。

我们两个呆呆地看着这僧人浮空好几分钟，在不远处的树林上空。等到我们反应过来，准备过去接触的时候，那个老僧人却消失不见了。我们花了十分钟的时间，才来到了刚刚看到他的林间地上，人影无踪，只是在这林间的腐叶沉积处，有一双深入地下半尺的脚印子，以及一些凌乱的痕迹。

我不知道那个老僧人是敌人还是朋友，然而见到这般高明之辈而没办法结交，失之交臂，心中多少有些恍然若失，悔恨起刚刚的痴呆和迟钝来。——这是我第二次见到般智上师，这个来自泰国清迈契迪龙寺的僧人，我当时并没有想到他的身份，也根

本没有预料到他对于我的整个人生来说,会扮演着怎样的角色。

黑黢黢的丛林中,我们没有再见到那个老僧人,除了丛林中不知种类的鸟鸣和虫叫外,别无他物。

我们没有继续寻找,一是因为不明敌我,唯恐意外,二是毫无踪迹可寻,一切都像是梦幻一般,就仿佛是我们自己的幻觉。我是一个有极强自制力的人,能够抑制住自己的好奇心,什么事情紧要,什么事情急迫,还是能够拎得清的,所以带着姚远继续走。

在黑暗的雨林中行路,我这几天常做,而姚远却并不适应这件事情,一路上跌跌撞撞,唉声叹气,几乎就想赖着不肯走了。然而自从见到了那个浮空的僧人后,他也来了精神,一边在前面走着,一边回头跟我说,这是南传小乘佛教里面,修行到了极高境界的一种神通,他常听人说起,然而活了这五十七年,却从来没有真正见到过。古人言"朝闻道,夕可死矣",现在看来,他今天即使死在了这片雨林子里,这辈子也不算是白活了。

他十分感叹,就像宗教里面看到神迹的信徒,似乎在一瞬间看通了生死。

姚远似乎认命了,一边走,一边絮絮叨叨地跟我说着这些天来的境遇,他告诉我,善藏法师是一个极有手段的人,别看他在这么一个小山村的破旧佛塔里面当一个住持,日夜艰苦修行,好像一个苦行僧,然而他的地位十分的高,算是那个组织的第三号人物……

我背着步枪,拿着一根木棍行路,听到他说起这些,疑惑地问道:"组织,什么组织,是契努卡吗?"

姚远回头望我,说,你倒是知道契努卡,不过不是。

契努卡是一个纯粹的降头师联系行会,成员间的联系并不紧密,属于松散性的联盟;而善藏老和尚他们的这个组织却是等级十分森严,上传下达,就像一个军队一样。不过他们的名声不显,一般人都不知晓,外人只知道是山里面的。当然,你也看到了,其实他们的影响力大得很,你看看我在建福莆田,千里之外,都着了他的道,你说说,一般的组织哪里有这种力量?

姚远似乎起了谈性,或许在这黑暗之中,他避开恐惧的办法,就是将心中的话语往外面掏吧。

我也乐得听他谈起。其实仔细琢磨,里面还是有一些自相矛盾的地方,不过我也不反驳,一边看路,一边与他搭话。然而这般持续了两个小时,姚远终于支持不了了,脸色痛苦地告诉我,他走不下去了。一路上,我们不知道遇到了多少蛇虫,复杂的路况让这个向来以算命为生的老头子恐惧不已。一直来到一个小溪旁边,姚远苦苦地哀求我,说不行了,饶了他吧,在这里歇一夜,明天早上再行路吧。

我看了一下时间,已经是凌晨一点了。

说实话，不仅是他，我赶了一天的路，基本上也是精疲力竭了。没有小妖朵朵在，黑夜里行路风险太大了，说不定走着走着就跑到悬崖去了。虽然有着肥虫子帮忙引导，但是也不能够保证路线的正确。于是我答应了他，找来了干燥一些的柴火，在这个溪边的平洼子旁生起了火。其实在林中生火是有一定风险的，因为燃烧的火焰很容易招惹到蚊虫和大型的动物，前几天为了避免麻烦，所以我们都没有生火。不过对于姚远来说，所有的一切威胁，似乎都没有黑暗来得可怕。

生了火，我将路上宰杀的两条长蛇剥皮抽筋洗净，然后在篝火上烤炙，我一条，姚远一条，当做晚餐。

然而姚远却推辞，说他是个在家的居士，吃不得荤腥。于是他便吃了些路上摘的野芒果、野香蕉。

我这一路也算是消耗了大部分体力，见他这么说，也乐得如此，将这两条烤蛇都下了腹。我们两个围着篝火而坐，肥虫子并没有露面，而是在附近默默地享受着见到篝火飞来的蚊虫。

这些都是食物，肥虫子幸福得直流泪。

值得一提的是，在这东南亚的丛林中，蚊虫的个头都大得出奇，别人说三个蚊子一盘菜，说的便是如此。这些蚊子又凶又毒，是林中最大的杀手，姚远之前最担心是这东西，然而一路上却并没有遇到许多，也是有些惊奇。不过他认为是我的手段，问了几句，便也不再说起。

我把姚远押到这边来，主要就是想让他依着法子，给杂毛小道解去傀儡替身降，其他的倒也没有太多的想法。而他虽然对自己所中的降头术有些担忧，但是逃出生天，却多少有些得享自由的感觉，也轻松。一路疲累，我们两个都没有再多说什么，依着篝火疲倦睡去。

因为有着肥虫子在，我也没有担心太多，睡得也沉。不过我很敏感，在睡得迷迷糊糊的时候，突然心中一动，睁开眼睛往前一看，只见篝火旁边人影空空，已然见不到姚远的身影。我背后被吓出了一身的冷汗，瞌睡立刻就消失一空，站起来四处望，却没有发现任何踪迹。我立刻呼唤肥虫子，它也听话，从黑暗的草丛中飞射出来，停在我的手掌上，摇着头，黑眼睛忽闪忽闪。

时间才是四点半。

从肥虫子那里，我得知了一个事情：姚远是在我睡着了一个多小时之后偷偷爬起来的，他是个十分精明的人，知道像我这般的人对于生死之事是最敏感的，所以起来之后并没有对我进行任何伤害，甚至没有拿一样东西，而是蹑手蹑脚地离开。也正因为如此，使得肥虫子没有管他，而是一心一意地给我站岗巡逻。他的精明救了他，然而让我疑惑的是，在这黑夜里，茫茫的大山和丛林中，姚远到底能跑到哪里去？

出了这么一档子事情，我自然是没办法再休息了，于是将这篝火熄灭，痕迹扫平，继续朝那江边走去。

我大概是在第二天的午后,来到的江边。让我心中疑虑的事情是,在江边的榕树上吊着的日本人,居然消失不见了。是他的同伙过来帮他收了尸体吗?我先是在外围观察了好久,然后才小心翼翼地接近杂毛小道的藏身之处。然而当我拨开草丛,走进洞口的时候,让我遍体生寒的事情出现了。

杂毛小道,他不见了。

第四十一章　恍然若失，苗寨问道

杂毛小道中了那降头术，基本都没有什么行动能力了，要不然我也不会将朵朵留下来照顾他。

然而当我在这午间烈日最盛的时候走进洞口，却并没有找到他。

我站在草丛中，四处张望，心中莫名生出了一种"一夜回到1949年以前"的痛苦：这是闹哪样？这是要闹哪样？我好不容易找到了那降头媒介的泥娃娃，马上就可以解开，怎么人就不见了呢？杂毛小道不见了，朵朵也没了踪影，就留下我孤身一人，像一个二愣子，孤单地站在这里发呆，享受这一拳打空的郁闷。

我在江边四处找寻，却并没有找到杂毛小道的踪迹，那天帮他布置的法阵也乱成了一团。

我让金蚕蛊帮忙找寻气味，也许知道朵朵也跟着失了踪，这肥虫子分外积极，四处游窜，然后给我指出了一个方向：西南偏西。至于具体的细节，因为所有的气息都被丛林中异常繁荣的生态系统所掩盖，所以它也很难找寻。但如果我没记错的话，顺着这个方向直走，穿过好几个大山头和林子，那里的目的地是——寨黎苗村。当然，这只是一个方向而已，事实上，在这一大片雨林区域里，并不仅仅只有错木克和寨黎苗村两个山民聚居点，还有更多的民族和山民，在这一片丛林中生息繁衍着。

我前面说过，杂毛小道没有行动能力，肯定不是自己一个人离开。那么是谁，发现他，并将他悄无声息地掳走（或者是将他带走）呢？我第一个就想到了日本人。这是最有可能的嫌疑人，因为树上的那具日本人的尸体也不见了，这里面肯定是有联系的。当然，除了日本人之外，这片丛林里还汇聚着各路人马，保不齐就有谁手痒，将杂毛小道给料理了。

而我接下来，该怎么办？去向何方？

我人生二十二年的时间里，第一次陷入了这种难以抉择的境况。杂毛小道和朵朵（含小妖朵朵）的一起失踪，让我心神大乱，陷入了久久的恐慌当中。思索了差不多二十分钟，我决定为自己卜一卦。这行为说起来荒唐好笑，就像在考场的坏学生扔骰子决定ABCD一般，是走投无路之举，然而《镇压山峦十二法门》中，第七法门便是"占卜"。这门法子我所学不多，虽然曾经在乡间拿来糊弄乡民，但那都是花把式，若真的论起来，便是给杂毛小道和虎皮猫大人提鞋的资格，都不配。

当然，我所说的仅仅只是我个人，十二法门中的占卜一卷，精妙之处，不比大六壬差分毫。

阴阳之术，有分别的更多是人，而不是殊途同归的法门。

人才是万灵之本。

卦毕，我决定朝着寨黎苗村进发。卦象显示在那个地方，有我想要找寻的答案，虽然杂毛小道不一定在那里，但是却能够让我找到线索。这是我第一次将事情的发展方向，交由一个虚无缥缈的推测来决定，然而我没得选择，只有趁着天色不错，急着赶路。当初我们逃离那个异国的苗寨子，是为了躲避善藏法师组织的追杀，而此刻，由吴武伦带领的缅甸警方恐怕已经将他老窝端了，想来是没有时间再找我麻烦的。

我背上行囊，又开始了漫长的行路。

我走着，还在想缅甸的贫穷是有一定道理的：路况这么差，物流交通不方便，自然一辈子让人头疼。在翻过一座山的时候，我还碰到了两个本地人，穿着民族的服饰，好像是来挖药材的，既不是错木克的，也不是寨黎的，听不懂中文，我用蹩脚的英语跟他们交流了几句，无果，唯有离开。

我大概是在晚上七点钟的时候，重新返回的寨黎苗村。

那个时候太阳已经完成了一天的责任，缓缓地沉入了远处的树梢丛林中，将天边映成了一片金黄的颜色。我走在寨黎苗村门前的路上，看到一大片荡漾着波光的水田，和路上许多零碎的石块。依着那晚的经验，我知道这些看似普通的石块，其实跟那地雷差不多，上面藏蛊，只要埋蛊之人心念一动，这石头便能钻入我的身体里，为非作歹，消耗我的生命力。

有的朋友会质疑，说，石头这么大的东西，怎么能够进入人体里面去，这哪里有途径？笑话！

莫奇怪，这便是蛊的神奇之处，也是它让人瞠目结舌的地方。

当然它也不是将一整块石头送入人体，从那天的情况来看，好像是石头蛊将这石块中的钙质蔓延到人体内，然后由下蛊者进行快速控制的一种行为。从某一程度来讲，这种石头蛊比我曾经解过的那个玻璃降更加厉害，也直观和明显——效果不同，不好拿作实力对比。拥有金蚕蛊，我并不怕这种东西，然而却也不好贸然闯入，于是在村口等待了十分钟，安静地眯眼，看着夕阳和晚霞，叹息这瑰丽的自然美景，却没有相应的好心情来观赏。

终于，有一个人从寨子中的吊脚楼群中，缓步走了过来。

是熊明，那个热情好客的苗家汉子。

尽管我在前几天给他们带来了可以算得上事关生死的麻烦，而且还导致了他们寨子跟附近的强权势力差点翻脸，然而再次见面，他却只字未提，只是给了我一个紧紧的拥抱。随后出现的是寨子里的头人黎贡，他并没有对我说出什么驱赶的话语，而是朝我说了一声"蒙雾"，点了点头，把我直接领到了他的家中。

黎贡的家，是寨子里最气派的一排三层吊脚木楼。

一路上，有好多苗人在房前屋后摆门子，见我跟着黎贡、熊明走进寨子，都纷纷朝我撇来了诧异的目光。熊明告诉我，这几天情况特殊，所以族人们都没有再进山，只是在附近下田劳作，所以会见到这么多人。看得出来，熊明在这寨子里的地位其实不低，很多人看到，都纷纷跟黎贡和熊明打招呼，但是却对我选择性地忽略，只是友好地点一点头，不多说话。

当然，也有向我投来敌视目光的，我一概不理，脸上带着笑容，像个卖笑的小爷。

在黎贡家的灶房里坐着，黎贡跟我讲起来我们走了之后发生的事情：古努虽然当时说走了，然而却狡诈得很，过不久又指使蛇群悄悄返回来。蛊婆婆自然没有懈怠，凭着石头蛊的凶性和历来的毒蛇驱赶药，将这些统统赶走。古努其实看到了我们离开，然而他的目的并不仅仅在于我和杂毛小道，而是想探一探苗寨的虚实。当然，蛊婆婆给了有力的还击——如何还击，这里黎贡给我隐去了，没有提及。

没有人敢无视我们苗家人的尊严！黎贡很骄傲地对我说。

没说几分钟，雪瑞和女保镖崔晓萱踏着楼道木板，蹬蹬蹬，跑进了灶房里来。几人见面，好是一番寒暄，然而当问及杂毛小道怎么不在的时候，我这才又返回了焦躁的情绪中去，告诉雪瑞和在座的诸位，这几天的所有事情。我所遇到的事情，不说是雪瑞，连黎贡和熊明都不由得啧啧称奇。熊明高兴地说那格朗教派，果真是做尽了坏事，终于得报应了，活该！这些人太狂了，人狂没好事，猪狂一刀子，如是而已。

然而黎贡却摇了摇头说，那伙缅甸警方未必有能力将善藏法师一伙人，给一网打尽。

为何？倒不是说缅甸警方的武力不够，而是这山林子太大了，遍地沟壑丛林，很多地方人迹罕至，莫说是善藏他们，便是毒贩子，他们往山窝窝里一钻，就是美国佬开着卫星瞧，都看不见的。

我笑，这苗寨子如此闭塞，没承想黎贡这个老头子还知道美国卫星的事情，不简单啊。

我说，我倒不关心善藏一伙人的结局如何，我只是担心受了降头的萧克明，他突然消失不见，不知道是这山里面的哪伙势力所为？还请黎大爷（念第一声）指点一番。

这才是正题，我长途跋涉跑到这里，可不是为了听故事的。黎贡沉默了一会儿，问有没有可能是毒蛇或者野兽。我坚决地摇了摇头，有朵朵（或者小妖朵朵）在，那些野物哪里能够伤杂毛小道分毫，还让他人影无踪？这不可能，一定是有人出现了。

黎贡说："这附近周围，最大的三股势力，就是错木克的和尚、大毒枭王伦汗和黑央族的聚居地。前两者已经联合，共同在格朗教——这只是一个说法，谁也不知道他们到底叫个啥名字——的麾下；黑央族的人也厉害，魔音索魂、婆罗大阵都是看家的法宝。当然也有过江龙，就像你说的小日本，也有可能……具体的，要不然找蛊婆婆给你们卜一卦，给个方向？"

我问,蛊婆婆在家吗?我这就去找她。

雪瑞摇了摇头说,蛊婆婆今天闭门不出,整日锁在房里头,怎么找?黎贡沉默了一会儿,突然说了一句话:"她刚刚睡着没个把月,难道又醒了?这可不好啊……"

第四十二章　尘封故旧，水池白茧

我和雪瑞来到了蛊丽花的门前。

这是一栋有些老旧的吊脚楼，跟寨子里一楼养猪养牛、二楼住人的格局不一样的是，神婆家的一楼空荡荡，除了支撑的柱子和柴火之外，别无他物。东南亚的天气潮湿闷热，用树皮盖着的屋顶上，长满了墨绿色的苔藓。我们站在那扇虚掩着的门前，叩门良久，才听到有缓慢的脚步声传来，嗒嗒、嗒嗒……接着，门开，我看到了稀疏头顶上挽着一个小螺髻的蛊丽花蛊婆婆，她一脸疑虑地看着我。

好一会儿，她点头，让我们进去。

我跟着这个又瘦又矮的小老太太，亦步亦趋地来到一个四下通透的房间里。她给我们泡了一壶罕见的清茶，是我们平时喝的那种茶，而且茶叶是很好的，好像是恩施玉露，而不是苗寨中常见的油茶；连茶具，都有一整套的紫砂壶和杯子。看得出来，在吃穿用度上，这个神婆跟寻常苗寨中的居民，有很大的不同。

不管别人怎么说，在我眼中，她是一个神秘的人，特别是那天晚上，由寨子里发出来的那庞大气息，便是由她所主导的。有这种能耐的人，某种程度上来说，就不是一个易与之辈。

落座，由雪瑞开口，说明我的来意。

雪瑞是一个讨人喜欢的女孩子，看得出来，这几天的相处，她和蛊丽花结下了一定的情谊，说话也随便。蛊丽花安静地听着，她那布满沟壑皱纹的苍老脸孔上，流露出安详的微笑。然而让我注意的是，她比我前两日所见的样子，略微显得有些衰老，眼睛上都糊着一层清淡的眼屎，显得十分浑浊。

等雪瑞说完之后，蛊丽花看向我，问这件事情，为什么会找上的她？

我说我走投无路，自己下了一卦，于是就返回了这里，问黎贡头人，他又让我来找你，于是我便过来了，就是这样。蛊丽花问我学的什么卦，我说这卜卦为家传，但是也属于文王神卦的一部分精华内容。蛊丽花便开始笑了起来，说，有缘，真有缘。笑完，她问我，你知道我之前为什么会帮你吗？

这个提问让我变得沉默。

为什么帮我？世界上没有无缘无故的恨，也没有无缘无故的爱，寨黎苗村为了我们，得罪了格朗教派（暂时就叫这个名字吧），将本来并不明显的矛盾一下子就激发了出来，这是为何呢？见我沉默半天答不上来，蛊丽花笑了，她粗糙得如同树皮的手在我面前一晃，然后抓住了我的左手，扣住我的手腕，三指呈弓形，斜按在我的手

上，有一搭没一搭地点着，如蜻蜓点水。

她冲我笑，咧开没几颗牙齿的嘴说："你体内这本命金蚕蛊，是不是跟一个叫做龙老兰的女人有关？"

她的这一句话，让我彻底地震惊了。

不是因为她轻轻一按就知道了金蚕蛊的存在，而是她提到了龙老兰，我外婆。

那个一辈子都没有走出过晋平那个小地方的神婆，她的名字居然在千里之外，在另外一个垂垂老矣的神婆口中说出来，怎么能让我不惊讶？

接着，从蛊丽花的口中，我听到了这么一件事情：蛊丽花有一个姐姐，叫做蛊丽妹，那是一个传奇的女人。她在年轻的时候，曾经走出了这片丛林，北上，出掸邦，过瑞丽，走通了云省驮马道，然后一直行到了苗疆一带。她的目标不是落叶归根，重返白河，而是要会一会千年传说的苗家三十六峒传人。经过了这么久的历史烟云和动乱，要说现在去找这些传人，肯定是很难，然而在那个时候，各家蛊苗之间，还是有一些联系的。于是蛊丽妹一路挑战，竟然连败了十二家，从滇地一直打到了湘黔一带，竟然没有一家能够与之敌手的。

一个女人，竟有如此战绩，壮哉！

那个时候局势动乱，路难行，蛊丽妹这一路足足走了一年多。而后，她常胜无败的骄人战绩，终于在苗疆清水江流敦寨苗蛊一脉面前，终结了。当时她的对手只有一个，便是汉蛊王洛十八。洛十八只用了一个回合，便将蛊丽妹精修的灵蛊给破解掉。临了，他对这个来自异国的女人说，其实他的水平并不止这些，他有一个培育本命金蚕蛊的方子，若有时间，百年之后，必可笑傲三十六峒，无人能及。

蛊丽妹不信，然而落败之后，也无颜面反驳，意兴阑珊而返。

二十年后，蛊丽妹苦学求进，重返苗疆，却得悉洛十八已然葬身洞庭湖底，而他的七个弟子各自分飞，再无踪影。她仅仅见到一个洛十八的隔代传人，一个正处于花季的少女。那个少女，便是我的外婆龙老兰。她当时并没有为难龙老兰，只是说明了来意。那个少女告诉了蛊丽妹，说她已经在着手培育本命金蚕蛊，如果能够给予她时间，三十六峒第一人的位置，依然还是她清水江流敦寨苗蛊的。

蛊丽妹当时只是笑了笑，然后朝这神龛上洛十八的牌位拜了一下，返回了缅甸，终生再没有踏足中国。

我当做是故事，听完这一长段历史，第一个想法不是去关心我外婆当年发生的事情，而是在思考蛊丽妹的年龄问题。作为一个与我太师公同辈之人，若活到如今，那不是得有一百好几十岁了？即使养蛊人年老之后普遍都显得衰老，但是我面前的这个老太太却一定不会比我外婆的年纪还大。

蛊丽妹是蛊丽花的姐姐？这可真是一件让人称奇的事情，不过若算起来，这老太太的辈分可高得吓人。

说实话，我听完之后，头便有一些晕了，而在旁边的雪瑞，则完全就是一头雾水。

我问蛊丽花，为什么跟我讲这些？

蛊丽花说："金蚕蛊的饲养之法，并不是只有你们一家所有，至于蛊中至尊，也只是无稽夸大之谈。然而这话出自于汉蛊王之口，却又是板上钉钉的事情。她很好奇，成长之后的金蚕蛊，会是一个什么样子的存在。所以，她不让你死。之所以跟你说这些故旧的事情，是想让你明白，万事皆有因果……还有一点，她醒了，想见见你！"

"她？"我疑问地看着面前的这个小老太太，她则咧开了嘴，笑着说："对，她醒了，想要看一看你。我所有的本事，不及她百一，你有什么想问的，还是亲自去请教她才好。"说完这些，她站起来，带着我往里间靠坡地的那方向走去，雪瑞跟着，她也没有阻止，缓步而走。

我们出了神婆的家，隔壁便是苗寨的祠堂，走进去，她颤颤巍巍地朝地上三拜九叩。然后我们来到侧堂的三个蒲团坐下，她则默默念着话。在我们诧异的注视下，这几个蒲团下面突然一阵晃动，接着往下一沉，我们竟然开始往下掉去，一片黑暗。

不过好在这时间并不算久，几秒钟后豁然一亮，我们来到了一个墙壁上尽是火烛的土洞子里。

这洞子很大，至少有两百平方米，分成几进几出。蛊丽花站了起来，带着我们往前走。我没走两步，便被雪瑞紧紧拉住了衣袖。她一脸紧张地指着西边的方向，尖叫，说，有蜈蚣，好长的蜈蚣。我顺着她指的方向看去，只见西边整整的一面墙壁上，遍布着红色的、黑色的以及透明色的蜈蚣，不能细数，但是约摸得有上千条。这种五毒之首的蠕虫类节肢生物生长十分缓慢，一年才长三四厘米，而我见到的这些，一般都有二三十厘米长，可见都是年份长久的家伙。

如此多的蜈蚣汇聚在一起，别说是有密集恐惧症的雪瑞，便是我，脸色也发了白。

蛊丽花有些好笑地看着我，说，养蛊人还会怕这些小虫子？

我摇了摇头，说怕倒是不怕，就是看着这么多密密麻麻的虫子，心理面有一些膈应，很不舒服。蛊丽花说我们蛊师一身的本事，有很大一部分都是来源于这些虫子身上，所以一个正统的养蛊人，看见虫子的心情一定是愉悦的，是发自内心的兴奋和激动。这地下密室的各个区域里养着很多虫子——马蜂、蜥蜴、蜘蛛、蟋蟀、金蝎、蛤蟆、马陆、桑蠹虫、斑蝥、僵蚕、乌梢蛇、金钱白花蛇、水蛭、九色蜘蛛……常人看着蛮荒的雨林里，有着养蛊人梦寐以求的所有宝贝，这便是她们栖身这里的主要原因了。

蛊丽妹每说出一种虫子和毒物，雪瑞的脸便白了一分，直到说完，雪瑞已经化身为传说中的白雪公主了。

而这个时候，我们已经走过了三道门，一直来到了最里面的房间。

这个房间完全是一个水池子，我们站在门口往里看，黑黢黢的，有好多蜘蛛网在房间的上空密布。水池子里的液体荡漾，呈现出一种浓郁的绿色，也有紫色和红色在其中飘散着。这气味还算好闻，因为池中放了很多的香料，丁香、肉豆蔻、肉桂以及檀香混杂着。然而偶尔翻滚，有好多蛇段及毒虫的尸体也在水里面。

我吃惊地望着虿丽花，难道她姐姐就是在这个水池子里面？

正惊讶着，从黑暗处突然漂出来一个很大的白色蚕茧，缓缓而来，一直来到了水池边停住，稍微尖的一端朝上。我转身看去，只见这蚕茧的蛹衣破口处，露出一张紧闭着眼睛的美女脸孔来。

第四十三章　神婆授蛊，结伴同行

这白色蚕茧十分巨大，半浸在池水中湿湿嗒嗒的，刚开始还以为是什么巨型昆虫呢，没想到这一翻转过来，竟然是这个样子，让我不由得大吃一惊——她就像襁褓里面的婴孩，周身都被蚕茧所包裹着，只露出脸。说句老实话，我觉得雪瑞的皮肤已经足够晶莹了，黄菲也足够美了，然而与这张脸比起来，却又有着一些差距在。怎么讲？

这女人的脸蛋冰肌莹彻，细润如脂，粉光若腻，让人一见到，心中便不受控制地砰然作响，觉得她占尽了天下间的美丽。然而当这么美丽的事物出现在一个虫蛹之中，那么效果便不仅仅只是皎如秋月的曼妙了，更多的，是无边的诡异和恐怖。

反衬便是这样，越是美丽，越是吓人，这世间很多事情，皆是如此。

我的手臂被紧紧抓住，扭过头来，只见雪瑞吓得一脸煞白，贝齿紧咬着粉红的樱唇，眼睛迷蒙，几乎都要哭出来了。我知道她的视野跟常人的不一样，所以看到的，也许比我更多，不知道这多出的部分，又是些什么。我带着雪瑞往后退了两步，扭头问蛊丽花，说，这是……

神婆眼帘低垂，平静地说道："这便是我的姐姐，蛊丽妹……"说完，她竟然将手中的竹竿扔在了一旁，然后整个人都跪了下去，伏身在这个白色巨茧面前，喃喃自语，不理我们。

我心中大惊，我原以为她姐姐蛊丽妹是一个半截身子入土的老婆子，头发花白而稀疏，一脸的老人斑和皱纹，牙齿脱尽，嘴巴瘪陷……然而在我们面前的，却是一个二八年华、国色天香的女人——虽然整个身体还在这个巨茧当中。

我强迫着自己回头看去，只见那水池当中的液体十分地黏稠，就像鲜血或者浆液一般。

这是天山童姥吗？

我心中暗自骂着，正想带着雪瑞离开这个透着诡异的虫屋子时，这张紧闭着眼睛的美女脸孔突然睁开了眼睛，不悲不喜，面无表情地看着我。她的眼睛如同漫天的繁星一般璀璨夺目，瞳孔里呈现出一种绿色和红色交织的诡异形状。我浑身一僵，竟然有一种气场被锁定，动弹不得的感觉。

这如斯庞大的气场，竟如那山巅一般沉重。

这个女人头往前面一拱，竟然从蛹衣里面伸出了几分来，好多滑腻黏稠的浆液随着她突出来的脸孔溢出。这让我终于看明白，她并不是简单地用蚕茧将自己包裹，而是整个人都和那东西融为一体了。对于她来说，这蚕茧就如同母亲的子宫，是最温暖的所在。

她盯着我，我就像中了点穴术，僵直不动。很难跟大家形容我当时的状态，就像趴在桌子上睡觉醒来时，全身麻木的那种感觉。而就在这时，我体内的金蚕蛊则被一下子激发出来，它浮出我的胸口，然后摇头晃尾地挡住了美女的目光。肥虫子一出现，我的压力立刻减轻了很多，肌肉都松弛了下来。

雪瑞突然往前一站，用着她特有的清丽声音说道："蛊姐姐，我是雪瑞，他是我哥哥陆左，我们今天过来，是想请你帮忙给我们找一个人……"

这个小妮子居然不顾现在诡异的情形，直接将我们过来的目的，一一地跟白色蚕茧中的蛊丽妹妹说起来。

我至今仍然为雪瑞那一天跳脱大胆的行为，感到由衷的惊讶和佩服。

要知道，那一天，她才是个未满十八岁的少女。

蚕茧中的女人从始至终都没有说话，她大部分的注意力都集中在了金蚕蛊身上，这个浑身金色如玉材质的肥虫子也识趣，并没有冲撞这个看着似乎厉害之极的女人，而是露出它无害卖萌的状态，装疯卖傻；除此之外，她便是看着我和雪瑞。当雪瑞问起杂毛小道在哪里的时候，她闭上了眼睛，没两秒钟，睁开来，看向了地上跪着的蛊丽花。

地上的神婆指着西北方向说，翻过两座山，过一大片林子和两条小溪，在大山的背弯处，有一小片望天树林，树林的尽头，便有你们的朋友……

蛊丽花说着话的时候，语调与刚才的竟然有着截然不同的感觉，就像一个历经沧桑苦难的人（虽然她也很老了）说出来的，有着粗糙的杂音。我能够明白，她已经进入了半附体的状态。如此说来，这个蚕茧中的女人也许不是完全苏醒，她甚至有可能还是处于半梦状态，仅仅只是一部分潜意识醒转过来。

得知了答案，我抱拳感谢，而女人的眼神依然停留在肥虫子身上，不知道听没听到我的话语。过了一会儿，她深深地看了我一眼，嘴角抽动，然后闭上了眼睛。池中的蛇虫翻滚，将她缓缓地往后拖去。蛊丽花爬了起来，拄着竹竿，带着我们缓步往外面走去。然而就要走到门口的时候，我们听到了一声蛇信子吞吐的声音，蛊丽花停住了脚步，枯瘦的手搭在了雪瑞的袖子上："回去，她有东西给你……"

雪瑞莫名其妙，然而却也听从了蛊丽花的话语，折身返回到了那水池的跟前。蚕茧的全部都快沉了下去，我看见雪瑞突然伸出了左手，五指凑拢，然后蹲下了身子来，保持半跪的姿势。那张精致明媚的脸缓缓贴近了雪瑞的手，猩红的檀口张开，吐出一条青白色的软虫，小拇指大，下面许多细密的触足蠕动，然后爬到了雪瑞的手上来。

蚕茧终于沉了下去，在那黏稠得如同糨糊的绿色液体中，留下一圈又一圈的涟漪。

雪瑞身体僵直地转了过来，在转身的一刹那，她白净的手上空空如也，那条青白色的虫子早已经不见了踪影。她走了过来，像一个木偶，脸上似笑非笑，又好像要哭了一般。蛊丽花脸上露出了难以抑制的失落，她看着雪瑞精致的小脸，盯着，有些冷，过了一会儿，她说道，她说陆左一个人应付不过来，让这个小姑娘一同前去，这个青虫蛊，会助你们一臂之力，等关键的时候再用出来。

说完这话，她的态度也变得冷淡了很多，瘪着嘴，带着我们从通道里返回了地面。

这个神婆没有再跟我们说哪怕是一句话，出来之后，返回了自家的房子，关上木门，不再露面。当地平线上最后一缕夕阳的光亮，照在了雪瑞的脸上时，她的嘴角才扯动了一丝笑容，跟我说，陆左哥，终于可以跟你一起并肩作战了，这一天，我等了很久了呢。

我忙问，刚才发生了什么事情？那条虫子呢，到哪里去了？

雪瑞嘴角抽动，像是发生了什么可怕的事情，欲言又止，最后拼命摇头，不肯说话。我无奈，只好跟她约好明天早上一起去找杂毛小道。既然那个池中的前任神婆蛊丽妹说需要雪瑞一起去，而这天色已晚，我不能够带着这小姑娘摸黑赶路，自然只有在这里歇上一晚。重回头人黎贡家，说明一切，女保镖崔晓萱立刻反对雪瑞去冒险，而熊明则主动提出来带我们一同前往。

黎贡考虑了一会儿，同意了熊明的请求。

当夜我在熊明家住下，夜风习习，蝉声鸣鸣，我完成了这些天来睡得最香甜的一觉。

然而我还是在噩梦中醒来，梦中无数虫子尸体组成的脓浆从头倾泻而来，将我覆盖，让我无法呼吸。

清晨，太阳未冒头，我们便出了村子，顺着土路走了一会儿，然后转向朝西北走去。

同行的除了我自己，还有雪瑞和寨子中的狩猎高手熊明。而雪瑞的女保镖崔晓萱，因为昨天强烈反对此次出行，被雪瑞提前两小时起床，将其隐瞒过了，所以并没有在一起。

她是一个尽职尽责的女保镖，即使在这个根本联系不到外界的村子里，还履行着自己的职责。然而，她不能够理解，自己的保护对象并不是一个普通的女盲人，而是一个厉害的角色。

或许她知道？

雪瑞出了村子，十分地高兴，像一只快乐的喜鹊得返自由，精神抖擞地在前领路，而我则和熊明在后面紧紧跟着，时刻小心着这个女孩子可能出现的状况。熊明已然知道了我的真实身份，而他，因为寨黎苗村中神婆和风俗故旧的关系，其实也多少知晓一些养蛊的法门，不过他并没有养蛊，他说他不想陷入"孤、贫、夭"三项难题的抉择中。虽不养蛊,但是熊明的身手却是出奇地好,这一点,是我一开始并没有发现的。

在耶朗古国,祭坛里除了巫师之外,还有专门研习开发人体潜能的武士。之后耶朗解体,掌握神权的巫师们遭到毁灭性打击,有残留下来的,辗转漂泊,分成了三十六脉。而那些武士们的法门,也得以流传下来。熊明自小也习得有些法门,谓之曰"功夫"。这其实在《镇压山峦十二法门》的"固体"一卷中,也有所提及。

行路远,行路难,其中艰辛,自不必说,难得雪瑞一个千金大小姐,也不说苦,坚持下来。到了下午三点多的时候,我们来到了蛊丽花所说的那个山背弯处,果然看到了一片高耸的望天树林。

第四十四章　树顶暗哨，箭毒凶猛

望天树属于龙脑香科，又名擎天树，因树高可达80米而得名。它本来常见于云省西双版纳的原始沟谷雨林和山地雨林中，在别处是绝对难以找寻的，然而在这大其力北部山区的雨林中，却出现了这由十来棵望天树组成的小型树林，着实让人惊讶。与周围低矮的林木相比较，它们实在太高了，所以我们一转过山弯，便能够看到树梢。

杂毛小道离奇失踪，被掳走的因素更多一些，所以到了地方，我们的心便提了起来，行路也开始小心翼翼的，不断地眺望和观察四周的情形，唯恐在哪个隐匿的角落，蹲守着暗哨在。如果被发现，由暗转明，那么我们就变得十分被动了。丛林的植物繁密，通向望天树林的道路，除了一条看着像是被野兽踩出来的小径之外，只有几处貌似难以通达的入口，而且还需要手动开辟出一条路来。

出来的时候，我和熊明都拿着一把黑背脊猎刀，尖端锐利，入手甚为沉重，是他打猎的时候用的。村子里没有铁匠，这些生活物资是去山外定制或购买，十分麻烦。不过山外人倒也没有欺负他们，这刀可是上好的钢口炼的，虽然跟军工品不能比，但是在民用品中，却是少见的。

雪瑞则拿着一根竹竿，跟蛊丽花婆婆手中的那一根差不多。

为了安全考虑，我们决定不走现成的小径，而是从东侧的林子处，缓慢靠近望天树林。午后的阳光格外地毒辣，在雨林的底层，腐烂的枝叶果实散发着陈腐的气息，虽然我们来的时候也涂了一些寨黎苗家特制的防蛇去瘴的药水，但是依然有些难受。熊明经验丰富，他在前面小心翼翼地领路，雪瑞在中间，她主要的责任除了保证自己的安全之外，还需要用她的天眼给我们提供讯息。

而我殿后，警惕地看着四周，背上缴获的步枪可以在一秒钟之内就进入战斗状态，实行火力覆盖。

我不是职业军人，然而在这险恶的环境中，我必须学会以最快的速度，击垮敌人。

所谓蛊术、巫术和道术，在某些时候，威力确实很大，然而就杀人效率来说，跟现代兵器还是有着很大的距离，比不了。前者的威力，更多的在于神秘，在于未知。

短短五十米，我们行进了十来分钟。

当熊明把一条弹射而起的竹叶青给一刀斩断，将断口放在口中吮吸鲜血的时候，我突然感到背脊生寒，有一种被毒蛇在皮肤上蜿蜒爬过的冰冷触感。雪瑞把我和熊明

拽着蹲下，隐蔽在草丛中，然后低声说道，有人在窥视我们……

我缓慢地移动身体，尽量让自己隐入绿叶的阴影下，然后不动声色地朝着四周瞧去。雪瑞敲敲我的手背，然后朝着前方的上空指去："那里，左边上方……"我抬头望去，只见左边第二棵望天树顶端的枝杈处，果然伏着一个与树皮一般的深褐色身影，静静地，一动也不动，如果不是雪瑞提醒，我肯定是找寻不到的。

那株望天树足足有五六十米，确实是天然的瞭望塔，说不定我们刚一接近，就已然落在了他的视线里。

"还有那里，那里……"

雪瑞把身子紧紧地挨着我，在我耳边吐着热气，给我和熊明把树端上的暗哨一个一个地指点出来。因为紧张，她温热的身子有些不自然的颤动，说话也有些发抖。这个少女平日里享尽了富贵，看着勇敢果毅，然而真正面临到了危机，却又忍不住有些害怕起来。

不过她很快就调整了状态，呼吸平缓。我看着她精致的侧脸，牛乳一样莹白的皮肤，长长的眼睫毛轻眨，乌黑的眸子没有光，但是却仿佛孕育了一个不同的世界。我把那天缴获的匕首递给雪瑞，她接过来，挽了一个剑花，笑了，说她可是道门传人，不是累赘哦，放心。

我双手合十，轻念道，有请金蚕蛊大人现身！

肥虫子立刻亮闪闪地从我胸口浮现出来，见到漂亮的雪瑞小美女，还友好地点头打招呼，然后在我的驱使之下，"嗡"的一声，如同一道隐形流星，朝百米之外的树梢飞去。这片林子里，树端上有三个暗哨，而林间还有两个，仅仅依照着暗哨的人数配置，我便能够想象出这龙潭虎穴，有多么难闯，心中不由得有些发虚。倒是雪瑞没见过几次金蚕蛊，看到这个肥虫子，又是好奇，又是喜欢。

她低声问仰头看天的我，那个小虫子，就是你当初给我治病的帮手吗？

我说是，她立刻夸赞道，好可爱啊，又漂亮又萌，而且肥嘟嘟的，比起那条青虫蛊……她话没说完，一想到蛊丽妹给她的那一条丑陋的青色虫子，胃部立刻就有些不舒服，想吐。

熊明蹲在地上，浑身肌肉紧绷，呼吸平缓，如同一头择人而噬的猎豹。他的那把猎刀，刀把部分是用自家婆娘纺织的黑蓝色布条捆绑的，他慢条斯理地用左手，将那布条缠在右手上，一道又一道。我忽然从他的身上，隐约看到了大毒枭王伦汗的头号马仔波噶工那种锋芒毕露的影子。虽然他在此之前，还只是一把藏于鞘中的尖刀。

寨黎苗村的人，果然不是那么简单的角色。

肥虫子的效率颇高，一分钟不到，我便见到树上的那几个黑影一震，便悄无声息了。我们不知道在此之前，暗哨们有没有发出什么信号，但是也不敢在此多作停留，赶紧离开，缓缓潜行，从东面突进。没走几十米，雪瑞突然低声叫停，说又有情况。我缓缓地蹲身下来，竖起耳朵仔细听，有枯枝落叶被踩踏的声音传过来，这些人似乎并没有顾忌什么，速度快，所以动静很大。

声音是从我刚才所说的小径传过来的，正好我们已经潜行到了小径的斜对坡上，于是放眼望过去瞧。

我已经把背上的半自动步枪取了下来，打开保险栓。如果敌人发现了我们，这只枪定会掳去他们的性命。我说过，在这丛林中，不是你死就是我活，容不得心软。

然而我很快发现，这声音是从背后传来的，正好是我们来的方向。

在这脚步声中，又夹杂着几个人交谈的话语。

我一听就乐了，这话语我很熟悉，是日语，在某些场合下我经常能够听到。而且声音也是我熟悉的，是日本小子加藤原二的。没想到我这几天虽然危机重重，然而却总能够遇到一两件幸运的事情，舒解心怀。比如姚远火线突围给我送来了杂毛小道的傀儡娃娃，又比如现在的这个情况。虽然我不知道日本小子为什么会出现在这里，但是我有把握他和这片林地的主人，并不是一伙的。

既然我们一开始就有可能暴露，那么也不在乎是否隐匿了。有他这个活雷锋帮忙趟地雷，说不定我们反而更加能够隐藏下来。

金蚕蛊已经在我的体内居住了一载有余，全面素质都有所提高的我，听力也是十分敏感的。所以大概过了两分多钟，加藤原二和他身边的几个黑西装男才出现在我们的视野里面。因为江边的战斗，他们一行人已经损失了两个，此刻除了加藤原二和黑袍刘钊之外，只有两个黑西装，不过身手都还矫健，想必那天受轻伤的日本人并没有跟过来。

或者，他也许像他江边的同伴一般，也被抛弃了。

我们三个尽量地将身子低伏，不让自己在荆棘丛中那么显眼。这个时候，从林中飞出来几支响箭，朝路上行走的加藤一伙人射去。跟着加藤的黑衣男子都是顶厉害的保镖，一听动静，立刻侧身翻倒，有人紧紧将加藤原二压在身下，也有人将刘钊拉扯到一边，随即枪声便响了起来，朝林中射去。

好快速的应变能力！一行人几乎是在一瞬间，就隐蔽了起来。

然而终究还是有一个黑西装受了一箭，他在打完手枪里面的子弹后，僵直地窝在大树后面，伸手想去察看射中腹部的那枝黑色利箭。然而没过几秒钟，他的身体突然剧烈抽搐，不受控制地跳出树外，如同舞蹈一般僵直地做了几个动作，然后痛苦地高喊了一句话语，腹部处突然炸开了一大团碎肉来。

他死了，跪倒在林间的落叶层上，腹腔炸开了好大一个口子，血肉模糊。

很可惜我没听懂他在生命的最后关头，说了什么。只是明白，那箭尖上，有好厉害的毒药在。

战斗在继续，树林里除了一开始射出几支响箭外，再无声息。然而等加藤一伙人的枪声稍一停歇，立刻有好多个光着膀子、浑身涂满白色颜料的男人从树上、从草丛中、从石头背后蹿出来，快速接近加藤原二几个人的藏身之处。他们背上有弯弓，手中有长矛，动作灵敏如兔子。

　　我正看得心惊肉跳，忽然听到雪瑞一声尖叫，背后一阵腥风扑来，寒毛立刻乍起。

第四十五章 雪瑞提枪，三皇炮锤

这股腥风有着极其难闻的恶臭，我心道不好，来不及多作思考，伸手揽住了雪瑞的腰，便往旁边猛地扑去。我以背着地，好在地上都是些落叶和青草，倒也不痛，回头看去，入目处是黄白相间的花纹，还没有反应过来，一道风声又起，碗口大的肉鞭便朝着我这里猛抽而来。

这次轮到雪瑞发力，小妮子力气大得出奇，一下子便把我拉起来，再次往旁边急退而去。

啪！

我们刚才所在的地方，有一棵手臂粗细的小树，被这一鞭抽中，竟然立刻折断。断口处的木质松软，三米多高的树便倾倒下来。我站稳脚步，扭头一看，这袭击我们的家伙，正是前几日我在格朗佛塔前土坑中所遇到的那条黄金蛇蟒。当时有金蚕蛊在，并没觉得它有多么厉害，然而此刻在丛林中，它伺机暴起，竟然差一点将我们给一举猎杀。

五六式自动步枪在刚才翻滚躲避的时候已经跌落，没入草丛，刚才一直在旁边戒备的熊明早已抽刀冲了上去，与这黄金蛇蟒纠缠在一起。这长虫畜生的皮厚得出奇，鳞甲覆盖头背之处，熊明砍了好几刀，居然没有一点事，仅仅起了几道白色的印子，若有若无。

熊明久在山林行走，自然知道"打蛇七寸"的要诀，然而那黄金蛇蟒却滑溜无比，五米长的蛇身团团翻滚，坚决不暴露出自己的要害，让他无处下手。黄金蛇蟒被熊明缠着，自然无暇顾忌我们，然而我却不能逃之夭夭，只有一把推开雪瑞，催促她快跑，然后一边在心里呼唤金蚕蛊回来救驾，一边从腰间抽刀冲去。

蟒蛇杀人有三招：嘴咬、尾甩、蛇缠身。

这黄金蛇蟒与熊明交手好几个回合，已然将熊明手上的猎刀击飞，接着竟然出其不意地从侧里滑出，蟒身一卷，将熊明一下子给缠住了身子。熊明虽然是个厉害的高手，然而为了给我们拖延时间，吸引注意，机动不得，没有了腾挪施展的空间，也如常人一般。他被这长虫瞅空缠绕住，唯有大叫一声，脸色一肃，浑身骨骼啪啪作响，施展起硬气功，与之缠劲作拼搏。

人的潜能无限，然而成就却有限，如果远远用枪支射击，或者张网以待，这便另说。纯拼力气，除了武侠小说里面的大侠，有几个人能够以一己之力，与这五米长的巨蛇相较？这黄金蛇蟒常年在雨林里捕食鸟兽，早练就了一身的缠劲，一呼一吸之

间,身体暴涨,能够将人全身的骨骼碾压得粉碎,痛苦死去。

我哪里敢让熊明独自冒险?一个箭步便冲到了前面,瞅准蛇身七寸,便是一刀。

这一刀,蕴含了我这一年多来所有的成就,气势、角度、力道全部都是巅峰状态,若砍实在,定能够伤它筋骨。然而这畜生也是聪明之辈,也不硬接,蟒身翻转,竟然压着斜坡的矮树,朝坡下滚去。它此刻逃逸,应该没有用上缠劲绞杀熊明,我心急如焚,两步踏上去,又复砍了一刀。

依然没中,黄金蛇蟒的尾巴像鞭子一般朝我甩来,准确地击中了刀子的侧边。我握得紧,刀子没飞,然而手被这巨力所震,半边膀子都酸麻难当。

这家伙,聪明得出奇啊!

我被这力道击中,失去平衡,几乎是滚着下坡,猎刀也丢失了,眼前的景物变换不明。刚稳住一些,想站起来,突然又是一股巨大的腥风扑来。我这才发现,那黄金蛇蟒全身盘在熊明的身上,伸出蟒首,张嘴朝我咬来。当时的情况危急到什么程度,我这苍白无力的文字简直就难以形容出来,看过《动物世界》的朋友,也许能够想象得到蟒蛇张开嘴攻击猎物时的那种凶猛模样——那嘴,简直就是一百八十度张开,嘴里面细密的毒牙,全部都狰狞地展现出来,口中黏液飞溅……

嘶——

这一声响引爆了我那两块腰子间的肾上腺素(似乎就是这玩意儿)涌现,猝不及防地,我竟然什么也不想,猛然伸出了双手,往前一送,竟然稳稳地抓住这条巨蟒的蛇吻上下唇。

接着我双臂的关节处,啪啪作响。

一头五米多长、体重重达两三百斤的黄金巨蟒,它在全力之下,嘴间的咬合力究竟有多大?具体的数字只有求教于"数据帝",如果问我,我只能说,大,很大,真是太大了!我的双臂之力可以很轻松地托起一百五十公斤的杠铃,引体向上连续做八十来个不带停歇的,然而就这一下支撑,竟然有难以为继、只想着停歇下来的挫败感。然而我不能,如果我软下来,这黄金蛇蟒便能够把我一口吞下。

我听说过有蟒蛇吞下一头整牛的事情,想来吞我,也是不费吹灰之力的。

我能够被这巨蟒吃掉,过几天之后便成一堆散发着苍蝇所喜爱气味的粪便,安静地等待阳光的照射吗?

不能够!

于是,在这斜坡脚下,一人一蟒,就以这一种奇怪的方式僵持着。

从摄影艺术的角度,这无疑体现了人与自然之美,然而作为当事人的我,却已经陷入了巨大的痛苦中。我手掌上的皮肤已经被这巨蟒锋利的牙齿给刺破,鲜血沿着掌沿流下来。幸运的是储存毒素的獠牙因为位置的缘故,并没有发生功效。我的双臂骨骼几乎绷到了临界状态,要不是平日里也注重补钙,猪骨头、鸡爪子之类的食物也没有少吃,只怕现在已经绷断了。

苗家汉子熊明出师未捷，双手徒劳地敲打着这黄金蛇蟒的身体，一下比一下无力。

嘴巴被撑开来，这巨蟒红色的蛇信子陡然出来，拍打着我的脸，我低下头，蛇信子击打在前额上，不痛，但是流下来的口涎腥臭之极，让我恶心。僵持没有几秒钟，那家伙又开始滚动起来，试图将我拖到别处去。我的双手已经处于极度紧张的状态，突然听到身后传来雪瑞的喊声，陆左哥，让开……

我头一低，就感觉到身后一阵惊栗，针扎一般，接着面前这老对手浑身一颤，而耳边传来了几发沉闷的枪响。我冷汗都流了下来，要知道，在我一瞬间的气场感应中，那子弹几乎是贴着我的身体，打到黄金蛇蟒的身躯和地下。雪瑞是个小姑娘，从来没有玩过枪，要万一手一抖，我的身上岂不是要开好几个血窟窿？

五六式自动步枪就是山寨AK47，那后坐力，可不是一般的大。

枪声一落，中弹的黄金蛇蟒立刻发狂了一般，头猛烈地甩动，身体也舒展开来。我自然是被摔得鼻青脸肿，但是被它紧紧缠着的熊明也获得了自由。然而浑身无力的熊明还没站起来，便被蟒尾猛力一甩，人就如同一架风筝，被甩开到十几米的草丛中去。

十几米！这畜生发起疯来，力气果真是大得出奇。

然后，我听到了今生最美妙的音乐，雪瑞从斜坡上缓缓走下来，手中的步枪欢畅地奏响了乐章，嗒嗒嗒、嗒嗒嗒……雪瑞采用了急速点射的方式，暴风骤雨一般，将这头黄金蛇蟒给射成了一摊肉泥。

终于结束了？

林间的树叶簌簌生响，雪瑞跑到了我的面前，将打空了的步枪扔在一旁，蹲下来扶我，问，没事吧？我站起来，暗觉不对，一把将雪瑞推开，转身一看，就被一支箭矢射中了左边的大腿处。这箭矢力道已衰，却足够扎入我肌肉之中，火辣辣的痛，与此同时，我感觉到一股阴毒之气在蔓延。

擦！中毒了，而且还是刚才那种能够让肉体爆炸的毒！——这哪里还是毒，简直就是邪恶的降头术。

我暗叫不好，心想不会半分钟之后，哥们也变成了炸弹人了吧？正焦急地滚落一旁闪避，就感觉菊门一紧，一种久违的感觉传上心头，我松了一口气：肥虫子这小畜生终于回来了。

虽然它是以我最深恶痛绝的方式回来的。

危机并没有结束，三个光着膀子的矮个子（不到一米六）从林间蹿了出来，朝我狂奔而来。这些家伙手上提着比自己还高的木制长矛，赤裸的上身用植物的浆液涂成白色的图案，这图案抽象，线条狂放，仿佛是一个恶魔的脸，狰狞地笑着。

他们三人赤着脚，然而行走如风，踏着枯枝烂叶便冲到了我的面前，哇啦哇啦大叫，举着长矛便朝我刺来。我刚与巨蟒搏斗，本来就浑身酸软，此刻也不由得打起精神来，沉肩沉气，左手守门护胸，避开最先刺来的长矛，贴身上去，右手大指扣、四指拢，拳顶平直，虎腕挺，一拳就轰中了最前面这个家伙的头颅。

三皇炮锤！

拳脚功夫，杂毛小道传过我萧氏弹腿，也传过高庄三皇炮锤，都是些搏斗发力的技巧。

第一个家伙口喷鲜血倒地，第二个家伙也被我一脚"野马奔槽"，踢中裆部，痛苦地跪在地上。

我一开始便状若疯虎，然而两招过后，全身乏力，刚勉强地抓住最后一根长矛，便听到后面风声一起，雪瑞一声惨叫，正想回头去望，只感觉头部如遭雷轰，顿时眼前一黑，晕倒过去。

第四十六章　三人相聚，互道有缘

当我重新恢复意识的时候，第一感觉是脑子都快要炸开了。

剧烈的疼痛感喧宾夺主，占据了我所有的知觉，不知道过了多久，我才闻到有陈腐潮湿的气味，它在我鼻间萦绕，挥之不去；耳边也传来了一阵又一阵的呼喊声，刚开始还是很遥远，如同在天边，这会儿终于听清楚了："陆左哥，陆左哥，你快醒过来啊……"是雪瑞，她带着哭腔的呼喊声，一下子将我的意识完全唤醒。我睁开眼来，入目处是一片昏暗，还有雪瑞流满眼泪的精致小脸。

"陆左哥，你终于醒了？"雪瑞见我醒转过来，高兴得要命，紧紧抓住了我的胳膊。

我的意识终于恢复了正常运转，这才发现我正躺在地上，身下垫着一张破烂的草席子，而我的头则枕在雪瑞的大腿上，软软的，有一股女儿家的香气在，让整个房间里的空气都变得清新了一些。是的，没错，这里是一个房间，准确地说应该是一个牢房，而我和雪瑞，则成了阶下之囚。

我想张口说话，然而张开嘴巴，却感觉喉咙火辣辣的，竟然一句话都说不出来。雪瑞连忙把我的头平放在地上，然后跑到一边去，过一会儿，她捧着一掬水，送入我渴得冒烟的嘴里。虽然这水同样有一股陈腐的古怪味道，然而我却甘之如荠，觉得这水仿佛给我注入了足够的生命力。一掬水喝完，我终于能够开口说话了："雪瑞，我们这是在哪里？"

雪瑞没有回答我的问题，事实上我问的这个问题纯属废话。她问我有没有感觉好一点。

我点点头，她笑了，笑容就像最纯净的山泉水，比那梦中的天使还要漂亮。

她告诉我，我被一个黑衣劲装的男人击晕之后，她抗争了一下，就束手就擒了。我们被捆着，带到了这个地牢里面来。这个地牢在哪里呢？虽然他们给雪瑞蒙上了眼睛，然而让他们没有想到的是，雪瑞并不是靠眼睛来识辨万物，而是靠天师道北宗高人罗恩平给她开启的天眼。

我们是在望天树林尽头处，一个密林掩盖的大山之中。这座山被人为地掏空，空间广阔。雪瑞告诉我，这个地方有很长的年头了，而且她还看到了墙壁上有很多日文的标识，所以她推测这里有可能是当年日军侵略东南亚的时候，留下来的地下基地。连山前的那一片望天树，都有可能是日军移栽过来的，毕竟望天树在此之前，仅仅只分布在西双版纳的补蚌，和广纳里新寨至景飘一带的二十平方公里范围内。

至于日军为什么会在这既非交通要道也不是城镇中心的大山里偷偷修建军事基地，而且还没有被人知晓，这就不得而知了。上一次世界大战，至今已经过了六十多年了，历史被岁月尘封，而这里则迎来了它新的主人，一群穿着长袍的土人。他（她）们操着泰语、缅语和英语，与旁人交流着，在雪瑞路过的地方，每一个人都像是大地的主人，用苍鹰一般寥廓的眼神看着她和我。

墙壁上有电灯，但是早就已经废弃不用。有熊熊的火焰在跳跃，燃烧着松油。

接着，我们就被送到了这里，一个不足十平方米的囚室。

所幸的事，他们并没有将我和雪瑞分开。

而我，已经晕过去十个小时了。

雪瑞告诉我，这里是她所见过最恐怖血腥的地方，每一寸土地上都流淌着鲜血，每一个角落都有冤魂和亡灵在哭诉、在呐喊、在哀号……这是一个恐怖之地，正直的人会变得龌龊，纯洁的人会变得肮脏，善良的人会变得恶毒，所有一切的美好，都会变得丑陋不堪，让人心生唾弃。

只有天生邪恶的人，才会爱上这里。

我这个时候已经倚墙而坐，打量着这间牢房，三面都是坚硬的石头，特别是背后这一块，更是巨大的山体；而在我对面，则是一扇栅栏式的门，栅栏是金属的，或许是铁，有微微昏黄的光线从门中透过来——这种门能够让巡视者很容易看到里面的囚徒在做些什么，并且能够随时采取行动。

门的对面，也是和我这样一般的牢房。

而这房间里面，则就简单很多了，门口处有一个广口粗瓷缸，身下有一张破草席，除此之外，再无别物——等等，在角落阴影处的那个小罐，是夜壶吗？好吧，从它散发出来的尿骚味，我可以肯定是夜壶了——如此简单，家徒四壁。

而且，除了这一身衣服，我们所有的东西都被没收了。

我尝试着站起来，然而浑身无力，连腿都提不起来。这种虚脱感让我很诧异——我虽然在与那黄金蛇蟒搏斗的时候耗尽了力气，但是还不至于如此吧？我看向雪瑞，她苦笑着告诉我，我在进这牢房之前，被灌了一种刺鼻的绿色草汁，也许是那草汁药水，让我全身乏力的吧？

我心中又泛起了一阵国骂。

不过人在最倒霉、最困难的时候，总是要往好的地方想，比如他们居然把雪瑞安排跟我同一个牢房，而不是分开关押；比如灌药水的时候，雪瑞用秘法将那一口水存留在喉间，随后又将其催吐出来，虽然多少也吸收了一小部分，但是影响并不算大；比如……肥虫子还在。

作为我陆左出道以来的第一杀手铜和头号马仔，有金蚕蛊在，那么一切都还没有绝望。

我尝试着呼唤金蚕蛊，这家伙立刻给予了回应。我被擒住的时候，它正好在我左腿处与那侵蚀的毒素做斗争，那毒性太过暴烈，而且还蕴含着一定的怨力诅咒在，即使以肥虫子之能，也不能够分心二用，只有一心一意地解毒。随后它见我没有危险，而这基地之中又是危机重重，便蛰伏下来，等待着我的决定。

金蚕蛊聪明，但它毕竟不是人，很多突发情况的判定，它都需要我的命令。

此刻的金蚕蛊则停留在我的胃部，将那绿色草汁给吸食出来，帮我缓缓地恢复体力。金蚕蛊是毒中行家，通过意识，它给我传递过来这草汁的效果：能够催化大量的肌酸，让人浑身疲惫，精神萎靡不振，昏昏欲睡，没有什么思考能力，浑浑噩噩地过活着……

我大概等了半个多小时，才勉强恢复一些体力，站了起来。雪瑞告诉我这个牢房里面，因为气味和环境太差，大概两小时才会有人来巡逻一次，于是我走到了栅栏前面，手摩挲着这锈迹斑斑的铁栏杆，能够感觉到岁月已经将它的坚硬，给泯灭到了极低的程度。

然而，这些依然不是一个服用了绿色草汁之后的人，所能够撼动的。

我站在牢房的门前半分钟，然后我看见了一个人。

这是一个盘腿而坐着的人，就在我们这个牢房的斜对面。他默默地坐在水罐旁边，口中不断地蠕动表明了他是一个正常且清醒的人，昏黄的油灯由于角度的关系，只有一缕光照到他帅气俊朗的脸上，虽然上面有些瘀青，但是并不损他的气质，反而有一些残缺的美丽。他之前一直闭着眼睛，而当我站在了牢房门口的时候，他睁开眼，眸子里的光芒闪闪发亮，接着嘴角挤出了一丝笑容。

这笑容很扭曲，但是我想我应该跟这个老熟人打一下招呼。

"好久不见了，加藤君，你怎么有雅兴，跑到这个小地方来啊？"我笑盈盈的，看到这个小日本眼角一片瘀青，即使我也好不了多少，然而仍旧是十分愉快。

加藤原二平淡地点了点头，说："陆左君，同是天涯沦落人，何必以前来取笑我？"

他说了这么一句话，我就真的没有脸嘲笑他了，说多了就变成了口舌之争，浪费气力。于是我便收敛起了心情，问他的同伴在哪里。他答我："青山处处埋忠骨，天涯何处不留人？人生来这个世间，便是受苦，归去黄泉，其实也是一种幸福……"他这么说，我便知道他手下许是死光了，然后在这里装呢，于是点了点头，不再说话。

然而却有人受不了他的文酸，在一旁出言讽刺，小日本，学不像我中华文化，就不要胡乱装，好好说话不行吗？

这声音是从我隔壁不远传过来的，我一听就乐了，竟然是姚远。

没想到他前天晚上半夜从我身边溜走，逃之夭夭，然而两天不到的时间，我们又再次见面了，果然是有缘啊。我急忙跟他打招呼，问他是怎么到这里的。真巧啊！姚远在那边苦笑，说："巧个屁，这一大片地界，都是萨库朗（音译）的地盘，当时就是看着你倒霉，我才跑的。结果没转出几道弯，还是被抓到这总部来了……不过你倒也是厉害，刚刚被抬进来时跟死猪一样，现在却能够爬起来了！"

我正待说话,突然左边传来一阵铁门碰撞的声音,便赶紧缩回里面来。

有人粗鲁地喊着话走了进来,过了一会,来到我们牢房门口,朝里面看了一眼,然后放进来一个盆子,说开饭了……发完饭,那人离去了,我等了一会儿,感觉肚子饿得难受,走过去一看,是四块煮熟的肉和一些黄色的稀饭水,高兴地伸手去拿,突然雪瑞尖着嗓子叫住了我:"不要!陆左,那是人肉……"

第四十七章 那一拳的风情

我的身子一僵,有一股凉气沿着尾椎骨冒了上来。

说实话,这一年以来我都没有享受过多少安稳的日子,总是有这样或者那样凶险的事情出现。死人见得也算多,心早就适应了生离死别的情感,再血肉模糊的场面,也觉得平常,安之若素,不会影响到自己的心情。然而见到碗里面这四块切得方方正正、煮得熟透的肉,就像普通的猪牛肉一样,散发着食物本身的香气,热腾腾的,竟然还有一些酱料在上面,我肚子里顿时就有一股酸水往外面冒。

雪瑞是不会骗我的,她说这几块肉是人肉,那么便一定是。

想来这牢房的主人也没有那么好心,在这交通不便的大山和丛林中,给我们找来猪肉佐餐。

我能够想象我在那一瞬间的脸色,应该是变得惨白惨白的。血腥我见过,残忍也见过,但是变态如斯,却还是超出了我的想象。竟然将人肉像普通肉类一样烹饪熟透,然后端出来给我们吃掉,这是什么行为?这是什么行为!我想除了心理变态之外,基本上没有其他的解释了。

我咽了咽嘴巴里的酸水,朝地上吐去。

幸亏雪瑞及时出言制止了我,要是我因为肚子里突然出现的饥饿,抗不住,将这碗里面的肉给吃掉了,以后知道了,回想起来,定然会夜夜都做噩梦的。这跟坚强和其他男人的品质无关,而是与人性有关。人,不能吃人,这是做人最基本的底线,至少在文明社会里,是这样。

然而当我双手抓住铁栅栏的时候,我却看到了斜对面的加藤原二,已经抓起了盆子里面的肉,没有任何犹豫,张口便啃。

虽然心里面十分不喜欢这个日本小子,但是我仍然忍不住出声提醒他:"这是人肉,不能吃的!"

他愣了一下,将那块两指厚的肉块放下来,伸手抹了一下唇边的酱料,然后平淡地说道:"你说是人肉就是人肉了?这分明就是猪肉,不信你试试,味道还不错。赶紧吃,吃完了才有力气。"说完这些,他端起盆里面的稀粥,仰头喝下。他说得轻松,然而我看见了他的喉结处,不自然地抽搐了一下。一耸一耸的,像是痉挛。

我明白了,雪瑞刚才的叫声那么大,加藤原二怎么会听不到呢?他定然是清楚的,只不过当作不是,麻痹自己而已。为什么?也许是因为肉类能够最快地补充他的体力,以便于他接下来的行动吧!表情如此平淡的他,心里面的想法应该是要越狱吧。

我无语了，折身退了回来，坐在了雪瑞的身边，感觉肚子里的饥饿有增无减，火烧火燎。牢房门口的那一盆食物，又变得如此诱人起来。我问雪瑞，你怎么知道那盆子里面的肉是……

雪瑞闭目微笑，指了指自己的额头正中处，然后又指了指自己的心间，说："在我面前，事物所有的本质，只要我想，都能够看得清楚——我看见这些肉是来自于一个可怜的姑娘，她死去还不过两天，我听到了她灵魂的战栗，和不屈的呐喊……你饿，是因为你喝下的那草汁发生了作用，它上面有十个饿鬼的怨念在，所以让你饥肠辘辘，只想着食物。但其实，你并不需要它。"

我点了点头，确实如此，才过了一天的时间，我们昨天还在林间吃了熊明家的腊肉和饭团，哪里会这般饥饿？经过雪瑞提醒，我盘腿下来，开始念"甘露法食咒"，超度盘旋于胸腹之间的饿鬼："冷冷甘露食，法味食无量，骞和流七珍，冥冥何所碍……"一咒念完，脑海里如同毒瘾一般盘旋不去的饥饿，这才消散了许多。我重复念了三遍，终于消失不见。

我笑着对雪瑞表示了感谢，说，你倒是知道得不少，今天要不是你，我可出了大洋相。

雪瑞浅浅一笑，皱着鼻子说，那可不是吗？我可是天师道北宗传人，天师道五绝"养精之道""养气之道""养神之道""养形之道""养食之道"，我可以说都得有真传呢！说完，她有些不好意思地笑了，说其实没有，她主要是被师父开了天眼，能够看透些世物迷障的表象罢了。

我也摸了摸鼻子，笑着说，连"养精之道"……你也得到真传了？

雪瑞刚才还晶莹雪白的小脸，刹那间颊生飞霞，就像池子里突然倾进了红墨水，晕染开来，不一会儿，连她的耳根子都红得发烫。"你是坏人！哼……"她说完，接着，这个陡然间变得明艳不可方物的美少女伸出粉拳，一下子擂到我的胸口，把虚弱的我摇得隔夜饭都差一点吐了出来。我这才想到，我面前的不仅仅是一个十七八岁的少女，而且还是一个道门传人，不是我可以随意调戏的……

这一拳的风情，深得三皇炮锤的精要：朴实无华、气势勇猛。

接下来我们默默不语，隔着有两拳的距离，靠墙，静静恢复体力，以及等待着我们接下来要面临的命运。现在不是玩耍的时候，要知道，我们现在的身份，可是阶下囚，案板上的肉，随人家任意拿捏呢。雪瑞的呼吸很有特点，三长一短，像是在练习某种道家养气功。我扭头，看她睫毛弯弯，轻轻颤动，然后回转过头来，按照固体中类似瑜伽的法子，将浑身的骨骼震得啪啪轻响。

时间过了两小时，果然，又来了三个人，提着强力手电筒挨着牢房照了一遍，然后骂骂咧咧地离开。从他们的速度来看，这个地方并不大，或许囚犯并不是很多，伸出两只手，应该就能够数得过来。随着左边的铁门处"哐啷"作响，谈话声逐渐远去,我决定使出我的杀手锏。

"有请金蚕蛊大人现身!"

我双手合十默念着,肥虫子出现之后,我指使它顺着牢房出去查探一二。它点头,然后潜入阴影处,缓缓地往外游去。这个时候,牢房里一片阴暗,自然不会有什么人会注意到它。而我则闭上了眼睛,将脑海放空,开始让自己的心境达到那将醒未醒的状态,心神升入了一个假定的、空想的区域。

渐渐的,有物体的形状在脑海中浮现,像素描、简笔画,三三两两地勾勒,东一笔、西一笔,越来越生动,越来越明朗,在我眼中出现了一个大厅,而最中间,则是一个石柱子。画面回转,我看到了大厅尽头处有一个铁门,侧拉的那种。那里应该就是我们这个牢房的出口。而肥虫子所处的那个大厅里,四下都空荡荡的,中间的石柱子上面有好多条铁锁链,有长有短,锁链的尽头处都是手铐一般的样式。

世界骤然一低,这是金蚕蛊往下俯冲。

肥虫子来到了那石柱的附近,在画面里,出现了好多白色的皮屑和头发——这头发有长有短,顺直的、卷曲的,颜色也各异——碎指甲,以及其他……显然,这个地方,曾经有很多人在此生活过。

金蚕蛊盘旋一圈之后,开始往另外一端飞去。

在大厅的另外一端,有烟雾袅绕,红光浮现,接着出现了一个大门,那大门是旧式的铁门,感觉十分的厚重,也严实。金蚕蛊围着这大门绕了一圈,竟然没有找到缝隙可供溜出。作为半灵体的金蚕蛊,它可以自由出入人体以及其他的生物,然而这仅限于碳水化合物这种类似的大分子结构,如果是这纯金属组成的紧密屏障,它也难以穿破。

过了一会儿,它瞄准了锁眼。

然后,它准备从这个唯一的通道口,往外界出发了。蠕动着肥肥的身躯,金蚕蛊开始突击,从锁眼的间隙进行渗入,我眼前的世界开始变得光怪离奇起来,完全分解成了若干毫不关联的画面和片段。然而没等到我明了铁门之外的风景,一道红光就彻底击中了我脑海的世界……

轰,脑海中的一切全部都崩塌了。

我睁开了眼睛,看到雪瑞一脸关切地看着我,轻声问怎么了?我想开口说话,然而喉头一甜,血便顺着嘴角流了下来。过了一会儿,肥虫子返回来,金黄的表皮外有些焦黑。在山林中见到那条黄金蛇蟒,我就应该想到善藏法师来到了这里,而且这个事情已经得到了姚远的证实。果然,万事皆无侥幸,在降头师们的大本营里,房中若没有一些个布置,简直就是在侮辱他们的智商。

我心疼地摸着肥虫子被烧得焦黑的皮肤,有些难受。

它则没心没肺地吱吱叫,还跑到雪瑞的胸口去遛了一圈,引得一番尖叫。金蚕蛊不怕刀劈火烧,是块真金,受到的伤害远远没有表面上看起来的那么严重。然而我却还是有些难过：杂毛小道生死不知，我和雪瑞身陷囹圄，牢外危机重重，我所有的底牌都已打光，这可如何是好？

我第一次生出了疲倦之意。

当夜我昏昏沉沉再次睡去，梦见自己来到了一个黑窟窿的土坑里，每走一步，地上就有一个骷髅头。终于，我踢到了一个人头，好奇地拾起来一看，却是杂毛小道七窍流血的头颅，在冲着我诡异地笑。

第四十八章　两次谈话，一道刀光

从噩梦中惊醒，这可不是一个好兆头，我深呼吸了好一会儿，才让自己相信刚才的梦境并不是真的。

杂毛小道这种贱人，怎么可能悄然无声地死去了呢？

黑牢中不知岁月昼夜，因为手表也被没收了，大汗淋漓的我唯有靠着墙，让自己的脑子转起来，思考着解困的办法。雪瑞在我旁边闭着眼睛，嫣红的嘴唇往上翘着，像个婴儿，也不知道她睡着没有。看到她我就一阵内疚，若不是为了和我一起来找寻杂毛小道，她也不用受这苦。而且更加让我着急的事情是，这个地方的布置，让我想到了一件可怕的事情……

不，不会的！希望我的猜测是错误的。

我胡思乱想了一阵子，突然左边的铁门开了，然后有人进来嚷嚷，这话我知道，应该是开饭了。果然，我听到旁边一阵响动，过了一会儿，那个缺了一个耳朵的送饭者来到了我们的铁栅栏前，看着地上未动分毫的饭盆，他低下头来看我一眼，然后骂骂咧咧地将这盆拿走了，也没有给我们再换上一份。

我不知道今天的食物是什么，感觉自己的体能储备还有，便没有理会。

雪瑞在黑暗中舔了舔嘴唇，没有说话。我跟她说如果渴了，去喝一点水吧。她摇了摇头，说那个水放了十几天了，是死水，喝了一定会闹肚子的，还是算了。再说了，他们这里的东西，她一样都不敢吃。我无奈，也渴，跑到水罐那里，用手捧着喝了几口。

味道是很古怪，有一股阴沟里的气味，不过虽然恶心，有着金蚕蛊在，我倒也不是很怕闹肚子。

周围传来一阵胡吃海嚼的声音，我仔细地数了一数，整个牢房里，在我附近的至少有六个人。自从我醒来，出声的只有加藤原二和姚远，其他人默默无语，也不知道是些什么人。大概过了二十分钟，这些人竟然全部都停止了进食，躺倒在地，打起了呼噜来。

正在我疑惑的时候，牢房左边的铁门又响了，传来了缓慢的脚步声。我刚刚返回草席上坐定，铁栅栏处的光突然明亮了起来，接着，有一群人出现在了我的视线里。

领头的那个穿黑色金边纹袈裟的和尚我认识，他便是错木克村格朗神庙的主人，善藏法师。

我叹气：该来的，总是要来的。

跟着善藏法师前来的有五个人，两个穿着黑色丝袍的抹面巫师，两个抬着担架的劳力以及担架上面的病人。那是个脸色苍白的年轻人，眉目间并不像普通的东南亚人，反而跟中国人有些类似。善藏法师没有说话，于是所有人都陷入了沉默，然而安静中却有着强大的感知和力量在。我和雪瑞也没有说话，只是默默地看着，小心隐藏自己。

"那条黄金蛇蟒是谁杀的？"终于，善藏法师开口问。

"我。"

"哦，把王初成身上的蛊毒给解了。"

"嗯……好了，已解。之后将泡发的黑木耳与银耳煎水服用，持续三日即可消除。"

以上便是我和这个老和尚所有的对话，他最后深深地看了我一眼，然后一刻也不想多待，带着这一群人匆匆离开。我竖起耳朵，听到善藏在门口说了一句话，是缅语，很模糊，我回头问雪瑞。这个小妞的脸色有些僵，过了一会儿，才缓缓说道："他说，且留你三日……"

善藏法师一走，我又返回了铁栅栏前，看向斜对角的牢房，加藤原二没在，从我这个角度看不到里间，见外边也没人，便轻声喊。我喊一会儿原二，又叫姚远，都没有反应。我知道了，刚刚的那个伙食里可能掺了料，所以他们昏睡过去了。

这是在清场吗？

我又叫了几声，突然从左边传来了一个熟悉的男声："别喊了，服了药，他们没有几个时辰，是醒不过来的。"在这个地方，听到这略带香岛口音的普通话，我不由得一愣，半天没有反应过来，直到许鸣从阴影中，缓步走到我面前来的时候，我也没有闹明白，为什么他会出现在这个地方。

雪瑞站起来，缓步走到前面："致远叔……"她没走两步，停了下来，摇了摇头，说："对了，你不是。难怪觉得有什么不对劲，原来你不是……"

许鸣用一种怜爱的眼神看着雪瑞，然后又把目光缓缓地移到我的身上，见我没有说话，便开口说道："想不到吗？"我盯着他左手上那串小紫叶檀香的佛珠手链看了一下，点了点头，说："是的，真没有想到。不过后来听说钟助理得了血癌住院，便知道出问题了。知道你身份的人不多，钟助理算一个，我、老萧也各算一个，这些人如果都可以不说话的话，你就可以安安心心地去做你的李公子，等到你那个假爹死去，继承你这辈子都想不到的财产。如此说来，倒也不算稀奇。"

许鸣摇了摇头，说："父亲清楚得很，他是不会把财产留给我的。事实上，在此之前，他已经把遗嘱立好，他死之后，财产全部都捐给社会慈善基金。不过，我对父亲的崇敬之情却没有一点削弱，他是一个伟大的人，一个值得尊重和敬仰的人。你们是不能够明白我对他的感情的。"说着，他一脸痛苦地叹气："只可惜，他拒绝了他不该拒绝的东西。你和萧道长也一样，不管你们相信不相信，我都是把你们当作朋友的……"

我耸了耸肩膀,指着这个牢笼,说:"当朋友,就是这么对我?"

许鸣沉默了一会儿,说:"人微言轻啊!一个人生存在这世上,总是会碰到许多不愿意做的事情。我要回仰光了,这次是过来跟你们告别的。虽然我之前还在犹豫,要不要过来跟你们见面,但是想了很久,还是见一见吧。毕竟,错过这次,我们以后,可能就很少有机会见面了。陆左,雪瑞,我知道你们现在恨透了我,但是请你们理解我的无奈。如果以后我成功了,我会补偿你们……或者你们的家人的。"

他似乎有很多话要说,然而到了嘴边,却始终没有出来,转身准备离开。

我连忙叫住了他:"等等,我想知道老萧被你们抓到哪里去了……"

许鸣一愣,说,老萧?他摇了摇头,说:"萧道长没有在这里,至少,我是没有见到过他。"见他回答,表情不像是作假,我心中疑虑,寨黎苗村中的前任神婆蛊丽妹告诉我们,在这片望天树林的尽头,就可以见到我的朋友,然而许鸣却说他在这里没有见到杂毛小道,到底谁在说谎?又或者,我忽略了什么细节吗?

许鸣盯着我,犹豫了一会儿,还是语重心长地说道:"陆左,说一句交心的话:如果他们要是提出要招揽你的话,你一定要一口答应下来,经过浴血重生的仪式,成为我们的会员。这样子的话,你不但能够保全自己,而且还可以让雪瑞免受伤害……我想你能够听懂我的话,并且照做。你们,是斗不过萨库朗、斗不过邪灵教的。你难以想象他们对待敌人,将是一种什么样的手段,真的,你难以想象!我走了,如果有下次见面,我仍然希望我们是朋友。"

说完这些,许鸣如释重负,再次返回黑暗之中,悄无声息,连铁门的开启声都没有传过来。

过了两分钟,雪瑞跟我说他走了。

我扭过头来,看着这个十八岁的花季少女,心中有一种难言的愧疚,说对不起。她笑了,伸了一个懒腰,说:"你对不起什么?这句话,若有机会,跟我小爷爷说去。不过也说不定,那些人就是饿狼,没有许鸣,或许又会出现另外的人来算计。不过,你真的认为我们之所以会出现在这里,全部都是许鸣的安排?"

我摇摇头,说,我如果这么看,真的是太抬举他了。为了杀我和杂毛小道,许鸣需要费这么多功夫来布局,以掩饰他不想暴露本身的目的?怎么可能?不过,我们也许只是适逢其会,闯进了这个局中来了。许鸣不成,未必他后面的那个人就没有这个能力。我有时候在猜测,也许那个人,就是秦伯,或者是收下许鸣为记名弟子的班布上师。不过,知道这么多又有什么用?

我只有三天时间了!

我们坐回了墙边的破席子上,心灰意懒地靠着墙。

我在认真地考虑许鸣的提议,如果这个组织收人,那么我是否要假意投靠,曲线救国呢?如果真的能够有一线生机在,而且能够救出雪瑞,重新找到杂毛小道和朵朵，我是不介意的——大不了之后当卧底，把它给一举铲除了呗？

时间慢慢过去，一小时，两小时……我的困意又有些浮上头来，许久没吃饭了，让我有些懒得动。

突然，我听到有一种奇怪的声音从右边传来。

我突然感到太阳穴有针扎一般的疼痛，往旁边的地上一滚去，回头看，只见刚刚盘腿坐着的席子已经裂开了，一道煞气的刀印刻入地下几分。然后出现一个似有似无的身影，在我面前飘荡着。

第四十九章　达成和解，奇葩狱友

这个若有若无的身影一出现，我定睛一看，竟然是一个穿着和服的日本艺妓，模样没看清，就觉得嘴唇红得可怕，脸白得吓人。而刚才那一下攻击，正是从她手指甲上射出的。只一下，便入土三分。

我心中恼恨，这鬼玩意儿，不就是加藤原二那天持咒弄出来的纸片式神吗？怎么会气势汹汹地出现在这里，来找我拼命？

雪瑞也吓了一跳，她脚步也灵活，一晃便闪到了墙角处，一脸惊异地向这里望来。

我心里有恨，伸手便去拍那纸片式神，然而那东西就像是灵体一般，如同空气。我右手一挥而过，没有一点实质的触感。我之前还以为是一张白纸作托载，然而这会儿才明白，根本就不是。这纸片式神好像是二维生物一般，根本找寻不到它的实体。我一愣神，那式神便挥袖一巴掌扇来。

唰——

那墙壁上又出现了一道凌厉的印子，一米多长，厉害得紧。

正在这个时候，雪瑞前跨一步，左手抚胸，右手大拇指按在弯下的无名指和小指上面扣住，食指和中指自然伸直并拢，指向那个正欲逞凶的纸片式神，低喝一声："定！"这白面红唇的日本娘们动作一僵，竟然缓慢下来。——雪瑞此招竟然跟我那面震镜有着异曲同工之妙，可惜我那法器进来时被搜了身，不知道流落到何处。来不及感叹，见此时机，我一搓双手，将其逼红，再次上前，握住这纸片式神的双臂。

这一捏即实，又软又滑，如同真人，触感极佳。

雪瑞见到我将这式神给一把抓住，也不迟疑，舌绽春雷，双手结印，然后伸出左手食指在空中，以指代笔，画起凌空符来。我曾在前面说过，符箓之道，向来以纸笔丝帛为依托，上请诸神，下请阴鬼，有道者最是便利。然而凌空画符，以气为引，在复杂错落的环境中念头凝结，并能够奏效者，皆是高明之辈。

我有些诧异，雪瑞一年不见，竟然有这等造化？

我正疑惑，雪瑞已经画好这符文，一股气息聚集起来。她将这气息承托而起，正准备印在这纸片式神的胸口，只听到加藤原二的呼喊声从对面传来："手下留情！陆左君，手下留情……"雪瑞看了我一眼，我点了点头，她双手一散，做了一个太极收手，将这蕴含着烈阳之气的符文给驱散。

而我手中的这纸片式神也停止了挣扎，只是我手烫，她不时手臂颤抖。

我手中的这女人手臂软绵冰凉，如同真人一般。看着她那刷了一层厚厚白灰粉的脸，我心中不由得猜度：原二这家伙，不会无聊的时候，把这式神召唤起来暖床吧？——好吧，如此冰凉的女人身躯，只能消夏避暑了……嗯，我邪恶了。

将这个原二的"女人"押到铁栅栏前，我望着那个花样男子，气就不打一处来："你个孙子，前回在仰光说再遇到我，一定要让我好看，当时我与你无冤无仇，只当作是一个笑话。没承想你小子都落魄到这里了，还放不下仇怨，人没出去，就跑过来杀我……"

加藤原二苦着脸看着我手中的式神，双手一振，身边又出现两个搔首弄姿的和服美女，然后解释："陆左君，我要是想杀你，怎会只派一个？我只是想试一试你，能不能够成为我的合作者……"

"你要越狱？"

"不越狱，难道你以为他们这里会管饭，一直养你到老吗？"加藤原二有些激动，惨笑着说，"你以为他们每天喂我们吃肉喝粥，会有什么好心？还不就是为了将来拿我们这些人来作生祭，炼制降头鬼物？这里面的阴气，至玄至深，让人痛苦，我一刻都不想在这里待着。怎么样，你走不走？正所谓'合则两利，分则俱伤'，我们抛弃前嫌，一同闯出这个鬼地方去，共谋光明，好吗？"

我没有说话，快速在脑子里考量着这小日本的话语里面有多少诚意。

毫无疑问，正是因为知晓自己的后果，加藤原二才会不顾食物的变态，逼自己吃下人肉，而他邀我一同越狱，也不过是担忧自己一个人恐怕力量不够，想拉一个垫背的而已。不过，正如他所说，为了共同的目的，我们暂时的合作也是很有必要的，因为多一个人，则多一份成功的希望。我看向了雪瑞，她点了点头，说同意，这个鬼地方，她也一分钟都不想多待。

善藏法师说"且留我三日"，三日之后又如何，他没说，但是想来不是请我吃饭喝酒。

见我迟迟不说话，加藤原二咬着牙说，两百万！我一愣，说，什么东西？加藤原二说两百万人民币，这些钱用来补偿我今天受到的精神损失，回去就给。原来他是担忧我刚刚被他偷袭而生气，故而拍下重金。我心中不由得骂起娘来：这小日本子就是有钱，屁大的年纪，毛还没有长齐，没事就喊两百万（上次买十年还魂草的时候也喊过），好像谁没见过钱似的。

我愤恨完，笑容浮上了脸："成交！"

说完，我把手中这纸片式神给松开，这个和服美女一解脱，便乳燕投林一般飘飞到加藤原二的怀中。他动情地喊道："杏子，杏子你没事吧？"那和服美女不能说话，只是用手轻轻抚摸着他的脸，柔情似水。

我和原二隔着铁栅栏商量如何逃狱，没说两句，在我的右边很远的角落突然出现一个沙哑无力的声音："阿弥陀佛，两位小哥子，你们的计划可不可以算上我老和尚？"这声音苍老，有着浓重的云省边疆音，而且"阿弥陀佛"这几个字，口音格外古怪，让人好笑。

我看不到说话的人，但是这个人一出声，立刻从各处传来好几声的附和，有说英语的，有说泰语（或缅语）的，最让人惊奇的是，居然还有一个女人操着武市话说："一起克（去），一起克……"

我还真的不知道在这牢房里，居然还有这么多狱友。

加藤原二往后退两步，他旁边的一个纸片式神高高举起手，然后猛地往下一挥，"铿……"门应声而开。他缓步走到了我这边来，抱拳为礼，说，陆左，你们是怎么将那销蚀精神和气力的绿草汁，逼出体外的？说话间，那个叫做杏子的式神挥出手，将我这边的牢门栅锁也斩断。与此同时，牢房里的其他地方，也响起了同样的声音。

我与雪瑞出了牢门，发现这大牢房是一个过道式的长廊，我们这里算是头几间，从此处往里走，还有两侧二十来间。不过关押的人不多，陆续走出几个人来，有一个瘦骨嶙峋的光头老和尚，一个眉高眼深、一脸胡茬的老外，一个痴肥如猪的中年妇女以及两个又黑又瘦的中年男人。其中，老和尚和后面那两个黑瘦男人，都是泰国或者缅甸的本地人。

我笑着回答加藤原二的问题："猫有猫道，狗有狗道，各家都有各家的法子。你也不是没中着吗？"

八个人聚在长廊正中的烛火之下，从身上的臭味来看，老和尚和老外应该是被关押得最久的，裸露出来的皮肤上都流着脓水，精神气色也差；而那两个黑瘦汉子也属于天残地缺之辈，一个独目，一个则是"杨过大侠"；只有那个胖女人脸上仍旧冒着油光，一脸的"痔疮"。

看着这些老弱残兵，小日本很不乐意，说他不是开福利院，只带有用之人，而不希望有人拖后腿。

这几个人纷纷表示：自己其实是厉害角色，一方大拿，可惜被那蚀心草给消磨了气力，如果能够将那蚀心草的残渣药力给逼出体外，他们绝对没有一个是吃干饭的。许是被关得太久，高鼻梁蓝眼睛的老外最是激动，他会说点中文，于是结结巴巴地说他叫做威尔，威尔岗格罗，他是一名摄影师，但同时也是英国灵学研究会克鲁克斯先生的学生，是一个很厉害的灵媒，请不要抛下他。

那个叫做巴通的老和尚看着加藤原二和我，一脸的渴求，缓缓说道，只要给我们解开蚀心草，我们便能够自由！

加藤原二沉默了十几秒钟，最后终于点头同意了，好吧，我可以让我的侍女帮你们吸出来，但是希望你们不要辜负刚才说的这一番豪言壮语。

五人皆称善，各自返回自己的房间，让加藤原二的纸片式神给他们吸蚀心草的毒。

我走到了姚远的牢房门口，看着这个老先生端坐在席子上，闭目不言，问他：

"姚老先生,你不跟我们一起走吗?"他睁开眼睛,笑了,说:"政府既然已经管上了这里,他们应该需要一个替罪羊,让双方都有颜面下台,所以我留着还有用。加油吧,希望我今天的晚餐,不是你们其中的一个人……"

我默然不语,与雪瑞返回了自己的牢房静坐。

一个多小时之后,铁门哐啷响,三人一组的巡逻小队,再次来到了这个牢房里。这是一次与平时一样的检查,然而他们没有想到的是,牢笼中不再是囚犯,而是一群去掉了镣铐的猛虎。

第五十章　和尚施法，雪瑞破阵

我端坐在牢中；雪瑞坐得累，半倚在墙壁上，用手指小心地摩挲着那道被式神劲气斩出来的深印。

脚步声随着强力手电筒的照射响起来。

这些巡逻者配备有手枪和鸣哨，而靠近铁门处还有一个红色的警报按钮。

这些便是我们全部的阻碍，没有监控录像，没有对讲机，没有感应器……这种简陋的防范措施，似乎还停留在半个世纪之前的第二次世界大战时期。不过这也可以理解，毕竟在萨库朗（格朗教派？）的大本营，精英荟萃，随时都有高手支援，所以他们毫无顾忌。——果真如此吗？

三个人很快就走到了我的面前，这是三个赤裸上身的黑瘦男子，有一个的年纪可能才十四五岁，算是个少年，然而他眉间的英武却并没有因年纪而减轻半分。他停下了脚步，呆呆地看着雪瑞，不自觉地咽了下口水。旁边一个大叔级男子一巴掌拍在这个少年的头上，大声地呵斥，然后朝着雪瑞猥琐地笑着。

大叔似乎在说着什么淫秽的话题，旁边的同伴也笑了，唯有那个少年没有笑。

他的瞳孔比旁人的都要黑，泛着微微的亮光。

巡逻者没有看到铁门其实已经被斩开了枷锁，对墙上那突兀出现的石痕也置若罔闻，调笑了一下同伴，然后朝着里边继续走去。没有两秒钟，我就听到了铁门被猛然推开的响声，然后有几声劲风炸响——这是出拳或者出腿的速度达到了极致的时候，发出的声响。杂毛小道跟我说过，打出这种声响的人，从国术上来讲，修为已经练至刚劲的巅峰。

接着我听到了骨骼碎裂的响声，我的牢门被一道黑影轰然击中，然后撞开，撒落一地的红白。

这是一颗滚动的头颅，裹满了鲜血和脑浆，而它的主人，本来属于一个有些羞涩、情窦初开的少年。我缓缓站起来，雪瑞咬着牙跟我走出牢门，她是如此努力地抑制心中的害怕，然而我仍然听到牙齿打战的细微声响。

出来的时候，我听到加藤原二在低声训斥那两个黑瘦汉子出手太凶，弄这么大动静，出了事情怎么办？

这两个黑瘦汉子的身份是顶级泰拳手，出手凶猛如虎豹，虽然在这牢里面被折磨许久，但是实力犹在。如今去除了蚀心草的毒效，恢复了些气力，立刻就在这几个普通人的身上耍起了威风。我看着他们的手肘和腿上的血浆，以及脸上露出的残忍笑

容,没有说话,只是紧紧拉着雪瑞,站在一旁。

显然,在这牢房里面关着的,并不是只有我们这样的无辜者。

出于对纸片式神的顾忌,这两个汉子虽然面露愠色,但是并没有反驳加藤原二的呵斥,而是默默地听着。事情紧急,时间不多,加藤原二也没有再多说什么,转身朝着大牢房的铁门跑去。铁门的门槛上,已经伏卧着一具尸体,断成了两截,血流一地。

事不宜迟,我们全部都往铁门处跑去,路过姚远的牢房时,我看见这个年近花甲的算命先生正蹲在角落里,裹着草席瑟瑟发抖。因为是我"朋友",所以小日本并没有下狠手,但是这也只是我对他偷出杂毛小道的泥像(虽然后来又被收缴了)的感谢,并不能一直照顾他。

当我们跑出门口,来到肥虫子来过的大厅时,加藤原二突然停止了脚步,回头点人,说,怎么少了一个?

我们左右互看,确实,那个叫做威尔的英国人没有跟上来。两个泰拳手中的独目汉子一激灵,返身冲回牢房,过了一会儿,威尔屁颠屁颠地跟着独目男跑了出来,抹着嘴唇连说骚瑞骚瑞,他刚刚很渴,喝了一口水。日本小子眼睛一瞬间眯得狭长,有一种杀意在蔓延,然而他还是忍住了,只是冷冷地说没有下次。威尔一边歉意地笑,一边点头。

关键时刻,不能内讧。

日本小子深谙合作之道,我也是,所以对威尔那只藏入身后、手背上全是鲜血的右手,视而不见。

这是一个宽阔的大厅,站在中间说话能够听到回响的那种,空荡荡的。大厅的左边是牢房,右边的尽头有一扇老式的大铁门,那里应该是出口。这一点,我得到了对这里情况最为清楚的人——雪瑞——的肯定。事实上,就我个人感觉而言,我们所处的这一个广阔的空间,应该也算是大监牢的一部分。这里是大通铺,而我们那里,应该是犯人的 VIP 包间。

我们缓步走向右边的那扇铁门,路过那根足以两人合抱、三米高的石柱时,老和尚巴通停下了脚步。他将左手的食指放在黑色的嘴唇中舔舐了一下,然后将这沾着口水的手指竖在空中,三秒钟后,他冷哼了一声:"好重的怨气,竟然能够凝如实质?如此可不好,会拖累我们的……"

说着话,这个枯瘦得如同小鸡的老和尚双手结印,沉于胸前。

然后他轻轻地打出,口中念了一个字,咄——

他那双鸡爪一般的双手前端,赫然出现了一个淡红色的"卐"字,朝着那石柱的表面轻轻飘去,然后紧紧黏在一起,一股能量的波动沿着石柱渗入了地上去。咒文能量实质化,他露出的这一手,不单是我,所有的人都不由得吃了一惊,果然是个高手。而面对着我们"敬仰"的目光,老和尚不悲不喜,单掌立于胸前,道一声"阿弥陀佛"，向那石柱深深地鞠了一躬。

真正厉害的人，是心存敬畏的人，只有懂得了害怕，才能够了解内心的恐惧，然后战胜它。

老和尚的这一礼，让我们肃然起敬，纷纷照做。

时间就是生命，我们不再作停留，继续前行，很快就来到了那道让肥虫子吃了小亏的沉重铁门处。之前觉得此处看守宽松，然而来到这里，才发现这里的看管其实很严——牢里面还有人，而这里的铁门却已经紧闭，说明此处才是牢房真正的要道。

这扇门高四米、宽三米，朝向是往我们这边推开，地下还有导轨，趴地下看，严丝合缝，手放门上，厚重，至少都有半掌厚。

雪瑞拉着我的衣角，告诉我和这些狱友们，这后面有两个黑袍巫师，不过他们正在打坐，并没有觉察这边的情况。过了这道门，往前走是一个长廊，尽头的左侧边是一个大的武器库，右侧边是生活区，这里的大部分人都在那里；有楼梯，往上走是很多壕沟和废弃的火炮平台，转弯直走，那里有一个小型军营，过了那里，就是出口……

除了知道雪瑞进来时早就查探好地形的我之外，所有人，再一次震惊了。

那个痴胖如猪的肥婆用一种很奇怪的眼光打量雪瑞，而日本小子则反复确认了几次，激动得浑身颤抖："天助我也，天助我也啊！果真是'得道者多助，失道者寡助'，古人诚不欺我……"听他废话，我便知道这是个心慕我中华文化的自卑孩子，便问，这门，怎么破？上面有法阵，你这和服美女接近不了的。

几个人都不信，纷纷将手轻按在门上，眉头都皱了起来，而威尔岗格罗稍微一触便松开，问怎么办。

老和尚闭上了眼睛，冥想了一会儿，说这门上的法阵是大日如来的"满月莲花阵"，是顶尖的小乘佛教秘阵，内含十七重路线，万千种变化，专隔绝灵力念想。莫说是我们这些人，便是久居婆罗古刹的尊者，都难以短时间破解。这可怎么办？他的话语，让我们所有人的心都沉了下来。

不得不承认，老和尚巴通在我们这一行人中，是最博闻广识的一个。

满月莲花阵？"破地狱阵""开经玄蕴"这些道家精华我倒是知晓一二，至于佛家的曲折，我倒是真没有听过。

然而就在这个时候，我身边的这个漂亮盲女站了出来。雪瑞的脸上露出了尴尬的笑容，将最前面的加藤原二推开，左手平贴到锁眼之上，然后缓缓地闭上了眼睛。过了一会儿，她往后退三步，那门竟然缓缓地被打开了，两个黑袍法师（便是上身穿衣服，脸上抹白灰的人的统称），就在我们眼前。

雪瑞果真说对了，一点不差。

让人奇怪的是，这门的开启，居然是靠其中的一个黑袍法师的帮忙。而此刻的他，平静地看着我们，眼神呆滞无神。独目汉子和独臂男子立刻一人一个，上前干脆利落地将这两个看守给击昏。虽然刚才他们出手血腥,然而真正关切到生命危险之前,却举重若轻,下手干净果决。

雪瑞竟有这等魅惑人的本事?我以前怎么不知道?

不过这个时候,大家哪里还有心思追究这些,赶紧顺着墙壁往那出口突进。地下不知昼夜,只是每隔十米便有一盏油灯在,昏黄的灯光在跳跃。潜行了三盏油灯,遇到几个人,雪瑞示意我们直走,不用管,果然,如有神助,他们竟然都看不见我们,仿佛我们隐身了一般。

大家都很激动,如此下去,我们定能够闯出这个该死的地下基地。

然而就在所有人都感觉即将成功的时候,从我们旁边突然传出了一声杀猪似的嚎叫:"来人啊,有人越狱了!我是林琳花,我要戴罪立功了!"

第五十一章　东突西夺，恐怖血池

这一声杀猪般的呐喊让我的脑子瞬间就热了起来。

一回头，只见那个痴肥如猪的胖女人奋力迈着小短腿，朝右边的生活区跑去——那是一个半开敞式的长厅，里边有许多门，人不多，但还是有一些看守在聚拢聊天，而他们旁边不远处的桌子上，还放着长矛利刃和短弓。我们之前在雪瑞的掩护下，如同隐形，然而此刻却一下子被暴露在阳光下，成了这些看守——还有刚才对我们置若罔闻的巡逻——眼中的焦点、众矢之的。

失策，果真是失策了！

我们只以为同行狱友都是被萨库朗抓来的苦难者，却没想到那里还关押着这组织内部斗争中落败的残党。要是早知道她的身份，我们又何惧手中多一条人命呢？只可惜棋差一着，被胖女人这么一喊，雪瑞难以为继，所有的优势立刻就烟消云散，而我们即将陷入重重包围之中。

这里等待我们的，是万劫不复之地。

一瞬间我们就想清了缘由，不待招呼，独目男前跨几步，势若奔马，腾空而起之后瞬间踢出三脚，全部踢在嘶嚎着的肥婆身上。那四百多斤好肉一声不吭，重重地摔向墙上，以她为中心，墙壁出现了网状的裂纹，簌簌往下掉碎沙。

这个时候，我们已经暴露了，四面八方都有人朝我们这里冲来。

不过这些人都只是些普通部族战士，那些让我们担忧的黑袍巫师，可是不用放哨的高层。日本小子疯狂地往前冲去，他的三个纸片式神手起刀落，接连斩断好几个人的身躯之后，动作便迟缓下来。而旁边几人也各显身手，都是能打之辈，尤其是那两个黑瘦的泰拳高手，拳刺、脚踢、膝撞、肘顶、嘴咬，打法刚猛凶悍，百无禁忌，竟如同出笼猛虎，一时间倒也占了上风。

冲到路口，加藤原二想要一鼓作气冲上楼梯，雪瑞却拉着我往左边跑去，我虽然不明，但是也知道这里定有原因，紧紧跟随。果然，我们没跑十几秒，便听到后面有一声野兽般的狂吼，一股庞大的气浪急速蔓延过来，弄得我头发扬起，接着就看到日本小子和老和尚他们几个，狼狈地朝我们这里逃来。

是什么东西？我来不及思考，因为我面前已经出现了三个危险的敌人。

这是三个矮个子男人，穿着黑色笼基，腰间缠着宽厚的皮质腰带。他们上身赤裸，露出结实的块状肌肉，看着几乎像是底盘极低的人形坦克，眼神犀利而张扬，霸气侧露地站在一道可供行车的大门外，这扇大门的后面，就是雪瑞刚才提及的武器弹

药库。

　　岁月摧残，那些战争时期的日军弹药只怕早就搬空了，但是这三个守门人却是凶悍得紧，我刚一临近，便迎来一招跳步横踢，人未到，空中就"啪"的一声炸响。如此刚劲，让我心中越发起了狠戾反击之心——若论技巧拳法，我不及这些人十分之一，但是我身怀金蚕蛊，观察力和敏捷力自认不输这般高手，放手一搏，谁怕谁？

　　我扭动腰胯，躲开这一强横的摆腿，右手半握如鸡爪，朝下挥动，如鞭子一般使劲抽向他的裤裆处。

　　生死之战，不怕丢脸。这一抽我用了八分力，如果抽中，此人必然会蛋碎人亡。

　　可惜我这阴毒法子并没有奏效，那人双腿并拢，肌肉绷直，竟然将我的右手给紧紧夹在了大腿上，抽动不得。旁边的另一个守门人火速出手，双拳擂向我的头颅。我暗自咬牙，将我这对手"鲁达拔柳"，横空举起来，挡住了这一记绝杀。然而空中的那个家伙双手解放，立刻变手为爪，朝我脸上扣来。

　　这些都是一瞬之间发生的事情，一时间，危急万分。

　　正在这时，我身边飞出两个黑影，将那两个守门人的攻势接下，而我手上的重量突然一轻，接着漫天如瀑的鲜血就喷洒出来。我将手中那下半截身子往大门处一扔，却是日本小子的纸片式神将那凶神恶煞的守门人给一刀了结——就武力而言，他们都是厉害的角色，然而碰到了式神灵物，却脆弱如纸糊。

　　终究，他们选错了对象，也选错了战场。

　　日本小子从我旁边错身而过，大喊一声走，直奔门中。

　　我回头看，雪瑞刚才身手灵活飘忽，闪到了一边，并未受伤，也跟着往前跑。那两个守门人，一个被独臂高手狂风暴雨式的单腿连踢，虐成了沙袋，而另一个则被独目人将四肢全部打断，然后抓住朝后扔去。我冲进了那库房的铁门之中，只见门口也倒伏着好些个横七竖八的尸体。抬头看，英国摄影师在用舌头舔着尖锐指甲上的血浆，表情淡然。看着他那如毒蛇一般扭动的鲜红舌头，我顿时身后冒寒气。

　　好厉害的高手！好高的效率！

　　我拼尽全力方能够勉力抵挡的敌人，却被这些家伙几个照面就料理翻去。倘若不是凭着没中毒的神秘感，我也不知道我在他们心中能有什么位置。没有金蚕蛊，这里的每一个人都胜我十倍、百倍，都是一时之英豪。不过我也不气馁，自从2007年的那个夏天起，我也变了模样。迟早有一天，我会比他们更加厉害的。

　　当我一跨入铁门，加藤原二大喊一声，几人合力将这大门给关上。齿轮转动，就在我们把这门闸扣好的同时，门上遭到一阵巨力撞击，轰然作响。这门是按照战争的标准修建的，因为要防止敌人夺取，修建得甚为坚固牢靠，却也方便了我们。

　　我问一脸惊诧的加藤，他长出了一口气，说是个恐怖的巨汉……

　　他没有多说，而是望着这足有几个篮球场般宽阔的空间，说四处找一找，看看有没有出路，或者敌人。我这才想起打量我们所处的这个库房：果然和我想象的一样，圆弧的穹顶下并没有什么军火弹药，而是堆放着大量的木材、粮食袋子和木桶——这些全部都集中在我左手边的区域；而在更多的地方，因为只有门廊这里的几盏油灯，所以都陷入一片黑暗之中。

雪瑞的天眼厉害得很，伸手一指，说那里有人。我们举目望去，只见在仓库的东首边，确实有一个嵌入山壁里面去的小房间，门虚掩着，有一点微微的光芒透露出来。

几乎是听到命令一般，两个泰拳高手如离弦之箭，几十米的距离转瞬即至，赶在那门关闭之前，冲进了那房间。我们几个也紧追而上。跑动的时候，我看见我前面那个老和尚巴通破烂如抹桌布的袈裟里，突然露出了一个我十分熟悉的图像来——和尚除了头顶烫戒疤，一般不会文身，而我则看到了一个黑色蜘蛛，出现在巴通的左肋之下。

来不及思索，我们已经冲到了这个房间，只见四个穿着黑色袈裟的老和尚已经躺倒在地，鲜血长流，而两个始作俑者则站在一个大池子前面，发呆。这是个极富宗教色彩的佛堂小厅，百来个平方的空间里摆放着佛坛、须弥坛、幡、盖、经幢、灯、华、香、香炉、阏伽器以及一个巨大的石鼎，当然，最显眼的还是位于正中的那个池子。

这是一个十米见方的深池，与地相平，前方摆着四个蒲团，从死去的这四个老和尚的位置，能够想象他们刚刚还在这里祈祷念经，然后被泰拳手果断杀死。——这两个混蛋，难道不知道留活口的重要性吗？我心中有些恼火，从门口走进，看着躺在脚下的这个老和尚，枯木树皮似的皮肤，头发和胡须皆成雪白之色。他犹未死透，口中像螃蟹一般，不断地吐出血沫子一般的泡泡来，无神的眼睛看着我们。

然后，一只脚踩在了他细长的脖子上，用力一顿，他才终于死去。加藤原二回头看我，冷冷地笑，说，你别以为他们值得同情，要记住，只要在这里的人，都不是无辜的。我低下头，不理这个家伙。雪瑞拉着我，说，陆左哥，那个池子太恐怖了，怨气太重，我们还是离开这里吧，不然会有灾的……

我一愣，上前两步一看，差一点吐了出来。

这池子中的液体并不是我想象的水，而是黏稠的血液，隔得远还不觉得，走近几步，便能够闻到很浓重的血腥味，呛鼻至极，难怪他们几个人表情那么古怪。而且让我恶心的是，这池子中并非只有血液，不停翻滚的水面处，出现了许多人类的肢体、美丽的女人头颅、修长白皙的美腿以及合拢在一起的双手……

这哪里是一个佛堂？这明显就是一个修罗地狱。

独臂人并不忌讳，伸手去血池中捞出一只黏嗒嗒的左手，然后安在自己缺失的臂膀上，笑了笑，又将它丢回了血池里，溅起一地的血，惹得他的同伴直骂娘，而他则哈哈大笑；老和尚单掌竖于胸前，然后默默念着经文；倒是那个英国摄影师威尔岗格罗镇定自若，甚至嘴角还露出一丝笑容。

砰、砰、砰……

这时候外面传来了一阵巨大的撞门声,一声比一声剧烈。我们不敢再停留,急忙跑出门去,只见库房那扇厚重的金属门上,有好几个巨大的拳印,在门上浮现出来。

这门……坚持不了多久了吗?

第五十二章　十年为蛊，百年为惑

这砸门的动静很大，然而让我们欣慰的是，六十多年前的小日本并没有做豆腐渣工程的习气，这门一阵颤抖，却终究还是没有倒塌下来。我们快步冲上前去，想上去顶住压力，雪瑞拦住了我："如果这门真的塌了，你们岂不是要被压在这里？我感觉这个地方还有其他出路的，赶快找一找……"

雪瑞的神奇大家有目共睹，几个人都同意，只留老和尚和独臂男子在此警戒，其他人四散寻找。

我不敢离雪瑞太远，跟她一路，朝右边的黑暗处寻去。雪瑞本来就不怎么依靠视觉，在黑暗中脚步灵活得如同灵猫。我仔细往墙壁各处看去，搜寻着蛛丝马迹，一边说出心中的疑问："雪瑞，刚才在外面行走的时候，那些人怎么对我们视而不见？是跟蛊婆婆送你的那条青虫蛊有关吗？"

她往回望去，见没人跟来，于是点头，说是的。

这条青虫其实并不能叫做蛊，十年为蛊，百年为惑，它被蛊婆婆养了近百年的时间，虽然形为虫子，然而却已经有了自己的思维和智商。它并不能以毒杀人，但是却能够对周围的人产生一种欺骗式幻觉，让其陷入一种幻境以及执着中，影响人的心智，甚至当惑离开，仍然处于梦中，不能自拔。蛊婆婆应该是算到我们会遇危险，所以才将这青虫惑暂借于我，帮我们排危解难。

我点点头，表示知晓，暗地里却腹诽不已：此地离寨黎苗村相去不过半天路程，以蛊丽妹之能，若说不知晓这里的情况，我掉脑袋都不信。她不但将我们引导至此处，而且还只字未提，是何居心？说实话，我真的难以猜度出来。

正走着，我突然听到不远处的角落里，传来一声奇怪的动静。不单是我，雪瑞也注意到了，我们两个对视一眼，小心翼翼地走过去，突然，离我们三米的石墙上裂开一个口子，破口处立刻蹿出几个提着长矛的人来。这些人杀气腾腾，我根本就不用判断，便知道是萨库朗的人。当下咬牙伸脚，朝着第一个人斜着踹去。

九路分中掏心腿，叉花如箭弹弹腿的派别颇多，萧氏弹腿吸取昆仑大师晚年传于夏宁清真的教门弹腿之精华，融合茅山养生气功和降鬼禹步，出式为汤瓶式，发腿与裆平，讲究以简克繁，以逸待劳，变无形象，攻缺击要，杂毛小道自小离家，虽然只学了部分，而后转授于我，但威力却不减几分。

为首者立刻口吐鲜血，跌飞而去。

然而后继者如群狼出洞，悍不畏死地冲出石门，朝我扑来。我应付一两个还勉强，再多一些，就有些手忙脚乱；更无奈的是他们在这突击人员中还安排了搏击高手，第二个出来的家伙便是，骨头硬得出奇，我与他拳头对拼一击，疼得厉害。好在雪瑞似乎跟她师父学了几招定门轻功身法，并没有吃到亏。

这边有乱，立刻有人前来支援。第一个便是加藤原二的纸片式神，这家伙的术法真让人羡慕，附有阴神的纸片上下翻飞，竟然连斩两人，将我大部分的压力都一举卸开。

然而当我往后撤了两步，一只手从门中伸出来，黑雾缠绕，竟然一下子揪住了这纸片式神。

是的，这只毛茸茸的手竟然在黑雾的帮助下，轻而易举地将加藤原二的纸片式神，如同揪住一张纸片一般给控制住，然后这手轻轻一抖，一股粉红色的灵体就从那纸片中脱落下来，发出一声尖厉的惨叫，然后朝飞奔过来的日本小子射去。

"杏子……"

这个愤怒的少年大叫着，伸手来捶从石门中走出的那个黑袍巫师。

被唤作杏子的阴神附在加藤原二的手臂上，然后又是一阵尖叫。

这个黑袍巫师已经和加藤原二对碰了一掌，他的力道终究不敌自小刻苦磨砺的日本小子，退后几步，然而周身的黑雾却沿着加藤原二的手缠了上去。那黑雾全部都是死者的怨气凝结，阴毒得很，普通人沾上重则心神顿失，轻则阳气被夺，缠绵病榻，即使是加藤原二这种人，也不由得大叫一声，匆忙往后退去。雪瑞在旁边挥指如剑，指尖扫过，黑气全消。

出口一旦被突破，守卫便鱼贯而入，我们哪里敢放弃此处，纷纷拼死堵住这口子，将突出的这些人赶回石门中去。而这个时候我才发现，就搏斗而言，最厉害的不是泰拳二兄弟，也不是空手道、柔道皆精通的加藤原二，当然更不是瘦得没有两斤肉的老和尚巴通，而是英国摄影师威尔岗格罗。

这个不起眼的老外没有多余的技巧，就是快。

他的指甲尖锐如刀，陡然移动的时候几如幻影，比起加藤原二那个砍几下就要歇口气回复精神的纸片式神不同，威尔一冲过来，脚踢手抓，竟然将突出的好几个人干净利落地解决掉。而那个最厉害的黑袍巫师，旁人都头疼，却与我对上了。

我这双手，曾经被矮骡子给诅咒过，死去的那个首领放言，让我颤抖。然而我虽然数次倒霉透顶，几次在死亡边缘来回，这双被诅咒的手反而成了我的一道底牌：因为它虽然会吸引邪恶灵物的憎恨和厌恶，也能够成为我的一面勋章，每一头灵物死于我手，这手便增强一分威力，成了恶魔之手——本意是想让鬼物源源不断地害我致死，然而却成了一件礼物，不知道首领大人泉下有知会作何感想。

我与那浑身冒着烟雾的黑袍巫师对上，几乎没有什么招式，一下子就扭打成一团。

然后他惊讶地发现烟雾一旦蔓延到我的手上，立刻消弭不见；而我，则终于腾出手来，死死地掐住了他的脖子，死命地一摁。混乱中，我听到了喉结骨碎的声音，在我眼前的这张丑脸，眼睛几乎要掉出眼眶来，嘴巴张大，喷着浓重的口臭，舌头长长伸出……

他死了，这个厉害的巫师，身份不详，死于窒息。

战斗仍在继续，这个石门前的一小块地盘上，已经死了不下于十个人。他们全部都是萨库朗大本营的看守，有光着膀子的武士，也有披着黑袍子的巫师，个个都是精锐，然而在我们这个临时拼凑出来的乌合之众面前，却丧失了所有的锐气。

即使如此，情况仍然并不乐观，我们这一伙人，除了刚刚进来的我、雪瑞和加藤原二，其他人都是老囚徒了。虽然他们在外面一定都是了不得的人物，但是经过长时间的监牢生活，体能和"法力"已经消耗许多，尽管日本小子给他们解了毒，但是实力并没有回转多少，此前还有些气力在，战斗一直持续下来，此刻却也只有凭着意志在坚持了。

意志这东西不可量化，但是它常常跟希望关联在一起。然而，我们有希望脱困吗？

高强度的战斗持续了五分钟，连我都累得气喘吁吁。只有老外威尔，速度仅仅减慢几分。也正是因为有他在，我们才能够勉力堵住石门，将涌出来的人往这个侧门通道里赶回去。

突然，一团黑影从里面射出来，重重地撞击在独臂男的胸口。接近极限的独臂男仰天倒下去。

我眼睛一睁，这个黑影竟然是——咒灵娃娃！这个由无数个小鬼自相残杀融合而成的鬼物，竟然也出现在这里，显示着基地里中高层力量的出现——这可不是一个好的预兆。咒灵娃娃一击成功，再次朝旁边抓去。这次它的攻击对象是加藤原二的纸片式神，只见那砍人凶猛的美女被轻轻一抓，竟然连灵体也逃不过去，化作一团粉红色的烟雾，被它吸进了犬牙密布的大嘴里。

加藤原二伤心欲绝，双手结出不动明王印，朝咒灵娃娃打去。咒灵娃娃自然跳脱开，又复朝我袭来——这个毛茸茸的鬼物杂毛小道能破，但是我却不会那后半部《登隐真诀》，心中发虚地结印以待。

这个时候，雪瑞站了出来。

她伸出手，画了一个圆，然后胸前浮现出了一个青虫的影像。

然后这个凶戾嚣张的鬼物，竟然半空中就栽倒向地上去。

我心中赞叹：蛊丽妹随意吐出的一条虫子，便能够将费尽心思造就而成的咒灵娃娃给一下制服，萨库朗的巫师对寨黎苗村如此忌讳，倒也不是没有理由的。

然而也就在咒灵娃娃出现的这个时刻，终于有两个家伙突出了我们的包围，飞速跑到了库房的大门处，将那沉重的铁门给合力打开。事发太突然，我们一时没有阻拦到，当看到门一开，那两个开门人被一个两米五的血色怪物给一举推飞，而善藏法师则和好几个黑袍巫师在门口朝这里大声呵斥的时候，加藤原二吓得魂飞魄散，飞快地朝刚才的那个血池房间跑去："走，快跑……"

　　我见所有人都毫不犹豫地抛开这边，立即撤离，也不敢停留，拉着雪瑞急跑而去。

　　"吼……"

第五十三章　格朗渊源，诡象丛生

要说小日本的眼光还真的是不错，他能够在第一时间想到躲入这佛堂一般的房间，有两个很重要的因素：一，这里离我们那里距离最近，仅仅只有十几米，闪身即到；二，这房间的门经过特别改装，比地下基地任何门都要厚重，一时间强攻不得。

随着加藤原二的一声招呼，我们鱼贯而入，然后将随之而来的攻击全部击退，大门紧锁。

我和这日本小子转动着门后面方向盘式的锁扣，而老和尚则双手反复结印，往这扇足有二十公分厚度的金属门上面打法印。之前我们为之惊奇的"卐"字印结，他如同打了鸡血一般，足足打了五道。当然，随后他立刻瘫坐在地上，胸膛如同抽风箱般响动。

事实证明我们的选择是正确的，善藏法师一伙人并没有像对待库房大门一样，对这道金属小门进行暴力破解。我们心惊胆战地在门后顶了一分多钟，然而外面的人像是消失了一般，没有一点儿动静。这种诡异的情景让我们心中生疑的同时，不由得都长松了一口气，瘫软在地上。

不管如何，我们总算是在刀尖上跳了一次舞，然后又活了下来。

活着，就值得庆贺。

然而回过神来的我突然发现一件事情：我们逃到这房间里来有何用？

这么一个死胡同里，虽然暂时安全，但是跟在牢房里又有什么区别？忙乎了大半天，不过是从一个牢房跑到了另外一个牢房，不但不管饭，而且还逼得萨库朗下决心杀掉我们，除此之外，还有什么别的意义？我回想起我们越狱之时，姚远拼死都不愿意参与，当时只以为他的胆子吓破，现在看来，他倒是有先见之明。

我歇了一口气，正想问接下来如何，旁边居然闹了起来，而原因是大家发现房间里少了一个人，多了一样东西。

少的那个人自然是那个独臂的泰拳高手，他被咒灵娃娃撞击了胸口，仰天倒地，当时荒乱也没人着急他的死活，只管拼杀，后来跑路的时候更是分秒必争，哪里顾及这么多？然而当大门紧闭的时候，独目男才发现自家的好兄弟"杨过兄"并没有安全返回。而多的那一个东西，却是那个毛茸茸的咒灵娃娃。

这个凶神恶煞的小东西，此刻却蹲伏在雪瑞脚下，像个吉娃娃，不敢动弹。

独目男不敢把门打开，拿大家的性命开玩笑，却对这个害死自家兄弟的罪魁祸首怨恨颇深，想要将这咒灵娃娃杀死，以泄心头之气。听到他的嚷嚷，我不由得心头好笑：我不知道这咒灵娃娃是如何由本是灵体的小鬼转化为实质的绒球的，但是也能想到若要置它于死地，唯有用符咒念力将其消弭。若没有雪瑞的压制，凭着独目男的蛮力，别说报仇雪恨，只怕还打不过这个看着乖乖无害的咒灵娃娃。

面对着独目男的咆哮，雪瑞只是淡淡地解释："这鬼物我已经暂时将它降服，要想出去，它可是一大助力，你若也想出去，先想清楚再说。"听到雪瑞的话语，独目男脸色数变，最后无力地跪在地上，放声大哭起来。我不知道他说的泰语是什么意思，也不清楚他和独臂男之间的故事，看了两眼，便不做声了。

现在的情况，容不得悲伤了。

然而被困在这房间里，前路渺茫，所有的人都是一片愁云惨淡，连最具有逃生意志的加藤原二，都抱着唯一剩下的式神杏子，默然不语。这位小老弟在刚才的一战中损失了两个式神，其中一个甚至神形俱灭，从他给自己的式神取名字的举动上来看，即使表现得再铁石心肠，但是对待自己的式神，他仍旧是有着丰富情感在的。

老和尚巴通瘫坐在地好一会儿，又趴在门上听了几分钟动静，坐起来长叹，说："他们在外面等着呢。原本想偷偷摸摸地跑出去，却没承想出了内奸。这会儿，萨库朗的第三号人物善藏和第五号人物黎昕一出现，希望就真的渺茫了——特别是黎昕，老和尚我巅峰时期还可以与之一战，现在浑身功力销蚀，毫无凭恃，只有坐以待毙了……"

我本来也是累得像条狗一样不想乱动，听他这么一感叹，爬着来到他的旁边坐下，虚心问，为什么您好像害怕黎昕更甚于善藏？善藏那个家伙不是三号人物么，照理说应该更厉害一点才是。

老和尚对我在这种困境下还有着如此浓烈的好奇心，有些疑惑，所以显然犹豫了一下。然而他终究是长叹了一口气，说，罢了罢了，看来你并不知晓这里面的情况，稀里糊涂地做了囚徒，我们也算是有缘，便将这些事情说与你听，免得你到时候做一个什么都不晓得的糊涂鬼。

他说着这话，意兴阑珊，犹如一个将死的病人，心存死志，将我对萨库朗的疑问，也一一解答。

萨库朗的中文意思为全能全知，是小乘佛教的一个秘密派别，也是缅泰交界黑巫僧的秘密组织。它的起源并不算早，最早是由一个叫做格朗上师的人在19世纪中叶创建，但是它发扬光大，还是在一个叫做仓差拿的黑巫僧人手中完成的。这个仓差拿是一个天生的领导者，他在短时间内将萨库朗扩张成长，逐渐成为一方雄主，在他最辉煌的时候，萨库朗甚至有跟伟大的契努卡一战之力。

然而真正对萨库朗的崛起作出最重要贡献的，却是一个来自中国的神秘男人。他是一个天才的降头师，改革了许多黑巫术，一举奠定了萨库朗至今的格局。没有人知道他的名字，因为他本人曾经对别人说过，一个被抛弃的人是不需要名字的，于是人们把他叫做许先生。

许先生便是现如今萨库朗的二号人物,四十年前在萨库朗和契努卡的战斗中,与契努卡的领袖博罗尊者共同失踪。他人虽然失踪,但是至今为止,他的地位都没有人能够撼动。

许先生失踪之后,仓差拿又受伤闭了死关,萨库朗这才缓缓地消失在了人们的视线之内。然而这一切在善藏法师此人成为第三号人物之后,又开始发生了变化:辉煌时期的萨库朗能者辈出,遍地都是大拿,然而却大都死于四十年前的火拼,随着元老的淡出,新人浮现——善藏因为头脑灵活、手腕厉害,逐渐得到了元老们的认可,掌握了教派大权。然而他的实力却并不算顶级厉害,他下面的四号人物麦神猜是个一等一的武道高手,而最厉害的则是第五号人物黎昕,这个女人,才是这个大本营中,最厉害的天才巫师……

也是最变态的一个!

老和尚的讲解吸引了所有人,纷纷为这个神秘组织感到惊讶。我皱着眉头,看着这个老和尚问,我最后还想知道一点,您老人家,怎么会知道得这么清楚的?

他咧开嘴,露出了释怀的笑容,因为啊……我曾经是黑巫僧联盟契努卡的一个挂名成员啊。

他似乎为自己是那个被小廖称为邪恶的降头师联盟的成员,而感到自豪和骄傲。

我们没有说话了,大家都困在这里了,摆多大的谱都没有用,关键是怎么出去。老和尚说四号人物常年不在此处,但是三号人物善藏和被他推崇备至的五号人物黎昕却都在,我们被堵在这个耗子洞里,外面高手重重,怎么突围?

还好这个地下基地为了顾忌普通人作乱,没有配置热兵器(拿刀和长矛的外围成员是斗不过萨库朗精英的,但是装备上了现代武器,那就不一定了),要不然,我们的下场只怕会更惨。

沉默足足持续了十分钟,一直靠墙站着的雪瑞突然抬起头,长长的眼睫毛颤动,说,它们来了……

话音刚落,一种阴恻恻的风贴着地面吹来,将佛堂上空挂着的灵幡经幢吹得一阵晃动,我们的注意力全部集中在了门上,老和尚眉头皱起,喃喃说道,不可能啊!不可能啊!我打了这五道摩利支天咒,竟然还是挡不住它们的侵入?这是天要亡我们吗?不!不……

他一边说话,双手一边在频繁地结印,刚才所有消极的情绪一扫而空,斗志昂扬起来。

他终究是一个珍惜生命的人。

我正紧张地盯着门看,突然感觉到有一丝不对劲,好像被人冰冷地盯着一样。我猛地扭过头来,赫然发现那个英国摄影师威尔,人影无踪了。我吓了一大跳,密室逃脱吗?雪瑞的脸上也紧张极了,连她的天眼通都没有发现这件事情。然而更加奇怪的事情是,我所感受到的凉意,来源竟然是那个独目人。

我看着这个泰拳高手，而他，则一脸僵直地撕下身上的衣服，往拳头上缠布条。他缠得是如此细心，就像一个专心刺绣的女孩儿。

然后，他抬起了头，我看到他的眼睛里，是一片血的颜色。我突然想到了雪瑞曾经跟我说的一句话："这是一个恐怖之地，正直的人会变得龌龊，纯洁的人会变得肮脏，善良的人会变得恶毒……"便在此刻，独目人朝我挥出了拳头，直取头颅，凶猛毒辣，拳风扑面而来。

这是泰拳的经典招式：爪哇投矛、依诺刺剑！

第五十四章　血池生魔，老友救场

威尔失踪，独目男暴起发难，这一切都是在几秒钟的时间里发生的。

独目男的诡异所有人都看在了眼里，所以他的拳头挥出，我便立刻往后疾退，加藤原二双手一绞，封住他的这一拳，而老和尚则如弹簧一般冲出，直取他的下盘。不得不说，独目男是一个难得一见的泰拳高手，但是体力已然不支，在众人合围之下，没几招便被擒拿住。

老和尚盯着独目男硕果仅存的那只血红眼珠子说，不好，他被迷惑心智了。说着话，凝神静气，再次结印，覆于他的脑门之上。然而并不奏效，独目男发出痛苦的号叫，疯狂挣扎着，一脸仇恨地看着我们。

加藤原二气急败坏地扬起手，重重砍在独目男的脖子上，但是依旧没有效果。

我望着雪瑞，她不动声色地摇了摇头。青虫惑效用极佳，但也不是没有一点限制，也许独目男所中的心魔太强，并不是它所能够抑制的——青虫惑刚才之所以能够施法掩护，也是因为我们面对的都是些没有道行的小杂鱼，最强的，反而是在牢房门口守着的那两个黑袍巫师。

青虫惑在他们身上花了太多的气力，以至于现在还没有恢复过来。

要说加藤原二也是个狠角色，救不了你就杀了你，他在奋力压制独目男无果之后，毫不犹豫地拾起从守卫那里夺来的短刃，一刀就顺着第三和第四这两根肋骨之间的缝隙，在我们猝不及防之下，插进了他的心脏。独目男的眼睛立刻凸起来，口中溢出了鲜血，加藤原二匕首一扭，人便死透了。

我和雪瑞都站了起来，往后退去，用讶异的目光看着日本小子。

老和尚也退后一步，长念一声佛号。

加藤原二的眼睛满是血丝，将短刃缓缓拔出，避开喷溅出来的血，抬头看见我们不理解的眼神，语调低沉："我不杀他，说不定我们就有人死在他的手下。我这是在救我们大家！越狱的危险本来就大，死了也正常。要怪，只能怪他自己意志不强，被邪物迷惑了。"

我们都沉默不语。出发时八个人，肥婆叛逃被重伤，天残地缺一个生死不知，一个被自己人捅死，而威尔岗格罗神秘消失……在这短短的一段逃亡之路上，损失已半，叫我们心中怎么好受？

这个佛堂一般的房间陷入了短暂的宁静，地上五个死人，血池中的浓浆"咕嘟咕嘟"地冒着泡。我缓步走了过去，看着这上面的残肢断手，心想，威尔这个家伙不会是潜进血池里面去了吧?怀着这种疑问,我找了一根足足有两米五的长幡,从池子的边缘往下试探,看看有多深。然而出乎我意料的是,当我的手快与这池面持平的时候,依然没有探到底。

无底洞?这么深的血池,需要用多少人的血才能够填满?而且还没有凝固,如同沸腾一般。

好古怪的情形,这血是热的吗?

当我准备把手指伸进池中,想要去摸一下的时候,雪瑞拉住了我。她露出了很少见到的紧张,牙齿都在打战,抓得我手臂生疼。她焦急地说道:"别碰这个,别碰这个……"我看到她瞳孔里出现了白色的一点星芒,然后回头一看,那血液竟然如同拥有了生命一样,顺着长幡的竹竿往上蔓延而来。

这诡异的情形让我吓了一跳,仔细看了下,连忙把手放开,往后连退几步。

一时间,那血池边的液体如同活泛起来一般,伸出一条条由血浆形成的触手,努力朝我这边延伸过来,这数十条凝结而起的触手蔚为壮观,让人心惊胆战。不过好在这池子旁边有着布置,它们总是难以越过这青石修筑的池边矮栏。

雪瑞颤抖着告诉我,这里迷雾重重,她也是刚刚才看清楚:这血池看着是一池翻滚的血浆,然而在这里面,却有着数以万亿计的血线虫在里面生存着,这种细微得肉眼都难以发现的生物平时浑浑噩噩,朝生暮死,然而却能够在某一时刻苏醒过来,做出恐怖的事情。

我扭头看向地上独目男的尸体,他刚才似乎就是沾染到了血池里面的血浆。

我们吓得心惊胆战,往门口处退去,并且警告加藤原二不要碰独目男的尸体。他听到这个消息,一脸惨白地看着自己的手,默默不语。

然而没等我们把心放下来,随着那张长幡在水面上打转漂浮,血池中突然一阵异动,水平面上的血浆开始大股大股地冒着泡泡,咕嘟咕嘟,每一个泡泡都足足有人头那么大,接着,还算是平静的池面开始翻滚起来。这种翻滚是如同有活物一般的异动,有一个人形一般的生物在水池最中央开始凝结,这一过程十分缓慢,如同电影中的慢动作,足足两分钟,血池才将这个生物的头颅塑造完成。

这是一个光溜溜的头颅,血水不断洗刷,露出半张美丽的女性脸孔来。

在这一过程之中,一种凝重如山的压抑感,在我的心中缓缓地生长而成。从雪瑞、加藤和老和尚的脸上,我能够知道,他们也感受到了这股让人喘不过气来的重压。随着时间的流逝,我的心防一点一点地溃退,有一种跪下来俯首称臣的想法出现。

当看到了这半张脸,老和尚浑身一震,眼睛里面流露出了一种难以置信的神情,随即脸上的表情变得极度地惊恐:"怎么可能?他们竟然要召唤出'阿耐刚亭勒'?天啊,这群畜生……"

恐惧之后,他变得歇斯底里了,飞快跑到门口,去扭动那道沉重的门。加藤原二跑过去拦住他:"你疯了?"老和尚突然猛地一瞪他,恶狠狠地说:"小子,我巴通成名之时,你还没有出生呢。你不知道阿耐刚亭勒的可怕,所以闭嘴。我们从这里突击出去,是死是活,总算也有个希望,如果待在这里,我想你是不会有下辈子来后悔今天的决定的——落在阿耐刚亭勒的手中,连死,都会变得幸福。"

他说得又急又快,语气肯定,连一向果决自我的日本小子都有些犹豫了。

老和尚一把推开加藤原二,看向我们,说,各位准备了,是死是活,都祈祷佛祖保佑吧……说完,他满怀惧意地向后面再看一眼,一咬牙,猛地转动大门的开关,将这重逾千斤的铁门缓缓开启。

老头是一个十分有见识的人,我们也知道那血池中的东西邪恶得要命,才使得他如此不淡定。于是我们都没有阻止他开门的举动,绷紧身体,准备迎接最后的决战。随着门拉出一条缝隙,加藤原二最后的那个纸片式神杏子立刻飘飞出去。我拍了拍雪瑞的头,出去之后一片混乱,一步即生死,我可能就照顾不到她了。

她冲我甜甜地一笑,眼睛眯成了皎月弯牙。

当门半开,我第一个冲了出去,迎面而来的是一排尖锐的长矛。我低下身子,往下面躲开,"唰"的一声炸响,杏子运掌如刀,将这一排长矛给悉数斩断,而我的眼前黑影一闪,三枝角度刁钻的箭矢被雪瑞暂时降服的咒灵娃娃给叼在嘴里,反射回去,立马传来了几声惨叫声。

我捡起一根断矛挡开两个人,往后一退,才发觉这个库房里面的人,并没有我们想象的那么多。之前所见到的一大群人里面,少了好几个黑袍巫师和一队精锐的看守,特别是被老和尚称为萨库朗现存第一高手的五号人物黎昕,还有刚才那个恐怖的血巨人,也没有见到踪影,只有三十来个手持长矛和刀刃的看守和善藏法师、我所熟悉的古努,以及其他的五个黑袍巫师在。

如此,或许还有一拼,或者一逃。

虽然不知道发生了什么事情,但是心念一起,我们都难免有些激动,感觉希望在,便有源源不断的气力就从身体中涌现出来。我双手各持着一根断矛尖,狂呼一声走,从侧面与加藤原二化作两个锋矢,往前突击。二十多个人围着我们,不断攻击,我跑了几步,回转身来捅伤两个人,矛尖拔不出,便又捡起了地上的刀刃,与之拼搏。

没走十几步,我身上已经新添了三个口子,好在有金蚕蛊在,血暂时不会多流。

与我相比,加藤原二就潇洒很多,他捡了一根稍长的断矛,这小子应该自幼习过枪法,拦、拿、扎、刺、搭、缠、圈,耍得有模有样,挥舞起来,水泼不进,不一会便伤了四五人。随着日本小子的逞凶,我们的压力就变得小了很多,沿着墙壁往前奔了二十几米,突然我的脚下一僵,像被什么东西缠住一般。

我回头看去,只见善藏身边的几个黑袍巫师都在念咒,而一个缺了半只耳朵的老家伙则对着我得意地笑。在他们眼里,我们只是困兽犹斗,跳梁小丑而已。

我手结内狮子印，暴喝真言："洽——"立刻恢复行动力，然而旁边的人却都团团围将上来。

　　四VS四十，我们在劫难逃了吗？

　　正在这个时候，库房的那扇铁门被重重撞开，伸进一只粗壮如柱的大腿来，接着一个久违了的声音出现，傻瓜们，你们竟然凶残到这个地步，无法无天了吗？大人我要代表月亮和正义，惩罚你……

第五十五章　百兽奔腾，群友聚首

打过群架的人应该都知道，因为空间面积有限，即使你陷入重围，但是需要面对的，也不过是三五人而已，而且我们是贴墙而行，人数更少。这是我们突围的勇气所在。然而当我被阻，锐意失去，又被重重围住，呈僵持状态的时候，基本上离落败已经不远了。

可是库房门口这一声嚣张的喊叫一出现，在场的所有人即使在拼命，也都不由得分神去关注，到底是怎么回事。

库房的铁门本来就是半掩着的，此刻被猛力撞开，冲进三四头庞大的黑影来。而这黑影在油灯下露出了面目的时候，所有人都变得诧异万分——居然是大象！这些来自热带雨林中体型最庞大的原住居民突然闯入了此处，让的萨库朗巫师都变了颜色，好些人慌忙回转保护首领，而我的心中则乐开了花。

因为空中出现了一个家伙。

对，就是虎皮猫大人那厮！只见这个扁毛畜生威风凛凛地站在老对头食猴鹰的翅肋上，朝着下面一伙紧张兮兮的黑袍巫师破口大骂道，真是一群傻瓜，大门都守不好，把裤裆都露了出来，老子一捅即进，反抗这么微弱，真的是一点意思都没有了。飞到了善藏法师的上空，那头翼展三米的食猴鹰屁股一撅，一泡热气腾腾的鸟屎从天而降，准确地向这个脸上长着颗大痦子的老和尚轰炸去。

善藏法师年纪虽大，但是身手却灵活，手一挥，一大股红云从袈裟处喷出，要将那坨鸟屎托起。然而让他没有预料到的是，那只食猴鹰许是拉肚子了，全是稀的，鸟屎的主要部分托住了，然而其余的汤汤水水，却全部都落在善藏光溜溜的秃瓢上去。

不过善藏来不及愤怒，因为虎皮猫大人的杀手锏已经亮了出来——愤怒的象群。

这些身高三米、重逾五吨的大家伙，被虎皮猫大人唆使得极富攻击性，随着食猴鹰往回飞转，立刻扬起前蹄，朝着人最多的地方狂奔而来。首当其冲者，便是被人紧紧围着的善藏法师一伙。这般的庞然大物一发动冲锋，地板都在颤抖，人哪里敢跟它们硬抗？只见那些人纷纷朝旁边散去，即使有一两个不开眼的家伙挡在路上，要么被象鼻一挥，猛然甩开，要么就被撞倒，重型卡车一般的势能重重碾压在身上，血浆四射。

更让人吃惊的是，这象群还不是虎皮猫大人仅有的部下，猴子、山猪、豺狗、马猞猁、鬣羚⋯⋯从黑暗中蹿出一大群野兽来，许多我连名字都叫不出来，它们仿佛一起约来赶集，全部都超脱了本性，露出獠牙，朝着这群人类攻击。我甚至看到有两头

黑豹,在门口的阴影处潜伏徘徊着。

这下乐子可大了,偌大的仓库变成了动物世界,一群人被以亚洲象为主体的雇佣军团追得狼狈而逃,围着仓库里的货物乱窜。高手虽高,却并不一定比发狂的野兽高明多少,这一点在熊明和蟒蛇的搏斗中我已然知晓,但是在今天,再一次得到了印证——好汉不敌群狼。

那边在热闹,其实我们这里也只是轻松一点点。

有着宗教信仰的加持,我们面临的这一群看守显然不是流氓地痞或者普通杂牌军所能媲美的。老大在逃命,围着我们的十几个持矛战士在一个黑大汉的指挥下,再次猛烈攻击,以期尽快解决我们。而奔跑的黑袍巫师也各显神通,长袍黑雾袭绕,显示出自己不凡的力量来。

我无暇顾及太多,因为我再次光荣负伤,新添了两道刀痕,分别在左大腿外侧和腹肋之间。

少了天残地缺泰拳组合和威尔的强力助阵,我的压力大得出奇,要不是雪瑞勉力控制的咒灵娃娃和日本小子不时支援,我只怕撑不了几分钟。老和尚仿佛耗尽了精力一般,刚才铜背铁拳的廉颇样消失,变得比我更加无力。

其实如果咒灵娃娃肯出大力,这些围攻皆为浮云。可惜,这个鬼东西还有一个主人,那个叫做古努的黑巫僧人一直在捣乱。

不过,我们的坚持终究等来了曙光,当两头大象和一群小弟组成的冲锋团抵达我们这墙角的时候,围攻我们的人终于溃散开去。我浑身血淋淋的,看到那庞大的身躯朝我冲来,咬着牙往旁边退,没想到一条肥长的象鼻将我的腰卷住,横空扬起。天旋地转的我这时才发现,这群临时拉来的雇佣军竟然敌我不分。吓,要让这大象给摔死,我岂不是要冤得变成厉鬼?

好在耀武扬威的虎皮猫大人及时地拨乱反正,朝着这个不懂事的大象骂:"你这头蠢驴子,这小毒物是大人的朋友,别这么不懂事好吧?真让老子操心,唉唉唉,你们这伙饥荒贼,这几个也都是朋友,那些才是敌人……"

我被轻轻地放了下来,而这一大堆穷凶极恶的野兽,则在虎皮猫大人的咒骂声中朝着另外的目标追去。落在地上,我看到日本小子捂着腿,瞠目结舌地看着这一切。在刚才的兽潮中,这位仁兄被两条豺狗咬住,脸色都发了白,巴通老和尚则被一只发情的母猴子挠花了脸,只有雪瑞凭着青虫惑,保全了自身。

地上一片狼藉的尸体,有人的,也有动物的,血肉模糊,惨不忍睹。

不过现在可不是顾及这些的时候,我回头望向那几十人,善藏法师他们且战且退,凭借着地利与虎皮猫大人带领的野兽雇佣军作战。事实证明,一群组织好的人类,其实还是可以与光凭着血勇和爪牙的兽群作对抗的。善藏法师他们虽然没有现代化武器,然而那几个核心的黑袍巫师都不是善与之辈,在经过最开始的慌张之后,玩黑烟的玩黑烟,洒红雾的洒红雾,还有一个直接化身为一个金刚一般的雄壮猴子,抵挡住了威胁最大的象群。余者带领着手下的武士们，与那些野兽打得有声有色。

破船总有几磅钉，瘦死骆驼比马大。

一个身影从库房的大门外闪现出来，朝我大声地喊，陆左，愣着做什么？还不赶快跑？

我抬头一看，却是之前离开我们，去了泰国清迈的小叔萧应武。只见他右手持着雷击枣木剑，正在跟空中飞舞的一团黑影在纠缠，而他旁边还有一个苗家打扮的汉子，挥着开山刀与一个光膀子男人打成一团。

这个汉子竟然是熊明。原来他和虎皮猫大人、小叔汇合在一起，然后闯进这地下基地，过来搭救我们。

我心中激动莫名，听他招呼，叫上三个同伴便往库房门口跑去，也来不及去收拾善藏一伙人，逃命为先。事实上现在实力最弱的是我们，除了虎皮猫大人召集的这一伙动物雇佣军，我们没有什么值得跟萨库朗拼搏的底牌在，倘若善藏法师一伙人缓过气来，各种阴毒降头术一旦施展开来，我们只有逃命的份。莫看现在这群人狼狈，他们只是没有时间准备降头术而已。

孰轻孰重，我们心中都有底，当下也不犹豫，快速冲到了库房门口。然而当我看到正在与小叔纠缠的那团黑影时，眉头不由得一跳：飞头降。

只见一个光溜溜的男人头颅下，拖着一大串血淋淋的肠子和内脏，正在空中做盘旋。这是我第一次见到真正意义上的飞头降，与江城高速公路上巴颂的控尸降有着明显的区别：这个长得格外丑陋和凶恶的家伙，如同漂浮着的章鱼，眼睛睁得圆鼓鼓的、一动也不动，像猫头鹰一样尖锐，肠子和内脏上面覆着一层结垢的血浆，泛着亮光，显得异常的坚硬。与此同时，这条大章鱼浑身都是红黑相间的光芒，远远地散发着寒气。

我靠近身上有一股浓重尿骚味的小叔和熊明，然后问怎么回事。

小叔剑刺北斗，来不及跟我详细说，只说，赶紧跑，我们跟着象群返回突进，争取一鼓作气冲出去，不然拖个一些时候，定然会被这里的高手给活活磨死的。大人说这里太过凶险了，九死一生……

现在一片大好的形势其实只是假象，主要是虎皮猫大人打了萨库朗一个猝不及防，而这些动物大军定然是坚持不了多久的。我们点头，让出位置等待虎皮猫大人的回冲。果然，大人并不与善藏法师一伙人作纠缠，骑着食猴鹰朝我们这边压来，将那猖狂的飞头降给逼走，然后留些小角色殿后，往回复冲。

我跟着兽群冲出过道，只见过道尽头冲过来一些人，其中就有刚才消失的血色巨人和好些个黑袍巫师。我看到了一个中年女人在朝我们冷笑。

在虎皮猫大人的呵斥下，大象开始往前猛冲，大地都仿佛在颤抖。突然，前方的过道上出现了一片滑腻的反光，我立刻想起了善藏法师的老本行"控蛇"，心中大急。不过小叔等人早已有所准备，大叫一声"上象背"，带头朝着三米五高的头象身上跳去。我们也有样学样，急追两步，跳上了奔跑的大象背上，勉力爬起来。这一高难度动作没有难倒任何一个人，包括雪瑞。

生死关头，我们都迸发出巨大的潜力来。

前方二十米，毒蛇群。

前方三十米，萨库朗高端力量，第一巫师。

后方二十米，萨库朗实际的领导者，善藏法师，发出了一声愤怒的喊叫，你们这些混蛋，我不会让你们好死的，金山大神，出来吧……

第五十六章　蛟龙出水，佛光顿悟

这条通向楼梯台阶的通道，高五米，宽七米，可供汽车勉强行走，我们伏在颠簸的象背上面，不敢直立。

这是我第一次骑象，印象中温顺迟缓的大象一旦撒腿冲锋起来，竟然可堪战马，几乎没有反应的时间，就霍然闯入了萨库朗布置的十米长蛇阵。这些长蛇之前并没有在，显然是降头师们刚刚从某处驱赶而来，还处于行进之中，来不及盘身，然而当我们冲阵的时候，全部都高高昂起蛇首，一待接近，立刻弹跳而起。

地上那密密麻麻的长蛇到底有多少条，这我真的不得而知，然而触目之处皆是。

五步蛇、竹叶青、眼镜蛇、蝮蛇、金环蛇……红色、黑的、白的、绿的、环形的……刹那之间，一股巨大的吐信子声顿时弥漫，这气势阴森冰冷，换作是人类，定然没有几个敢慷慨赴阵，然而虎皮猫大人领导下的这伙野兽雇佣军，发扬一不怕苦、二不怕死的优良作风，硬着头皮冲了上去。

然后，我们听到了无数的哀鸣声传来，不断有野兽轰然倒地。与此同时，不知凡几的长蛇被无数肉蹄踩成了泥浆。我什么都做不了，在剧烈的颠簸中，唯有紧紧抓住大象的背脊，不让自己掉下去。整个冲阵过程并不长，转瞬即逝，然而虎皮猫大人指挥的动物大军，却在这一道死亡生命线中折损了一大半。

终于，我们冲到了血色巨人和黑袍法师一伙人的面前来。

刚才冲阵之前我就在打量那个血色巨人，其实用这词语概括它并不是很准确：虽然同样有四肢，并且是直立的，但是这个两米五以上身高的恐怖家伙，就像是一个手艺最差的裁缝将无数血淋淋的肉块缝制在一起而形成的东西，浑身都散发出一股让人欲呕的尸臭，弥漫在整个空间里。它的五官扭曲，眼睛小，像两个白色的玻璃珠子，有一口可以媲美咒灵娃娃的牙齿，浑身湿答答的，连它旁边的黑袍法师都厌恶。

见我们冲击毒蛇阵，那一伙黑袍巫师在那个中年妇女的带领下，往旁边的通道撤离，唯有那丑陋的血色巨人，蹲下身子，严阵以待。而在他旁边，是一头被吃了一小半的大象尸体。

领头的大象跟这个怪物轰然撞上，重达五吨的身体和奔跑携着的势能将它给撞飞了去，久久难以起身。然而这头大象再也承受不了身上的痛苦，颓然倒地，砸出重重的声响。象鼻子无力地在上空挥扬，而那上面，还爬着好几条花绿绿的长蛇在。空中的虎皮猫大人大叫，快点杀了那个吹笛子的屌毛，蛇群是由他控制的……

小叔本来坐在头象背上，头象倒地，他一个倒空翻便落了地。身形一稳，立刻悲声大叫，干脆利落地将雷击枣木剑朝那个长相十分猥琐的黑袍巫师刺去。

那个吹笛子的家伙倒也机警，转身就往旁边逃，而他的同伴纷纷出手相拦，一条豺狗身披着四五条长蛇从黑暗中奔出来，一口咬在了他的腿上，痛得他哇哇直叫。小叔一剑荡开好几个护卫的长矛掩护，再刺一剑，直取喉结之处，气势如虹。然而这剑到了半中间，就继续不下去了，因为一个护卫用自己的躯体挡住了这一剑。小叔劲气吐动，那人便栽倒在地，而吹笛男却得以逃走。

就在他即将隐没到另外一道门廊的时候，一直在空中压抑着身形的食猴鹰，在虎皮猫大人英明正确的领导下抓准了时机，将这个家伙的双肩提起，折转扔回了那边的蛇群中。

然而吹笛男之所以能够操控群蛇，就是因为这些长虫已然熟悉了他身体的气味、声音的频率以及说不清楚的生命磁场。因此不但没有攻击他，反而将他给托起来。控蛇到了如此地步，也算是一个成绩斐然的降头师了，然而他的生命最终还是没能延续多久，将他丢弃在这里的食猴鹰俯下身子，坚硬如钢的黑色鸟喙如同敲破蛋壳一般，将他这孕育着无数知识的头颅给果断敲破。

一个擅长大规模控蛇的顶级降头师（成百上千条蛇的控制，可当此殊荣），就此陨落。

一过蛇群我们就纷纷跳落地上，奔走向那个楼梯式斜坡。冲上那里，再过一个阵地，便能突破出去。

最让我们担忧的五号人物黎昕并没有如我们想象的那样站出来阻拦，反而是头也不回地带领手下，往拐角的通道撤去。我们也顾不得这些，纷纷拍打剩余三头大象身上的毒蛇，然后在吃痛的它们带领下，往上面狂跑而去。那十米斜坡原本设计为可让汽车行走，倒也宽阔，只是角度有些大，有些难行。

野兽大军能够冲到这里的并不多，数量最多的是一群红面猕猴。它们因为攀附在了大象和其他野兽的身上，而避过了大部分的蛇群。

虎皮猫大人在我头顶大声地干号着："哎呀，我的小弟们啊……咋就剩这几个歪瓜裂枣了？枉我燃烧了几年的生命力啊……"

它是如此伤心，英雄泪滚滚落到了我的头上，害我以为是它的鸟屎。

咦，鹦鹉有眼泪吗？

当我们冲上斜坡楼梯的时候，一直在打酱油的老和尚巴通突然回转身去，在两秒钟之内结了一个复杂的手印，然后双手平推，口中高喊，南方宝生无量佛，光明无限……

我一愣，突然感觉空间微震，一股气息凭空出现，然后我居然隐隐看到有一个三米多高的佛陀，出现在老和尚的背后。这佛陀似乎只是幻觉，刚在我的视网膜上留下一点痕迹，就立刻消弭。

佛陀骤然幻化出一个红、橙、黄、绿、青、蓝、紫的七色光环，中央虚明如镜，非云非雾起层空,异彩奇辉迥不同,老和尚的身影被瞬间放大数倍,他双手前推,而这人影也前推,正是"云成五彩奇光,人人影在中藏",神奇非常。而随着这佛光一现,气势往前碾压,所有朝这边游来的毒蛇,都纷纷倒卷回去,不敢触其锋芒。

这种由心灵而形成的光芒,如斯厉害,我的脚步都不由得一僵。

老和尚的这一下,让我的脑子里顿时灵光一闪,一种明悟浮上了心头,接着有无穷的快乐、幸福、美好和无比的憧憬,一瞬间就撞击到我心灵深处,使我感觉对力量的掌控,似乎一下子就上了一个台阶。然而这美好的感觉一闪即逝,我再去找寻,却难以把握。

这种感觉让我有一种吐血的冲动,无奈之下,站在坡顶往下看,越过群蛇,只见通道尽头空荡荡,唯有善藏法师一个人,脸上带笑。

他在用一种怜悯的目光,遥遥地看着我们每一个人。他的笑容让我有一种不祥的预感。

果然,随着一声轰隆隆的响动,从通道的黑暗尽头,传来了一声低沉的、富有磁性的吟叫。

这声音并不算高,似乎从很遥远的地方传来,然而又清晰明了,仿佛是从我们的心里面发出,然后在耳边萦绕。这声音一响起,老和尚巴通维持的这微薄佛光便立刻全面溃散,而他本人也浑身一震,往后急退两步。我上前扶住他,正想问及伤情,只见他身子一弓,一大口鲜血就狂涌了出来,仿佛是一瓶矿泉水往地上倾倒。

然后,我看见黑暗的尽头处,亮起了两盏幽暗的绿光,里面承载着无边的阴冷和诡异。

见到这一情景,老和尚惨笑着说道:"果然是真的,果然是真的……传言许先生给萨库朗带来的第一件礼物是一条将成蛟龙的黄金蛇蟒,没想到居然是真的。此獠一出,我们这里谁人能敌?行百里路者半九十,果然如此。哈哈……"

我还待说什么,后方传来虎皮猫大人的骂声:"我以前就说有蛟龙之气,真有?小毒物,你还在愣什么?赶快逃命啊……"

我一激灵,这个时候哪能够驻足看稀奇,拉着老和尚转身就跑,冲上了第一层大厅之中,往前一看,只见小叔和熊明正在靠近门口的一个破房间里与人搏杀,而那扇通往外界的大门,则紧紧关闭着。

在我们后面的是什么?那可是传说中的蛟龙,而我们前面,则是生的希望。

所有人的眼睛都在一瞬间红了起来,牙齿也咬得咯咯响:但凡是阻止我们开门的人,都是死敌。

控制大门开合的地方,正是那个房间。

我用尽全力狂奔,跨越了一些沟壑和障碍,直接加入了战团。我们的对手是两个黑袍巫和三个裸肩壮汉,当我赶到的时候战斗已经进入了尾声,三个壮汉已经被浑身尿骚的熊明配合着两头黑豹子弄死,而一个黑袍巫师周身的黑雾则被虎皮猫大人鸟喙附近的鼻孔吸入，然后被日本小子一掌封住了咽喉，喉结碎裂而亡。另外一个，被小叔的雷击枣木剑逼到了角落。

气势如虹，一切似乎都不错，然而那个开启大门的控制台，却被人为地损毁了。

天杀的！我们望着狂奔至这里的野兽雇佣军稀稀拉拉，一个个颤颤巍巍，心中发苦：关门打狗，我们该怎么办？感觉这楼坡处有一种沉重的压力席卷而来，我们才知晓黎昕这些人为何要跑。

然而正当绝望的心情浮上心头之时，那大门处突然传来一声巨大的爆炸声，强大的气浪将那沉重的铁门给掀飞好远去——门开了。

第五十七章　武伦凶猛，巴通圆寂

大门被贸然轰开，我自然诧异万分。看向小叔和熊明，从他们眼中的惊讶中，我看得出来：他们也并不知情。

来的未必是援军，或许是敌人。

我们知道危险，但是那些动物却并不知道，迫于后面那如山一般巍峨的压力，见到门一被破开，短暂的惊恐之后，那湿热的夜风从外面往里灌来，它们立刻闻到了自由的空气，发足狂奔而去。然而炮声隆隆，枪声爆豆般地响起，将它们直接拉入了死神的怀抱。那一群红面猕猴从硝烟未散的口子中冲出，然后一个一个地被子弹撕裂了身体，我亲眼看到一个最强壮的公猴子，被一块横飞的弹片将头颅盖切开，露出了白色的猴脑，尤未死，滚地哀叫数声，撒落一地脑浆才死。

同样的事情每秒钟都在发生，这些英勇的野兽在地下基地中杀了一个来回没死，却最终死在了门口。这便是野兽的悲哀，也是热兵器的胜利。

随着一阵明黄色的火焰在门口喷射了十几秒钟，一群全副武装的军人出现在大门口。在他们的后面，还站着六个穿便服的男人，最中间的那个我认识，他便是一直以官方身份出现在我面前的降头师吴武伦。见到这房间里有人，旁边的军人二话不说，提着自动步枪就朝我们这里扫射过来。这控制房仅仅是一个简陋的小房子，有一排玻璃铁栏窗户，被这一通扫射，顿时乱成了一团，碎玻璃齐飞，跳弹乱撞。

我们当然第一时间便蹲靠在墙边，然而生怕这些家伙手雷招呼。我连忙高叫着攀关系，哎，武伦法师，我是陆左，自己人！我们是自己人啊……正喊着，果然又一物飞来，小叔倒也机警，将刚刚擒获的黑袍法师往窗口处一扔，给堵上，接着又是一声沉闷的炸响。

黑袍法师被手雷给轰中，顿时化身为一大蓬碎肉，漫天飞舞。

所幸我的招牌亮得还算有用，枪声止住了，然后吴武伦古怪的口音响了起来："陆左，你怎么会在这里？到底发生了什么事情？"我举起双手缓缓地走出门口，也不敢太急迫，怕他们以为我富有攻击性。我一边看着我们上来的坡道口，一边脸色僵直地说，快跑，这里很危险，有一条蛟龙……

吴武伦已经在一群人的簇拥之下走过来，像看神经病一般看我，笑，说，哪里来的蛟龙？他摆了摆手，让手下的人放低了枪口，指着这地上一片的狼藉说，到底怎么回事？这些人是你杀的……

话还没有说完，他头猛地往坡道口看去，眼珠子瞪起。只见有一庞然大物从那里蜿蜒而出,此物身长十数米,粗如水桶,湿淋淋的,似蛇而头顶有一直而短的角,似鳄而前身仅有两足,小头细颈,眼睛亮如灯泡,眉间有突起粉红肉块作交叉,形广如楯,颈子有着白蓝相间的花纹,而且背上有却是黄白纹环,身体两肢如锦缎一样有五彩的色泽,尾巴光秃秃,有坚硬肉刺。

　　这个便是众人所恐惧的、由黄金蛇蟒衍化而成的蛟,如果它的后肢再长出一双肉爪,便可称之为"蛟龙"。不过哪怕是现在这不完全体,它所散发出的气势也是阴森冰冷,恐怖异常。

　　虽然有爪,但是它依然采用了蛇类的游动方式,蜿蜒爬行,一出现,立刻吐出一条半米长的猩红信子,"嘶嘶"的声音让人后背发麻。吴武伦这才相信了我们所说非假,他也并不慌张,冷哼一声,说"不过是一巨蛇而已",手果断一挥,装备精良的手下立刻朝那露出大半个身躯的黄金蛇蛟倾泻大量的金属弹药。有一个壮汉还扛着火箭筒、蹲地、瞄准,然后浑身一震,一束尾焰明亮的火箭弹便腾空而起,朝着那发出低沉龙吟的"金山大神",疾射而去。

　　这种能够掀翻轻型坦克炮塔的现代战争利器,到底能不能够对那传说中的生物造成伤害呢?我们所有人的目光都集中在了几十米外的坡道口。

　　在经历了如雨瀑倾泻般的金属风暴之后,那黄金蛇蛟显然也感到真正危机的来临。它周身都发出一种黑红色的微芒,正是这些淡淡扭曲的能量场域,将子弹的攻击减低到了最小的速度,虽然子弹最终还是击中了它布满鳞甲的背身,但是却攻破不了它的甲片。当那束携着恐怖动能的火箭弹准确地射到它眼前的不远处时,这畜生蛟尾轻轻一拨,竟然将火箭弹四两拨千斤,引导到了通道的下方去。

　　基地的下层传来一声轰隆巨响,空间都为之一震,那是火箭弹里的炸药展现它惊人的威力。

　　吴武伦手下的士兵也是训练有素,虽然极度害怕,但是几乎没有一点儿犹豫地施展了第二招:火焰喷射器。由两个士兵组成的火焰喷射小组,一人背燃料罐,一人伏地射击,一大团直线状的明黄火焰携着高温,以燃烧一切的气势朝着前方扑去。这火焰的威力,只有真正身临现场的人才能够感觉到,那瞬间爆发的炙热,让空气为之一凝,每个人的肺部都变得干涩。

　　而正是这当口,还余有一命的野兽们,纷纷夺路而逃,奔向了茫茫的夜色里。

　　这火焰能够挡住黄金蛇蛟吗?我们所有人的心都不由得紧紧纠结起来。

　　然而让我们失望的事情终究发生了:在漫天的火焰中,那条巨蛟从明亮的黄色中腾空而起,直接扑到了最前面的那伙武装军人面前。它张开了恐怖的大嘴,密密麻麻的獠牙上全部是黑色红色的浆汁口涎,一大股腥臭之气迎面吹来。它一口便将持着喷射器的那个士兵给咬住,猛嚼了几口,然后头一扭,将其甩开,重重地砸在我们这边来。接着它发挥自己的身体优势,翻滚摆尾,那条拥有着坚硬角质的尾巴一瞬间便杀了四个人,最后的一击,将一个持枪射击的士兵从肚子中刺穿,五脏六腑全部挤了出来。

惨烈！

我们看着这头从脖子到腹部都有一部分烧伤的怪物发了狂，赶忙冲出了房间，沿着山壁往门口跑去。

吴武伦总共带了近三十个军警以及七八个同仁进洞，然而在这混乱一击中，便有近十人或死或伤，而且这些人基本都是持重武器者，要么是火焰喷射器，要么是火箭筒，要么是迫击炮、重机枪，竟然无一幸免。显然，这条未成形的蛟龙已经拥有了一定的智慧，知晓哪些人对自己的威胁最大。所以当我们跑到洞口的时候，那条黄金蛇蛟已经抛下了其余的士兵，腾身朝我们奔来。

它刚开始前行是呈蜿蜒姿势，而此刻，却是如利箭一般，直线前进，携着风雷之声，朝我们横扑而来。我们刚刚闻到雨林中潮湿温润的山风，便感到这尖锐到极致的杀意，透心凉一般，挺射过来。我们纷纷往旁边躲避，雪瑞在我的旁边，她已经获得了咒灵娃娃的暂时拥有权，眼看着黄金蛇蛟冲向了我，便将咒灵娃娃像炮弹一般，射向了它，得到了暂时的拖延。

然而有一个人却并没有逃脱出黄金蛇蛟的攻击，他便是老和尚巴通。

这个老人在今晚的越狱过程中，已经耗尽了全部的精力，特别是他最后佛光普现，吓退群蛇的那一惊艳之举，基本上算是透支掉了自己的生命力。在狂吐了好几股鲜血之后，他终于迎来了人生的最后关头。在这个节点里，他已然逃不脱这畜生的追击，于是便不再逃了，我躲开的时候，听到身边的他轻轻一叹，然后回转过身来，正面对向了腾空而来的黄金蛇蛟。

电光火石之间，他扬起枯瘦的双手，猛力插向了自己尽是骨头的胸口。

原本看着又黑又坚韧的皮肤，在这一瞬间突然裂开一个血淋淋的大口子，粉红色的肌肉剥离，然后露出血色体液的胸腔。在这里面，有一颗扑通扑通跳动的强悍心脏，筋膜相连，上面竟然覆着一只粉嫩色的八爪蜘蛛状生物在。

"阿弥陀佛……"他高呼了一声佛号，然后朝着黄金蛇蛟大大张起的嘴中冲去。

泰国僧人巴通，黑巫僧联盟契努卡的原成员，出生不详，经历不详，葬身于一条未成形的蛟龙之腹。

黄金蛇蛟轰然落地，盘身扭转，嘴间还露出老和尚枯瘦的两条大腿。它甩了甩，竟然没有甩脱，瞪着一双大眼，愤怒地以头砸地。我与雪瑞跌落一旁，还没来得及反应，便听到头顶上传来虎皮猫大人的声音："这蛟龙忒猛了，不过未成形，好糊弄！大人我将这傻瓜先引走一会儿，你们这群屌毛好自为之吧！"

虎皮猫大人话音刚落，那翼展三米的食猴鹰已经扑到了黄金蛇蛟头上。

接着我们听到了一声撕裂天地的巨吼，我看到食猴鹰叼着一团血淋淋的东西飞上天，虎皮猫大人则在空中跳了一个舞蹈，我们不明其意，但是这黄金蛇蛟却震怒了，跟着骑上食猴鹰的虎皮猫大人，追下山去。

第五十八章　小叔斩魔，小道消息

我们心有余悸地望着那一条恐怖的长虫从身边奔走，一种劫后余生的感觉，油然而生。

我坐在地上，看到不远处的草地上有一头大象倒伏在地，身躯微微颤动，而在它的旁边，有一头小象围着它，柔弱的小象鼻奋力地推。跟着虎皮猫大人冲进基地的野兽大军，能够出来的十不存一，我记得冲进库房的都有五头大象，但是如今却只有这么一头能够出得基地。而那头小象，显然并没有参与这次行动，所以才得以保全性命。

我浑身都是伤口，疼得厉害，然而看到这一幅场景，却感到莫名地难过，站起身走过去。

这一路逃来，路上尸体累累。那些死去的动物，可以说是为了救我们而失去了生命。我和它们之间并没有半点交情，也不知道虎皮猫大人是如何招揽的这一群手下，但是，在我眼中，它们都是一条条鲜活的生命，骤然而死，让我心中不由得悲伤。同样的感情，还因为那个回身挡住黄金蛇蛟的老和尚巴通，这个萍水相逢的老人，一路上对我们帮助颇多，最后终究是死去了。

这一晚上，我见过了太多的死亡，心中便憎恨这种事情了。来到了大象身边，才发现它是被毒蛇给咬了，遍体鳞伤。我一脚踩死了一条袭击我的毒蛇，然后把金蚕蛊放到大象的腹部，帮它吸毒。

也许是感受到了我的善意，小象绕过来，用象鼻子轻轻地抚摸着我的手，嗷嗷地叫着。

然而短暂的宁静被接下来的枪声给打破，我回头看，只见里面又交起火来。是那个血色怪物，它从下面开始冲了上来，还未歇一口气的吴武伦顿时指挥着手下，开枪射击。然而那子弹进入血色怪物的体内，却如同打入棉絮之中，没有半分的作用，那厮还是迈着鸭子步，朝人群蹒跚冲来。

它跑动的时候，甩落零零碎碎的血浆和黏液，十分腥臭。

我们好不容易逃出洞口，本来不想再去拼命，然而吴武伦在外面还留了十几个全副武装的士兵，他们在一个壮实的矮个汉子的指挥下，拿枪对着我们。加藤原二跟他说了几句话，然而这汉子还是拿着枪，指着我们吼。我不知道什么意思，而雪瑞却告诉了我，他们想要我们进去帮忙，不然就开枪了⋯⋯

我晕，这算是赶鸭子上架吗？刚刚逃出生天，又要进狼窝搏命，我们脑子生锈了？

那汉子见我们不情愿，那边情形又危急，一梭子射在我们脚下不远处的草地上，大吼。被这十几把枪指着，督战队又不留情面，即使再有本事，我们也不得不屈服。当肥虫子从那头恢复过来的大象身体内钻出时，半蹲着身子的我站了起来，跟雪瑞说"往后面靠着点，自己注意了"，然后跟着小叔、熊明一起折身返回洞内。

这个时候，血色怪物已经与吴武伦等人斗成了一团。许是因为惧怕枪炮，萨库朗的主力并没有出现，只是在黑暗处偶尔射来几箭，那沾染了降头毒物的箭头一旦沾了身体，立刻迅速繁衍能量，将其内部爆开。

不过几颗手雷飞去之后，再无声息。

只有到了现在，才能够看得出吴武伦的厉害和不凡来。

果然不愧是胆敢带队直接杀入萨库朗老窝的狂人，这个家伙的手段是一群飞纵而来的吸血蝙蝠。这蝙蝠个头并不算大，长相丑陋，但飞行力迅疾，后肢强大，能在地上迅速跑动，甚至能短距离跳跃，而且它们的门齿特大，上犬齿成刀状，均有异常锐利的"刀口"，能够在第一时间啃住对手。这一群受了降头的黑翼吸血蝙蝠，足足有四五十只，当枪支攻击无效之后，它们就纷纷从黑暗中涌现出来，有的附着在血色怪物身上，有的则在地上游弋，发出"唧唧"的叫声，让人全身发麻。

蚂蚁咬死象，很显然，这个让枪支弹药无效的血色怪物碰到了这一群吸血蝙蝠，被附在身上一阵狂吸，立刻停止了对吴武伦一伙的进攻，狂躁地拍打身体，那些吸血蝙蝠也狡诈，不断地变换位置，虽然也有的被一掌拍中，变成一摊血浆，然而更多的，却依然保持着战斗力。

他身边的那伙人也不是等闲之辈，纷纷拿出曼陀罗、法轮、嘎巴拉碗、玛尼轮等修身持正的法器（此法器与震镜那种有区别，仅仅是修行用的器具），盘绕在外围，念经的念经，持咒的持咒，热闹非凡。

果然，随着这群草台班子的念诵，那血色怪物的动作越来越迟缓了。

熊明在我旁边说道："这东西的名字叫做罗曼峒，中文应该叫血罗。它是荼魔血池中诞生的凶物，是用灵巫之术诅咒出来的血肉组合，没心没肺，没有血脉，全凭着一口怨气生存。这怨气越浓重，它便越强大，甚至能够超越一般的血灵生物，在阳光下自由出入——不过也仅仅是如此而已，它需要浸泡在血液里，才能够继续生存下去，不然，等待它的唯有消融。"

我看了一眼这个苗家汉子，知道这些，看来他的身份也并不简单。

见我们回来，吴武伦一边用双手指挥着吸血蝙蝠，一边朝我们喊道："既然来了，就来帮忙……杀死它，大家都安心。"小叔点点头，低声跟我说走，便率先冲上前去。小叔不动则已，一动竟然如同奔雷，那三尺三寸的雷击枣木剑竟然能够挥出风雷之声。他这一剑直奔血罗的腰间，那血罗身高两米五，腰高腿长，见到小叔冲来，伸手就是一挥，甩出许多的血水。

小叔速度却陡然加快，脚踏北罡星斗，旋身错过，手腕一转，剑便直插入血罗的腰中。这一插即入，软绵无受力之处，然而小叔并没有惊讶，他口中一直念念有词，剑一临身，立刻高喊一声，破……

在耶朗祭殿中发生过的事情，此刻又重复了一遍：随着他无端的这一声大喝，如同雷鸣一般炸响，洞中灰尘簌簌掉落。一股至阳至刚之气在小叔的引导之下，剑身一阵战栗，这六转雷击蕴含的庞大力量，瞬间便激发出来，从剑尖蔓延开去。在中国最原始的古巫思想中，永恒不变的是太阳，悬挂于空，而最刚猛劲烈的却是雷电。古人从黑夜里电闪雷鸣的自然现象中，对上苍产生了敬畏，也产生了研究此现象的欲望，逐渐地，人们开始认识到，雷乃是辟邪镇妖的无上利器。

这由怨气和人类血肉凝结而成的巫术产品，在小叔拼力一击之中，春阳融雪，竟然化作了一大泡血水。

血罗轰然崩塌，在所有人诧异的目光中，变成了黏稠的浆液。

小叔陡然收剑，让剑尖上的血，轻轻地滴在地上。

血罗一死，吴武伦身边的力量分成两部分，一部分小心防备着坡道出口，另一部分则紧紧地簇拥着他，然后用不怀好意的眼光小心打量着我们，这些人一律枪口低垂，有意无意地瞄着我们的心脏或者眉间，露出防备的姿态。吴武伦倒是没有如何，而是先和加藤原二打招呼，两人说的是缅语，我表示至今仍然不知道他们说了些什么。很快，他又看向了我，问我怎么会来到这里的。

我说我在山里面游玩，被抓过来的。

吴武伦意味深长地笑，说，是吗？我点头说是。他的脸顿时变得无比严肃，厉喝道，你是在大其力市区当街杀人，无法无天，被通缉之后才被迫逃到山区里面来的吧？我眉毛一挑，这个家伙倒是对我了如指掌，也不隐瞒，只说那人与萨库朗有着紧密的联系，做出的事情令人发指，我也是为了抓捕邪教徒，才失手将他打死的。

吴武伦皮笑肉不笑地看着我，说："哦，原来你还是一位正义人士，倒是我错怪了你。不过口说无凭，你若是随我一起下去，剿灭了这个魔窟，我可以和我的同仁们，为你作证，你觉得如何？"

我心中一跳：果然来了。我说吴武伦怎么脸色变换得这么快，原来是因为他损失了不少人，没有把握攻取此处，于是要拉我下水，借助我等的武力，将这个地方剿清。我心中自然不肯，老子辛辛苦苦、好不容易跑了出来，此刻又要我做"返场男嘉宾"，去面对如斯可怕的一群老怪物，我要是脑子没有毛病，哪里会同意他的建议。虽然以他的身份，抹去我的通缉令易如反掌，但是我稀罕吗？

老子一身手艺在身，天下皆可去得，大不了我咬牙偷渡回去，也不算是难事。

然而似乎预料到我会拒绝，吴武伦脸上露出了狐狸一般狡猾的笑容："我得到消息，你的同伴萧克明，似乎也落入了萨库朗的手中，如果今天不能够将其攻破，救出他来，我也不敢保证在你身上吃了大亏的善藏等人，会做出什么丧尽天良的事情。

哦,顺便说一句,你救的那个中国女孩,我们有证据,她便是在这里受的刑……如此,你应该知道不铲除它,该会有多少人受到伤害了吧?"

听到吴武伦的这几句话,我的脸立刻变得僵直了。

第五十九章　兵分两路，蒙面叛徒

果然不愧是在政府里面混事的老油条，吴武伦的每一句话，都直接戳中我的要害。

脱罪、救友、为我那遭遇悲惨的中国同胞报仇雪恨，这三件事情，尤其是最后两件，让我根本就拒绝不了他的要求。我和雪瑞、熊明是为何来的？还不就是为了找寻杂毛小道？我那个一肚子坏水但是总让人恨不起来的损友，倘若我把他抛弃在这个魔鬼洞窟中，让他惨无人道地死去，恐怕我这辈子都不能够原谅自己——要果真是如此，还不如一起死去，这样还干脆一些。

我答应了吴武伦，但是对这次行动的安全性提出了质疑，如果人都死了，那还谈什么救人？

吴武伦微笑着跟我们解释：此次行动，他受上级指示，从政府军的战斗序列中抽取了最骁勇善战的士兵，组成了一个山地作战加强排，都是见过血、打过硬仗的军人，然后又从他领导下的部门抽取了精英。一开始他们还装作是普通警察进山，本来想活擒善藏，一举成功，后来善藏跑了，他们才追寻至此。

为何会对萨库朗总部了如指掌呢？

吴武伦笑着看了一下小日本，说，这里面还有你父亲的功劳。如果不是他答应了加藤原二的父亲一定会找回日本小子，原二的父亲加藤一夫才不会提供关于地下基地的原始建筑图；其次，他们还有一个杀手锏。吴武伦指着旁边一个全身藏在黑袍、遮住面孔的家伙，说他原本就是萨库朗的高级骨干，后来转投了政府，所以他们才会有如此信心，一举攻克这里。

说到这里，吴武伦遗憾地表示他本来还联系到一个很厉害的高手，然而进山之后失去了联系。不过不要紧，他们现在已经形成了压倒性的优势，还有什么好惧怕的呢？

听他这么说，我不由得看向了加藤原二：这个日本小子装着对此什么都不知道的样子，原来他家里面竟然有地下基地的原始建筑图。作为一个隐秘而古老的军事基地，这东西的机要性十分明显，而他们家跟侵缅日军居然还有着这样的关系，说明日本小子出现在这里，并不仅仅只是为了冒牌的麒麟胎那么简单。看到吴武伦如此有把握的自信，我不由得仔细盯着他口中所说的这个萨库朗叛徒，说，刚才的那条蛟龙，也是你们所预料到的咯？

这个叛徒仅仅露出一双眼睛，其他的脸都陷入一张纱巾之中，他摇了摇头，说不是。没有人知道善藏居然还藏着一条这么恐怖的蛇蛟,他只知道在离此十里路的月亮滩中,有一条巨蛇。

我说,那你知不知道在库房里面的房间里,有一个血池,那里有一种叫做阿耐刚亭勒的恐怖玩意儿?当我一提到这个名字,那人浑身一震,而旁边的吴武伦也变了脸色,说你确定?我说不知道,但是刚才死去的那个老和尚巴通告诉我们,池子中冒出来的一个光溜溜的女人头颅,就是阿耐刚亭勒,这是什么玩意儿,你们能够对付吗?

黑袍人顿时陷入了恐惧,他说那血池是进行入会仪式用的,他也只去过一次,平时都由教派中最厉害的白巫僧祈祷祭奠,看守严密。怎么会,怎么会?难道那个疯女人真的要成功了?

吴武伦则告诉我们,阿耐刚亭勒在汉语里面叫做小黑天,它是一种巫术中传说已久的恐怖怪物,和中国传说中的旱魃一样,居住在灵界边缘的无定山中的,司职杀伐和黑暗……召唤它需要耗费二十二个女人最恶毒最凶戾的怨念,才能够将其召唤出来,而这种怨念是一般人都难以达到的,所以他们才会制作出人蛊,想将人性中最黑暗的一部分给激发出来。

依目前的进度,小黑天还暂时没有成型,我们要立刻去捣毁它,不然,不但萨库朗这邪恶的教派会依旧存在,危害一方,而且整个缅北都会陷入一片混乱的……

事态紧急,于是吴武伦迅速做了分工:一部分人留守此处,不让萨库朗高级成员逃脱;另一部分人则跟随他一同攻入洞中,将里面的人全部擒获或者杀死,并且将人解救出来。黑袍蒙面人告诉我们,地下基地分两个地方关押囚徒,我们所待的地方一般都是用来关押重要人物的,而普通的人,则在军营(也就是现在的生活区)的左边——在那里关押着萨库朗通过盟友从各处搜罗来的女人,也许会有我的朋友在。

我和小叔、熊明随着吴武伦重返,而雪瑞则十分不情愿地被我留在了外面。她即使有着蛊丽妹赠送的青虫惑在,实力不一定比我差,但是我依旧不想让这么一个小女孩去冒险。同样留在上面的,还有加藤原二,他家传的式神只剩下一个杏子了,说死也不肯返回冒险。好在吴武伦也没有勉强他,而且雪瑞这个女孩子在吴武伦的眼中也只能算是个累赘而已。

与我们同行的除了二十多个装备精良的士兵,还有四个与吴武伦一般打扮的高手,以及那个全身黑袍的蒙面人。吴武伦指着一个矮小得如同侏儒的男人,说他是缅甸曼德勒最厉害的驯蛇师,从生下来起,一辈子都在跟蛇打交道,下面的蛇群,便将由他来对付。

侏儒从怀里掏出一种黄色的半固化膏药,涂抹在我们的手心和裤子上,嘟嘟囔囔地说着缅语。吴武伦帮我们翻译:这是"天龙涎",涂了这些,蛇便不敢靠近我们了。

我把手放到鼻子下面闻了一下,什么天龙涎,分明有一股子耳屎味。然而为了离那些长蛇远一些,我只有苦着脸忍耐。上面的一伙人由一个五十多岁的半老头子和外面拿枪威胁我们的黑汉子领头守卫,我与雪瑞说小心,如果那条黄金蛇蛟万一返回,赶紧逃命，不要管我们。

雪瑞气鼓鼓地瞪我一眼，没有说话。

一切商议完毕，吴武伦手一挥，他的那一群吸血蝙蝠便扑棱着翅膀，朝着坡道口飞去。然后他手下的十几个士兵便呈着三角突击队形，越过这大厅的障碍，重返我们刚才突击上来的坡道口，随着零碎的火力试探，有消息传来：暂时控制了。

通过黑袍人的介绍，我们了解到这个基地平时的人并不算多，只有不到六十人；而刚刚与善藏搭上线的王伦汗，他提供的军队并没有得到善藏的信任，所以一般都驻扎在山外十里的向阳小村中。那些人，自然有吴武伦派人对付。我拿着一个黑瘦小伙给我提供的绿色军壶猛灌水，然后狼吞虎咽地吃了点压缩饼干，不敢多吃，怕撑着影响行动。还给他之后，我们已经来到了坡道口。

站在出口往下望，空荡荡的，除了地上有一些失控的毒蛇，便只是看到一地的尸体。完成了火力试探之后，先行的士兵们已经控制了下面的一段区域，而我们则跟随着吴武伦以及负责保卫的军人一同下来，只见整个通道都陷入了一片黑暗中，墙壁上的油灯已经被人为地熄灭了，有人朝我们刚才的来路打了几发曳光弹，我没有看到任何人。在尽头的拐角处，库房的门已经紧锁住了。

靠近下坡处这里有一个通道，这里也是刚才五号人物黎昕带着手下撤离的地方，通道的铁门紧闭。为了防止他们从这里出来，吴武伦让士兵在这通道的门口处布置绊式地雷，然后我们往库房的方向前行。

路上依然有蛇游动，然而却远远地避开了我们。来到库房处，才发现铁门已经紧紧闭上，而这铁门属于那种难以开启的。吴武伦回头找黑袍蒙面人，黑袍蒙面人则指着右侧，说从那里走，有突入库房的另外一条通道。吴武伦显然对黑袍蒙面人十分信任，点头，然后士兵们纷纷集中在了生活区的凹形入口。

黑袍蒙面人从怀里掏出一把钥匙，放入第一个门的锁孔之中，一旋钮，竟然打开了。

立即有士兵涌入里面去控制场面，我和小叔、熊明也跟了进去。这是一个宽敞的大厅，似乎是一个活动中心的样子，布置着许多黑色的布幔和宗教器具，在朝南的地方还摆放着一尊与人一般大的鎏金佛像，三头六臂，青面獠牙，端坐莲花台上，让我有一种很熟悉的感觉。因为撤退得匆忙，里面到处散乱着蒲团和打翻的油灯。大厅里面有两条长廊，长廊两侧有许多房门，这些是以前的军营，现在则住着人。吴武伦带着士兵撞破了几间，都没有人在。

黑袍蒙面人并不理这些，带着我们从大厅的东北角直走，路过几个房间和长廊，最后来到一个木门处，停了下来。他的双手放在上面，抚摸了一会儿，门便开了，他回头对我们说，召唤小黑天的祭坛，便在这里。我跟着众人进入房间，入目处是一片的白色，长长的幔帘低垂着，正中是一个燃烧熊熊火焰的祭坛。接着，好几声惊恐的尖叫传来，我扭过头去，看到了一幅至今仍然难以忘却的恐怖景象。

第六十章　拯救囚女，白室生变

　　风吹幔帘动，我看到了后面的空间中，有二十一个深褐色的陶瓮子，这些陶瓮子跟我家用的水缸差不多大，仅有的区别是，这些陶瓮子的开口很小，以及，每个上面都露出了女人的头颅来。
　　人彘！
　　我的脑海里一瞬间就想起了这么一个词来，然后古丽丽脸上那无声的悲哀便蔓延到我的胸口处。这些被装在陶瓮子里面的女人说不上漂亮，但模样都很年轻，她们的头发乌黑油亮，被梳得整齐，然后散落在脑后。不知道萨库朗用了什么法子，女人们的脸上呈现出一种异常的红润之色，眼中也有着欢悦的迷离，如同在享受着什么。然而尽管如此，我还是能够感觉到心灵上的怨毒，在这空间里面飘荡着。
　　叫声是从吴武伦手下的士兵口中发出来的。
　　这些打过仗、见惯了死人的军人骤然见到这么恐怖邪恶的东西，都不由得汗毛竖起，定力低的甚至发出声音来。我感觉自己全身都变得非常沉重，缓步走向了那正中心的祭坛上，那里有一个铜质的大鼎，款式古朴，我似乎在哪里见过。大鼎里面有燃烧的火焰，发出"哔啵哔啵"的响声和一种奇怪的香气。
　　吴武伦闻了闻，回头看那黑袍蒙面人，后者摇了摇头，说没事，这里面的油，是人油。
　　这些人油是萨库朗杀害被掳至此的受害人之后，将其身体流出的油脂蒸馏提纯，130℃到150℃得到的油品质较好，色泽清润，手感细腻，卖给外国集团做高级化妆品，筹集经费；而200℃以上得到的油，则用来点燃祭坛之火，接引祭祀上空的神灵。
　　我的眉头抽动，心中对萨库朗这个组织，不由生出了强烈的憎恨。
　　如此变态的组织，覆灭才是它最好的归途吧？
　　我下意识地往后退两步，小叔伸手拍了拍我的肩膀，示意我观察四周。吴武伦的手下极为精干，在经过短暂的诧异之后，开始搜查起房间的四周。黑袍蒙面人说这些人彘是召唤小黑天的药引工具，吴武伦便想将其毁灭，不让她们存在，从根源上解决。然而黑袍蒙面人拦住了他，说这些女人一旦死亡，会瞬间将怨气凝结成巅峰，有很大的几率将那个家伙给召唤出来，所以不但不能杀，我们还要防止她们死去。
　　吴武伦的脸庞变成了黑色，问如何将那小黑天扼杀在摇篮中。
　　黑袍蒙面人镇定自若，缓步走到那祭台上，一脚将那铜鼎给踹开，然后叫人搬来一个大盖子,将那鼎给封上。然后,他回头笑了笑,说问题其实很简单,只要将这祭坛的布置给破坏掉,一切都没有什么问题了。果然,那铜鼎的火焰熄灭之后,房间里的温度反而升了上来,而那陶瓷之中的女人,虽然仍然闭着眼睛,脸上却露出了痛苦的神情。我心急杂毛小道的安危,走过去问吴武伦,关人的地方在哪里?要是萨库朗的人丧心病狂,将抓来的所有人都杀了,那岂不是白跑一趟?

吴武伦虽然心急着前往血池,但是听我这么说,点头同意,看向黑袍蒙面人。蒙面人说在西走廊的尽头,但是最好统一行动,要知道,善藏他们还躲在暗处虎视眈眈呢。我执意要先去解救杂毛小道,吴武伦也同意我的想法,安排五个士兵陪着我去救人,同行的还有熊明,而刚才表现优异的小叔则被他留下来当人质。

我们都同意了这个安排。出了这个门,我脚步匆匆地往西走廊走去,而吴武伦他们则需要过了这个白色房间的后门,前往库房去破坏血池。

我心中隐隐有些不安,跟熊明等六人跑过空无一人的西走廊,来到尽头,一个战士大脚一踹,把门撞开。有两个人正在不远处弯弓待射,结果被精准的点射给击中了头颅,倒了下去。见到了人,我反而心安了,只见这个房间稍大一些,有各种木质的家具,也有陈旧的铁皮柜子。熊明跑到那两人尸体处,俯身掏出了一串钥匙,然后跑到了这房间西面的铁门中,打开了门上的锁。

门一开,就听到了一片哭声传来。

两个士兵持枪在门口警戒着,我和其他人则冲进了那门中去。果然,这里真的是一个牢房,跟我们那里牢房一般,也是一个宽阔的石厅,中间竖立着一模一样的石柱子,不同的是,石柱上面的锁链尽头,锁着三十多个女人。这些女人一律面容憔悴,浑身脏兮兮的,有人眼神呆滞,有人则疯狂地哭泣着,然而当我们一走进去,所有的声音都为之一凝,转化为了小心翼翼地窥视。

这些女人来源不同,有本地人面孔的,有的像是中国人,也有金发碧眼的洋妞和印度脸孔的女人。她们唯一的共同点就是看向我们的时候,有一种发自内心的恐惧。

当我们言明身份的时候,这些女人全部都哭成了一片,热闹非凡。自然有人拿钥匙去给她们解开镣铐,我则顺着墙根,朝黑暗中的那几个牢房找去,想看看杂毛小道在不在。然而我依旧没有发现那个浪荡子的身影,而是找出了几个关在单间的宝岛女孩。巡查了一圈,我们救出了近四十个不同国籍的女人,却还是没有杂毛小道,这件事情,让我的心中产生了无比的压力。

准备出门的时候,熊明叫住了我。他正扶着一个苗家打扮的年轻女人,跟我说这是他们寨子失踪的妹子。他脸色严肃,说外面的邪教徒还没有肃清,暂时不能让她们出去,不然会十分危险的。他建议留下两个士兵跟他一起在这里守着,让我先回去报信。我看着这乱成一团的房间,有几个女人精神都已经失常了,一得自由便不顾招呼往门外跑,又被搡了回来。我知道这样子肯定不行,便同意了,让熊明跟这五个士兵商量之后,接着由我带着三个士兵返回去,找主力报信。

有的女人以为我们要抛弃她们,想跟着,却被熊明拿枪给吓了回去。
　　折回白色祭坛房间的西走廊路上,我路过一个房间,突然感觉有一种十分熟悉的声音在呼唤着我,这种感觉我说不出来,就像是久未谋面的朋友在向我打招呼。我根本就没有多想,只是依着自己的直觉一脚把门踹开。里面竟然有两个人,是萨库朗的教徒打扮,见到我冲进来,举刀便砍,我一脚蹬开前面那个,接着身边的枪声立刻响起,将这两人打成筛子,一地血肉。
　　我望着这两个家伙的尸体,心中感叹:这便是国家力量的威力,这两人即使再厉害,血肉之躯也挡不住枪弹的威力。看看中国的道术发展,再如何厉害,在现代军事技术发展起来之后也大都隐匿了身形,畏缩不前。
　　我没有继续看这两个死人,而是径直走到了房间左边一大排柜子的其中一个前,伸手将上面的锁猛地一拉,断了,露出里面一大堆零碎的东西,而这里面,有我之前丢失的东西:震镜和杂毛小道的泥像雕塑。看到这两样东西,我不由得热泪盈眶,我的娘啊,这里居然是萨库朗放置战利品的库房啊,要不是震镜里面的镜灵在呼唤我,我还真的错过了。我还在角落里找到了我的背包,里面还有我的证件在。
　　人品实在太好了,我兴奋地把这些东西都塞进包里,打量这房间四周,看看能不能找到一些厉害的法器来——我的震镜一看就知道是宝贝,他们既然把它放在这里,说明此处应该还有很多好东西吧。
　　然而就当我打算做一回梁上君子的时候,有一声诡异的叫声从远处传来,让人在一瞬间就绷紧了神经。
　　声音是从刚才大部队所待的白色房间中传来的,我旁边这三个士兵一听到,便朝我大喊了一声,然后顺着走廊朝那边冲了过去。我不知道发生了什么事情,顾不得淘弄这房间里的东西,背着包就往外面跑,急忙跟了上去,很快,我们就重新来到了白色的房间门口。那房门虚掩着,里面有一股难以言及的阴冷在蔓延,三个士兵你看看我,我看看你,都有些犹豫。
　　我双手结外缚印,暗念着金刚萨埵普贤法身咒,沉身静气,一脚踹开这道房门,一瞬间,有一股阴森寒气像电流一般,从我的身体上流过。在我们眼前,地下躺着十几个横七竖八的士兵,他们的身体都结上了一层白色的霜物,而一个竹竿瘦弱的男人正在持着嘎巴拉碗在艰难地与一团白气周旋。这嘎巴拉碗其实就是用死人头盖骨做成的容器,他拿在手里,动作越来越迟缓。
　　除此之外,再无其他人。
　　我几步冲上前去,赫然发现白色幔帘后面那些装在陶瓮子里面的女人,她们已经睁开了眼睛,全部都是血一般的红色,眼睛下面是斑斑的血泪。最重要的是她们全部都面带着诡异的笑容,发出了一种超脱语言的悲声——女人们的舌头全部都被割掉了,这声音是怎么发出来的呢?
　　呜呜……呜呜……

第六十一章　千里遥系，黄金传说

人们通常把自然界的声响，比如风声、鸟鸣、泉涌，种种凝聚天地日月精华的声音，称之为天籁之音，形容声音的美好。而当我一踏进房间里面，便感觉这"呜呜"的声音从四面八方传了过来，让人不寒而栗，整个世界都在倾斜一般，微微震动。我暗叫不好，双手立结不动明王印，口中猛喝一声，灵——

世界为之清静，而那团白色的雾霭也分出一团来，与我纠缠。

我往旁边退出几步，便感觉四周景物变换，有无边的恶鬼丛生，张牙舞爪，发出古怪而恐怖的尖叫。我立刻感到不妙，掏出刚到手的震镜就朝着那团雾霭照去，一声"无量天尊"喝得震天响。然而许是离开我太久，镜灵竟然毫无动静，那一团雾霭竟然朝我当胸撞来。

我避之不及，唯有提升一口气，闭上眼睛硬挨这一记。

我全身一阵冰凉，好似掉进了冰窟一样，而且有一种黏稠如糨糊一样的物质封堵住了我的口鼻，让我气都换不上来。好在金蚕蛊在身，任何阴毒邪气一遇到它，自然都要规避一二，所以这状态仅仅持续几秒钟，随着我体内的热气弥漫，便消失无踪。我前跨两步，呼叫那个竹竿男人，然而他似乎并没有看见我，手中的嘎巴拉碗一挥，竟然打到我伸出去拉他的左手。

这碗骨质坚硬，打得我疼得要命，我正想结印将他唤醒的时候，突然感到后心一凉。

我体内的金蚕蛊给我传递来一种极度惊悚的危险感觉。

没有一点前兆，我的脚一软，不受控制地往地下滚去，接着我听到身后传来了疯狂的扫射声，子弹在空中肆意地飞舞，一阵硝烟弥漫，接着我听到了陶瓷破碎的声音，听到了有人陷入绝望的疯狂叫喊，听到了子弹与地板、墙壁猛烈的撞击声，听到了有人在狂笑，也似乎听到了死亡之神肆意挥舞着镰刀的声音……

一瞬之间，世界都为之凌乱，然而这才是刚刚开始，当我闻到了鲜血所特有的腥膻之时，我趴着的地下有一种奇怪的律动，没几秒钟，我所处的这几块方砖突然消失不见，而我则顺着陡然露出的斜道往下飞速地滑动着，意识在那一刻都朝着黑暗之中沉沦去。

我大叫着，奋力宣泄自己心中的恐惧，不让体内的保护意识将我的思维暂时"关机"。我高喊着九字真言，让自己的神台守得一丝清明——这种感觉我难以详细地描述出，请想要了解的朋友自行前往所在城市的游乐园，连续坐三遍过山车即可。

终于，仿佛过了一万年，我感觉屁股都磨出血了的时候，身子突然一凌空，然后重重跌落到一团软绵滑腻的东西之上。我心中长叹了一声，感觉魂儿才刚刚回转过来，还没有缓口气，就感觉有一物携着风声，朝我扑来。我下意识地伸手一捉，在微弱的光线中一看，竟然是一条头部扁平的饭匙倩，也就是电视上经常说的眼镜毒蛇，而我的手正好卡住了它的头部。

战斗的意识。

我这才发现我屁股下面那软绵滑腻的东西不是别的，正是一条条盘着的毒蛇，被骤然从天而降的我给全部都压成了肉酱。然而这些并不是仅有的毒蛇，在我所处的这个空间里，有不知凡几的毒蛇，充斥在我的视线中，吐出的信子发出"嘶嘶"声，让人心惊胆战。

一条毒蛇便能够置人于死地，何况小爷我倒霉到了极点，竟然掉进了蛇窟？

这里，便是萨库朗用来蓄蛇的地方吗？

不过我也算是见过了大场面，知道这时候慌张没有什么用，果断大喊一声"有请金蚕蛊大人现身"，企图借助金蚕蛊的威势，让这些毒蛇安分一些，不要枉自朝我攻击。事实证明肥虫子这蛊中之王的美誉所来不假，它一出现，立刻从肥硕的身躯之中散发出"王八之气"，肥躯一震再震，那些围将过来、蠢蠢欲动的毒蛇竟然在这个脑门之上长着青春痘的王者威慑下，心不甘情不愿地退离了一丈的距离。

连我手上这条费力挣扎的黑色眼镜蛇，都变得瑟瑟发抖，如同软面条一般，不敢动弹。

我看着用一双黑豆眼看着我的肥虫子，它那小人得志的模样，让人忍俊不禁。

不过这个在陶瓮之内修行接近一甲子的家伙，吃过的毒蛇成百上千，自然有一股独特的气质在，不怒自威。我感动得眼泪都要流了下来，要不是我家肥肥，万虫噬体这种惨剧，看来我是避免不了的。当下情绪激动，也顾及不了素有"菊花残"的美名，使劲地亲了它肉乎乎的身子一口。

冰冰凉，一股檀香流连于唇齿之间，味道果真不错。

肥虫子颇有些不好意思，奋力挣脱出我的手掌，然后飞临到我手上的那条眼镜王蛇头上，俯下身去，直接破开它的头颅，奋力吮吸一番。几秒钟之后，这条一米多长的毒蛇皮肤萎缩，没有光泽，似乎失去了所有的生命力。我扔掉了手中这条蛇，站了起来，开始打量自己所处的环境；而肥虫子则飞临上空，俯视着自己面前的饕餮盛宴。

这是一个很大的岩洞，很难想象出在缅甸的热带雨林下面，竟然会有这样喀斯特地貌的地下溶洞。这里十分的宽阔，除了我附近的墙上有几盏昏黄色的灯火外，其他的地方都是深邃的黑暗，那黑暗黏稠如墨，浓得化不开。而这灯火也很有意思，它是由一种碗口粗的白色蜡烛燃烧而成，很安静地亮着，发出一种让我既陌生又熟悉的香气。

简单地说,这个地方是呈一个"凸"字形的空间,而我正处于那个突起的地方。

有了肥虫子的护卫,我胆子大了很多,站起来往前走,群蛇纷纷退避。肥虫子淫威颇盛,它但凡看到哪个退得慢的,便飞临头顶,一阵吸吮,将其生命精华尽数吸收,如此一来,蛇群更是恐惧。我感觉前方有一大团翻滚的黑气,浓烈得如同实质。这黑气让我恐惧,也让我好奇,缓步走过去。

路过一盏灯光的附近,我突然看到岩壁上面有着什么东西在。这发现让我似乎想到了什么,赶紧走了过去。这岩壁常年有蛇虫攀附,上面已经变了模样,有一层黑黑的垢尘。我看不清楚,伸手去将那层垢尘给揭开,露出那岩壁上东西的面目来。

这居然是一幅粗糙的壁画,而且是我所熟悉的。

同样风格的壁画,我曾在晋平青山界的溶洞子里看过,也在神农架的耶朗祭奠中看过,它们都是由一根根红色与黑色的线条或圆弧相结合,简洁明快,大方古朴,图案和花纹都有着浓烈而独特的风格,它们描述的都是三只眼、额头上的眼睛呈方形的小人。我无心分析这壁画上面的内容,只是心中有着强烈的震撼,脑海里不断地想起了2007年的春节前夕,一个乡村的老汉略带讽刺的笑容问我:"你真的以为一个幅员辽阔的耶朗联盟国度,真的是夜郎自大?"

我真的不相信,然而我却分明知道自己所处的地方,是在异国缅甸的山林底下。

这里居然也有耶朗故人的遗迹!

那么,他们在这些地下的山壁上刻着这些图画,到底是有什么用心呢?这些壁画里面,又传递着怎样的信息,诉说着怎样的历史呢?

我不得而知,只是被那个千年之前的神奇国度所折服。一种扑面而来的历史厚重感,沉甸甸地压在我的心头。不过现在并不是感叹这些的时候,我稍微一打量,便没有再继续,而是从磨烂的背包中掏出了强力手电筒,往黑暗中照去,试图找到回去的路。

当我走出了"凸"字形的口子处,往黑暗中一照的时候,一片金黄色的光芒让我眼前一花。我愣了神,快速地走了过去,只见有一堆木箱子整整齐齐地摆放在我面前,而这上面一排则全部都是打开的,露出了一块块交叠的砖头,密密麻麻。之所以会反射出一片金黄之色,是因为这些砖头全部都是黄金做成的。

在这些箱子和金砖上,都标识着繁体字与日文,以及阿拉伯数字。

我似乎在一瞬间就明了了吴武伦和加藤原二来此的真正用意:日本在七十年前的那场战争中,虽然至今都没有承认,但是它确实扮演了一个强盗的角色,将大半个亚洲的财富都掠夺一空,而战败之后,它掠夺的黄金、珠宝以及其他的硬通货,莫名地下落不明,不翼而飞了。

有人说这些财富都流落到了日本各大财阀的手上,而这里面美国驻日本的司令官麦克阿瑟将军则充当了不光彩的角色,以至于朝鲜战争时期,各大日本财阀得到灌血式的培养,从此日本也从一个废墟上的国家,迅速地崛起为世界第二大经济体,堪称一时之奇迹。也有人说这些黄金于1945年日本即将战败的时候,由天皇手谕下诏,经日本军部最富有武士道精神的青年军官督导,将其分布潜藏于东南亚的丛林之中,并且标定好位置,留待日本再次崛起的时候启用——这个说法其实也是可信的,因为在1946年的时候,美军就根据战犯交待的资料,从菲律宾的丛林中挖掘出了数以吨计的黄金和珠宝财物,而这些战犯则在之后的东京大审判中被从轻处理;六七十年代日本经济崛起之后,也不断有日资公司以投资的名义,到达东南亚实施勘探工作……

　　这些猜测并不属于少数,我以前也只是听听而已,然而我在看到这些黄金的一瞬间,便至少肯定了第二种猜测。这世间的一切皆为小事,唯有利益,才能够让人奔波劳累。萨库朗存在于这山林之中,并非一朝一夕之事,吴武伦背后的上级若不知晓,我甚至愿意相信母猪会上树这一说法。实质上,那是一个还处于动荡中的国家,出动这一干精英,说是拯救被掳的受害人,真的没有一点说服力,反而若说是为了这一大笔财富,那就没有什么歧义了。

　　加藤原二也是,不过这个日本小子之所以孤身前往,也许更多的是为了麒麟胎吧。从我与他的接触中,我还是能够感觉到的。

　　若是以前,这么一大堆黄金摆在我面前,我非得乐疯了不可,然而现在我却仅仅只是心跳稍微加快了几下,便没有再激动半分。毕竟如果命都没有了,有钱又有何用?我的直觉告诉我,日军选择在此处修建基地,藏匿黄金,其中的用意,并不仅仅只是因为隐秘。越过这堆箱子,我来到了一个巨大的石鼎前面。这石鼎巨大,高有三米三,形貌款式与耶朗祭殿的那一樽极为相似。

　　我静静地站在这石鼎前面,感受到有一种莫名的压力朝我碾压而来。

　　肥虫子在我眉心处盘旋,帮我抵守住这一份压力。

　　石鼎之后,即是悬崖,深不见底的巨渊,下面是无尽的黑暗。我似乎有一种难以言述的感觉,从心里面跳出来。看着这里面的一切,我总是有一种不真实的感觉,头开始一瞬间疼了起来。突然,那石鼎开始剧烈地晃动,然后有蓬勃的黑气从鼎中冒出来。随着这颤动,这悬崖的土地开始不断地裂开,巨大的石头跌落下深渊,我想往后退去,却被那黑气给周身缠绕着。

　　我浑身一震,突然觉得魂飞魄散,身体随着所有的一切,都坠落深渊。

　　掉下去的时候,我对自己怒喊着:不对,这是幻觉!

　　……

　　当我再次睁开眼睛的时候,发现有一个娇小的身子拱进了我的怀里,而杂毛小道那张猥琐的脸孔,正一脸焦急地对我呼喊着什么。我回过神来,心中便是一阵惊喜:踏破铁鞋无觅处,得来全不费功夫。看着怀中朵朵一脸的紧张和随后的惊喜面容,我长舒了一口气:那是幻觉,没死真好!

　　果真是幻觉吗?

第六十二章　互诉离别，那一巴掌

"陆左哥哥，陆左哥哥……"

朵朵和杂毛小道的突然出现，让我欢喜得心都要炸了，然而为了证明这一切都不是幻觉，我还是结了内狮子印，快速地念了几句金刚萨埵降魔咒，然后以"洽……"为结尾。一切完毕，面前的景象都没有消失，我这才松了一口气，捏着朵朵果冻般嫩滑的脸蛋，坐直起来，一拳擂在杂毛小道的胸口："你小子这几天跑哪里去了？搞得老子奔东跑西，到处找你。"

杂毛小道扶我站起来，我这才发现旁边还有两个人，一个长眉老僧人和一个少年僧人，皆穿暗红色粗布袈裟。他们是我们在错木克村外见到的那两个傍晚出村之人，而这老和尚我还见过一次，就是我取得了解降泥娃娃返回江边的时候，在林间见的那个悬空僧人。一想到他悬空盘坐的样子，我便肃然起敬。

杂毛小道给我们介绍："陆左，这位便是我小叔想要找寻的般智上师，这位是上师的弟子他侬阿杜德；两位，这是我的好兄弟陆左，苗疆三十六峒清水江流的巫蛊传人，同时他也是朵朵的主人。"

两个和尚都向我单手施礼，我也赶忙回礼。

这时杂毛小道才跟我解释，说他本来在江边的石缝中休养，结果那吊在树上的死人尸变了——小日本没安什么好心，在老榕树上吊人，然后又做了布置，一到晚上就阴风嗖嗖，长起了黑色尸毛来。杂毛小道那里没有了匿身符那般奇效的东西，自然就被这尸体所发现，好在杂毛小道恢复了些气力，勉强避开出来。这尸体本来就是初生之物，并不厉害，旁边的朵朵鼓着腮帮子，准备出手将其制服。然而正在此时，萨库朗的外围又复折返，正好与他撞上。

双方合力擒住那尸变的死人，将其怨气消除之后，扔入江底，但是杂毛小道却被翻脸擒住。

因为同行的有一个道行颇深的黑巫僧人，杂毛小道怕朵朵不敌，强行命令她返回槐木牌中，等待回去的路途中实力回复后再作逃跑。在返程时，一行人正好碰上了前来找寻自己师弟的般智上师，双方发生冲突，结果上师完爆萨库朗一伙人，并且将杂毛小道给救了下来。

般智上师帮杂毛小道暂时封印了所中的降头术，然后带着在这山林中行走，直到今天傍晚时分，发现不断有动物朝着一个方向奔行，上师默算之后哈哈大笑，说同行定能够找到目标，于是跟随至此。巧的是，般智正是吴武伦所请的高手，所以便过了

门口的守卫，直接进了来。

朵朵飘飞上空，骑坐在我的脖子上，揪着我的头发，痒痒的，然而我的心却无比的舒畅。

我向两个和尚道谢，然后将自己的遭遇简要地说了几句，又将背包里面的泥娃娃拿出来，递给杂毛小道，将解法说给他听。他收入囊中，说现在既然已经拿到，那就不急着解降，他小叔跟吴武伦所带领的大部队已经前往血池，那么我们赶紧过去救援吧。

我这时才想起来观察这四周：只见房间里一地的尸体，而白色幔帘后面的陶瓮子也破碎大半，滚落出一地白花花的肉体，均是和古丽丽一般，双手双脚皆被斩去，也有没死的，瞪着一双眼睛，惊恐地看着我们，说不出话，她们似乎已经从刚才那种神秘的状态中苏醒过来，有着普通人的那种悲伤和无助；和我一起进来的那三个士兵，以及那个竹竿男人已经伏卧在地上，毫无生息。

般智上师平淡地看着我，夸奖说，不愧是鬼妖的主人，陷入这种幻境而能够不死，即使没有我们的顿喝，没有我们将这阵法破坏，也能够自我苏醒过来，这样的意志，真的不是一般的厉害。我笑了笑，脸色越发的苦涩："这种事情，我经历过了几次，所以也还不算是陌生。"

他含笑点头，说："不错不错，现在的年轻人，一个比一个聪慧坚定，都是一时之豪雄。看来我们这些老家伙，就要退居幕后了。清水江流……咦，你是哪里人？"

我有些奇怪，在这异国，问我是哪里人，难道他去过中国？当着这个高手的面，我也不敢胡诌，老实地说我出生在十万大山的门户，晋平人。他的眼睛亮了起来，说果然是有缘。我不解，而他旁边的弟子他依则说道，我师父去年收了一个小师弟，也是你们晋平的，青山界、矮骡子，倒是常听他提起……

我惊奇，正想深问，而般智上师却不想再提及，摆摆手，问我在这里有没有见到一个枯瘦的老和尚，不是萨库朗的黑巫僧，想来应该是一个囚徒的身份。我浑身一震，这位师父可是叫做巴通？他很激动，点头说是，那正是他师弟，现在他在哪里？

我迟疑了一会儿，但是仍旧说起巴通老和尚已经葬身蛟口的事实。

般智上师陷入了可怕的沉默。

这沉默持续了十秒钟，然后他点了点头，说走吧，我们去会一会萨库朗的高层。说完话，他杀气腾腾地穿过房间，朝着那道门前去。我和杂毛小道紧紧地跟着走，看着这个长眉老和尚挺拔起来的背影，心中暗自琢磨：巴通说自己曾是契努卡的联盟成员，那么如此说来，般智上师也应该是。要果真如此，这个黑巫僧联盟的势力可就真的很大了。我曾想着去找那个情报贩子差猜报复，现在想来，还得三思。

还有，不知道杂毛小道有没有将三叔的情况说与般智上师知晓，而老和尚有没有办法救三叔呢？

我不敢说，捅了捅杂毛小道，用眼神询问，他也没有说话，摇了摇头，眉毛皱起。

139

是不肯呢，还是不会？

他没有说起，只是走。那个叫做他侬的少年僧人似乎十分喜欢朵朵，行走的过程中不断地回首看向坐在我脖子上的小家伙，眼中带着微笑，和少年人所特有的那种游离和掩饰的关心。而我脑袋上的这小祖宗似乎对我将她抛给杂毛小道的做法十分不满，不断地揪着我的头发，使劲扯，然后嘟哝骂道，死哥哥，坏哥哥，打死你，痛死你……

出了门又是一段复杂交错的路线，我并不熟悉这里，身边这几位也都是初来乍到。顾不得隐藏实力，我唤出了金蚕蛊，在两个和尚诧异的目光中，跟它交待了一番，然后由它循着吴武伦等人的气味，带着我们追赶上去。

很快我们就来到了一个虚掩的铁门处，这门的后面有一条长长的通道，而通道的尽头，则是上次萨库朗突进库房的石门。这门前的空间已经倒下了五六具尸体，看来双方已经交上了火。我们把门打开，只听到对面有持续不断的枪声响起来。

战况是如此的激烈，以至于连守卫这通道的人也不见了人影，全力压了上去。

我们当下也不犹豫，般智上师一马当先，快步冲上前去。我正想动，朵朵跟我说，小妖姐姐要出来打架。话音刚落，她不舍地看了一下我，身形扭转，白气缠绕，丰乳肥臀的火爆女小妖朵朵立刻出现在我面前。我正想跟这小妞打招呼呢，她挥手就扇了我一巴掌，生疼，她怒气冲冲地骂，你这个混蛋，把小娘丢在那个猥琐道士的手上，不知被占了多少便宜，这一耳光是利息，其余的打完架再算。哼！

她说完立刻飞进去，而杂毛小道一边跑，一边无辜地朝我喊："小毒物，莫听她胡说，你要相信我。我才不会那么变态，对萝莉都下得了手……人家的口味向来都是好人妻和失足的好吧？这只是她打你的借口，跟我无关啊。我招谁惹谁了？"

我摸着被扇得通红的脸，有一种莫名的感觉，说不上来生气，怪怪的，酸酸的。

嘶……小狐媚子的手可真黑，这一扇，俺的半边腮帮子都肿了起来，牙齿也出了血，疼得我直皱眉头。不过我也来不及多作思考，跟着几个人便匆匆跑了进去。

很快我就冲出了石门，重新返回了库房处。

这个时候的枪声已经停歇了，东首边的那个血池处铁门紧闭，在房间的前方站着一排八个人，包括了善藏法师和第五号人物黎昕，一律的黑袍巫师装扮，周围四处都倒伏着尸体，这些人里面也有身受重伤者，身躯摇摇欲坠，仅靠着意志在坚持。不过，他们并不是劣势的一方，因为站在我们不远处的吴武伦一伙，仅仅剩下了吴武伦、小叔、黑袍蒙面人和两个精英高手，其余的人，包括所有的士兵以及那个侏儒驯蛇师，已经倒地不起了。

可想而知，在我们到来之前，战况是如何的激烈。

双方在僵持，然而我们的加入，却使得吴武伦一方的劣势有所回转。善藏看着我们缓步走了过来，恶狠狠地看着那个黑袍蒙面人，厉声地斥责道，麦神猜，今天的一切，都是拜你所赐，你以为大首领和许先生，会放过你吗？

第六十三章　蛊中金蚕，降中飞头

被直接点出了姓名，黑袍蒙面人却并不意外，他将罩在头上的帽子取下来，又将蒙面的黑布解开，露出一张黝黑老实的脸孔来。

这个萨库朗的四号人物眯着眼睛盯着面前的一干人等，缓缓地说道："善藏，莫说首领闭了死关，许先生早无踪迹，便是他们在这里，我也敢跟他们当面对质，揭露你这个阴险小人的丑恶面目。我的反叛，老六的死，萨库朗教徒离心离德，这所有的一切，还不都是你和黎昕这个婆娘的功劳？你勾结厄勒德的事情，我暂且不说……"

麦神猜用怨毒的眼神，死死盯着眼前那个中年妇女，一字一句地说道："我的初恋情人，竟然在我出外勤的时候，被这个老妖婆炼成了人魉，而你居然也不阻拦。自从二十年前起，我心中便下了决心，一定要推翻萨库朗，将你们这些人一个一个地杀死！"

黎昕一副奇怪的表情："麦神猜，当初你可是凭着此事而晋升的绝情境界啊，你难道忘了？"

麦神猜的情绪更加激动，指着黎昕破口大骂："你这个变态，一个将自己父母毫不犹豫地炼制成骷髅鬼火的人，怎么会明白我的心思？堂堂一个萨库朗的高级成员，竟然连自己心爱的女人都保护不了，我这一生又有何意义？"

善藏没有再同麦神猜说话，而是看向了我，摇了摇头说，果真是看错人了，你这小子竟然能够逃脱出金山大神的追杀，折返回来，早知道，就不听许鸣的求情，直接把你杀掉就好了。说完这些，他的视线停留在了般智上师的身上，竟然愣住了。过了好一会儿，他才神情凝重地说道，般智，我们有四十年没见了，你怎么会在这里？

般智上师平淡地说道，你们抓了我那遁世不出的师弟，不就是想引我前来吗？现在，我来了！

善藏法师解释道，我们只是想请巴通上师来此作客而已，并没有其他的想法。

黎昕在旁边听着，眉毛一挑，说，这些人直接杀了便是，何必多言呢？

她双手一挥，地上散落的旗子便根根竖起来，空旷处也有机关转动的声音传来，而她的身后，则飘浮出四五个白色的虚无身影。她指着我们对善藏说道："人家都打上门来了，还说什么？要战便战，我们会怕了这一群残兵败将不成？"随着萨库朗这个天才降头师的一番动作，左右周围的空间顿时变了颜色，墙壁消失了，取而代之的是翻卷的血海和升腾的鬼气。

我们所有人的身体都为之一僵，身体都沉重了几分，心道不好，在这个地方，黎昕竟然布得有阵法在！本来我们的优势明显，但是在这阵法之中，所有的一切，就变幻莫测起来。

我往左走两步，想要靠近小叔和杂毛小道，结果一步跨去，空间错乱，反而离得更远。

正在这时，一直等待着机会的萨库朗教派高层力量，全部都扑了上来。我的对手是一个从黑暗中飞出来的悬空头颅。这个飞头降之前一出场，就被虎皮猫大人带着食猴鹰给吓走，没想到现在竟然又出现了。我记得之前许鸣跟我说，吴武伦就是个修炼至三层飞头降的降头师，然而此刻见吴武伦却是使得一手蝙蝠控，知道是被混淆了视线，如此说来，这个悬空的头颅，定然是有三层级数的。

三层的飞头降，不知耗费了多少孕妇腹中的胎儿，也不知道吃了多少的人血。

人说"蛊中金蚕，降中飞头"，皆有证长生的希望，所以这两个行当均以此为尊。然而金蚕难炼，飞头降更是难上加难。巴颂当日曾对我说过，他见过的修飞头降者练过二层者不过四人，达到三层的只有一人，而且还死于火焰灼烧之下，可见其难度和危险性。

小妖朵朵和肥虫子早已聚拢在我的旁边，严阵以待。我并不害怕这厮，深呼吸，双手激发出灼热的蓝光，然后结出《镇压山峦十二法门》中所记载的最具有攻击力的"大金刚轮印"，双手反扣如碗，朝着那飞临而来的光头击去。

我这全力一击，配合着胸中共鸣的真言"镖……"，立刻有一种力量从百骸之中，升腾而起，以热流的形式集中在我的双掌之间，灼热，然后有一道至刚至阳之气，顿时离开我的手印，以一种极快的速度朝空中的那一大蓬血肉打去。这个如同漂浮章鱼一般的东西被肉眼所看不到的气劲打中，浑身一震，尖锐阴霾的眼睛发出愤怒的光芒，那一大串肠子和内脏则簌簌抖动，洒落一连串红黄色的浓浆，滴落在我身上，如同开水般滚烫。

这浓浆竟然如此霸道，我疼得哇哇大叫。

金蚕蛊顿时俯身到我最大的创口处，将那伤口稳定，并且发出一道淡淡的灵力，形成一个屏蔽场域，将所有的浓浆隔绝。肥虫子一附体，一道清凉之意就传遍全身，我的身体方得好转，只见那飞头降竟然俯下身，朝我撞来。

我气急败坏地迎了上去，心中窝着怒火：真的当我是软柿子，这么好捏吗？我伸手去抓悬在空中的肠子，想将其扯住。

然而这东西的肠子和内脏表面覆着一层结垢的血浆，泛着亮光，如同浸泡了桐油的鞭子一般，既韧又硬，重重抽打在我的身上，疼得要命。不过我好歹还是抓到了其中的一根肠子，是大肠，因为根据我的手感，里面还有一坨软软的屎。我手烫啊，对于这种邪物来说差不多如同阳光照射的效果（当然这也是我招惹到飞头降最重要的因素），它立刻发疯一般摇摆，拖着我四处奔。

我紧紧抓着，也不放手，还腾出一只手去拽那个像是桃子形状的结痂心脏。

说实话,这个飞头降也算是倒霉。为何?它练就了三层境界,全身坚韧,并不怕普通武器的伤害,而且身上的浆汁又是高腐蚀毒液,一般人难以破解——我看到地上那些死去的士兵,大部分都死于它的手下——然而一物降一物,它偏偏遇到了身怀金蚕蛊的我。要说我这个人也就是个半调子,在这一伙人里面实力只能垫底,然而我一不怕毒汁腐蚀,二又有双手降魔,于是角色反转,痛苦的便成了它。

这飞头降倒也聪明,将我往交手最激烈的地方带去。那里拳风掌影,啪啪地炸响,我若被蹭到,定然会伤筋动骨。不过有小妖朵朵在,哪能够让它得逞?这个小狐媚子虽然扇了我一巴掌,但是此刻却卖力得紧,提前飞临前方,清脆地叫喊了一声"滚……",浑身竟然浮现出了青色的光芒,她脸色憋得通红,双掌一推,竟然将气势汹汹的飞头降,给一巴掌打了回去。

这可是练至三层、横行一时的飞头降啊!小娘竟然如此凶狠。

被小妖朵朵逼回来的飞头降气势顿时为之一跌,悬在它下方的我立刻察觉到了,口中大喝一声"禅——",沉声提气,将所有的重量,都往下一压。九字真言中,我很少喊"禅",因为它代表一种佛境,心向光明,我心即禅,万化冥合。真言讲究言出即法,只有自身境界到了,说出的语言才能够联系到空间中神秘的力量。然而在那脚不着地的半空中,唯有此言,能够让我生出新力来。

这一喊,我本来也只是抱着试一试的想法,然而突然双脚似乎有了力的回馈,我竟然生生地将那大章鱼一般的家伙拉回了地上来,掼倒在地。小妖朵朵是个眼力极厉害的小家伙,虽然嫌弃这家伙又脏又臭,然而却仍旧拼尽全力,打出一道青色的罡气,直入飞头降的体内。

光头佬浑身一颤,直打哆嗦,接着那黑红的脑壳居然长了绿色的苔藓出来。

正在这个时候,横空递来一剑,正是与旁人搏斗的小叔,他敏锐地嗅到时机,脚踩着七星罡步,将这阵法的效用给一举破开之后,口中高念着:"……敢有违者,雷斧不容。破!"这一剑由上往下斜劈,剑上电光直闪,状若游龙,然后如同烧红的刀子切牛油,将这头颅和脖子下一大堆肠子内脏作了彻底分离。小叔补刀成功,那飞头降发出一声惊悸的嚎叫之后,彻底死去。

我这时候才有心思关心场中的情景。只见这短暂的时间里,我方只剩下了半残的吴武伦、行动迟缓的四号麦神猜、小和尚他侬和我们一伙;而萨库朗一方,剩下善藏法师一人在舞弄着一张大幡,旁边两个黑金刚守卫,而老和尚和黎昕,竟然不见踪影,想来是打出了阵去。

这时候,血池的大门缓缓张开,善藏指挥着两个猿尸降化身的金刚朝我们冲来,他将手中的黑幡一卷,大量的红色带翅虫瘿朝阵中猛扑,而他本人则逃进了房间里去。吴武伦指挥蝙蝠护体,那些红色虫瘿就全部都集中在了麦神猜身上。这个男人倒也不惧,往前猛冲,生生撞飞那两个猿尸降,也跟着冲进门去。

然而这个据闻武力第一的四号人物一入门中,身子一顿,便化作了满天的肉块,大量的血水朝这边激射而来。

一股原始的、苍凉的、恐怖的、让人绝望的气息，从房间里面狂涌而出。

第六十四章　通道炸断，小道发飙

这股气息如同十级台风扑面，劲风强烈，我们所有人的脑海里只有一个想法：小黑天苏醒过来了。

逃！逃！逃！

这已经不是人力所能够抗衡的了，在场的所有人，都没有再前行一步的坚持。吴武伦最干脆，双手一振，身上仅剩余的二十几只吸血蝙蝠便往那血池之中飞去，而自己，则率先返身，冲到了仓库的铁门处。那铁门在他们刚才的激战中已经被开启，而那里，才是返回出口最快捷的通道。他此行或者有别的目的，然而这些与自己的性命相比较，却都显得不重要了。

吴武伦是一个极其自负的人，但逃跑起来却是毫不犹豫，这一点，说明他的确有过人之处。

我们的目标也已经完成了，此时更不会有什么心理负担，也跟着撒丫子就跑。只有那个叫做他侬的小和尚，犹豫不决地看了一下石门，然后才跟着我们穿越大门。从这库房的大门往外面跑，距离并不算长，以我们的脚程来算，半分钟就跑到了尽头的坡道口。我听到了雪瑞惊喜的叫声，然后小姑娘欢喜地跑了过来，扶起了脚步跟跄的杂毛小道。

正当我们惊魂未定的时候，吴武伦突然朝着留守的那个黑汉子喊了几句话，那人立刻毫不犹豫地从怀里拿出了一个塑料盒子，一按，然后往后面的地下猛然趴倒。

我心中起疑，还未来得及思索，就听到坡道口传来一连串剧烈的爆炸声响，轰隆隆，一时间整个空间都在震动。我被一股狂暴的气浪推得往地上跌去，回头看，我们来的那条路，已经被乱石给堵上了。

吴武伦这时候才跪下来，吐出了一口一口的鲜血。

他一边吐，还一边下着命令，那个留守的负责人（五十多岁的半老头子，就叫他老头吧）立刻指挥手下往倒塌的通道口泼油。有人拉着我们离开，没走开十几米，便见到有人用火焰喷射器，将碎石中流淌的油一下子给点着，蔓延连天的火焰顿时熊熊燃起来，然后不断有士兵搬了早已准备好的松枝柴火等助燃物，往那里面扔，山风从洞口往里灌，大股的浓烟就顺着坍塌的石头缝隙，往里面吹去。

我们刚才被那股寒彻心底的气息所深深震慑到，思维都有些僵化，没想到吴武伦算无遗策，早就已经有了后备方案：即使失败了，还能够借助炸药的威力将这里封住，然后利用高温燃烧，将地下基地的氧气燃尽，又有浓烟熏扰，将里面的生物给生生闷死。

……

不对！不对劲啊！

我想起来了，里面除了萨库朗那一伙死有余辜的家伙外，还有般智上师、熊明以及我们解救出来的那四十几个被掳至此的女人呢。这火焰和烟雾对那苏醒过来的小黑天有没有效，还未得知，但是对作为人类的他们，我想除了功力高深莫测的般智上师外，应该没有一个人能够幸免。

显然想到这个可能的并不止我一个，小和尚他侬霍然爬起来，伸手去拦住了往火里面丢助燃物的士兵，大声地喊叫着什么。我跑到吐完血的吴武伦旁边，沉声地说道，武伦法师，里面我们发现了四十多个被困的女人，熊明和你的两个士兵也还在等待你们的援助呢，不能再放火了！

吴武伦并没有理我，而是跟旁边的人说着话，雪瑞在旁边跟我翻译："他在问联系到外面没有，答案是没有，山里的信号不好……"听到这个坏消息，吴武伦霍然站起来，怒气冲冲地指着我，说："中国佬，这是我的地盘！我不需要你来教我怎么做事，收起你那些无谓的同情心吧，来想一想我们是否能够活着吧！"

刚才我在与飞头降搏斗，所以并不知道吴武伦是怎么受的伤，只见他大声地朝我呐喊，口中的血沫子都飞到了我的脸上，又因为情绪激动，不住地咳嗽。他旁边的那个军事指挥员掏出了手枪，顶在我的脑门上，大声地骂着什么。

我来缅甸有一段时间了，知道这是什么意思：滚！

塌方口的火势越发地剧烈，火舌翻滚，产生了巨大的热浪。小和尚也被一个士兵用枪指着头，押了出去。我们受不住热，没有办法，也只有朝洞口避去。我旁边的小叔轻轻叹了一口气，他已经从杂毛小道的口中，得知了那个老和尚就是他跑了大半个泰国所要找寻的契迪龙寺般智上师。在麒麟胎杳无音讯的现在，这个长眉老和尚便是三叔恢复健康的最大希望了。然而这个希望，却被我们活活抛弃在了地下。

杂毛小道见我们都垂头丧气，宽慰说般智上师是追着黎昕，从石门那里跑出去的，说不定那个五号人物知道这里另外的出口，他不一定会死的。

他这么说，我更难过：熊明还在监牢中等着我带人去救援呢，这个质朴的苗家汉子，一直把我们当作是可以信任的朋友，然而这火势若一直持续下去，他和那里面的人必死无疑。要知道，除了这倒塌的通道和大火之外，小黑天因为白色祭坛处的那些死去的女人怨气激发，已经提前被召唤醒来了。

小黑天有多厉害，我不得而知，但是仅仅从那一道气息，便知道我们没有反抗的余地。

吴武伦并没有停下来，他迅速地召集了两个得力属下，开始研究撤离的路线。除了几个士兵在警戒我们之外，其余的仍然像蚂蚁一般孜孜不倦，朝大火里扔着临时搜集的助燃物。我们出了基地门口，看见加藤原二正站在不远处的一棵大树下，神情忧

郁地看着远方。

正在我们愁肠纠结之时，黑暗的天空突然传来了一声低沉的怒吼声。

接着，一头肥母鸡似的生物乍然闯入我们的视野中。

虎皮猫大人一坠一坠地飞来，见到我们这一伙人，破口大骂："你们这些人是乌龟吗？大人我费尽心力地将那条蛇蛟引到一边去，你们居然还停在原地不动，这是要闹哪样子？我会告诉你们，我的座下宝马已经挂了吗？咦，小杂毛你娘的怎么冒出来了？"

见到这个扁毛畜生，我们的心情这才好了一点，赶紧说明情况。

虎皮猫大人耐着性子听了半截，就说："那你们还不赶快逃命？里面有没有人这种小事情，还管个毛啊？小黑天这东西，也是你们敢碰的？当年大人我……那家伙来了！"

虎皮猫大人一连串的喝骂，让我们头脑在一瞬间激灵起来：得了，伤心有毛用？还是留着有用之身，回去报信吧。然而正当我们准备一起扯乎的时候，从山下面突然蹿出一条长长的黑影，朝着最外围的日本小子咬去。那小子一开始还在忧郁地遥望故乡，伤春悲秋，我见犹怜，未曾料得这边陡生剧变，吓得忙往后面退去，眼看着就要葬身蛟口。

我看到了那条从黑暗中蹿出来的蛇蛟，与蟒蛇极为相似的它，头顶上有着一个肉瘤子似的直角，呈现出灰白的骨质颜色。此蛟若身后再长出两只鹰爪，便可脱胎换骨，称之为蛟龙了。

不过现在，它也仅仅只能称之为蛇蛟罢了。一龙一蛇，如同云泥之别。

然而与我相比，依然是巍峨的高山。

就在这千钧一发之际，一团黑影从旁边冒出来，"唰"地朝那黄金蛇蛟挥了一刀。我则立刻冲了过去，将加藤原二往旁边拉开。我们两个都滚落一旁，他神情复杂地看了我一眼，然后回头看去，只见自己最后的一个式神虽然将那蛟头斩出了一道浅浅的印子，但是却被这蛇蛟张口一扯，顿时裹嚼进了嘴巴里。

日本小子浑身一震，悲痛欲绝，竟然流出了眼泪来。

黄金蛇蛟的出现自然引起了吴武伦等人的注意，他手下的士兵也顾不得误伤我们，直接就朝着那条游上来的蛇蛟开火，顿时爆豆声一片。我们几个慌忙朝旁边滚去，感觉子弹从自己的头上"嗖嗖"地飞过。

这黄金蛇蛟不知活了多久的时间，几乎都成了精，一见到吴武伦这方的火力凶猛，对它的伤害也最大，于是没有半分停留，挺直了五六米的上身，就朝着洞口的那三四个士兵游去。那些士兵边射击边往后面退，当那十几米长的蛇蛟靠近自己快十米的距离，而自己的攻击并没有起到多少效果的时候，他们顿时丧失了斗志，扭头就往里面跑，结果没跑两步，便被一口咬住，哀号一声，给扔进了四五十米远的火堆里去。

他们不断地往那火场里加柴火,却没想到是给自己置办了埋尸地。

里面的吴武伦等人被堵在了洞口,他本来就已经重伤,手下的几个兄弟也没有什么能够对付那黄金蛇蛟的,几乎是必死无疑。虎皮猫大人在头顶盘旋,说快跑吧。而就在这个时候,一个人的身影飞奔着,冲进了洞口去。我一看,竟然是杂毛小道!这家伙到底吃了什么火药?刚才还看着受了点伤,病病歪歪的,一见到这模样的长虫,就连命都豁了出去?

第六十五章 小道杀蛟，雪瑞失惑

见到杂毛小道旋风一般冲到了洞口，躬身去拾起地上的自动步枪，我就知道要进入搏命的节奏了。虽然不知他为何这么激动，但是我知道一旦那条黄金蛇蛟将吴武伦等人干掉，下一个目标便是我们这一伙人。我一跃而起，也不管不顾，甩开膀子就往前冲了，而旁边还有一个更快的身影，"唰"地一下超过我。

是小叔！里面准备拼命的那个家伙是他大侄子，他更是不敢怠慢。

我感觉自己眼睛在充血，一冲到洞口，就看到杂毛小道手中的自动步枪已经开始射击了，嗒嗒嗒、嗒嗒嗒，精准地朝那条追逐士兵的黄金蛇蛟射去。他射的地方十分刁钻，专射脖子下那块巴掌大小的白色鳞片。那是逆鳞，血液从蛇蛟心脏的主血管涌出，经过白色鳞片这里，再分散到各支血管处，这是极其敏感的地方，《史记·老子韩非列传》中曾有言："人有婴之，则必杀人！"

这蛇蛟虽然还未成长为蛟龙，但是亦有此逆鳞。

果然，杂毛小道的挑衅终于得到了回应，这条长有十几米、粗壮如木桶的畜生停止了对吴武伦手下士兵的追逐，缓缓地回转过身来，盘起身子，头部高高昂起，足有四米；它左眼是一个血窟窿，右边眼睛眯成了一条缝，里面有一种让人看一眼就觉得拔凉拔凉的恐惧感。它吞吐着红色的信子，嘶、嘶……信子轻轻地舔舐着自己被击中的逆鳞处。

它与洞口的杂毛小道隔着三十几米，但是站在老萧身边的我，却能够感受到，他被锁定了。

这是一种气场的锁定，一种玄之又玄的"炁"之场域。

这一刻，我想我敢肯定这条蛇蛟已经有了智慧。

杂毛小道已经将自动步枪弹夹里面的子弹给全部射光了，然而他竟然一点也没有感受到压力，反而是歇斯底里地挥着枪挑衅，高叫："来啊，来啊！你不是很厉害吗？过来跟我一战！麻辣隔壁的，你很厉害？你吃了那么多人，很爽是吗？来啊，八年前我怕你，现在你再狂一下试试？"

我不知道杂毛小道想表达什么，但我看到了往旁边躲避的吴武伦几个人，向这边投射过来敬畏的目光。此时此刻，杂毛小道身上所有的猥琐之气都悄然无踪，他当之无愧地堪称"勇者"。

僵持不过十来秒，那条蛇蛟不动则已，一动便势若奔雷，如同一根射出的利箭。我们不敢与之硬搏，纷纷往旁边闪去。

我滚落一旁，感到一股腥气扑鼻，捡起地上一块石头，就往后面扔去。我闪开得及时，只听到一声重重的声音，是那蛇蛟落在门口处的响声。翻滚起来之后，我没有看到小叔和杂毛小道，眼前只有一条粗壮的蛟身，而我不远处，则是一把尖锐的三棱军刺，掉落在一个死去的士兵旁边。

我连滚带爬地跑过去，拾起那把军刺，咬着牙就冲了上去，也顾不得什么七寸三寸，直接就瞄准鳞片的间隙，顺手扎了下去。

忙乱中，我刚刚扎进半寸，便感觉到一股巨大的力量从这蛇蛟身上反震回来，如同电流一般，将我的手震得酥麻。

这伤虽然并不重，然而却引起了黄金蛇蛟的震怒，它的注意力本来还在另一边的杂毛小道身上，此刻回转过身来，巨尾一扫，朝我猛力拍来。我可不敢跟这千斤之力作抗衡，连忙往旁边的大树下退去。那蛟尾蓄含了它愤怒的一击之力，猛烈地鞭打到这树干上，顿时一人合抱的大树便轰然折断，倒塌下来。

我本来在后退，没想到脚被牵绊了一下，跌倒在地，七八米的树干便朝我倾倒下来。

说时迟那时快，我感觉自己手臂一紧，便有一股力量把我往斜里拉开，堪堪与这倒下来的大树错开。接着我听到身边传来一阵闷哼，却是这人被树枝给挂了一下，重重地敲击在了脑后。我抬起头，救我的人竟然是加藤原二。

日本小子被这树枝误伤，破口大骂"八嘎牙鲁"，然而还没有说完，竟然被横空甩来的蛟尾，给重重地抽中，"啪"的一声，吐着血，往几十米外的山下跌去。以这个距离，他即使不当时死去，也没有多少时间好活了。我的冷汗顿时就下来了，心中又有些悲伤：我和加藤原二这个娘娘腔一直不对头，他之前甚至还想杀我，为了越狱，我们才不得不暂时合作。然而他为了救我，瞬间消失在我眼前，不由得让我感慨。

生命是如此的脆弱！

不过我也来不及感伤太多，连忙唤出体内的金蚕蛊，让它以小制大，看看能不能够给那条蛇蛟找点麻烦。我一边吩咐，一边换了地方，小心翼翼地打量，只见大家伙都跟这条畜生战成了一团：小妖朵朵飞临上空，青色的光华从她的身上飘洒下来，落在了我们脚下的青草上，这青草立刻疯长，拼力去缠绕住黄金蛇蛟，哪怕只有一点点；雪瑞脚步轻灵，双手舞动如同蝴蝶纷飞，偶尔娇喝一声，那偌大蛇蛟竟然停住半个节拍；而小叔竟然也人品爆发，在瞬间请神成功，手中的雷击枣木剑电光闪闪，正面扛住了蛇蛟的獠牙；连盘旋在空中的虎皮猫大人，都不断地加油鼓劲，实施自己的顶尖骂功，一片"傻瓜"洒下来。不知道那长虫畜生能不能够听得懂？

而这个时候，最开始引发火拼的杂毛小道在哪里？

我绕着旁边的树走去，听到有一种奇怪的念经声从某个地方遥遥传来，只见那大蛇蛟的攻击竟然在这和缓的声音中，越发地软弱下来。这声音是杂毛小道的，他念经持咒的速度我曾经做过专门的介绍，属于一流水平。之所以说奇怪，是因为这经文根本就不是用语言来表达的，而是一种鼻腔共鸣的呐喊，类似于蒙古族中特有的演唱手法"呼麦"，音域忽高忽低，却恰恰能够影响蛟蚪的判断力。

或许经过八年前的失败，杂毛小道已经研究出了一种对付蛟龙之属的特有战法。

然而既身为蛟，必有其不凡之处，在经历了短暂的迷茫之后，黄金蛇蛟终于挣脱出了杂毛小道设置的音波陷阱之中，清醒过来。而当它完全恢复了身体的控制，正面与这巨蛟蛇头作纠缠的小叔便遭了殃，尽管他浑身闪闪冒金光，有不属于他的强大力量，然而他所请的神，或许职位太低，被那蛇蛟用蛇头猛地一砸，风势夹着铺天盖地的力量，重重地砸在了旁边的草地上，人都站不稳，朝一边歪去。

这条蛇蛟头部一扭，张开了恐怖的巨嘴，朝着跌倒在地的小叔咬去。这一下若咬实，小叔肯定立刻报销。

就在这个时候，一直蓄谋以待的肥虫子行动了，它如同一道金光，直接奔向了这条黄金蛇蛟嘴中那挂着血腥肉丝的獠牙缝中。它想干吗？想用牙疼来打倒对手吗？当然不是，蟒本无毒，然而进化成蛟，便是剧毒之物，与普通毒蛇一般，毒素都存于上颚的毒囊中。肥虫子最爱之物，便属各种生物剧毒，所以它才会第一时间地冲进去。蛇蛟之毒如同人体之精，失去了，便无精打采，反应力下降，变得迟钝，犹豫不决。

然而这只不过是芥藓之疾，并不能真正拿蛇蛟如何。这个时候，一个娇小的身影出现在小叔的旁边，双手结印，然后从口中吐出一物，糊在这条蛇蛟仅存的右目之上。这东西张牙舞爪，然而终究只是一条拇指大的软虫。

青虫惑。

这条来自神秘的苗家神婆所赠予的青白色虫子甫一出现，先是飞临到蛇蛟的头部上空，继而又附在了它的眼睛里，"叽叽"一叫，那蛇蛟竟然有被迷惑住的趋势，本来准备砸下的头颅出现了僵直。趁着这一时机，小叔连滚带爬地闪开去，而一直在念着咒文的杂毛小道，他却出现在这巨大蛟首的下方，右手上突然出现了一柄冰蓝色的小巧玉剑。他咬了一口左手拇指上的鲜血，第一滴涂在自己的眉心处，第二滴点在了玉剑上面。这个男人的脸上突然出现了一种诡异的潮红，双脚一蹬，竟然跳出了三米多高，飞身扑到了那条蛇蛟的头颅下方，纯熟无比地将那一柄滴血的玉剑，果断刺入了白色的逆鳞上。

在我们所有人异样的目光之中，枪射刀砍都不能攻破的鳞甲，被那玉剑一刺即入。

玉剑化作了一道蓝色的光芒，进入蛇蛟体内之后，依然锃亮，竟然随着血液的流动，直接逼进了蛇蛟的腹中去。受到如此攻击，黄金蛇蛟自然是狂躁得满地翻滚，杂毛小道也完成了最后的咒文，然后口中高呼着"陶陶——"，被甩飞到了山下去。

我吓了一大跳，连忙呼叫小妖朵朵，让她去照看一下杂毛小道，别摔着了这哥们。

小妖朵朵毫不犹豫地领命而去。

玉剑在蛇蛟体内发出了刺眼的光芒,我们外面都能够看见,最后停留在了七寸心脏处。

它轰然倒下,终于死了。

正在这个时候,那只青虫惑竟然直接钻进了黄金蛇蛟的下颚处,过一会儿,掏出了颗鸡卵一般大小的蓝色珠子,这小牛拉大车,竟然头也不回,直接朝山下射去。而雪瑞,则口中吐出了鲜血来。

第六十六章 决战来临，黑天出现

"雪瑞……"

发生如此变故，让我错愕之余，也无他法，只有跑过去扶住她，问怎么回事。

雪瑞一脸虚弱地摇摇头，说她没事，只是因为脑海中与青虫惑的那一丝烙印被生生抹去，不痛快，难受，所以才会逼得吐出血来。我眯起了眼睛，能够做成这事情的，除了青虫惑的原主人，不做他想。刚才那青虫惑所抓取的鸡卵一般的珠子，想来应该是个宝贝吧？要不然，蛊丽妹不会诓骗我们前来此处，而在小道斩杀了这蛇蛟之后，青虫惑又临阵逃脱，取宝便走。

如此说虽是诛心之言，但是那个虫池中的女人说出杂毛小道在这里的话，很明显就是误导我们。

蛊丽妹把虫子给我们，其实是一石二鸟之计：一则可以借助我们误打误撞的行为，将苗寨旁边萨库朗这个嚣张的钉子给拔除；二则能够将这条未成形的蛟龙颔下之珠给夺走。退一万步说，万一我们无能，挂在此处，她也可以随时将虫子召回，没有蒙受一点儿损失。

果真是一本万利的生意，作为一个与洛十八同时代的高人，蛊丽妹果然是一个绝顶厉害的角色。

蛇蛟虽死，十几米长的躯体却仍然在间歇性抽搐，把草地拍得震天响。我连忙将雪瑞往后面拉去，以免在最后时刻伤及自身。而说话的这当口，在虎皮猫大人的指挥下，小叔另外掏出一把金属匕首，来到那低垂的蛟首处，顺着刚才被青虫惑破开的口子往里掏弄，取出一块巴掌大的带血红翡来。这东西晶莹透亮，萦绕着一缕黑光，凶气横生，想来就是我们一直追寻的 105 号石头吧。

虎皮猫大人飞临下来，轻啄了几下，红翡上面的煞气顿时被掩藏住，平淡无光。

小叔一看就是眼疾手快之辈，心理素质也好，面不改色地将红翡收于背囊之中，然后安静地等待吴武伦等人的过来。经过这黄金蛇蛟的一番折腾，吴武伦本来就折损了大半的队伍，此刻更是只剩下七个人，与一开始破门的阵容相比，算得上是全军覆没了。

他走到跟前来，难以置信地看着这条没有生机的蛇蛟，说，你们竟然能够将它杀了？

枪炮不能够解决的问题，却被我们合力擒杀，由不得吴武伦不惊讶。不过他也是同道中人，并不迷信现代武器的威力，我能够从他的惊讶中，读到浓浓的担心来——

毕竟此刻，我们的力量可是比他还要强大。

这个时候，小妖朵朵与刚才一溜烟没了影子的小和尚他侬，正搀扶着一脸惨白的杂毛小道上来。小叔谦虚地指着眼看着就不行了一般的老萧，说，真正的杀蛟者，是我这个不成才的侄子，要不是他，我们统统都得完蛋。他说是不成材，脸上却是一脸的骄傲，而吴武伦等人看着有气无力的杂毛小道，肃然起敬。

我见雪瑞无碍，便放开她，跑过去扶着杂毛小道，笑嘻嘻地说，没事吧？看不出来，屠龙勇士啊！

杂毛小道被我一阵晃动，表情有些难过，我赶紧停住，问，怎么了？他大喘气，好一会儿才缓过来，说要不是刚才肌肉紧绷、菊花夹紧，勉强凝结出一身护身真气，不然被那畜生一甩，定然要被摔死的。不过也算是巧，落下的时候，正好掉到小和尚的旁边，被他托起，滚作了一团，才得存性命。

我看向旁边的小和尚他侬，他此刻正在偷看小妖朵朵高耸的酥胸，被我一瞧，脸刹那间像蒙上了一层红布，低着头说，应该的，应该的，贫僧最怕蛇类，所以才躲开的，救起萧大哥，也当是我戴罪立功吧。

我无语，这个小和尚的表现不像是跟着般智上师的高徒，倒像是个情窦初开的小娃娃。

杂毛小道说自己浑身筋骨松散，没了气力，让我把金蚕蛊放出来，给他松松骨。我这才想起肥虫子还在那条蛇蛟的嘴里面呢，于是把杂毛小道交给他小叔，自己去死去的蛇蛟口中找寻肥虫子。没走几步，那厮竟然自己就出来了，模样还挺吓人：只见这个小东西浑身乌黑肿胀，变成了一个黑炭头，要不是它那显著的黑豆子眼睛，我还真的认不出来。

虎皮猫大人嘎嘎大笑，说肥肥你咋投错了胎，变成非洲友人了？嘎嘎……

肥虫子倒是听到了杂毛小道的呼唤，积极地飞到了他的面前。杂毛小道正在吃他叔给的家传内伤丹药呢，见到黑乎乎、肿胀了一圈的肥虫子准备往自己裤子下面溜去，对比这尺寸，猛吸了一口冷气，吓得凭空生出几分力气，连忙往后边闪，带着哭腔喊我，小毒物，你家肥虫子怎么变成这样了？让它走开，我刚才是开玩笑的……

说着话，吴武伦已经大致检查完这条死去蛇蛟的全身。这蛇蛟生前刀枪不入，死后没有生命力维系，鳞甲也变得松软，他取出了好几块，让手下收着。最后，他停靠在黄金蛇蛟的下颚处，看着那个血肉模糊的洞口，没有说话，只是意味深长地打量着我们。

小叔忙着给杂毛小道治伤，只当作是看不见。

小妖朵朵将杂毛小道带上来后，没有理我们的谈话，而是飞临到了蛇蛟的上空，洒下了一片墨绿色的光芒，那些光芒落在草地上，青青的小草发生了异变。这变化不是刚才那种缠绕，而是卷起叶子，插入那庞大的蛇蛟躯体之中去，源源不断地吸食着这堆肉山的血肉精气。

吴武伦这时候的脸色才剧变，赶忙往旁边退去。

小妖朵朵跟了我有大半年的时间，她的来历神秘，然而我却多少有些猜测到：当日我们在江城植物园中盗取十年还魂草时，与它同处一地的还有一株修罗彼岸花，也就是食人妖树。当时加藤原二擅闯植物园，造就杀祸，那妖树也就曝光了，接着被有关部门给损毁（或移植？），再无踪影。我后来怀疑那株修罗彼岸花业已成就了妖性，并且见机不妙，寄托于那十年还魂草中，并且由我偷走。这也正是后来我给朵朵招地魂的时候，灵体产生了异变的根本原因。

同样，因为金蚕蛊食用了修罗彼岸花的妖果，所以小妖朵朵才会对它如此亲近。

当然，所有的猜测都没有证据，过往的修罗彼岸花已经没有了，现在的，就只是小妖朵朵而已。

当那些草木将这黄金蛇蛟给吸得生生瘪了一截的时候，吴武伦已经收拾好手下的尸体，一切处置稳妥，招呼我们离开。我们需要连夜赶出群山，然后通知军方，再加紧人手过来进行大规模扫荡。我想起了那个藏身于茧中的女人，如果我们重返寨黎苗村，请得她出手，不知道会不会有对付小黑天的法子呢？

小妖朵朵吸收了从地上野草转递过来的蛇蛟精华，变得通体发光，眼睛却困得眯成了一条缝，这个小狐媚子慵懒地伸了一个懒腰，返回了我胸口的槐木牌中，不再出声。

我提着肩上的背包，与小叔一起搀扶着杂毛小道，准备离开。

一种奇怪的声响让我们停止了脚步，我回过头去，隔着好几十米远，看到尽头处的那火焰竟然有凝固的趋势，接着，火焰被从中间破开一个口子，碎石堆被一种庞大的力量往外推动。说是碎石堆，然而压在通道口上的石头又何止十吨百吨？我们听到的声响，就是那种石头碎裂的咔咔声。

恐惧又一次浮上心头。那个小黑天到底是何方神圣？它能够突破这乱石堆积、烈焰熊熊的障碍吗？

如果是，以那家伙的恐怖程度，我们跑得再远，也会在溃退中被一一杀死，还不如留下来静待结果。我们没有再走了，紧张地看着那边的通道。因为燃烧已经有一阵子了，空旷的大厅中热浪翻腾，不断有肉眼可见的气流倒吹出来，火焰跳跃得越加地缓慢，将我们的脸照得发烫。

刚才那个见了蛇蛟就跑得悄无踪影的小和尚他侬，现在竟然也不走了，盘腿坐下，念起了经文来。他说的是泰语，但是我却知道他在念《摩诃般若波罗蜜多心经》，因为"心无挂碍，无挂碍故，无有恐怖，远离颠倒梦想，究竟涅槃"一节，我曾听人说起过。

虎皮猫大人飞在空中，语气变得严肃了许多："事情不妙啊！老四、小杂毛、小毒物，你们有什么遗言，我可以帮你们带回去……"正掏出震镜的我听到这话，气得吐血：我还等着它力挽狂澜呢，这句话一出，让我们情何以堪？

吴武伦叫来两个士兵，快速对他们吩咐，根据雪瑞的翻译，我得知他说的是：往东南方向有一个苗寨，速速前往，不要逗留，然后把我们今天的遭遇，讲予上头知晓。两人得令，头也不回地往山下奔去。

　　终于，当那两个士兵跑到黑暗中的时候，火焰摇晃，瞬间便熄灭了，接着石堆被推开一个通道，走出一个赤裸的女人来。她浑身湿淋淋，脸上血迹斑斑，冲着我们微微一笑。

第六十七章　山穷水尽，强援来袭

不得不承认，这是一个美丽的女人：她有一张符合东方审美观点的瓜子脸，丹凤眼，鼻梁挺而直，樱唇嫣红，明眸皓齿，肤白似雪，身材也很匀称，鸽乳蛇腰，美腿修长，身形高挑，白净的脚光着站在红得发烫的石板上……如同江南烟雨中绣花的仕女，眼神迷离地看着我们。

然而与这美丽不和谐的是：她是一个秃子，全身没有一根汗毛，而且还湿漉漉的，除了头部，一身黏稠的血浆挂着皮肤上，有一种妖艳的诡异。

她手上还拿一个头颅，正在啃着。而这被吃了半边的脑袋，它的主人正是那个黑袍蒙面男人、萨库朗的四号人物麦神猜。一个风云一时的人物，竟然被她当作零食一般啃食着，这让我们可以肯定：她便是小黑天，从血池中，被那二十来个可怜女人的怨念所召唤出来的小黑天。

她是一个美丽到极致的尤物，也是一个血腥到极点的魔鬼。

见到我们都愣住了神，她将手中头颅的白色脑浆子"咕嘟咕嘟"一饮而尽，然后丢在一边，缓缓地走了过来。她舔了舔唇边的白色液体，说话了，然而"嗡嗡嗡……"，就像是虫子在摩翅鸣叫，没有人知道其中的意思。吴武伦毫不犹豫地下令剩余的手下开枪射击，一时间自动步枪的射击声轰鸣，瞬间有大量的火力，朝着她倾泻而去。

那个裸女不闪不避，一脸的迷惑，萌得像二八少女。

子弹携带着巨大的动能，瞬间出现在她的面前，除了个别士兵心绪紧张激动打偏之外，大部分的子弹都击中了她。

小黑天被打得连着往后退了几步。

令人恐惧的事情发生了，她竟然像是没有骨头一般，子弹打在她的身上，中弹的位置立刻扭曲，然而就像橡胶皮一样往四周拉扯，人都变了形状，但就是没有破裂，更谈不上死去。

一阵枪声停歇，硝烟散尽，完全变了形状的小黑天终于站稳，她伸出双手，先是揉了揉脸，将头恢复完整，又去揉胸，因为是心脏部位，这里被攻击得最多，凹了一个大口子，她揉啊揉，居然把胸隆成了D罩杯……她在我们呆滞的目光中，俯首拾起一个被烧去大半个身子的士兵，一米七的人竟然被她轻松拿起，然后撕下一条腿来，嚼了两口，吐，然后看向我们，嘟哝着大步走来。

她依然在说话，但是我们只能够听到虫鸣。

四十多米的距离，她几秒钟就走了过来，白嫩如初笋的小手揪住了一个士兵，离地抬起来。这个来自缅军精锐部队的男人，此刻竟然疯狂地哭泣起来，口吐白沫，双腿哆嗦，流出一摊腥臊的尿。

这也难怪，遇见这么凶残的食人魔鬼，一想到自己将会成为她肚子里的消化物，不崩溃才怪。

不过他的肮脏挽救了他，小黑天一脸嫌恶地看着他，轻轻把他丢在一边，然后又闪电一般地抓住了另外一个士兵，瞬间啃断他的脖子，将狂涌而来的鲜血给饮尽。

她竟然把我们当作了圈里面的猪羊，随意宰杀。

逃也逃不了了，怎么办？

唯有拼了！

还有一战之力的我、小叔、雪瑞、小和尚他侬、吴武伦和他最后的精干手下（就是四五十岁的那个，代称老头吧），全部都将自己最得意的本事一齐亮出，硬着头皮冲了上去。我抱着震镜许久，已然跟人妻镜灵沟通好了，此刻一冲上去，立刻高高扬起，口中直呼"无量天尊"，便朝着小黑天当头照去。

不愧是号称"震一下"的法器，小黑天狂震一下，竟然僵住了。

趁这时机，小和尚的念珠、雪瑞的道家点穴手、吴武伦的红魔血手、老头的曼陀罗，以及小叔的雷击枣木剑，全数都招呼到了她的身上。前面两个不算，吴武伦那双红彤彤的手握紧成拳，重重地击在了小黑天的头上，脸都砸成了凹形；而小叔那木剑已然持上了咒，上面附有蓝色的游弋闪电，一捅，将她心脏部位捅了个对穿；而老头的曼陀罗锦布上有一股子灰白之气，已经朝她体内流去。

情况在朝好的方向前行。

杂毛小道在旁边扯着嗓子嚎："轻一点啊，这个水当当的小尼姑，降服了，拿来暖床岂不是很爽？"这贱人被摔得七荤八素，动弹不得，但仍然要过过嘴瘾。

不过话说回来，小黑天长得真美——如果她不吃人的话。

然而"震一下"终究只能震一下，一秒钟过后，小黑天恢复过来，难以置信地看着自己胸口上的木剑，再看一看眼前的这几人，柔美的小脸一瞬间变得无比狰狞，张开嘴大嚎一声，一股浓烈的黑气就从身体中喷出来，与她挨得近的五人，立刻震飞开去。

她随意一伸手，手竟然长了几十公分，将老头拉了回来，双手一用力，竟然将这人活活给撕成了两块，然后掏出胸腔的一大团内脏，往自己被捅穿的伤口处塞去。她发出一种高频的尖叫，将我的耳膜都给震出了血来。

就在她发出黑气震开几人的那一刻，一个娇小的身影朝我跌来——是雪瑞。我伸手去接，却被巨大的动能带着一起朝后边飞去，重重跌在了草地上。我口中涌出了一口甜血，睁开眼睛，却发现雪瑞正面朝着我，也吐出了一口血，喷在我的脸上，然后陷入了昏迷。

那一刻，我们的唇只相距零点零一毫米。

好吧，我承认我在不经意之间，与雪瑞亲吻了。然而我还没来得及回味这久违的感觉，就发现自己的右脚脚腕一紧，被一阵巨力拉动，天黑地转。等我回过神来的时候，才发现小黑天已经半蹲在了我的面前，而我，则躺在了草地上，头晕脑涨，肚中有隔夜饭要吐出来。

小黑天静静地看着我，如此近的距离，我能够瞧见她的眼眸，是一种纯净的白色，没有一丁点杂质。她的脸是如此的美丽和娇艳，初开的花朵一般，让人忍不住想要呵护，然而嘴中的鲜血滴出来，里面还有着白色的肉丝，却让人恶心。

她扫量着我的全身，从头到脚，最后视线停留在了我的脐下三寸处。不知道为什么，我能够从她的脸上看到有一丝疑惑、一丝恐惧，以及憎恨。

突然，她伸出了粉嫩的舌头，轻轻地添了一下我左颊上的那道疤痕。一种温润滑湿的触感从我的脸上传来，接着有浓烈的尸臭涌入我的鼻子中。我当然不会以为这是一次艳福，小黑天看上了我：我很清楚地明白，这是要被吃掉的节奏了。我如果不想变成一坨不明来历的排泄物的话，唯有奋起反抗。然而这怪物实在太厉害了，我全身僵直，动弹不得，所有能够战斗的人又全部都趴下了，还有谁……能够拯救我？

正想着，肥虫子从头顶飞来，抵在了小黑天的嘴里。

她很诧异，伸手揪住肥虫子，使劲一揾，肥虫子被揪住的部分立刻变得扁平，而那双黑豆子眼睛凸起，飙出了眼泪来。不过金蚕蛊的体质就跟橡皮泥一般，看着柔弱，其实怎么揉捏都伤不了它的根本。小黑天瞧了一会儿，将它往山下一扔，"嗖"的一声，不见踪影。

完了，完了……我看着小黑天俯下来的笑脸，心中生凉，死亡的阴影已经在我的头上萦绕。

接着我听到了扑棱着翅膀的声音，是虎皮猫大人驾到了。

它只说了一句话，便将我的生命又一次延长了："好久不见啊，老朋友……"

小黑天抬起头，木然地看向了空中这只肥母鸡一般的扁毛畜生，露出了疑惑的眼神。

老朋友？我暗自咬了一下舌头，才确信不是自己因为恐惧而出现的幻听。

我认识虎皮猫大人也有些日子了，怎么没听过他有这么邪门的朋友？然而就在我诧异的注视下，虎皮猫大人竟然也开始发出了如同虫鸣一般的声音。这一下，小黑天的脸色终于变了，她竟然满心欣喜地跟虎皮猫大人交流起来。我脑子发蒙，看到虎皮猫大人跟小黑天有一搭没一搭地说着"话"，然后我感觉到有一种力量渐渐地回转到我的身上来。

正在这个时候，我的耳边传来了一种庄重森严的佛号，随着这一声佛号而来的，是一阵呼啸的风声。而正在与小黑天聊得舒爽的虎皮猫大人也变了脸色，往上高飞："老和尚，这魔物是血肉和怨力所凝结的，而且还是不完全体，用佛法将其震散，超度即可……"

　　虎皮猫大人话没说完，我便看到小黑天的胸前竟然出现了一个巨大的手掌印，形象崩溃，整个人立刻变成了血肉模糊的怪物。她回转过身去，与偷袭而来的那个人对拼了几记，两人朝着十几米外奔去。我勉强撑起身来，只见消失好久的般智上师，正浑身金光地与小黑天战作一团。

　　被偷袭一掌之后，小黑天惊艳的女神造型立刻变了模样，变得如同索命恶鬼，周身冒着红光。然而这个被萨库朗费尽心力召唤出来的小黑天，会被般智上师所击败吗？

　　答案是否定的。

　　虽然偷袭成功，但是般智上师在两分钟之后，却被一掌劈飞，如同断线的风筝，歪歪飞去。而此刻，小黑天似乎已经受了不少的伤害，她不管不顾，奋力朝我冲来。这意思，好像是要把我吃了，以作补药。我唯有又掏出震镜，准备做最后的挣扎——老子豁出去了，唯死而已！

　　正在此时，天空中突然传来了一声炸响："大胆妖孽，胆敢造次？"

第六十八章 七星剑阵，黑天伏法

这声音铿锵有力，振聋发聩，在我脑海中嗡嗡作响，心中有无边的正气在蔓延。

我第一次知道，一个人说话竟然能够做到如此地步：峰峦松风、川流水音。什么是真言？这便是大日如来、三清道尊所秘密加持的无上法门。我常常以《镇压山峦十二法门》中记述的九字真言应敌，此乃三世诸佛诚谛之言，根据自身境界而获得神佛法力加持的种子，我一直以为妙，然而当我临近死亡之时，听到那朗朗几字，天空如雷声炸开，便惭愧不已。

一道无尾令箭从黑暗处出现，瞬间飘飞至恶鬼一般的小黑天胸口处。

气势竟如此凶厉！

我不管援军是何方神圣，只知道"远水解不了近渴"这个道理，是死是活，还得要自己拼命。于是同人妻镜灵又作了沟通，怕其不卖力，甚至罕有地念了一段"缚妖咒"，逼着它压榨镜子空间里所有的力量，打出一道前所未有的大招——"震两下"！

关键时刻，震镜终于展现出了它身为法器的真正力量，从澄黄的镜面中射出一道黑黄色光芒，其凝聚程度，肉眼可见，先那无尾令箭一步，射入小黑天獠牙密布的嘴里。

一击得手，我没有再继续往前，而是毫不犹豫地翻过那条死去的蛇蛟尸体，朝后退去。

衣袂飘动，好些个身上佩玉的人与我错肩而过，然后朝着小黑天的方向进发。受小黑天威势影响，我心中惊悸万分，不敢逗留，发足狂奔，也不与那些穿着中山服的男人打招呼，足足跑了二十来米，感觉到身上几乎没有杀气凝聚的时候，这才好奇地返身过去，观察战况。

我仿佛看到了电视剧里面《射雕英雄传》全真七子所练就的天罡北斗七星剑阵一般，七个身穿黑色中山装的人，有男有女，各自手中持用朱砂涂成红色的桃木剑，步踏星罡，脚踩宫门，虽然刺剑的刺剑，走位的走位，动作姿势各有不同，进退纷繁，然而仿佛有一根无形的线将这七人牵连在一起，让他们形成了一个不可分割的整体，远远望去，如同一人。

这些人的打扮真不一般，明明干的是道士的活计，却一律穿着修长束身的黑色中山装，脚蹬千层底百衲鞋，小腿处绑着一张黄色的甲马纸，上面画着活灵活现的奔马，行走如飞。

当我回首看去的时候，他们已经将小黑天囊括于阵中，将其缠绕。

我是个半路出家的门外汉，除了十二法门上的记载，最多的也只是和杂毛小道交谈而得知的一些知识，他们的剑阵我自然是叫不出名字的，只是感觉如同打太极拳一般，柔中带刚，如河中水草，将小黑天死死缠住。小黑天力大势猛，然而每次一出击，正面对抗的人便不断退却，柔劲化解，而旁边的人则刺的刺头，劈的劈脚，将其逼得不敢放开抢攻。

此阵若阴阳，而每一个人都如同其中的一分子，互相发展，互相运动与变化，相互对待，相互弥补，相辅相成，通晓一切的运动规律，将小黑天硬生生地留于阵中，势若疯狂，却也奈何不得。

这阵法的厉害完全超出我的想象，厉害如般智上师也仅仅只是坚持了两分钟，最后拼得一身伤，也仅仅只是给小黑天造成了点麻烦，却不想这七个来历不明的年轻人（目测平均年龄不超过三十岁，最小的一个我估计还未成年），竟然一上来就将这小黑天给困住，果真是凶猛。

除了这七个人之外，旁边还站着一个中年男子。

从我这个角度只能看到他的侧脸，长得很像唐国强。他穿着一身灰色中山装，人有些微微发福，背着手，岳峙渊渟地冷眼看着被困在阵中的小黑天，不时缓缓地转头，看向四周，脸色平淡，唯有看到那条十几米长、水桶粗的黄金蛇蛟之时，才微微动容一下。

最后，他看到了呆立着的我，脸上竟然露出了笑容，朝我点了点头。

这个中年汉子，是我二十三年来所见过最有大哥范的男人，给我的感觉好像第一次在老版《上海滩》里面看到许文强的样子。我急忙跟他点头致意，心中也多了几分信心，往回凑了上去。

这个时候战况已经到了最吃紧的关头，小黑天毕竟是传说中的魔头邪物，麦神猜这样的高手都被其一举撕裂（虽然那个时候的麦神猜已经搏尽了气力），孤身一人便打通重重堵塞的通道，闯过火海，出来之后，除了般智上师，手下竟然没有一合之将，如此厉害的家伙怎么会被长久困于阵中呢？在被桃木剑割得鲜血淋漓之后，她终于熟悉了阵中的变化，再次将身上的黑气散发，巨力狂涌。

布阵七人自然将桃木剑划成一个又一个的圆圈，将这黑气往旁边卸去。

小黑天仰天长啸一番，嘴巴竟然变得如同螃蟹的口器一般，眼睛也瞬间变成了邪恶的血红色，朝着年纪最小的那个成员扑去。她这副凶神恶煞的模样，让人看一眼就会做噩梦，何况气机被其紧紧锁定，所有的压力都全力倾注上去？所以那个眉目清秀的男孩虽然知道同伴会救援自己，却仍然忍不住心慌了一下，动作不连贯，露出了破绽。

小黑天不去与他硬碰，只是瞅准空隙，便逃脱出去。因为她有自信，凭着她的敏捷和力量，一旦出阵，没有了那神奇的阵法，定能够大发神威，将所有人都给一一杀死。

然而她的算计最终失去了立足点，因为一直在旁边袖手旁观的中年男人，赫然出手了。

《孙子兵法》有云"静若处子，动若脱兔"，中年男人深得其中三昧，步踏七星，左三右四，轰的一下，便冲到近前，与刚刚脱阵而出的小黑天猛对一掌。此番交锋，双方都不为所动，随即如同幻觉一般，小黑天的额头上面突然出现了一道红光闪闪的符纸，而我也听到了跟刚才那轰鸣声一个音调的咒语："……魔王束首，侍卫我轩，凶秽消散，道气长存。急急如律令！"

四周的空气顿时一番稀薄，我立刻有一种气都喘不上的感觉，仿佛周遭一下子进入了高原缺氧的状态。而就在这个时刻，从那符纸上面，有一股炎热的灼烧之气蹿出，然后小黑天在一瞬之间，便成了一个舞动的大火团子，身上有蓝白色的纯净火焰冒出来，将其身体一寸一寸地燃烧。

小黑天发出了震惊山谷的嚎叫，黑夜里无数的惊鸟飞起，而我感觉自己的肩头一重，却是虎皮猫大人落在了上面。这家伙闻了闻我身上的味道，摇了摇头，骂说忒臭了，又飞开了去。

浑身都是美丽火焰的小黑天仍然在做最后的挣扎，她朝着中年人扑去，被这位高手夺过一柄朱砂桃木剑，惯足气力，生生地劈在了腰间下两寸的位置，疼得嗷嗷直叫；然后又朝着北斗七星组合扑去，却被这些腿绑甲马的家伙轻易晃开；最后，他终于来到了一个人的面前。

这个人正是被震飞的小和尚他侬，这孩子刚刚爬起来，懵懂地看着面前的火魔扑近，双腿不断地颤抖，竟然连跑都不敢。

就在他要被小黑天当作殉葬品的时候，横空飞来一脚，将这个烈焰熊熊的怪物给端飞。

佛号一起，满脸血污的老和尚般智上师又出现了，他双手结印，重重地打在跌飞的小黑天头上。嗡……凭空一声炸响，那小黑天竟然被一印，半截身子都打入了地下，动弹不得。刚才受伤跌飞，这位佛爷也是动了真火，此刻果断一出手，也算是挽回了颜面。

随即他盘腿坐下，对着浑身燃烧着火焰的小黑天，唱诵起超度经文来。

斩草除根，断绝牵挂，他这一招，比刚才那神来的一腿，还要厉害果决。

在受到如此的重创之后，小黑天依然奋力地挣扎着，将整整一块地皮弄得晃动。也许是身上的那火焰实在太过灼热，她凄厉地嘶喊着，让人心中生寒。

几分钟之后，火焰熄灭，小黑天化作一堆灰烬，消失无踪，唯有般智上师盘坐在地，默默诵经。他的小徒弟也在一旁，跟着唱和。

我远远的看不清，只有走近的时候，才发现般智上师的屁股离地竟然有三寸。

果真还是在悬浮着，这时候有装波伊的必要性吗？我不得而知，见一切都尘埃落定了，赶紧去找几个同伴。小叔晕了过去，雪瑞刚刚醒转，而杂毛小道侧躺在地上，死死地盯着那个中年男人。我问他，认识吗？要不认识的话，咱们也去攀个交情，好日后见面啊。他神情古怪地摇了摇头，欲言又止。

中年男人走到了小黑天死去的地方站定，而其余七子皆站定在他背后。中年男人朝着念经的长眉老和尚高声说道，般智上师，好久没见了。般智上师将超度经文念完，睁开眼睛，露出了微笑，小陈，我们是有好久没见了……

第六十九章　般智高歌，师兄走远

看样子，般智上师和中年人的关系并没有表现出来的那么融洽，两人只是草草寒暄几句，便不再说话。被唤作是小陈的中年男人转过身，大步朝我们这边走来。杂毛小道让我把他扶起来，然后整了一整衣裳，微笑着打招呼，说，大师兄，你怎么来了？

听到杂毛小道这么喊，我心中的疑惑也顿时解开了：姓陈，又如此牛光闪闪的，在我的印象里，也就只有那个只闻其声、不见其人的大师兄黑手双城陈志程，符合这个条件了。现在一看，果然如此。

和刚才面对小黑天的冷酷、面对般智上师的戒备不同，此刻的大师兄脸上带着和煦如春风的真诚笑容，走过来轻轻按了一下杂毛小道的额头，收回手，说："哦，只是受了点外伤，耗尽了气力，精气消磨，没事就好。我要是不来，就你小子，只怕是都已经死了八遍。还好，紧赶慢赶，总算是来得及时……你是陆左？"他看向了我，笑吟吟。

我点头，说是，并且叫他陈先生，多谢救命之恩。

他摆摆手说，不用客气，既然是小明的朋友，便一起叫我大师兄得了——我喜欢这个名字，听起来有一种令狐冲的感觉。哈哈哈……说着，他发出一阵爽朗的笑声。

这个时候，被掐得扁扁的肥虫子勉力飞回了我的怀中，大师兄看着我这只金蚕蛊，眉毛耸动，说，你这虫子，莫非是本命金蚕蛊？我点头说是。这肥虫子一身乌黑，整体又有些变形，要多凄惨就有多凄惨，完全就是一个伪劣产品的山寨模样，然而大师兄却盯着看了很久，他拍拍我的肩膀，说他因为工作的缘故，认识好些个蛊师，但是本命金蚕蛊却从来没有见过，这也算是开眼了。不错，不错，年轻人大有发展。

眼下也不是叙旧的时候，他没有再说什么，而是指挥着手下的人清扫场面，救助受伤的人。

我很想告诉他其实我的金蚕蛊很萌很漂亮的，不是这丑鬼样，然而张了张口，却没有说出口。

般智上师盘腿在地，精心念经，超度着亡故的小黑天，不使其怨念在此停留，有重新铸就出又一个恐怖魔头的机会。完毕之后，他站起来，在战场上捡了一把匕首，径直来到了那条巨大的黄金蛇蛟面前，观准方位之后，用刀将其喉咙部位缓缓割开。死去之后的蛇蛟鳞甲和肌肉都柔软，没有之前那么难，他割得很小心，手稳，一点都不动弹。摆弄了一会儿，他竟然破出一个很大的口子，从里面掏出了一个只有上半身的人来。

这个人正是老和尚巴通，当时他的双腿被咬断，但是上半身却被这蛇蛟囫囵吞枣，吞进了食道之中。因为还来不及消化，所以模样未曾改变，仍旧是一副临死前的愤怒金刚状。这蛇蛟的血肉精华已经被小妖朵朵给吸收，几乎没有流出什么血，肉也是白白的，所以巴通身上也没有多少血，只是有一些体内的黏液。

般智上师小心翼翼地将巴通放在了地上，脸色瞬间就憔悴了几分。他徒弟把师叔的下半身找了过来，将巴通散落的尸体拼凑在一起之后，悲从中来，号啕大哭。般智上师也是滚滚的浊泪流下，口中默默念着话语。

出家非是无碍，性情方显纯真。

两人哭泣一阵，般智上师吩咐徒弟去找来一个布袋，将自家师弟勉强装入其中，然后站起身来，跟我们告别。他告诉大师兄，他并没有杀掉萨库朗的黎昕，那个女人似乎知道事不可为，早已经从某隐秘通道处逃了出去。大师兄点头，向这个强者躬身为礼。

般智上师挥挥手，表情哀伤地离开。

小和尚他依背着自家师叔的尸体，路过我这边的时候停下了脚步，犹豫一番之后，用结结巴巴的中文问我地址，说相见即是有缘，以后如果能够到中国，定来找我，再叙缘分。

我看着他眼睛盯着我脖子上那挂着槐木牌的红线，没多想，只以为他喜欢朵朵这孩子，于是将我在洪山的地址留给他。这个眼珠子亮晶晶的小和尚很隆重地跟我行礼，又向杂毛小道行礼，然后跟着师傅走下暮色深沉的山林中去。他们渐行渐远，有苍凉悲怆的歌声传来："老叟形骸百有余，幻身枯瘦法身肥。客来问我归何处？腊尽春回又见梅……"

老和尚竟然在用中文述说这佛偈，四处的场域响应，树林作响。

大师兄耸了耸肩膀，笑着说，又不是在他们泰国的地盘，示个什么威风？切！

当般智上师离去的时候，我才醒悟过来，赶忙拉着杂毛小道和刚苏醒过来的小叔，说还没有找般智上师说起三叔的事情呢，他到底能不能够帮忙解那"银针追魂术"？杂毛小道叹气，说不行。当他知晓了般智上师的身份之后，便已经咨询了此事，般智上师当时就说他也只有知道下针的顺序，方可解去。不知也可以，三日之内，他可以推算出其中的蛛丝马迹，有七成的把握，现在的话，半成都没有。

得，我们这一趟东南亚之行，算是白跑了吗？

一想到三叔只有两个多月甚至更少的时间存活于世，我们的心里面就沉甸甸的。

经过大师兄的部下一番抢救，吴武伦竟然还没死，只是气色灰败。同样还活着的还有三个士兵，因为并非主力，所以苟且偷生了一回。——这就是小鱼小虾的快乐。

大师兄本来对这条黄金蛇蛟十分有兴致的，然而在查探了一番之后，忍不住抱

怨，谁的吃相这么丑，一点好处都没有留？

我仰首望天，装作不知道：这蛇蛟最值钱的东西，一为腭下蛇珠，二为掌形红翡（这东西估计是善藏法师用来给蛇蛟作化龙的助力），三为口中毒囊，四则是那一身血肉，却没想给我们这一伙人给瓜分干净了。

不过大师兄还是本着贼不落空的原则，叫人将这蛇蛟最坚韧的鳞甲和皮，给剥了下来，还将这畜生的牙齿给全部敲落带走，一个不留。

吴武伦在一旁看着，脸色阴晴不定，心疼。

接下来的事情就变得简单很多，我们重返了地下基地，路上又扫荡了几个偷偷摸摸的小杂鱼，却再也没有见到五号人物黎昕。在第二个囚牢，我们找到了熊明和被困的女人们，不知道是因为通道的那一场大火没有燃尽里面的氧气，还是此处有完善的排气系统，他们并没有多少事情，见到我们前来，好是一阵欢喜。同样，我们在原先的牢笼中找到了还在酣睡着的姚远。现在看来，这个老小子深得厚黑学精髓，一起越狱的人，九死一生，要么死，要么伤，要么消失不见，唯有他坐享其成，迎来了解救。不过他将面对着缅甸警方杀人的指控，被我们交给了吴武伦。在白色的房间里，我们发现屋子里所有的女人全部都死掉了，表情呈现出一种诡异的微笑，让人心中沉重。

最后重新返回血池旁，我们看到了被吃得只剩下半边身躯的善藏法师。小黑天是被错误召唤出来的不完全体，心智并不成熟，所以杀伐武断，对将自己召唤出来的主人也不认账。

或许我们在斗蛇蛟的那段时间里，小黑天正在吃善藏法师等人的身体吧。

善藏法师费尽心机、灭绝人性弄出来的召唤物，并没有去满足他的野心，而是将他一口一口地吃掉，这个结局对于萨库朗一伙人来说，不得不说是一个莫大的讽刺。

野心家和阴谋家，永远不会得到好下场。

大师兄从外面找来了油料，将这血池和佛堂全部付于一场大火之中。

让其他人去各处搜查余孽后，大师兄把我和杂毛小道拉到了一边，凝重地问我，陆左，我听赵中华说，张伟国那半秃子曾经找过你，想让你加入我们局，但是被你拒绝了？我点头说是。他问，为什么？

我耸了耸肩膀，说我是一个崇尚自由的人，受不得什么束缚，自己觉得做不好什么，也就不想浪费纳税人的钱了。

大师兄摇摇头，叹气："我知道你是在为小明鸣不平，但是这里面有好多事情，很难跟你们讲明。你的一些心思，我也知道——是，现在体制内是有很多难以解决的难题、不公，但大方向还是朝好的地方发展的。本来我不会坚持这些的，但是你跟小明是好朋友，我才会让你再考虑。为什么？你要知道，萨库朗并没有全军覆没，它拥有的实力，远远比你所看到的更加强大。而且有的时候，金钱永远比术法有用，人心比一切可怕，而你需要找到一个靠山……"

那天大师兄跟我谈了很多,他的言下之意,是让我做一个编外人员,跟赵中华一样,偶尔出力便好。

一切结束之后,他并没有跟我们同行,而是带着那七个人和一堆战利品,重新回归山林中。我看到其中有两个人身上背着重重的包袱,露出的棱角竟然是直的。临走之前,大师兄问杂毛小道,知道为什么我会不远万里,出现在这里不?

杂毛小道摇头说不知道。

大师兄叹了一口气,拍了拍杂毛小道的肩膀,说,烧死小黑天的火符,是茅山李道子仅剩下的几张符箓之一,只有掌门才可以动用。你说呢?

第七十章　原二哼歌，临终托付

大师兄离去的话语，让杂毛小道沉默了很久。站在他旁边的我，能够看到他的眼角有泪光。

当时的我们已经拖家带口地来到了地下基地前面的坡地上，对面是一大片望天树林，天色已经开始有了一些亮光，经过一整晚的腥风血雨，我们终于迎来了曙光。吴武伦带领的士兵十不存一，手下精英尽死，连他本人也是身受重伤，能够施术的，仅仅只有两个飞得歪歪扭扭的蝙蝠。不过他一举剿灭了萨库朗的大本营，而且还营救出四十多个不同国籍的受害者，这些都是功绩。

为防有变，我与吴武伦达成了口头协定，我帮助他将这些人安全送出山去，而我在大其力犯下的事情，以对付邪教为名，一笔勾销。我点头同意了，问何时走。吴武伦说等到天亮，他还有一队人马，正在进攻萨库朗在另外一个山谷的营地，他已经派人去联系了，如果一切顺利，应该能够回来接我们。

他也瞧出来了，目前还保持完整战斗力的，便只是拥有金蚕蛊和朵朵的我，所以言语之间，也很客气。

态度总是随着实力而左右摇摆的，当看到了我们围攻恶蛟的那一场大战，并且与后来出现的神秘高手联系亲密之后，吴武伦对我们都保持了必要的尊重。殊不知，大师兄已经走远，小妖朵朵吸收了太多的蛇蛟精华返回槐木牌中静养，而肥虫子因为摄入过多的毒素，又被小黑天一番折腾，早已经动弹不了多少——这两个都是贪婪的吃货。

换句话说，我除了一身蛮力，基本算不得什么场面人物，所以唯有装，牛皮哄哄的，旁人才越加畏惧——毕竟十几米长的蛇蛟，在那里摆着呢。

也许是被关了太久，四十多个被掳至此的受害人都十分听招呼，虽然我们人少，但是控制起来还是比较容易，也不乱跑。只有一个金发碧眼美国籍的洋妞在一旁嚷嚷着，这妞长相一般，但是身材火爆，是杂毛小道喜欢的那种大洋马类型。然而此刻的老萧正沉浸在一种深沉的情绪之中，并没有搭理这个呼喊着"人权"和"美国公民"的女人。

我听到有微弱的呻吟，于是跑下坡去，终于在山下的一个荆棘丛中找到了加藤原二。

日本小子口中已经全部都是红色的血沫了，见到黑暗中的我，长长地吐了一口气，却止不住地猛咳起来，又不断地呕血。我慌忙给他查询伤情，他拦住了我，脸上有一种淡淡的笑容，他说，别忙了，我的时间不多了，感谢天照大神，你竟然在我生命的最后时刻，出现在这里，果真是有缘分。呵呵……

我看着这个临死的小个子帅哥，心里突然有一些堵得慌。坦白说，从头到尾，我都不喜欢这个日本小子。撇开他的国民身份不说，他给我的印象，向来都跟生性凶残、不择手段、自负和高高在上这些贬义词联系到一起的。我觉得这就是一个高傲残暴的富二代，而且他视人命如草芥的习性，在我的眼里，跟萨库朗那一堆人，根本就没有什么区别。更何况，之前我们一直有着仇怨，他甚至在监牢里还想杀掉我。

然而，我的命，终归是被他救过一次。所以我的神情很复杂，脸色变幻，不知道说什么好。他看见我的表情，露出了释怀的笑容，他说："你知道吗？其实我很羡慕你呢……"

我说，为何？

他下巴抬起，看向了坡上的方向，说："我，加藤原二，肩负着继承家族的重任，从懂事起，就知道自己跟别人是不同的。我从小到大，一直是在不断地努力和学习中成长，文学、艺术、经济管理……我的家庭教师是东京大学的教授，我的武术启蒙老师是极真会馆创始人大山倍达的再传弟子，我的阴阳术是来自鬼武神社的传承……我一直都认为，我就是这世间的主角！然而我后来发现，我拥有了一切，但是没有朋友，这让我很痛苦。父亲告诉我，强者是不需要朋友的，我也一直这么认为。但是所有人都不知道，我一直想有一个如你那道士伙伴一般的朋友，能够分享自己的快乐和痛苦……所以，我羡慕你，也嫉妒你。咳咳，扯远了……看在共过患难的分上，你能不能够帮我带几句遗言，给我的父亲？"

我没有说话，只是点头。

他说着又喘起了粗气，好久，才接着说道："告诉我父亲，我已经死了，这辈子也没什么好抱怨的，我爱他，爱我的母亲，也爱我那可怜的姐姐。很抱歉，没有能够接掌祖上传下来的家族；也很抱歉，没有对他和母亲说过一句'我爱你'，不过如有来生，我宁愿生在一个普通的家庭里，粗茶淡饭，交几个简单的朋友，有一份平淡的爱情……还有，刘钊这人，大害，如果再碰到他，一定要除掉他。"

我点头说，了解了，还有吗？

加藤原二突然伸出手紧紧握住我，也许是因为身体太过疼痛的缘故，脸都有些扭曲狰狞："陆、陆左君，我最后求你一件事情……我的姐姐加藤亚也，因为一场车祸变成了植物人。她住在日本东京的原宿神宫外苑，如有可能，请您帮助给她恢复意识，代替我，走下去。陆左君，拜托了。"

我看着加藤原二的眼睛都快要突出来，知道他已经到了弥留之际，手之所以能够抓得我这么紧，也是因为回光返照的缘故。为了让他安心离去，我也不管做得到做不到，肯定地点了点头。果然，他的脸色变得舒缓了，没有之前的恐怖，笑容也在他的脸上蔓延开来，抓住我的双手松开了，竟然摸到了我刚才被小黑天舔舐的刀疤处，眼睁眯着："好帅气的疤痕……我好冷，是要死了吗？我怎么感觉自己的魂在往上飘？飘吧，离开这个世界吧，樱花啊，樱花啊，暮春三月晴空里……"

日本小子哼着那首日本最著名的歌谣，离开了人世。

我望着东方即白的天际，似乎看到了他含着微笑，离开了人世，朝着天空，或者另一个维度的幽府，缓慢行去，他有牵挂，但是又没有太多留恋之意。我们生于斯，长于斯，但是终将老去，我们在前往死亡的路上行走，排着队，却不知道自己排在哪个位置。如今我知道，加藤离开了，这小子居然还是唱着歌挂掉的，可见他走得十分安详。

这个日本小子跟我们，谈不上敌人，也谈不上朋友，顶多也就是个熟人罢了。我这般做，仁至义尽了；他这般走，心安理得了。如是而已。

加藤原二，终究是个可怜人。

我将加藤原二的尸体背回了萨库朗老巢的山口前，跟吴武伦说明一切。吴武伦应也知晓被蛇蛟甩尾的日本小子活不了多久，此刻也并不惊讶，只是招呼两个长得粗壮的本地受害者，将其照看好。我回头去问询小叔、杂毛小道和雪瑞的伤势，问题并不是很大，歇息到天明，应该就能够恢复行动能力。

最为悠闲的应该是虎皮猫大人，不过它老人家此刻的心情也并不是很好。因为虎皮猫大人所带来的野兽雇佣军死得太多了，它伤心不已，总觉得自己害了太多的生命。不过它老人家心理素质极好，并不内疚，而是破口大骂，逮谁骂谁，各种污言秽语，瓢泼一般洒出来。那个金发洋妞见它有趣，想要逗它，结果被骂得泪流滚滚，抱头鼠窜。

雪瑞在我们这一伙人里面伤势其实是最轻的，甚至比我还轻，然而她因为青虫惑的离去，心中总有一股郁结之气，难以舒缓，所以才浑身难受。当我走到她面前时，还发现了一个东西在。

咒灵娃娃。

这个依靠着青虫惑所降伏的鬼物并没有因为青虫惑的离去而叛变，反而是瑟瑟发抖地伏在雪瑞的脚下。它原本的主人是萨库朗的降头师古努，然而那个来自契努卡的叛徒，在库房一役中悄无声息地死去，结果它现在变成了无主之物，最为亲近者，就是控制了它几个小时的雪瑞，所以便不肯离去。

然而雪瑞天性爱美，并不喜欢这个丑陋的小家伙。

咒灵娃娃是个很厉害的东西，收下了对自己的实力也大有增长，只是不知道会有什么坏处。我劝了雪瑞一会儿，并且说等虎皮猫大人心情好一些的时候，跟它求个收养的法子，雪瑞才不情愿地找了个东西，将这个乖得跟哈巴狗一样的小东西给收下。

说句实话，这东西就是脏而已，如果能好好洗一洗，应该跟个毛绒玩具差不多。

吴武伦的另外一票人马在清晨七点多的时候过来汇合，有六十多人。相比这边的全军覆没来说，那一边的军事行动要好得多，虽然也损失了二十几个人，但是已经将大部分萨库朗的武装力量给清除,唯一遗憾的,是那个叫做波噶工的男子逃回了北方。

人员汇齐,我们开始出山,越过那一片望天树林,我们的第一站,将是水田环绕的寨黎苗村。

第七十一章　重返苗寨，神婆赠丹

　　仿佛是知道了我们的到来，村寨口，头人黎贡、神婆蛊丽花、熊明那闷茄子一般的婆娘和他叔叔熊付姆、十几个垂垂的老者以及上百号村民，都在这里等候。当然人群之中还有一个外人，就是雪瑞的女保镖，这位姓崔的小姐正在用足以融化钢铁一般的怒火，瞪着拐带走她雇主的我呢。

　　不知道是什么原因，吴武伦并不愿意在此逗留，他与村中长者寒暄了几句之后，便带着手下以及四十多号疲惫的受害人，折往不远处的福龙潭扎营歇息，等待我们回转。熊明救出了一个寨子里的姑娘，受到了英雄一般的接待，场院里的桌子上摆着大碗的苞谷酒，灌得他直发晕。

　　我们都受了伤，喝不得酒，但是盛情难却，我代表众人喝了一碗。不知道是肥虫子歇息了，又或者酒太烈了的缘故，我有些晕，罕有的不胜酒力。

　　其实我们也不太想进村的，神婆的姐姐临了搞了那一手，局势不明朗，不知道她是敌是友，万一她蛮横起来，我们这里可没有一个能够对付她的。问雪瑞，她也不肯讲，但是身上有后遗症，解铃还须系铃人，唯有蛊丽妹可解，所以才会重返此处。

　　来的路上，我、小叔和杂毛小道分析，预想的结果都很糟糕。人和人之间本来应该有所信任，然而青虫惑最后竟然衔着那颗珠子跑路，由不得我们不往最坏的地方去想。最后还是虎皮猫大人拍板，说去看看，有大人我坐镇，那个老女人难道还能搞出花来不成？

　　一番热闹过后，我找到了蛊丽花，说我们想再见她姐姐一面。

　　神婆咧嘴一笑，露出了仅存的几颗老牙，说："她已经知道你们要来了，所以提前醒了过来。不过，她只会见你和那个雪瑞小姑娘。其他人，没资格……"我看着正在跟头人黎贡和长老团应酬的小叔和杂毛小道，点点头，说可以。蛊丽花含笑点头，说走吧。我过去跟小叔和杂毛小道说了此事，他们虽然有些犹豫，但也没有多说什么。蛊丽花拄着竹棍往前走，人群立刻分出了一条道路，而我和雪瑞则跟了上去。

　　村子里人很多，然而走到祠堂附近的时候，却没有见到一个人，冷冷清清的。虎皮猫大人在我们头顶上空相随，神婆瞧了一眼，然后摇头，说鸟也不行。肥母鸡火大，洒下一片骂声之后，飞到祠堂旁边的树下，生闷气。

　　与上次一样，我们经过祠堂的厢房，下到了神婆她姐姐容身的土洞子里。依旧是烛火摇曳，墙壁上的爬虫涌来游去，不时发出"哔啵"的响声，密集得让人心中生寒，泥土的腥气和爬虫的冰凉气息结合，有一种让人背后发麻的感觉。

因为来过一次，我们也并没有太多的好奇和害怕，由蛊丽花领着，将我们带到了最里面的房间门口。

值得一说的是，外面几个房间墙壁上都有烛火油灯，然而到了这里间，却没有，外面昏黄的灯光从门中传来，将这整个土洞子的气氛映衬得格外的阴冷。我又看到了那个池子，因为在萨库朗的地下基地中，也有这么一个池子，虽然一个里面盛着虫子，一个里面尽是死尸血浆，但是同样的巧合，让空腹喝了点酒的我不由得浮想联翩，产生了很多没有根据的猜测来。

这些所谓的血池、虫池，不会就是生物科学上常说的培养皿吧？

所有的血浆人体、虫尸香料，就是培养液？

太颠覆了吧？

望着黑洞洞的池子，蛊丽花恭敬地朝着里面说道，姐姐，他们来了。随着她的这一句话，原本静如止水的池子中开始闹腾起来，有许多白色的蛆虫从水里泛起，然后一个庞大的白色蚕茧从里面升了上来。让人称奇的地方是，这白色蚕茧看似棉花，然而表面却有一层油质，将所有的肮脏屏蔽。

"出淤泥而不染，濯清涟而不妖"，当蛊丽妹重新出现在我们视线中的时候，我心中只有北宋周敦颐《爱莲说》中的这两句话。

再一次见到蛊丽妹，我心中不由得泛起了一阵难以言说的错觉，仿佛已经被烈火焚烧殆尽的小黑天重新出现在了我的眼前。我刚开始还不觉得，然而此刻一见，却有心跳的感觉，所谓美丽各有千秋，然而总有殊途同归之处：蛊丽妹和小黑天都属于鹅蛋脸，精致的眉目如出一辙，特别是她们的眼神，都有一种神圣不可侵犯的冰冷，拒人于千里之外的威严。

简单来说，她们两个，看起来都不是人。

不过相比之下，小黑天更像个懵懂无知的少女，脸上是纯粹的天然呆；而蛊丽妹，则成熟多了，有一种超脱于物的清丽，而且比起前几天来，更加美丽，也给人一种奇怪的感觉，就好像是空气一般，没有什么存在感。我看见雪瑞也蹙起了眉头，咬牙不说话。

蛊丽妹静静地看着我们，依然没有说话，而是通过她的妹妹来与我们作沟通。

这个苗寨现任的神婆用右手食指，从池子里蘸了一点儿液体，在雪瑞的腹部画了一个奇怪的符号。雪瑞不敢动，任她将衣服掀起来，然后磨磨蹭蹭地在自己的肚皮上涂抹，有黑褐色的浓浆顺着肌肤流下去，她也不敢作声。画完之后，蛊丽花告诉我们，人既然已经救出来了，那么青虫惑她姐姐也将其收回，雪瑞身上与青虫惑的联系，到此终结。不过她也不是没有好处，有了这一回经历，以后便不会再怕任何蛊毒了……她说到这，看了一下我，笑着说，不对，还有金蚕蛊，不能解……

我有些晕，敢情这东西还有疫苗的作用。

雪瑞也看了我一眼，嘴角上翘，脸色终于好了一些。

蛊丽妹注视着我们，眼神不悲不喜，仿佛仍然在沉睡一般。不过我现在的气感已经十分敏感了，能够感觉到蛊氏姐妹之间，有着神念在联系。而真正让我惊讶的是，雪瑞和蛊丽妹之间，似乎也在作神念之间的沟通。——敢情就我一个糙老爷们在听哑巴戏。

还好有蛊丽花在给我翻译，她说："你心中肯定觉得我们拿走了蛟珠，不地道。虽然这东西对我姐姐有着至关重要的作用，但是其实对于你们用处不大。她也是为了你们好，须知'龙珠主福，蛟珠主杀'，这个蛟珠很容易招惹莫名的杀身之祸，是死神最眷顾的东西。不过不管怎么解释，终究是亏欠你们的，所以她可以给你们补偿一些东西。"

我一听，心中不由得狂喜：本以为强者为尊，我们闷着头忍受便是，却没承想碰到一个讲理的。

蛊丽花接着说："你既然已经有了洛十八、龙老兰的传承，又有了金蚕蛊，修行的路上也没有谁能够帮到你的。我们这里穷乡僻壤，却也有些特产，我姐姐百年炼虫，有虫丹数十颗，今天分你五颗，以作报酬，另见你养有小鬼一头，已成鬼妖之体，此处有一玉符，里面封印纯魂数十股，可作吸收之用……"

她说着，从墙壁的边缘处掏出一个木盒子，里面有一个白色瓷瓶和一块做工粗糙的绿色玉符，这玉符有小半个巴掌大，里面有十八个孔洞，阴气逼人。"这些都是给你那本命蛊和小鬼的吃食，至于雪瑞，"她将雪瑞身边的竹笼子拿下来，说，"这咒灵娃娃是相由心生，既然已经有了归顺之意，且留此处，我姐姐帮你们好好磨砺一番后，不敢轻易背叛。待换了形状之后，叫熊明进城带给你们。你们要什么样子的？"

我刚准备说小美人，雪瑞开口了，吉娃娃……

蛊丽花看了一下白色蚕茧中的姐姐，然后点了点头说，好的，没问题。她短暂地沉默了一会儿，接着说："陆左，我姐姐让我转告你，洛十八英雄一世，纵横苗疆，你莫要弱了他的名头。好了，她累了，需要沉眠……"我点点头，朝池子中的那个露出一张美女脸容的白色蚕茧一鞠躬，拉着雪瑞转身离去。

出了祠堂，外面有绚丽的太阳光，我看着手中的木盒子，心中舒畅。

苗家的人果真是讲究啊！

那个时候的我，根本就没有想到寨黎苗村中的这位前任神婆，对于我来说，是一个什么样子的存在。

我们急着回市区给远在仰光等待的诸人报信，于是便没有再作停留，与熊明作了交谈，然后匆匆前往附近的福龙潭去与吴武伦汇合。同行的还有认为失职、自责不已的女保镖崔晓萱，其实她还好没去，若去了，估计也就没有自责的机会了：越狱八人，内讧死掉两人（肥婆、独目人），战死三人（老和尚巴通、独臂大侠和日本小子），失踪一人（英国摄影师威尔岗格罗），而唯一幸存的我和雪瑞，均身负重伤。

可见越狱，真的是一件高危险的事情，还不如姚远老先生舒适。

我们朝着村外走去,包括我在内的所有人,当时都已经完全将失踪的威尔给抛于脑后,因为当时我们根本没有意识到"岗格罗(Gangrel)"这个姓氏到底代表着什么含义。

第七十二章　寥寥故旧，麒麟消息

带着一大群营养不良的被掳妇女，从福龙潭到克扬族的聚集地错木克村，我们足足走到了下午四点。

作为萨库朗实际掌权者善藏法师曾经潜藏的村子，错木克在短短的几天里，经历了好几场动乱，先是以吴武伦为代表的政府军赶走了善藏法师，而后善藏法师残余力量反扑，吴武伦肃反，接着整顿队伍，直扑望天树林后面萨库朗地下基地，留下两个班的士兵在此驻守。

结果我们赶到错木克的时候，这个村子大部分建筑都已经化作了灰烬。有一个逃脱的士兵从树林中返回，找到吴武伦，说北边的那个大毒枭王伦汗动了手，留守的士兵除了他在外放哨之外，无一幸免。

在缅北，特别是克钦邦，这样程度的摩擦和对抗十分频繁，即使是在今天，那里的形势也依然不容乐观。然而我看着那些被烧得光秃秃的茅草屋，心里面却是沉甸甸的。无论在什么时候，战争最大的受害者，依然都是平民。即使是吃着让我们难以下咽的食物，他们也依然乐观开朗，但是失去了平淡的生活，失去了能够安息的房子，此后该怎么办呢？

我们找到了几个在草坪上呆滞看着远方的克扬族人（整个村子没剩下多少人了），问他们，其他人呢？他们告诉我，一部分死了，还有一部分则去了泰国边境，那里有一个克扬族人的避难营。剩下的这十几个人，准备留下来，看看能不能安定了，重建家园。吴武伦警告他们，王伦汗还会来的，让他们赶快离开。

一个头发花白的长颈老太婆悲怆地问道，家都没有了，能去哪儿呢？

我们没有再说话，是啊，家都没有了。

不远处传来一个女孩虚弱的哭声，抽抽噎噎，几乎就要断过气去。我们走过去，竟然是那天我们寄宿在错木克时女主人杜若噶的小女儿莫丹，她正蹲在草丛中哭泣着。旁人告诉我们，当时战乱，她妈妈杜若噶和父亲被打死，两个哥哥被亲戚带走了，让她跟着去，她不肯，就留在了这里。同样遭遇的人很多，叙述的人已经没有多少悲恸，然而我的心却如同针扎。

这么柔弱的一个小女孩，她若还停留在这里，所面临的，只有死路一条。

当我和杂毛小道站在她的旁边，她认出了曾经给她巧克力和能量棒的我们，哭泣地拉着离她最近的杂毛小道的上衣衣角，呜呜地哭泣，漂亮的小脸蛋上很脏，全部都是泥土、泪痕和鼻涕嘎子。旁边的小叔看得心痛不已，问旁边的人，都没人管，他便拉住了小女孩的手,要她跟我们走。也奇怪了,别人劝都不管用,独臂小叔用他那粗糙的大手握住小莫丹,莫丹便不哭了,抽噎着说话。

有人告诉我们,说莫丹肯跟我们走,但是她想再去见一下她的父母。

这就是缘分吧?小叔很动情地跟我们说,他这个人流浪了大半辈子,至今也是个老光棍,没儿没女。有时候见到几个哥哥得享天伦之乐,心里也很羡慕。他决定将小莫丹收养了,当个女儿,若是成器,就将腹中的乾坤绝学一并授予;若是个平安的命,就让她好好读书,以后做一个平凡而幸福的人。

莫丹不懂他在说什么,只是紧紧地抓着小叔的衣角,跟着我们走。

我们一直都不知道为什么莫丹会毅然跟着我们离去,直以为有缘,后来等到她会说普通话了,我们才晓得:当时的小莫丹哪里知道这些,她就知道跟着我们有巧克力吃——我可算是知道二战时期的美国大兵四处给小朋友派糖的原因了。当然,这是后话。

既然大毒枭王伦汗翻了脸皮子,吴武伦便也不敢张扬,带着一堆人稍作停留之后,继续前行,一路周折辛苦自不必言,终于在次日中午,返回了大其力市。

我们在返回的路上已经联系到了李家湖,等我们到达大其力市市郊要道的时候,便见到了李家湖,和他一起过来的还有李隆春,以及郭佳宾一干随行人等。让我没有想到的是,顾老板居然也在人群当中。真的是奇怪了,他不是被自己的助理秦立给掳去了吗?顾老板看到我们的惊讶,哈哈大笑,指着旁边一个须发全白的老人,跟我们说,多亏了这个救命恩人,要不然他肯定也葬身于这缅北的地窖里了。他还没来得及介绍,在我们身边的雪瑞便扑上前去,拉着这个老人的手又笑又跳,师父你怎么来了?

我们肃然起敬,原来是雪瑞的师父罗恩平。

我们听雪瑞提过,她师父患有美尼尔氏综合征,自己曾言活不过两年了,没想到居然为了她的安危,不远万里从美国旧金山飞到缅甸。看来他对自家的关门女弟子,还是十分看重的。老先生耳朵有点背,带着助听器也不大听得清楚话,我们纷纷跟他打招呼,他只是笑,然后手摩挲着雪瑞的头发,也不责怪。

因为有案底在身,我们需要先去当地的警察部门销案。回来之后吴武伦各种繁忙,自然无暇陪我们,派了一个前来接应的属下,将我们直接带去办事。当街杀人,这种事情若放在民主国家,自然有许多烦琐程序,然而在缅甸,却又是小事一桩了。我们都很享受这种便利。——所以说,无权之人想要公平,有权之人追求特权,这个是天然不可协调的,因为人性自私。

有实权部门的人带着,一路特事特办,出了警察局,我们基本上就算是重获自由了。当然,在缅甸的所有行程,我们都需要向吴武伦所在部门报备。吴武伦百忙之余还特地打了一个电话给我们,联系情谊。这是一个妙人,一个精明角色,难怪他能够在权力部门如鱼得水,左右逢源。

尘埃落定，我第一时间打电话给达洛商业街的廖老鬼，告知他事情的进展，并让他转告小廖，所有的一切都摆平了，让他不用躲藏，等我们忙完手头的事情，立刻去看他。廖老鬼表现得很淡定，说他已经把小廖转移到了城郊的一个村庄，正准备将他儿子弄回国呢，如此也好，那个女娃经不起折腾，他这就通知到。我点点头，说有消息立刻跟我联系，然后挂了电话，和杂毛小道前往湄公河大酒店，与大家汇合。

接下来我和杂毛小道将面临一场重要的谈话，而这谈话的主题则有关于李隆春的儿子，李致远和许鸣的真假身份。自见到大师兄之后，杂毛小道的情绪就一直不对劲，于是整个过程都是由我来阐述。面对这一堆人质疑的目光，说实话，那个时候我真心羞愧自己所说过的谎话，无比后悔。

不到万不得已，不要在原则的问题上撒谎——这是我从那个时候起就开始形成的信念。

虽然极不情愿，但是李隆春还是接受了我们的解释。事实上，作为一个父亲，他应该早就从日常的相处中，得到了这个结论，只不过，因为爱，他不敢去相信而已。

那一天，李春隆一下子老了十几岁。

次日我们在医院见到了小廖和古丽丽，相比最开始，古丽丽的气色好多了。她之所以能够断肢不死，是因为有萨库朗用的邪法在，经过现代医疗手段的诊断，得知她的大部分肌肉坏死，命不久矣。当我们商量送古丽丽回乡的相关事宜时，小廖一口包揽。他跟我们透露出一个消息，他对这个可怜的女孩子产生了爱意，而古丽丽，也在这些天的相处之中，对他抱有很大的信赖，所以他决定负担古丽丽的所有。

很奇怪的爱恋，然而我们却如释重负。如果在死之前能够尝到爱情的甜美，那么对于古丽丽来说，未尝不是一件幸福的事情。说实话，小廖是我至今为止佩服得不多的人之一。古丽丽于2010年3月在老家，死于一个下雨的傍晚，享年二十三岁，所有的事情都有小廖一手操办。她的葬礼我没能到场，至今仍十分遗憾。

同样的爱情故事还有，发生在雪瑞的女保镖崔晓萱和李家湖的仰光分公司经理郭佳宾身上。

在经历了生死等待后，郭佳宾求婚了，而女保镖则答应了，两人在回仰光之后立刻举办了婚礼，我们均有出场。在此之前，熊明找到了湄公河大酒店，将一个巴掌大的白色吉娃娃交给了雪瑞。看着这个眼睛灵动的小东西，我打死都不敢相信这居然是咒灵娃娃。

婚礼上，小叔和杂毛小道并不开心。我跟雪瑞坐在一起，问她那天蛊丽妹跟她交流了什么。雪瑞告诉我，蛊丽妹可以治好她的眼睛，在半年之后，请她重返寨黎苗村。我问她，回吗？雪瑞咬着牙看我，你说呢？我说天眼虽好，但是如果你能用肉眼来看世界的话，我们就可以看见你美丽的眼睛了。雪瑞眯着眼睛笑，眼如月牙，没有说话了。

婚礼的最后，雪瑞问我，你们这么隆重地前来缅甸，到底所为何来？

我将事情的整个缘由告诉了她,并且将麒麟胎的样子跟她做了详细描述,雪瑞的眼睛突然睁开了,眸子璀璨若宇宙繁星。她笑了,笑得如同花儿盛开:"你们,怎么不早说呢?这麒麟胎,我正好知道啊!"

第十五卷　两个朵朵

第一章　花生米

九月初，我们从仰光明加拉当机场乘坐飞机，返回了香岛。

缅甸一行十分凶险，我的神经几乎没有一秒钟不紧绷着，累得不成样子，最后等航班的那几天，心里也是烦躁得很。然而这一切，都因为雪瑞在某一个并不重要的婚礼现场，跟我说的一句话，而结束了——雪瑞告诉我，她从美国回来，因为已经被她师父开启了天眼，心中不由得对她当年引发病症的那件生日礼物，产生了兴趣，想要去验证一下，它到底是不是我所言的受降之物。

那串翡翠项链在出事之后，被她父亲李家湖存放在香岛东亚银行，她跟父亲取得了授权，然后在银行的保险柜中找到了它。还没有打开玻璃盒，雪瑞就能够发现里面有一些细微蠹虫活动的迹象，很微弱，但是在她眼里，确实十分醒目。

雪瑞打开了红色的首饰盒，发现里面安静躺着的翡翠项链跟她以前所佩戴的那一串，有着迥然的差别。

特别是最大的那一块翡翠吊坠，已经完全变了模样。

它依然是一块色泽艳绿如玻璃般明净通透的翡翠，然而最中央那一团形如眼球的红色絮状物，现如今竟然变成了一粒花生米大小、首尾环抱的奇怪物体，像琥珀一样封存在玉石中。那东西像个小狮子，鱼鳞皮，头似龙，有一角，角端有肉，通体粉红色，如同科教片里面的动物胚胎。在雪瑞的天眼视觉里，"花生米"散发着金黄色的微光，漂亮无比，这金光正在与玉石表面上的黑色蛊毒做争斗，缓慢，但是执着。

雪瑞当时便觉得有异，然而并没有把握跟那侵略性极强的黑色蛊毒作对，生怕引起了那个下降者的注意，于是便将那首饰盒封存，放回了银行保险柜。

这件事情，她本来想跟远在北美的师父罗恩平问起，但一直打不通电话，于是就搁置下来。而后又遇到了我们，一路冒险，几乎都要忘却，直到我提起麒麟胎的具体形象，她才怀疑：莫非她那块项链吊坠里的"花生米"，就是我们费尽千辛万苦想要找寻的麒麟胎不成？

山重水复疑无路，柳暗花明又一村。

我这才想起来，我们似乎一直没有跟雪瑞提及过麒麟胎的事情，而是一直说什么来见识玉石大会。

沟通不畅，导致我们后面的一系列事情，九死一生，真是活该！

在此我郑重提醒大家："莫装大，装大遭雷劈。"

当我把这个消息告诉垂头丧气的小叔和杂毛小道的时候，他们简直就乐疯了：正所谓"踏破铁鞋无觅处，得来全不费工夫"。根据雪瑞的描述，我们几乎就确认了那项链，即是我们一直寻找的麒麟胎。当一切都确认无疑之后，小叔几乎一刻钟都不想多待，立刻打电话通知了家人，然后催着我们离开。

可惜的是，从仰光到香岛的航班，并不是天天都有。

相比之下，杂毛小道倒是显得十分淡定。这个家伙自从见到了大师兄之后，仿佛变了性子。我取笑他，说你家师父那么关心你，不远万里地派大师兄过来救你，看来你重返门墙，领真传弟子份例的好日子就要来了，可就不用跟着我胡混了。说不定，以后我还能从道教协会领导层名单上看到老兄你的名字呢！

他只是笑了笑，没有说话，表情淡然。

我的亲娘哎！薛蟠变成了林黛玉，真心让人受不了。

有人欢喜有人愁，在得知了麒麟胎的下落，而且雪瑞一口答应无偿送给我们之后，我们的缅甸之行也算是圆满结束。然而对于李隆春、顾老板来说，却是百种滋味在心头：李隆春得知了自己的儿子早就死于荒郊野岭，而目前装在他儿子身躯里的，却是别人家孩子的神魂。虽然他当时一口说其实自己早就知晓，然而从他事后的表现来看，却一直难以接受这个事实，一天比一天憔悴。

其实这也难怪，一个男人老婆死了也没有再娶，清心寡欲打拼十几年，为的还不是自家的孩子能够成才，继承自己的事业，好让黄泉之下的妻子得以安息？那个孩子是延承着自己的血脉而生，是自己灵魂的继续，是自己来到这个世界的印记，然而突然之间，所有的一切崩塌，假象都被血淋淋的现实击垮了。

希望没了，人还干个啥劲儿？

我所做的这一切，到底是为了谁呢？

李隆春表面镇定自若，然而我们所有人，都能够看到他的迷茫。可是，我们却没有办法给他一个让人满意的答案。

半年之后，我听雪瑞谈起，说李隆春新娶了一个妻子，是前几年一个当红的香岛小姐，但是家庭并不是很幸福，也没有子嗣。又过了很久，直至去年，我听说李隆春将手头的事业悉数交给了职业经理人，自己去了西省，至今仍在藏地未归。在这里，我想祝福他，希望他能够找到心灵的宁静。

其实，关于这个经济界的传奇人物，后面还有故事，因为许鸣依然还在。

如果你们喜欢，我会接着讲。

至于顾老板，他的麻烦在于助理秦立。

他被解救出来的事情十分离奇。通过后来的交谈，我得知绑架他的确实是秦立，动机不明。除了最开始被绑架的时候，其余路上的大部分时间里他都处于昏迷状态，醒过来的时候是在一个黑暗的空间中。连续三天，他吃喝拉撒睡，都在一个狭小的房间里，这让他有些绝望，以为自己离死不远了。

第四天，每天出现的食物也断绝了，他又饿又渴地度过了孤独的一天一夜，然后雪瑞的师父出现了，将他救了出来。

而罗恩平老人则告诉我们，他是通过占卜推算，在大其力市郊一栋废弃房子的地窖中找到顾老板的。现场一点痕迹都没有，也没有任何人。这件事情十分离奇，秦立莫名发狂，将顾老板掳走几天之后，又将他抛弃于地窖之中，任其自生自灭，为什么？没人知道。然而顾老板头疼的事情来了：秦立作为他最重要的助手之一，知晓他很多的事情和生意，他所有的行踪，秦立也了如指掌。

秦立那天的表现，让人震惊，他居然能够变身为一个凶厉的猫脸人，而且蓄意袭击，顾老板表示很惶恐，以后不知道该怎么办了——请保镖，有用吗？

当然，这些都是他所需要烦恼的事情。每个人都有自己的生活，而我也无暇时刻去保护着他，因为我有很重要的事情要做：拿到麒麟胎之后，我们将要前往句容给三叔解邪术，然后我将准备好材料，把朵朵和小妖朵朵分离开来。

两个小家伙都很可爱，但是如果长期共处于一个灵体，要么融合，要么就烟消云散，魂魄全无。

据杂毛小道的爷爷称，前面的那种可能性，只有一成。

我不敢想象失去朵朵和……小妖朵朵之后，会是什么样子，所以不敢懈怠。

飞机降落，一出香岛国际机场，连家都没有回，我们就在雪瑞的带领下，直奔东亚银行，生怕中间出了变故，冒出什么国际大盗将那保险柜给撬了。怀着患得患失的心情，我们终于在贵宾室里见到了那条如同艺术品的项链，也看到了那块价值不菲的翡翠吊坠。

当我看到玉石中心的那一粒精致得如同神迹的胚胎时，心中立刻确认，它就是麒麟胎，妥妥的。因为，它根本就是一个孕育着的小生命，将它放大百倍，跟传说中的麒麟一模一样。我心中甚至有这么一个猜测：这世间，莫非真的有麒麟这种生物，只是年代久远而消失（或灭绝）了？而这个麒麟胎，则由于某些原因被留在地质层的玉石中，如同琥珀一般？

如此说来，世间的很多东西，都变得很好解释了。

吊坠上面有毒，是导致雪瑞中玻璃降的主要凶手。虽然大部分毒性都已经蔓延到了曾经的雪瑞身上，但是这玉上，仍然有一些。最重要的是，上面有一股念力，不强，但是深刻。

当然，这些都不足以阻挡我们。虎皮猫大人伸出鸟喙，一口将其吞食干净，剩下的余毒，则由变成了非洲友人的肥虫子负责吃掉——自从吸收了蛇蛟口中的毒囊，肥虫子至今仍旧又黑又肿，让我心疼不已。

不过好在这家伙没有像上次一样陷入沉眠，该使唤的时候依然能够使唤出来，充当劳力。

虎皮猫大人啄完上面的念力，十分不爽地骂道："那个下降的傻瓜看到我了，麻辣隔壁，有本事过来找大人我啊？一个蹲在地窖里的猥琐老头，牛啥？二货，真看不惯他这尿性！"——在灵魂的世界，如果道行达到一定程度，距离并不是问题。

世界是圆的，如同在一个泡沫之上——这是虎皮猫大人曾经跟我们说过的一句话，我至今还记得。

事久生变。为了避免再生什么事端，我们便不做停留，与雪瑞、罗恩平老人告辞，匆匆乘班机直飞金陵，准备去给三叔解除"银针追魂术"。

第二章　萧家

因为大雾，航班足足延误了二十几分钟。飞机在机场上空盘旋了好一阵子才落下，让我们心情都有些阴霾。

出行不顺是一件很让人忌讳的事情，世间万物皆有联系，我知道得越多，便越信这些。杂毛小道掐指一算，提议说我们最后下飞机，如此方才吉利一些。小莫丹第一次坐飞机，有一些兴奋，整个航程都没有休息，滴溜溜的小眼睛四处张望，一会儿看向舷窗外的蓝天白云，一会儿看向飞机内陌生的乘客，一会儿又羡慕地看着过往的漂亮空姐，嘴唇抿得紧紧的，眼睛里有月亮一般的光芒。

我们的语言不通，虎皮猫大人能够勉强当翻译的角色，不过此刻大人憋屈地待在有氧舱，便无法话语交流。莫丹也乖，逢人就露出天真的笑容，默默地吃着我们从空姐那里要来的巧克力糖，也不说话。

小叔决定回家之后请一个会说缅甸语的家庭老师，教小莫丹说中国话。

因为不放心托运，我将麒麟胎贴身放着，杂毛小道在我旁边，两个人一同看守。心情终于轻松下来，我在飞机上免不了打了瞌睡，梦见一箱又一箱的黄金，在我眼前晃荡。我是在黄金万两的美梦中醒过来的，流了一脸的口水。

我醒过来的时候愣了半天神，才想起是我在地下基地安放人骷的白色房间里陷入的幻境。当时我以为真的只是幻觉，日本人掩藏的黄金只是一个传说而已，然而后来我竟然看到大师兄手下的包裹里，有类似于金砖的棱角出现，让我又一直心存怀疑。

我怎么会有那样的幻觉？

萨库朗盘踞在那地下基地几十载，为什么就没有发现，而大师兄却像是逛自家后花园一般，直接就掏出来了？幻境当中的耶朗壁画是真是假？

好吧，我、我有些迷糊了。

当然，不管怎么说，若真有黄金，要么是被大师兄弄走了，要么就被地主吴武伦给征收了，定然没有我的份。话说回来，大师兄他们是怎么千里迢迢赶到缅北，又怎么离去的呢？缅北莽莽群山，穷山恶水，徒步穿越肯定行不通，难道是坐直升机？

还是有什么玄妙的道法？

大师兄身上谜团重重，神秘如斯——还好，我们不是敌人，要不然我只有哭的份了。

离开仰光之前，我曾经见过加藤原二的父亲一面，日本小子的尸体吴武伦已经交给了他，而我则将加藤原二临死前的遗嘱，除了帮他姐姐苏醒的那一段，全部都讲给加藤一夫听。这个头发灰白的中年人对逃狱时加藤的表现和细节十分关注,问了许多问题,然后眼含着热泪,向我鞠躬道谢。

至于怎么帮助加藤的姐姐,我真的没有想过。毕竟,他们加藤家族都没能解决的问题,我何必去凑那个热闹?

出了机场,杂毛小道的大伯萧应忠已经在外面等待我们。

萧老爷子一共有六个子女。大儿子萧应忠,已经加入有关部门,隶属于新乡局,长年在那一带打击某些反动势力,工作最忙;二儿子萧应信,即杂毛小道的父亲,在家务农,照看家里;三子萧应文、四子萧应武,皆在外游历漂泊,各有一竿子事情;除此之外,杂毛小道还有两个姑姑,大姑嫁在邻市,小姑在茅山后院修行。

萧氏一门,多英杰。

因为某些原因,在2008年的时候,杂毛小道大伯分管的区域不安稳,即使母亲去世,他都没能抽出时间回来奔丧,所以这是我第一次见到萧家大伯。这是一个举手投足之间都有着一股威严之气的男人,眼神锐利,须发皆白。杂毛小道曾跟我说过,他大伯已经快六十了,然而此刻一见,整个人的精神气质,却仅仅只有四五十岁的模样。

匆匆寒暄之后,我们并没有多做停留。萧大伯带了两辆车过来接我们,小叔和莫丹上了第一辆,我和杂毛小道上了另外一辆,虎皮猫大人因为被困在有氧舱里,生闷气,谁也不鸟,自己钻进了第二辆车里,睡起了懒觉来。

这个家伙就连睡觉说梦话,都一直在骂人,可见它心情有多郁闷。

它恨飞机里的有氧舱。

从金陵禄口机场前往位于句容市天王镇的萧家大院,不到四十分钟的车程,到时已经是傍晚时分。到萧家之后,小叔把莫丹拜托给杂毛小道的母亲,然后我们直接奔向西厢三叔家,查探三叔的现状。进了房间,只见他躺在床上,面色苍白,头用枕头高高垫起,而头上则插着十三根长短不一、形状各异的银针,密密麻麻,形如刺猬。

针灸之道在十二法门中也有记载,我略微知道些。发现这区区十三根里,竟然包含了镵针、员针、针、锋针、铍针、员利针、毫针、长针和大针九种银针。

周林这家伙,果然是个深藏不露的家伙。

看着三叔躺在床上,气若游丝,我们都忍不住叹气:好好的一个人,就变成了这副模样,让人伤心、痛恨。小叔说周林之所以心性变化,应该还是在神农架的耶朗祭殿中拿了不该拿的东西,导致走火入魔,中邪了。归根到底,还是他惹的祸端。萧大伯一巴掌拍在小叔的肩上——他这老弟的左手肘而断,现如今装了一支假肢,并不方便——他摇摇头,说不要讲这些屁话了,治好再说。

三叔新收的徒弟姜宝在床头守着自家师傅,也不说话,只是用小心翼翼的目光,打量着我们。萧大伯摸了摸他的脑袋,说其实老三选徒弟的眼光还是不错的,这个娃娃,十年之后,可堪大用;不像你,带回来的那个丫头像个黄豆芽儿,能干个啥?

姜宝的头被揉来揉去，又被夸得像一朵花，不好意思地笑。

小叔被自家大哥如此一说，也笑了，说本就是领回来当女儿养的，也不指望她能够有什么出息。

黄昏时分，并不是解术的好时辰。当下我们也不多说，吩咐姜宝在旁边好好照看三叔，然后出了房。晚饭过后，我们在堂屋商谈给三叔解术的细节问题。麒麟胎并不是一次性用品，它在给其中的一个朵朵寄托神魂之前，拿来给三叔镇压针上邪气，是一点问题都没有的。当看到桌子上那美如迷梦的玉石吊坠，萧老爷子拿着放大镜研究了一会儿，然后又翻出一本陈旧的书，根据上面的记载做对比，最终确认——是！

虽然知道果真是麒麟胎无疑，但是经过老爷子这一番鉴定，我们的心情是好上加好。

老爷子卜了一卦，说明天午时，阳气最盛的时候给老三解术，是最合适的，大吉。解术的顾问自然是虎皮猫大人，经过小莫丹的一番松骨后，大人已经没有多少脾气了，在一旁跟明天拔针的萧大伯讲解其中的细节和注意事项。萧老爷子年高，眼力不好，小叔单手，杂毛小道并不精通医术针灸，所以萧大伯这次是特意赶回来做这拔针之人的。

说起来，若论针灸之术，萧家最厉害的还是三叔萧应文，这从他的徒弟周林身上就能够看出。

商量完毕之后，老爷子又跟我讲起如何运用麒麟胎，给双魂同体的朵朵裂魂。

自上次我过来之后，他便将萧家祖上传下来的古籍翻看了一遍，从一本笔记之中找到了记载。此事甚为简单，只需在子时阴气最浓烈的时候，将麒麟胎供奉于台上，再将灵体放置于前，撒下无根之水，不断洗涤，念安魂咒催眠，一魂心有所往；然后有一人往那麒麟胎中打入一道温和的气息，裹挟里面的胚胎，那分出来的魂体，便可以寄生在麒麟胎上，缓慢成长了。

之所以往麒麟胎中打入一道温和气息，是因为麒麟胎深藏地下无数载，早已磨灭了意识，而这道气息，将是引导分离魂体附着到上面最重要的灯塔。这个人，需要获得这两个魂体的完全信任。

好吧，厚着脸皮说一句，我想我是当之无愧的人选。

谈完这一部分，我见杂毛小道他们家里人似乎还有很多话要说，便不再停留，返回客房歇息。

帮我张罗房间的是杂毛小道的二弟，他那个水灵灵的小妹萧克霞回学校了，很可惜。

说实话，我有点想念那妹子做的菜泡饭和肴肉了。

躺在床上，朵朵在旁边陪我聊天。

在吸收了黄金蛇蛟的生命精华后，朵朵的实体感更加强烈了，有一种温温的、软乎乎的肉感。我掐着她肥嘟嘟的小脸,逗她玩。她的下巴有些尖了,眉目之间有些黄菲的模样,我看得入神,突然之间好想千里之外的那个女孩,她英姿飒爽的制服装和飘逸的长发,又进入我的心里来,挠动着我的心。

我想我要仔细考虑大师兄给我提出的建议了:有了大师兄这个牛人靠山在,我在有关部门里面,应该会很好混吧?而且是编外人员,应该会很自由的吧?这时,正坐在我腿上玩跷跷板的朵朵突然认真地问我:

"陆左哥哥,要是小妖姐姐离开我们了,怎么办?"

第三章　三叔醒转

朵朵的这句话，让我一下子就愣住了。对啊，如果小妖朵朵和朵朵本体分离成功了，她不就是自由之身了吗？依照这个小狐媚子的德性，她还不赶紧离开我们，跑到外面去惹风惹雨，逍遥自在啊？要知道，这个小妮子可不是什么良善之辈，她妖性不改，且腹中的墨水比我还多，一直以来都是个猛人。

当初若没有萧老爷子传我缚妖咒，只怕朵朵早就被她吞噬干净了。

虽然两个小妮子后来亲热得跟姐妹一样，可我却一直记得小妖朵朵第一次出现的时候，差一点儿就用手把我掐死的情景。我不是记仇的人，而且小妖朵朵后来也多次救我，但是，我总有着一丝隐隐的担忧，害怕她突然翻脸，将所有的一切都给毁去——这也是我一直都不怎么待见小妖朵朵的最根本原因。

然而不知道为什么，一听到天天在一起的小狐媚子有可能要离开，我心里就空荡荡的，总有着一种淡淡的忧伤，十分惆怅。就像是学生时期总和我吵架斗嘴的同桌女生那一次转校，外婆的离去以及……我们会永远都不再见面了吗？

我莫名地慌了起来，拉着朵朵的手，说为什么会这么问？

朵朵吸了吸鼻子，说小妖姐姐说你对她不好，不跟她聊天说话，也不关心她，而且最重要的是本事太弱了，根本保护不了她，这样的主人一点用都没有。她还怂恿我跟她一起离开，去深山里面，那里有好多好多的黄精虫草、野参玉竹，而且山林里面的灵气重，对我们的修行也是有好处的……

她说着说着，见我的脸色有些难看，伸手摸了摸我的刀疤，笑嘻嘻地说，我没答应她，没有陆左哥哥在的地方，即使是天堂，朵朵也是不喜欢的。我可舍不得你呢……

我看着朵朵萌得让人心碎的小脸，笑说，是啊，我也舍不得我家朵朵宝贝，你要跑了，我可不得伤心死？朵朵睁着一双水汪汪的眼睛，食指放在了嘴巴里，望着我问："那小妖姐姐呢？"

我："……"

略微有些消肿的肥虫子在一旁，看着无语的我，强势围观。

第二天清晨，我很早就起来了，在萧家大院子里练了一套固体练气功，浑身热气腾腾。

杂毛小道也起得很早。他没有打拳，而是坐在院墙边的银杏树下，用那把卡车底盘轧钢改制的刻刀，细细地雕着手上的东西。这东西时不时从身体里闪耀出一种红黑的光芒，透露着一股凶戾之气。

这是小叔从蛇蛟的下巴处刨出来的玉石，也就是从105号石头里面剖出来的红翡。经过虎皮猫大人鉴定，这玩意儿是吸取了远古剑齿虎精华而成的血虎玉，与麒麟胎一般类型，不过一股子狠戾之气无法磨灭，不好驯服。善藏法师当日获得此玉，便将其植入蛇蛟体内，以期能够尽快化蛟，没承想竟然转手就被我们干掉了，又取了出来。

相比之前提过的麒麟胎、青龙角、白虎鞭相……它品级低，没有那些的玄妙，只能够用来当攻击法器的材料。当然，若做比较，却比那黑鸦之骨还是要厉害几分的，而且持久。

杀蛟一事，杂毛小道出力最大。小叔也不贪功，况且这东西留在自己手里也无用，还不如给杂毛小道，毕竟这个家伙曾经跟随茅山近代符箓第一人李道子学过师，也是个制符炼器的高手，用来炼制法器，人养玉，玉养人，最好不过。

反正也是自家侄子。

杂毛小道这几天一直在琢磨这块玉，现如今已经有了大概的形状，是一把虎形弯刀，巴掌大，造型古朴，刀势凌厉——杂毛小道往往是静坐几十分钟，有了灵感才下一刀，所以制作慢。不过我相信，这作品若能够完成，杂毛小道的境界又将跃上一层。这个家伙倒是越来越厉害了，不知道为什么一开始那么挫？

我伏地大拜，腿腰碰起，做了一个十分困难的动作，然后完成了这一整套法门，缓缓走过去看。我还没到，他便睁开眼睛来，看我。我说，你的气感越来越厉害了？他嘿嘿一笑，将玉刀的刀尖指向我，说红尘炼心，老子已经参透了一些法门了。

我问什么法门？

他说此生千万秒，每一次流逝都让人感动。世间之人多如恒河沙数，唯有了解众生，方能够普度众生，我已立下誓言：这红尘滚滚，人性丧失，唯有将人们心中的真善美给唤出来，方能够解脱……

我耸耸肩表示听不懂。他左右看了一下，院子里只有姜宝在老老实实地打拳念经，凑在我耳朵边说："这些日子素得慌。我知道金陵有条学府街不错，举目望去皆是正妹，而且最近又恰逢开学，新鲜妹子更多。我们给三叔解完银针追魂术，不如去那里嗨皮一下？不过说一句，我好久没有摆摊算命了，最近囊中羞涩，经费有些不充足，所以……嘿嘿！"

我眉毛直跳，见老老实实踏着禹步的姜宝朝这边奇怪地望来，不由得苦笑。

本以为这个家伙变了性子，没承想他隐藏得更深了。

终究是个好色的命！

我问他前段时间中了降头之术，肾不虚吗？他摸摸裤裆，笑嘻嘻，说自从善藏那厮毛挂了，又将那泥娃娃埋在槐树下，早就好了，不信可以一起去试试嘛。我耸了耸肩，不再理他，也没有去注意这个小子垂下的眼帘中会有着怎样的目光，返身走开，

朝着刚刚起床的小莫丹走去。

比起杂毛小道这种猥琐男人，我更喜欢和这种天真萌态的小萝莉交流。

太阳渐渐升起，天气好得出奇，蓝莹莹的天空上竟然没有白云，像一块纯粹的蓝晶，阳光照在身上并不是很热，而有一种丝丝的暖意。日上三竿，我们吃好早饭，等待着良辰吉时的到来。为了这次拔针，萧大伯已经沐浴戒斋三日，除了昨天去接我们之外，一般都在后院的神台边，祈求神灵的护佑。

和南方苗疆祭拜的黑杀大将和赤帝不同，萧家祭拜的是二郎真君和华阳隐士陶弘景。

午时为太阳光最强烈的时辰。然而物极必反，阳极必衰，当阳气到达极限的时候，其实也是阴气产生之时，这一个极限时间仅仅只有一刻钟。萧大伯正是要在这一刻钟之内，将三叔头颅上的银针给全力拔出。十三针中有九种银针，每一种都有着自己独特的功用，即使有着麒麟胎镇压银针上附属的邪气，如果拔出手法不果断准确，也定会伤及三叔的大脑，导致面瘫、恍惚、失忆、脑淤血甚至脑死亡。

这些才是找萧大伯过来拔针的真正原因。

中午十一点钟，三叔被安放在一个齐腰高的木桌上躺着，接着被摆放在场院之中。我们所有人都站在木桌五米之外，院子外还安排有人执勤看守，防止有人贸然闯入。在众人关切的目光中，萧大伯焚香净手，燃烧了一张净心神咒符之后，盘腿坐起，在他的前方，有用红布垫着含有麒麟胎的翡翠项链。

这项链异常美丽，在阳光下发出璀璨的光芒。

虎皮猫大人挂在银杏树的枝条上，眼睛似眯未眯，打着盹。

时辰未到，我们静静等待着。有蝉在叫，知了知了，虫儿唱秋天，风吹满庭院。

十二点三十四分，有风从北面缓缓吹来，搁置在桌子旁边的红铜罗盘天池处开始有规律地摇晃，一会东，一会西，而那翡翠项链越发地苍翠靓丽。我们所有人都吸气凝神，睁大了眼睛。萧大伯这时站了起来，一把抄起红布上面的麒麟胎，口中念着驱邪的咒语，将三叔紧闭的嘴巴启开，然后将麒麟胎放置于他的舌下。别人或许看不清楚，然而从"炁"之场域给我的反馈中，我能够看见三叔的生机在迅速攀升。

沉寂了半个多月的三叔，开始有了苏醒的迹象。

萧大伯结了一个古怪的手印，此手印应该属于道家，跟我所熟悉的九字真言配套手印有着天壤之别。虎皮猫大人开始出声了，大声念着穴位和拔针手法，或捻或提，速度快慢、前后顺序皆由它一语指挥。关键时刻虎皮猫大人毫不含糊，完全没有撒泼骂街的半分模样。

我仿佛看到了一个如同《笑傲江湖》中笑谈之间指点令狐冲的风清扬，那种高人形象。

自开始后，萧大伯没有一丝的犹豫，该果断的时候一针拔出，该细致的时候，就如同大姑娘绣花，认真至极。终于，十分钟之后，三叔头顶上的所有银针都已经放入了旁边的金属盘中。拔完针之后还不算完,萧老爷子也走上跟前,与萧大伯一起给三叔的身体挤按打穴,疏通经脉。

如此又过了十几分钟,虎皮猫大人衔着一片青色的银杏叶飞到了桌子上,将叶子放在三叔的右眼之上,然后大喊一声:"醒过来哟,萧老三⋯⋯"

仿佛为了应这话,三叔的喉咙中发出一声长叹,睁开了眼睛。

第四章　雨红玉髓

咳、咳、咳……

三叔一阵猛咳，将口中的麒麟胎吐了出来。他想坐起来，伸手撑着桌面，却是一阵无力，差一点就栽下地来。萧大伯伸手将他扶住，然后把盛着银针的盘子拿到一边去。三叔的神情有一些恍惚，使劲摇了摇头，然后四处张望，问："我、我这是怎么了？咦，大哥，你怎么回来了？"

我们都围了上去，将三叔扶下桌子，几个女眷激动得眼泪都流了下来，萧老爷子也高兴得很，胡子直颤。萧大伯将麒麟胎用红布包裹，递给我，然后将这大半个月来发生的事情，都告知三叔。

旁人七嘴八舌地补充，三叔依旧还是很疑惑，仔细回忆，却头疼了起来，太阳穴的青筋直跳。萧老爷子一看人这么多，便将妇孺全部赶走，叫人扶着三叔返回堂屋坐下，问起当日之事。三叔告诉我们，他其实记得也不是很清楚，只是感觉从神农架回来之后，周林就有些不一样了。后来那小子回家了好长一段时间，再来到他这里，就看到周林眉间有一股很浓重的黑气。

那个时候他便觉得有些不对劲，然而却也没在意。

万万想不到，周林竟会做出"弑师"这种事情来。

三叔是在午觉的时候被周林下了"银针追魂术"的。第一针就扎在了耳门穴，此为手少阳三焦经，下针后三叔立即陷入昏迷之中，而后浑浑噩噩，似乎有一种力量一直想要将其神魂吸收。然而三叔人虽昏迷，但是大脑的防御机制却并没有放松，所以一直在坚持，而后又有虎皮猫大人做了拖延布置，所以才无大碍。

周林到底为何会对三叔下手呢，而且还是在萧家大院里，明目张胆？我们不得而知。他从耶朗祭殿中偷拿的东西是黑蝠雕老玉佩，还是从姜宝的口中知道的。

三叔在床上躺了大半个月，身体有些僵硬，而且眼神迷离，眉头皱起，头似乎很痛。萧老爷子拿来布垫，给三叔号起脉来。他眯着眼睛把了一会儿，然后说老三这是气滞血瘀，经脉不畅，有可能是头部有淤血肿块了。萧大伯不信，他自认为刚才自己拔针的手法十分利落，并不会出现这种事情，于是顾不得老爹的面子，也探手上去号了一番。

过一会，他叹气，说真的是。用现代医学来说，老三这可能是因为神经受阻出现的不正常局部充血，血管壁被撑薄了，所以才会头疼。

我在旁边听着，不明其意。杂毛小道悄悄跟我说："这意思就是三叔的头部终究还是受损，动不得怒，也集中不了精神了——道家法术需要聚精会神，动静之间一口气。如此一来，三叔的一身本事算是彻底毁了。周林，他定然是担心三叔醒转报复他，所以提前将三叔给废了。不过他却想岔了——萧家可并不只有三叔一个，我们这伙人，个个都能要他的命。"

他说是这么说，然而好几个人都忍不住地摇头，直叹气。

三叔的心态倒是很好。他说他在外闯荡了这么多年，心倦了，现在年纪也大了，不如就留在家里，跟二哥一起种种田，伺候老爷子，闲暇之余再多带带几个小的，把姜宝这个臭小子培养出来……这样的生活也不错，无妨、无妨的……

萧老爷子本来是抽旱烟的，因为三叔刚刚醒转，身体没恢复，便没吸了，拿着烟杆磕桌子。他没有说话，但是眼神中流露出来的痛苦，却是我们能够看到的。

萧大伯却是哈哈一笑，轻轻地拍了拍三叔的肩膀说，老三你要能够这么想就对了。本事越大，责任越大。你看看我，常年奔波在外，老娘死了都不能够回家奔丧，这样的人生果真是一点都不快活……三叔摇了摇头，说大哥你这是为国尽忠。萧大伯含笑点头，话锋一转，说："不过，这淤血肿块老是留在脑子里，是会压迫视神经和思维感官的，要是你变成了瞎子或者生出其他疾病，可就不好了。过两天带你去军区医院做一套全身检查，看看能不能用现代医学的技术，来解决这个问题，这样最好。"

萧老爷子点了点头，说，这事情很重要，老大你来安排。

一直在旁边嚼茶叶梗子的虎皮猫大人插话了："能够开刀做手术，将这血瘀肿块消除，这是最好；如果不成，我倒还有一个法子的。"见我们的目光都投向了它，虎皮猫大人慢条斯理地喝一口茶水，说："有一种名为'雨红玉髓'的琼汁，可以疏通经脉，排毒通灵。我曾经服用过，可以肯定地说，有一滴，老三的病不但能够立刻化解，而且通神能力还会更上一层楼。"

杂毛小道忙问："肥鸟……猫大人，既然喝过，那肯定还有存货了，你还不赶快批发几瓶过来？"

虎皮猫大人"呸"一声，说，那已经是前世之事了，岁月变迁，哪里还有存货？这雨红玉髓并不是市场上的那种晶质石英集合体，不是宝石，而是在溶洞石笋之中冒出来的一种神奇液体，钟天地之灵秀，蕴山水之华英，可遇而不可求。他当日也是有幸喝上两口，才能够从那幽府返回……呃，好汉不提当年勇。今天这么一说，也是防止老三去检查后难以治疗，提出一个方向而已。

萧大伯脸色严肃，说大人，你所说的雨红玉髓可是一种本为乳白色、但是一遇见氧气就变得殷红如血的液体？虎皮猫大人说然也，老大你可是知道？萧大伯苦笑，说这个雨红玉髓另外有一个名字，叫做龙涎液，向来都是贡品……他伸出食指曲折，说没有达到这个级别，哪里能够见到？这可真难为了。

虎皮猫大人嘎嘎笑，说确实是罕见。这种玩意儿是少有的养生奇药，秦始皇当年炼长生不老药，四处找寻，几乎都用绝迹了。不过你倒也是说对了，这东西，一般都

是在有真龙的地方,方才有见,唉……

　　我听得一头雾水,什么贡品、什么真龙,也不知道他们在打什么哑谜。说了一阵,都是虚的,太玄,还不如去军区医院检查来得实在。三叔淡淡地笑,说我这个人就不奢望有大人你这般的奇遇了,只要不是生命危险,还是闲下来算了。这些年,我也是真的累了。

　　三叔说完这些,眼皮就累得打架,精神不济,萧老爷子便让小叔和杂毛小道扶着三叔,返回卧房休息。

　　堂屋里还剩下了萧老爷子、萧大伯、我三个人,以及懒洋洋躺在茶几上的虎皮猫大人。

　　老爷子也不避讳我,直接跟萧大伯谈事。说老三这次受到的打击不小,有些心灰意冷了——说句实话,你也别在意,若论道法家学,你们这些兄弟姊妹中还是老三最有天赋,连你都差这么一头。萧大伯点头,说是,我们这一辈人,老三确实有资格做萧家的衣钵传人。

　　老爷子叹气,将手中的旱烟点燃吸了两口,说去医院检查的事情要抓紧,但是还有三件事情:第一就是虎皮猫所说的雨红玉髓,你在机关部门里有关系,尽量打听消息——这是我欠老三的,当初他并不喜欢周林,可是我就是看在大妹的面子,才硬塞给他的;第二,利用你的人脉,帮忙找一下有没有精通治疗的中医;第三,周林这畜生不管是怎么了,他既然做出了弑师的恶事,我们就要清理门户,我老了,这件事情你们几个兄弟来搞。

　　萧大伯点头说好,眼睛里也有了一些杀气。到底是负责一方的头目,杀伐果断,自有一股子气势。

　　谈完这些,萧老爷子又看向手拿麒麟胎的我,笑了,说:"陆左,你跟我家小明是生死与共的好兄弟,我也不拿你当外人,都是自家的子孙。"我点头说蒙老爷子你看得起。他摆摆手说,老三的问题虽然麻烦,但是好歹也是醒了过来,现在便轮到你了。说句老实话,这麒麟胎是个好宝贝,你们说的那个叫雪瑞的女孩子眼睛都不眨一下,送给了你们,真是个好姑娘;但是重宝留在身上,还不如赶紧把它给用了,以免夜长梦多。你打算什么时候给你的鬼妖裂魂?

　　我说还没有具体的计划,请老爷子指教。

　　老爷子说两天后,9月6日,宜祭祀、解除、沐浴、移柩,是个好日子,你若有心,我帮你准备一切用具,我们便可以将两个朵朵裂魂了。我说好,多谢老爷子张罗。萧老爷子哈哈笑说,你曾经为了老三老四出生入死,何必说这矫情的话语?不过你可想好了,你的朵朵,此时的灵体为鬼妖之体,而移出的魂则为麒麟胎妖身,如何分配,这可要思考清楚。

　　我点头,说已经想好了,移魂至麒麟胎上的,是后来的小妖朵朵。

　　老爷子盯着我看了一会儿,说好,有件事情你需要注意了,起初移魂到麒麟胎上的，有一个孕育的过程，这段时间多则三月，少则两星期，是最虚弱的时候，你一定要照顾好，不要出什么意外，如若不然，到时候麒麟胎妖身很有可能就夭折了，你懂吗？

第五章　裂魂

　　三叔在第二天便由萧大伯安排，去金陵军区总院检查身体，同去的还有三叔的徒弟姜宝。小叔则要跑小莫丹落户的问题，以及安排家庭教师的事，整日忙忙碌碌。他在缅甸也受了些伤，不过有着老萧家的药方，倒是不用去医院治疗。

　　我除了忙着给子时裂魂做准备外，还要负责跟两个小家伙沟通。

　　当天晚上正好轮到了小妖朵朵出现，这小美妞坐在床上，捧着沉甸甸的翡翠项链，眼睛眯成了一条缝，闪着小星星。女孩子总是喜欢这种亮闪闪的首饰，特别是这款项链，出自李家湖珠宝公司最好的设计师之手，链子是铂金与通透翠绿的玉珠串成，细腻柔和，晶莹透亮，而整块吊坠则是金镶玉，周围点缀着九颗璀璨夺目的钻石，配合着那一整块青翠明亮、几乎透明的麒麟胎，简直是美轮美奂的艺术品。

　　萧老爷子说得很对，光这麒麟胎的艺术价值就高昂到难以想象，雪瑞却眼睛都不眨地转赠给我们，确实是一个好女孩子。她可比她母亲Coco要大方得多，想当年我冒着生命危险为雪瑞解降，才给了五十万（当然，就一般风水算命而言，这酬劳算是非常高了）。

　　小妖朵朵尽管整日喊打喊杀，要吃人肉，但实质上还是一个女孩子，对这种美丽的东西几乎没有一点抵抗力。当我把麒麟胎给她之后，她的眼珠子几乎都沉浸到了那一片翠绿当中。我几次想跟她开口谈事情，都被她认真的表情打败了。

　　小狐媚子把这十分不合体的项链戴在脖子上，跑到镜子前照啊照、照啊照，流了一脸的口水（小鬼是纯灵体，不能在镜子中留下影像，而鬼妖可以）。

　　正当我想着怎么开口的时候，小妖朵朵突然抬起头来，举着手中"巨大"的翡翠项链，说陆左，这个翡翠项链送给小娘我做个纪念吧？

　　我惊讶，然后下意识地点了点头，说好啊，你要就拿着呗！

　　她听到我说这话，不由得一愣，放下翡翠项链，双手托着下巴，一双又黑又亮的大眼睛滴溜溜地转，看得我不好意思，问你怎么了？小妖朵朵说，你是怎么了，今天竟然这么大方，一般如果是好东西，你不都是留给朵朵和肥肥吗？怎么我一说你就答应了？

　　她说得我老脸一红，梗着脖子争辩道："哪有，只不过你都没有提要求而已……"

　　小妖朵朵吸了吸鼻子，看着我有些奇怪的表现，笑了，脸上有花儿一般漂亮的笑容绽放。她说得了吧，你是听朵朵跟你说小娘我裂魂之后要离开的事情了吧？我硬着头皮，说走不走是你的自由，给不给是我的决定。小妖朵朵单脚抬起，旋转着跳了一段芭蕾，说那是，小娘我一旦脱得这浅滩，必定龙游大海了，哈哈哈……

我期期艾艾地问，你真的要走啊？

小妖朵朵认真地看着我说，怎么，你要留我？

我点头，说是。

小妖朵朵眼睛里面闪着狡黠的光芒。她飞起身子来，围着我上下打量了一圈，摇了摇头，说，陆左，说真的，你太弱了，若没有肥肥在你的身子里，你哪里会有现在的境遇？小娘可是想要找一个可以罩得住我的主人，你……不行。呵呵，我要去山里面了，如果你能够比萧家老大，或者大师兄还要厉害的话，再来找我吧。

她说得如此直接，倒是让我有些难堪，不知道说什么才好。

小妖朵朵见我尴尬的模样捂嘴直笑，说聚聚散散本是常事，不用这么舍不得我的。我若有闲暇了，自然还会来看你们。我可是舍不得肥肥和我的乖妹妹朵朵哦，我离开的日子，你可不要怠慢了它们，要不然我可不客气，直接把你吃掉喔！

小狐媚子张牙舞爪，故作狰狞。

还是要走啊……我叹了一口气，说你确定你准备寄居到麒麟胎里面去？她点头，我便跟她说起："到了麒麟胎，你将拥有一个完全不同的身体，萧老爷子说多则三个月、短则两个星期，你便可以重获新生，可以得到自由了……"

小妖朵朵抿着嘴说知道了，还有裂魂的时候要完全信任你、配合你嘛，安啦安啦，啰嗦！

接下来的两天里，我哪里也没去，天天在杂毛小道家待着，享受短暂的平静。

其实真正了解了小妖朵朵，会发现这孩子懂的东西其实蛮多的。她有一个天赋，就是青木乙罡，这东西能够增强与植物的亲和力，短暂控制和妖化青草之属，这是由于她是草木成精的缘故。她还懂很多其他的事情，譬如以前在神农架的时候，她就能一眼看出枭阳的来历。总之，抛开刁蛮的个性，她其实是一个很不错的人……

呃，妖。

其间我家小叔打了一个电话给我，问我前一段时间怎么老是不在服务区？

我说，我在金陵这边，怎么了？

我小叔告诉我，他女儿小婧高考落榜了，不肯复读，想南下打工。他被拗得没办法，只好随她，于是想打电话给我，让我照顾一下，结果我一直不在。她跟同学已一起到了江城。我说小婧的学习不是一直都很好的么，怎么就落榜了？

我小叔叹气说，那小妮子跟杨杰那个小混子好了之后，成绩就一落千丈了，讲她也不听。

杨杰？我想了好一会儿，才想起是被我狂扇耳光的那个职校学生。

我叹了口气，跟小叔要了小婧的电话号码，说我回南方了，会立刻去找她的。

这件事情让我郁闷了好一会儿，小婧是个好女孩，但是喜欢错了人。误以为喊打喊杀的小混混很有男人气，却想不到这种人都不能对自己负责，哪里能够给别人带来

幸福？

杂毛小道也有些忐忑不安。他跟我说起一件事：他曾在极落魄的时候有缘请当代奇人铁齿神算刘算了一卦，结果被告知十年之内不要返家，否则必会给家人带来祸端。上次他回家，奶奶去世，小叔断臂，现如今三叔又落下了病根……

他已经从一个朋友那里得到了铁齿神算刘的消息，准备前往，让他再给算一卦。

最开始我们都不信命，然而见到的事情多了，也就信了。

我粗通一些卦解之术，杂毛小道习得《金篆玉函》半部，算得上专业人士，然而这些跟铁齿神算刘比起来，却是所差甚远。据说这位奇人全中国没有几个比他高明的。我说好，这等奇人自然要见上一面，长长见识，等将小妖朵朵移至麒麟胎，我们便同去。

我心中有些内疚。若不是为了朵朵，杂毛小道是不会回家的，也许，就不会发生这些事了。

9月6日凌晨一过，命书上曰"宜祭祀、解除、沐浴、移柩……"。

我在萧家某间偏房之中，点燃香烛，在八仙桌上放一盆水，盆是铜盆，水是无根水。早前我已经沐浴更衣，穿上宽松舒适的长袍，然后静立桌前，屏息宁神。房间里没有一个人，四角燃起檀香，青烟袅袅。九月初正是秋老虎发威的时节，然而在子时，却是阴凉得很，有嗖嗖的凉风，从某处生，又从某处落。

我的右手按在胸口的槐木牌处，然后小妖朵朵从里面浮现出来，伸着懒腰，发出慵懒的声音："小娘我等这一天太久了，快一点喔！"

我将装有麒麟胎的翡翠项链放置在铜盆中，在红烛的映照下，那玉石立刻将整个盆子渲染得绿茵茵的，十分美丽。伸手在盆中划出一道太极符，我说，开始了？小妖朵朵眼睛直勾勾地看着麒麟胎，说，陆左，你会把这串项链送给我吧？

我点头说，是，它归你了。

小狐媚子眼睛里面含着秋水，忽闪忽闪，说，这可是雪瑞送给你的，你舍得给我？

我口中已经念完一遍安魂咒了，接口说道："说给你，就给你，好像我很小气一样。"

小妖朵朵不依不饶地问："这项链这么贵，雪瑞干吗要送给你啊？她是不是喜欢你啊，你喜不喜欢她呢？你到底是喜欢朵朵的堂姐多一点，还是喜欢雪瑞多一点……"

我不理她，自顾念着："天地清明，本自无心；涵虚尘寂，百朴归一。离合骤散，缘情归盎；我似菩提，纵化归虚……"见我只顾念安魂咒，不搭理她的话语，小妖朵朵的嘴嘟了起来，十分不爽，朝我呸了一口，闭上了眼睛，接受我的安魂催眠。

随着我的咒文念至第三个回合，我面前这个身材火爆的小美女突然灵体一阵晃动，接着我的眼睛仿佛出了问题，这灵体出现了重影，开始高频率地抖动着。我知道这是小妖朵朵在凭着一口气脱离朵朵的灵体。如果此时没有寄托,她必定如同孤魂野鬼一般,消散无踪——这便是找寻麒麟胎的用处了。

我按照萧老爷子教的法门,朝那盆中的麒麟胎打出一道气息。

一道莹白中泛着绿色的光芒从灵体中游离出来,在半空中犹豫地徘徊了一阵,然后朝着麒麟胎上附去。水面上不断地晃动,黄色和绿色的光相互交替。朵朵的灵体终于稳定下来,变成了西瓜头的可爱模样,微笑着叫我陆左哥哥。

我牵着她的手走到八仙桌前,从铜盆中拾起翡翠项链。只见吊坠中心的那团花生米,已经换成了小妖朵朵的模样,她像个婴孩一样眼睛微闭、抱腿蜷曲着。

那么美丽。

第六章　寻访铁齿神算刘

当我把门推开，左手牵着朵朵，右手拿着麒麟胎走出来的时候，留在家里的萧家人全部都围了上来，紧张地看着我问，怎么样，成功不？看着他们比我还要紧张的样子，我心里不由得一阵温暖，拉着朵朵笑："嗯，一切都很顺利，没有出现任何意外。"

萧老爷子接过我手中的麒麟胎，一边看，一边捋着胡子赞叹："世间之事，果然是神奇，让人叹服啊！"

杂毛小道则一把抢过我手中的朵朵，将小丫头抱起来，得意地捏着朵朵嫩滑的小脸蛋，说："我的乖女儿，现在是单独一个人了，可一定要努力练功哦，不要练着练着就呼噜呼噜打瞌睡了，知道不？你应该知道干爹和小毒物对你的期望，我们可是想要你和正常人一样，能够在阳光下行走的哦！"

朵朵奋力挣扎，辩驳道："哪有，人家哪有像小猪一样呼噜呼噜睡觉，人家只是打一个盹嘛……哼，臭干爹，不理你！"

她虽然是在挣扎，但是更多的是在撒娇，并没有用力。而杂毛小道听到朵朵这一句"臭干爹"，心窝子一暖，竟然有要掉眼泪的意思。正在这温馨的一刻，一只肥母鸡色迷迷地笑了起来："来来来，我的朵朵童养媳，我们来啵一个……"

虎皮猫大人朝杂毛小道怀中的朵朵飞了过去，言语调戏，然而却被俏脸通红的小萝莉一巴掌给扇到了地下。大人倒是能伸能屈，伸直双腿和翅膀，躺在地上装死，惹得朵朵发出一阵银铃般的欢笑。

萧老爷子看完了麒麟胎的变化，将其交还给我，说："相由心生，这麒麟胎的变化也是理所当然的事情，你要好好保管——最好贴身相随，以自己的身体温度去养这玉，就像母鸡孵蛋，要尽快将她给孵化出来。这串项链并不适合男人戴，要不然你就将这玉坠取下来，其他的收好，以免丢失。"

我点头，却想着小妖朵朵之前可是跟我要这串项链来着，我还是一起留着吧。

时间已经很晚了，在得到安好的消息后，萧家人都各自返回房间休息。我和杂毛小道也返回了卧房，肥虫子耐不住寂寞，跳出来与朵朵嬉戏，两个小东西玩得开心得很。肥虫子兴奋的时候，会发出唧唧的叫声，像蟋蟀，于是我们满耳朵听到的都是这种声音，可见脱离了小妖朵朵的欺负，肥虫子是有多么高兴。

我问杂毛小道三叔的检查结果出来了没有？

他说已经出来了，确实有一个淤血肿块，其实已经发展成了肿瘤，在第三脑室上，是良性的。但是有一个不好的消息，大伯说那瘤子里面有一股来历不明的气息，他估计是我们在耶朗祭殿中碰到的那种，一碰就激烈反抗，果然是不能够通过手术来切除。现在也只好用保守疗法，吃点药，回家休养了。现在大伯一边打听肥母鸡所说的雨红玉髓，一边托关系找医道高人，看能不能解决呢。

我叹了一口气，为什么好人总是没好报呢？

看到在四处乱飞的金蚕蛊，我不由得心中一动，说肥虫子这个家伙可以进入人体吸毒，它能不能够去三叔的脑子里清淤呢？

杂毛小道摇了摇头说，你以为我们没有打过它的主意啊？当时我一说就被大伯给否了。人脑是如此精密的结构，稍有差池，就会发生各种难以想象的变化，况且你的金蚕蛊对那股气息只怕是恐惧呢——还记得上一次的事情吗？

我说，总是要试一试的，正好明天我们要离开你家去金陵，咱们先去趟医院呗。

杂毛小道心中其实也隐隐有些期望，点头说好。

次日清晨，我们离开了萧家。

临行告别的时候，杂毛小道的老娘啰嗦地交待了一通之后，哭得稀里哗啦，眼泪止不住地往下滑落。杂毛小道的眼圈也红了，抱着自己的母亲，伸手擦干那满是皱纹的脸上流淌着的泪水。他爹则在一旁抽烟，其实一口也没有抽，长长的烟灰掉落，手在颤抖。倒是萧老爷子淡然，挥挥手，说走吧，在外面闯荡要硬气一些，别丢了我萧家的脸面。

杂毛小道好不容易将他母亲劝住，抹了抹眼角的泪，往后退两步，推金山倒玉柱，扑通一下跪在地上，然后梆梆梆地磕了三个响头，大喊爷爷、爹娘，孩儿不孝，不能够在身边伺候你们，这里磕个头，给你们道歉了。

他站起来，他父亲帮他整了整衣襟，然后使劲一拍他的肩膀，说走吧，记得常打电话回家。

我和杂毛小道离开，走到村口的时候，我回过头去，发现他们还站在门口，远远地挥手送别。

鸿雁于飞，集于中泽。

之子于垣，百堵皆作。

虽则劬劳，其究安宅？

……

在外面跑野了，虎皮猫大人自然与我们同行。

早上我们乘汽车至金陵后，转车来到金陵军区总院，找到了三叔的病房。这是一个高级病房，单间，三叔的气色好了许多，人也安详，笑容满面的，然而我却能够从他的眼中，看出几分英雄寂寥。萧大伯工作实在太忙了，已于昨日就返回新乡了，病房里只剩下姜宝一人。

我跟姜宝说了几句话，这孩子说话结结巴巴的，但性子倒是变了一些。至少肯说话了。

杂毛小道指使姜宝出了房门,在门口帮我们拦住进来的人,然后跟三叔说了使用肥虫子的想法,三叔有些迟疑,但还是点头答应了。我将金蚕蛊放出来,这个家伙的身体经过这么些天,黑色终于淡了,露出白中带黄的肉乎乎的身体来。我跟它说了吸淤血的事情后,它为难地摇头,我揪住它的尾巴一捏,它瞪着黑豆子眼睛,无辜地看了我一眼,然后附在了三叔的额头上,扭动着身体。

它探了半个身子进去,却突然卡住了。

小东西尾巴挣扎了一番,慌张地跑了出来,黑豆子眼睛里写满了恐惧。果然,正如杂毛小道所说,金蚕蛊害怕耶朗祭殿里面的东西。这也能够理解,巫蛊之术毕竟是从耶朗大联盟时期的巫师手上发展起来的,里面定然有克制的手段。

三叔并没有对金蚕蛊抱什么希望,所以也不会太失望,找来毛巾擦擦脸,跟我们谈起在缅甸的见闻。

他是个博闻广识的人,谈到萨库朗,他跟我们说,这个组织他曾经听说过,跟邪灵教有一些联系,只怕将那些妇女掳到山林去,都是得到了邪灵教的配合。这帮打着世界末日旗帜到处行骗的杂碎,整日想着净化人类,将九成以上的人类消灭,只留精英活着。不过他们这套在国外很有市场,也能够获得很大的势力资本,据说某个兄弟会,就是他们的后台。

我们都气愤得直呸,这真的是萝卜吃多了,操心得很。

三叔笑了笑,说眼看就2012年了,邪灵教在各地活动的迹象开始多了起来,所以陈志程他们也很忙。他能够带着七剑抽身跑到缅甸去救你们,还将三昧火符给用上,看来果真是陶晋鸿发了话。小明,这么多年过去了,看来你师父也没有再怪责你了啊?

杂毛小道苦笑着摇了摇头,说他一个被赶出门墙的家伙,有什么资格叫师父?

三叔接过姜宝递过来的毛巾,将肥虫子留在脑门上的痕迹擦掉,然后笑了,说他听茅山的朋友讲,自八年前的黄山龙蟒一役之后,陶晋鸿带着龙蟒的尸身返回茅山,他也受了重伤,到了后山中便闭关不出,八年都未曾出关。除了少数几个亲近之人,没人能够一见。现在主持茅山宗事务的是他师弟杨知修,这人的道行不够,但是胜在圆滑,倒能够左右逢源,不惹太多麻烦。

杂毛小道苦笑,说三叔你跟我讲这些做什么,都是些没用的东西。

三叔笑,摇头不再说什么了。

我们在三叔这里坐到下午两点,然后与他告别离开。出了医院,我们打出租车,前往金陵大学的鼓楼老校区,据说铁齿神算刘的四徒弟郭一指,就在那一带摆摊算命。我问杂毛小道干吗不去找铁齿神算刘呢?他苦着脸说那高人神龙见首不见尾,哪里有那么好见,现在也只好先找到郭一指,再探听他师父的消息了。

虎皮猫大人十分不屑。说缘木求鱼,你要算命,直接求大人我就行了,干吗费那劲?

杂毛小道便问:"那您老人家帮忙看看,我还有多久,才能够回家而家人无碍?"虎皮猫大人摇头晃脑思索了半天,然后讪笑着说这东西需要摸骨的,老子现在的身体没有手感,摸不出来。我们呵呵地笑,这扁毛畜生现在这副模样,倒真的不能摸骨了。我同时也疑惑,那个铁齿神算真有那么厉害?

有机会,还真的要找他算上一卦的。

我们在学府路下了车,走了一段路,杂毛小道突然指着不远处的广场上摆摊的瞎子笑了:"嘿,郭一指这个假瞎子,果然还在!"

第七章　失玉

郭一指是个中年汉子，尖嘴猴腮，留着飘逸的山羊胡，戴着墨镜，正在跟两个大学生模样的女孩子口沫横飞地说得起劲。杂毛小道走过去，二话不说，紧紧握住郭一指的手，激动地说："郭大师，你上次给我算得太准了，要不是你，我今年这道劫说不定就过不去了……"

郭一指很淡然地抽出手说，不劳挂记，这位先生请稍等，我给这两位小姐说完，再与你叙旧。

杂毛小道唯唯诺诺，点头跑旁边蹲着，一脸崇敬地跟这两个算命的妹子说："这位先生是个神算子啊，算得老准了……"两个妹子本来将信将疑，此刻脸上立刻露出了激动的表情，跟郭一指叽叽喳喳说起来。都是些姻缘、前程之类的问题，我在旁边听得无聊，郭一指的水平跟杂毛小道差不多，都是云山雾绕地忽悠。

聊得兴起，他还伸手在两个妹子的背上一阵乱摸。他表情庄严，说是摸骨，妹子们羞羞答答，却也不拒绝。

等送走她们，郭一指才慢条斯理地看着杂毛小道，说，哟嗬，有几年没见了，你这小子还没有变呢。杂毛小道说，那是那是，倒是郭哥你越来越年轻了。然后他指着我，帮我们介绍："陆左，我兄弟；郭一指，铁齿神算刘的四弟子，一张金口，能断天下事务。"

我们两个拱手为礼，我说久仰久仰，他说失敬失敬，都是废话。

他又瞥了一眼站在杂毛小道肩膀上的虎皮猫大人，忍不住赞叹道："鸟不错……"这肥母鸡却并不接受这赞美，不屑地骂一句"二货"，头扭到了一边去。

在我们面前，郭一指倒是十分谦虚，说，什么能断天下事务？还没学到师父功夫的两三成，不够火候，勉强在这里混口饭吃罢了。他指着杂毛小道说，这个家伙真要认真起来，肯定比我厉害。好了，无事不登三宝殿，有啥事赶紧说吧。

杂毛小道嘿嘿地笑，说这次来呢，是想打听一下你师父在哪里。八年前蒙他老人家算过一次，说不得回家，需要给家人避祸，此次过来呢，是想请他再算一卦，看看是不是已经转变了。郭一指笑了笑说，原来如此。他很遗憾地告诉我们，小萧，你来晚了，师父他老人家去年就给人请到了北京去，现在只怕是在哪儿给人修陵呢，这是机密，莫说是你，便是我这当徒弟的，都难得见上一面。

啊？

杂毛小道有些失望，忍不住叹了一口气，说，怎么会这样呢？

郭一指将摊收了，说，好久没见了，今天难得一聚，定要好好招待一番。他拉着杂毛小道说，你这命数，自己不清楚吗？来找我师父不过就是求一个心安而已。以你这道行，早已经到了预知预感的境界了吧？走，哥哥先带你们回我那里将东西放下，然后晚上带你去乐呵乐呵……

他突然露出了一副淫荡表情，与之前的道貌岸然落差极大，让我有些难以适应。

果然是物以类聚人以群分，这个郭瞎子跟杂毛小道倒是一个德性。

我本以为郭一指落魄至到街头摆摊，是个地道的穷鬼，却没承想他领着我们来到了广场旁边的停车场，打开一辆黑色名车的车门。这个世界真疯狂，街头算命的假瞎子竟然是开着名车来练摊，我坐上车，半晌都没有反应过来。郭一指熟练地打着方向盘，与杂毛小道聊了两句，见我这副表情，哈哈大笑，说，陆左兄弟，你真的以为我就是一个街头摆摊的算命先生啊？

我十分不解，说，不然呢？

杂毛小道也哈哈大笑说，堂堂铁齿神算刘的弟子，哪里还需要摆摊混饭吃？郭哥这是微服私访呢。他自己开了一个商业顾问公司，专门帮人预测运势和风水，还有培训讲课，走的是高端路线，服务的都是些公司老总、行业精英，年收入七位以上，不缺这一毛两毛的。

郭一指摇摇头，说，也不是微服私访，我又不是乾隆那厮，只不过师门有个规矩。我们这混中九流的，上结交权贵，下体察黎民，唯有心怀天下之志，方能摸清这世间的脉搏，不至于荒废了手艺。

我点头称是，虽然不知道铁齿神算刘有多么厉害，但是杂毛小道对他推崇备至，想来是有几把刷子和名望的，那么作为他的徒弟，自然也不愁吃喝。

有人跟我说过，风水堪舆市场有上百亿的份额，我之前不信，现在看来，确实如此。

封建社会数千年，不管受到什么教育，中国人还是信命的居多，而且越是高官富商，越信这个。除了因为见的东西比较多之外，也有可能是因为某些原因，信仰丢失，缺乏安全感，便需要某些东西来慰藉心灵。就像某些人信奉基督教，因为受到的诱惑太多而下了水，不舍得放弃，心中又被道德底线所羁绊，所以就靠着祷告忏悔来让心灵得到安宁。

郭一指的公司在宁海路附近的一栋写字楼里，他租了一个办公室，公司不大，但是五脏俱全，也有三四个手下在忙碌。其中那个女助理，长得跟《非诚勿扰》里面范伟的女秘书一个模样，又漂亮又风骚，说话嗲得像志玲姐姐，听得杂毛小道浑身颤抖，眼珠子都恨不得掉进人家胸前那深深的沟壑中去。

我们在郭一指的办公室待了一下午，杂毛小道和郭一指一同回忆着往昔峥嵘岁月，说话间都有着沧桑的味道。那个时候郭一指三十好几了还没有出师，跟在铁齿神算刘的屁股后面混。不过他是个闲不住的人，总是喜欢寻花问柳。两人一回忆，结果

杂毛小道第一次进入欢场，竟然还是这位老兄领的道。

果真是铁打的交情。

聊到了下午，郭一指让一个男助理罗小炜，带着我们去夫子庙大石坝街一家很有名的酒楼吃金陵最著名的鸭肴，金陵酱鸭、香酥鸭、八宝珍珠鸭……好是一通乱点。我这个吃货自然大快朵颐，也顾不得刚刚认识的尴尬。不过话说回来，我自从得了金蚕蛊，食欲一向都好。当然，与此同时，我的力气也越发大了。

虎皮猫大人自顾吃着泡过的龙井茶和洽洽瓜子，见那个小罗愣着看它，破口大骂："看个鸟啊？"

小罗吓得一身冷汗，看我们哈哈大笑，忍不住辩驳："是在看一个鸟儿啊……"

看看，虎皮猫大人就是这么个惹祸命。不过它吃完饭自由活动，展翅一飞，便不见踪影了。

吃完晚饭已经是华灯初上，金陵的秦淮河闻名遐迩，艳名四射，时至今日，夜间的风情也不减当年。郭一指让小罗开着车，载着我们来到酒吧街一处灯火闪耀的建筑前，然后问杂毛小道是去大厅还是包厢？杂毛小道说包厢吧，大厅忒闹腾了，他喜欢美女，但是却并不喜欢那喧闹翻天的 DJ 音乐。

下车进店的那一段路，我感觉背后有目光在注视着我，扭过头去，看见有几个人有些熟悉，然而他们也只是匆匆一瞥，然后就离开了。我也没再多想，跟着进了大厅。这里说是某某会所，其实就是个夜店，一楼有嘈杂劲爆的音乐，年轻的男男女女在里面肆意摆动着身体，疯狂地扭动着。

郭一指是熟客，来到包厢，跟那个风韵犹存的妈咪调笑了好一会，然后开始挑姑娘作陪。

这场面我也熟悉，但是对风尘女子有些腻味，感觉那精致浓妆的背后，都是些疲惫无神的灵魂。不过出来玩，太拘束了反而会被人看不起，郭一指挑了个熟悉的长腿妹子、杂毛小道找了个大波妹，我无奈，也随意找了一个妆稍微有些淡、神情拘束的女孩子作陪。

小罗自觉得很，说他要开车，先去楼下玩一会儿。

接下来的无非是喝酒唱歌，长腿妹子歌喉不错，王菲的歌唱得婉转悠扬，我们不住地喝彩。杂毛小道则搂着大波妹，开始研究起这个女孩子的"胸器"，到底是天然的，还是人工制造的。两人嘻嘻哈哈地在沙发的那一侧玩得开心得很。

我跟陪我的这个女孩子聊了几句，很随意，但是也保持距离。

她刚开始有些紧张，而后喝了两杯酒，便有些放松了，她告诉我叫小美，听到这个名字我心莫名地颤了一下。她见我脸色一僵，问怎么了？我摆摆手说没什么，问她怎么会来这边的？她告诉我，她是财经大学的学生，因为家里面没钱，所以就出来当公主了。她犹豫地看了我一下，说，不过她不出台的。

我心里面笑了笑，这里面的女孩子，大部分都是这套说辞，我要真信了，说明我脑子里进水了。

　　出来玩我也放得开，不当君子，捏也捏，揉也揉，进退有度，不给杂毛小道笑话的机会。果然，这个叫做小美的公主在躲闪中，比我还要老练。一直持续到了晚上十二点，我们才回去。杂毛小道和郭一指各带着妞，醉醺醺地往旁边的快捷酒店走，我则怕朵朵突然出现，带坏小朋友，在一旁帮忙扶着杂毛小道。

　　这家伙不知道是装醉还是真有些喝高了，歪歪扭扭，搞得我下楼梯的时候还跟一个男人撞了一下。那个男人看了我一眼，也不说话，匆匆离开。等郭一指、杂毛小道在酒店各开好房间后，我朝着另外一个房间走去。在开门的一瞬间，我突然有一种莫名的慌张。

　　我把手伸进了怀里，摸到一个整齐的切口……

第八章　报警

我的心脏仿佛瞬间被赣巨人给捏住,难受得不行。

我藏在上衣内兜的绒布袋子被人摸走了,而这袋子里面装着的,正是孕育着小妖朵朵的麒麟胎。

我转过身,背靠着门,脑子里一片混乱。按理说,依我这种敏感程度,但凡有什么人接近我身边,我都会有所防备,要想从我怀里将东西偷走,根本是不可能的事。而它却实实在在地发生了。在丢了东西之后,很多人应该都会有相同的体会:第一,是觉得不可能,第二,是立刻回想起各种可能性。

我马上开始思索到底是在哪里出现的问题。

麒麟胎在我出了酒楼上车的时候,我曾下意识地摸了一下,在;在夜总会包厢里面我跟那个叫小美的公主搂搂抱抱,吃尽豆腐的时候,在。那个小妞往我怀里掏的时候,还曾摸到过,问我是什么,我当时还在敷衍她……到底是什么时候丢的呢?

啊!

我的脑海里突然闪过几个画面:第一是我下车跟随郭、萧两人进入夜总会的时候,感觉好像遇到了熟人。第二是我扶着杂毛小道下楼梯的时候,撞到了一个人。我现在回想起来,那个人,就是在夜总会外面远远看着我的人群里,其中的一个。

那个人我不认识,但是他旁边有一个中年人和一个小辫子,我却突然想了起来,我确实是遇到过的。

在今年二月下旬,我和杂毛小道赶回他句容老家,曾经坐过一趟火车。我和杂毛小道也正是在这辆火车上遇到的古丽丽,起因是她的钱包被偷,我帮她找了回来。而我刚刚遇到的那个中年人,就是那个火车扒窃团伙的老大,小辫子则是被我当场擒获,扭送给乘警的那个。这只是一件小事情,我很快就忘了,然而他们却并没有忘记,所以刚才看向我,才会有一种深深的仇恨。

如此说来,也正是他们偷了麒麟胎。

下手的那个家伙,手法相当厉害,竟然能够将我都给瞒过,肯定是一个有名气的惯偷。

我心中顿时有一些自怨自责,想起了小妖朵朵在裂魂的前一天跟我说的话。她说我本事太弱,根本就保护不了她。当时,我的自尊心还小小地受挫了一下,心里面有着一股子怨气,暗自下了决心,说我一定能够保护你,让你刮目相看。然而此刻,还没过几天,我就把麒麟胎给弄丢了。

那里面，可是孕育着小妖朵朵啊！

她现在处于最虚弱无力的状态，根本就没有保护自己的能力，倘若她有个三长两短，我怎么去面对朵朵，怎么去面对她的好朋友肥虫子，怎么去面对我心中的悔恨和愧疚？

在那一刻，我恨不得将偷麒麟胎的人千刀万剐、挫骨扬灰！

我在短短的几分钟内就将一切的事情推断清楚，现在也顾不得什么，跑到杂毛小道的房间门口，使劲地敲门，敲门声震天响。附近的客人纷纷打开门，探出身子骂，我也是急疯了，恶狠狠地瞪回去。有胆小的立刻缩回房间，也有带着女人出来的彪形大汉，撸着袖子走上来，被我一把就给推开，动弹不得。

我身上有着堪比杂毛小道的牛力，发起狠来，岂是普通人能够承受的？

我足足敲了两分钟，杂毛小道才裹着浴巾来开门，说怎么了？他洗澡呢！我往里面一瞅，只见一个白色赤裸的身子正无力地躺在床上，发出余韵的呻吟，而杂毛小道浑身都是汗迹，洗个毛澡啊？我也来不及取笑，赶紧把麒麟胎丢失的消息告诉他。他听到后大惊失色，连忙返回房间去，匆匆穿好裤子，丢了一些钱在床上，披着衣服就出来，问怎么回事？

我阴着脸给他看我衣服上整齐划一的切口，将我的怀疑说给他听。

杂毛小道看着这道隐秘的切口，语气有些不确定，看这个样子，下手的应该是个高手啊。

我恼恨地骂道："管他高手不高手，老子找到他了，定然把他吃饭的家伙给废了，剁下两只手来！"郭一指也披着衣服出来了，问怎么回事？我正在气头上，杂毛小道跟他解释了两句。郭一指的脖子上印着几个夸张的口红印，他气愤地抹了抹上面的口水，说在老子地头，居然敢对我兄弟下手，不要命了。

酒店方这时接到顾客投诉，派了几个人过来，郭一指出面帮我打发了，然后把我请到了他的房间。

跟着郭一指一起出来开房的长腿女孩被他打发到卫生间去洗澡，我们坐在沙发上。郭一指在问清楚了丢失的东西对我的重要意义之后，先是跟我道歉说照顾不周，然后拿着手机打了几通电话。这个家伙长期在这地界混，黑白两道通吃，前面的两通电话是打给局子里面的朋友，而后面的电话，则是打给这附近地面上的老大，让他们帮忙查一查，到底是谁的手下干的，让他们交上来。

打完这通电话，郭一指宽慰我，十分自信地说，没事的，基本上不会有什么问题了，最迟后天，那东西就会回到你的手里。放心，在哥哥的地盘，这些牛鬼蛇神，多少都会卖我一点面子的。

他虽这么说，但是我却仍旧不放心。倒不是我小瞧了郭一指在此地的影响力，而是我知道那麒麟胎本身的价值，就足以让一个人铤而走险了。若是些寻常物件，或是遇到个不识货的人，也就交回来了。倘若偷的人知道了其中所蕴涵的财富价值，那些人未必会听郭一指的。财帛动人心,这些混社会的烂仔,哪个不是贪婪的性子,有了钱,随时可以拉出一票人来跟自己,何必又要听别人招呼呢?

杂毛小道也知道我的担心,顾不上寻欢作乐了,提议赶紧返回那个夜总会,说不定还能够找到一些线索呢。郭一指有些不情愿,说人家偷到东西,肯定早就跑了,哪里还会在那里多做停留?然而话虽如此,他还是打电话叫小罗开车过来接我们。

毕竟是在他的地头上出的事情,他自己也觉得面上无光。

路上,郭一指帮着算了一卦,结果是"塞翁失马,焉知非福"。他忍不住笑了笑,说,看看,这不一定是坏事哦,说不定你还能够发财消灾呢……然而他话还没说完,看到我和杂毛小道铁青的脸孔,便说不下去了,闭上嘴巴,看着车窗外的风景。

他并不了解我、杂毛小道对小妖朵朵的那一份如同亲人一般的关心和感情。

小妖朵朵如果要离开我,我是毫无怨言的,因为那是她自己的选择。但如果她从我手里丢失了,而且还是在最虚弱无助的时候……

我的天——我想若不是心中犹存着希望,只怕我已经爆发出来了。

其实我们离得并不远,毕竟这一带是吃喝玩睡一条龙服务,所以不过几分钟就到了那家夜总会门前。现在正好是午夜,三三两两的男女从这一排灯火辉煌的夜店门口走出来,接着回家的回家、开房的开房、野战的野战,不亦乐乎,所以人流有些汹涌。

我已经将我怀疑的那几个人的相貌特征,讲给杂毛小道和郭一指听,我们便站在门口,四处找寻。然而正如同郭一指所说,并没有找到。好在郭一指打的电话还算有用,过了一会儿,来了两个穿着制服的警察,跟郭一指亲热地打着招呼。郭一指将今天发生的事情跟他俩说起,然后这两个警察进了夜总会,来到监控中心调查监控录像。

郭一指和这两个警察跟夜总会的值班经理都很熟,完全没有对立情绪。值班经理很热情地跟他们打招呼,在听明了要求之后,很爽快地将相关区域的录像调出来给我们看。

因为有针对性,所以我们一直快进到夜晚十二点左右,我们出来的景象。

我指着朝监控录像走来的那个戴白色棒球帽的男人说道:"就是他!"中心的保安立刻将画面调得缓慢,只见那个人径直朝我走去,在与我即将相撞的时候,手指上面突然出现了一片亮光,接着与我错肩而过,裤兜里面也变得鼓鼓囊囊。

因为那个家伙下手实在太快了,我们将带子来回放了三次,才可以确定是他下的手。

郭一指将手放在屏幕上,问那警察,这个人是这附近出没的人吗?

警察摇摇头说,是生面孔,这附近有这种技术的人没有,应该是流窜到这里的惯犯,而且,以这个白帽子的动作,他应该是训练有素,说不定是某个贼王的徒弟。老郭,是朋友我才说句实话,要果真如此,你这朋友的项链,只怕是很难找回来了……

他们说完这些,将带子作了拷贝,然后准备让我们回附近派出所做一个笔录,登记一下。

我的心情突然沮丧得像要死去。

第九章　直觉和线索

我深呼了一口气，悄悄请出金蚕蛊，让它去周围转一圈，看看有什么收获。

不过人已经离开，这么大的人流量，根本没有任何线索可以找寻，这显然是在为难肥虫子。过了一会儿，肥虫子悄然溜回，在黑暗中朝我摇了摇头，十分的无奈。虽然小妖朵朵经常欺负肥虫子，老是弹它的屁股，但是肥虫子并不是个记仇的家伙，它总是喜欢在小妖朵朵饱满的胸前停留，挠得小妖朵朵咯吱咯吱笑。

两个小家伙是十分要好的伙伴，谁离开谁都寂寞，所以，它比我还要着急。

从监控录像中，我们能够看到那个白帽子偷窃成功之后，毫不停留，跟着我们的脚步，朝着另外一边离去了。两个警察已经做好相关的记录，然后带着我们回派出所作笔录。说句实话，因为我们并没有说起那翡翠项链的价值（说了人家也未必信），作为一场再简单不过的盗窃案，若不是看郭一指的面子，人家未必愿意出警。毕竟对于一个常住人口达到八百万的大型都市来说，这种事情实在太过平常。

在派出所我们做了笔录，并且对相关的嫌疑人员相貌作了描述，我还将年初那起发生在火车上的扒窃事件跟他们做了说明，如果有了那方面的档案，说不定可以很快查出相关人员的身份。

郭一指打的第二个电话是给他们区局的常务副局长，所以警员们的态度都出奇的好，我感受到了前所未有的热情，就好像回到了晋平县城，面对马海波、杨宇他们那种感觉。

忙了大半宿，我们没有返回酒店，而是去了郭一指的家中歇息。

虽然郭一指不断地宽慰我，说不妨事的，不妨事，很快就能够找到。但是当晚我还是失眠了，我一个人坐在客房的床边，望着城市远方的建筑和渐渐陷入黑暗的城区，心中充满阴霾。朵朵也无心修炼了，她和肥虫子都在我旁边，默默地看着我。

我静坐了一会儿，听到微弱的抽泣声，转过头去，发现朵朵已经哭得小脸上全是泪痕。我慌忙去帮她擦，她躲开，噘着嘴不让。

憋了好久，她终于哇哇大哭起来，上气不接下气地哭喊着："你竟然把装着小妖姐姐的项链弄丢了……朵朵以后都见不到小妖姐姐了，呜呜。你，你要是不找回来，朵朵就永远都不理你了，呜呜……"

小萝莉哭得伤心，鼻涕都流了出来，不停地向我的衣服上擦。

当然，朵朵是灵体，这鼻涕根本就不是真的，但是她显然有些伤心，忘记了这些，于是想要恶心报复我——这小家伙，连惩罚我的手段都这么幼稚。

我的心在滴血，不住地嘲笑着自己的无能，现在听到朵朵这般骂我，心里反倒好受一些。

肥虫子也趁火打劫，冲着我"唧唧唧"叫嚷。

我暗自下定决心，一定要将麒麟胎找回来，不然我确实是没脸面对这两个小东西了。我拉着朵朵的手，承诺道："朵朵你放心，我一定会把小妖姐姐找回来。而且，我一定要把那些偷走小妖姐姐的坏人，全部通通抓住，然后……"朵朵憋红了脸，攥紧小拳头叫道："打屎他们，打屎坏人……哼！"

一说到这些，朵朵也顾不上埋怨我，心里面开始想着怎么处置那些还没有抓住的坏人了。

第二天早上起来洗漱的时候，杂毛小道看到一宿未睡、眼睛通红的我，很自责，十分抱歉地说都怪他，要不是他跟着去吃什么花酒，就不会发生这种事了。我苦笑，说，人这一辈子，哪有那么多"早知道"？这便是命，小妖朵朵命中该有这么一劫，怎么说都避不过去的。

要不然以我这种敏感程度，怎么会着了道呢？

我指了指胸口的槐木牌说，昨天晚上被这两个小家伙闹得不行，所以才没有睡好。

郭一指早上有一个客户要谈，便没空陪我们。他吃完早餐就走，临走之前告诉我，案件已经开始处理了，那些人的身份也进行了初步核实，应该不久就会将那几个人登记上网通缉了。不用着急，说不定下午就来电话，说你那串项链已经找到了呢。

我苦笑，说，希望如此吧。

人在最绝望的时候，只有希望这东西，能够让我们不至于垮下。

我一大早上就和杂毛小道出了门，他去送三叔出院，而我则思来想去，还是去那夜总会附近守株待兔，说不定会有什么线索。我重新返回了昨天的夜总会，相较于昨晚的灯红酒绿，白天这里则洗去了一身铅华，显得冷清许多，也没有什么人。

夜总会对面有一家咖啡馆，我在附近徘徊了一会儿，到了咖啡馆二楼，临窗而坐，观察着人来人往，车流穿梭。

我在咖啡馆坐了一整天。到了下午五点钟的时候，夜总会开始逐渐热闹起来，不断有女孩子被面包车或者小车拉过来，穿得花枝招展地开始上班。我眯着眼睛瞧，心中突然想起了一件事：我昨天和那个自称小美的女孩子耳鬓厮磨之时，她曾经知道我怀里有很重要的东西，而之后，她又借口上厕所，去洗手间待了几次。我开始以为是在补妆，现在想来……

嗨！那女孩子不会跟偷我东西的那几个贼，是一伙的吧？

虽然这个猜测根本就没什么证据，然而我却莫名地这么认定起来，越回想越像。我霍然站起来，到前台结了账，然后走下楼，朝着夜总会走去。我到的时候还没有开张，两个穿红色保安服的男子拦住了我，问我有什么事？我说我找这里的妈咪。两人

还是拦着，说没有大堂经理的允许，不能够擅自到公主休息室。

正说着话，昨天的那个经理走了过来。

他今天却没有昨天那么好说话，只是冷冷地看了我一眼，说，昨天的事情既然已经报警了，那么由警察来追查就好了，你今天又跑来这里闹，到底是什么意思？

他这么说着，从楼道里走出几个虎背熊腰的男子，眼神不善地看着我。

但凡是有能力做这一行的，自然都是黑白通吃的，上下都打点好不说，而且场子里必然也会养几个能镇得住场面的人。我并不稀奇，但是也不畏惧这几条小杂鱼——老子真刀真枪的正规军和邪恶的萨库朗组织都见过了，还怕这些并不成熟的灰暗势力不成？

我看着这个大堂经理，淡淡地说："我想见一下这里的妈咪，问几句话而已。"

旁边一个满脸横肉的家伙把手指头戳到我的脸上来，口中唾沫横飞："你这个小崽子，怎么跟马哥说话的？昨天就把条子招过来影响我们的生意，今天又闹上门，以为我们这里是幼儿园吗？信不信老子削了你的脑壳皮？你麻辣个……"

我从怀里拿出一包餐巾纸，把脸上的唾沫擦干净，然后伸手握住我面前的这根胡萝卜粗的指头，手一用劲，他的脸立刻涨得通红，说不出话来。他挥出右手来打我，我一把握住他的手腕，又一用劲，他浑身发麻，脚下一软，竟然跪了下来，不敢再骂，只是讨饶。

我脸若寒霜，问大堂经理，我能见这里的妈咪了吗？

他盯了我三秒，然后脸上露出了热情的笑容，说，当然了，随时！我这就带你去。

我在二楼的休息室找到了这里的妈咪，来到一个单独的小房间，我也没有多说话，直接问她昨天那个叫小美的公主，在哪里，大概什么时候来上班。大概是知道了我的厉害，她竹筒倒豆子地说，不是叫小美，是叫小梅，梅花三弄的梅。她今天来了大姨妈，中午的时候就请了红假，估计三四天开不得工了。

我心中感觉对路了，盯着她，气势汹汹地说，你确定？

她结结巴巴地说她也很奇怪，似乎早来了几天……

我问她要了地址，妈咪从房间的柜子里翻出一个陈旧的小本子，找了一番，跟我说了一个陌生的地址，说打出租车，四十分钟就到。我站起来，手放在了她的后颈上摸了一把，然后对她笑道："有没有感觉脖子后面凉飕飕的？不知道你听说过蛊毒没有，中毒的人会痛不欲生，活着比死都难受。一旦死了，全身各处都会爬出各种花花绿绿的虫子来，将尸体吞食干净。我跟你谈的所有事情，请尽量在这几天保密，不然……"

我跟她的鼻尖相抵，十分亲密，然后从她的眼睛里，看到恐惧一点一点地浮了上来。我笑了笑，她瞳孔里面的我如同一个恶魔："希望你不要变成那个样子，我会回来看你的。"

说完话，我推开门，不理会惊恐万分的她，朝夜总会外面走去。
栖霞区迈皋桥街道十字街城中村，命运正等着我。

第十章　贼王传人猴三

按照夜总会妈咪给我提供的地址，当我乘出租车来到小梅资料上填写的住处时，已经华灯初上。

和周围的高楼大厦相比，这个地方到处都是破破烂烂的违章建筑，马路窄，人很多，是典型的城中村。不过也正因为如此，房租便宜，集中了很多来城市里找寻活计的打工一族。出门在外的人，有个遮风挡雨的地方就不错了，所以并不会太计较这些生活质量方面的问题。我也曾经在东官、洪山、江城、鹏市各处的城中村待过，几乎都如此模样，所以还格外生出了一些熟悉的感觉来。

这其实也是一种无奈，弱势群体的悲哀。

不过这不是我思考的范畴，我的目标是找到包厢公主小梅，然后从她那里，找到麒麟胎的消息。

从夜总会妈咪的口中我得到一个消息：小梅请了红假，但是她的大姨妈却奇怪地早来了几天。其实这东西早来晚来，对于做她们这种工作的人来说也是常事，但是我却直觉地感到有蹊跷之处。

我的思路从未如此清晰过，各种信息汇聚到脑海里，有着最接近准确的分析。

小妖朵朵，是你在指引我吗？

来的路上我已经跟杂毛小道通过电话了，他中午已经包车请人将他三叔送回去了。小叔过来接他，谈及此事，让我先不用着急，如果有必要，可以请大师兄朝这边施加压力。小妖朵朵在麒麟胎中，只要那些家伙不是丧心病狂地将玉石打破，应该是没有危险的。他现在跟郭一指在一起，得知警察局已经查明偷窃者的身份，开始联网通缉了。

我说，我已经找到了线索，正准备自己去找寻呢。

他惊讶，问我在哪里。我便将今天的发现讲给他听。他觉得我有些鲁莽，那个叫小梅的公主仅仅早来了几天例假，请假了而已，这样子有些大惊小怪，走火入魔了。不过他说归说，还是立刻打车过来跟我会合。听杂毛小道的分析，我心中犹豫了一下：是不是我过于想要找到偷东西的家伙，所以变得疑神疑鬼，对任何人都开始怀疑起来了呢？

走了一段路，我来到小梅租住的那栋楼的楼下。七楼的几个房间，都没有开灯，暗暗的。虽然知道具体的房号，但是我并不知道相应的位置，我在想是不是先上去查明一番，然后派金蚕蛊秘密潜伏进去呢？

正想着，黑漆漆的楼道突然亮了，我往角落退去，听到有高跟鞋的声音传来。

躲在墙角的我一看，却正是那个自称财经大学学生的小梅。此刻的她没有化妆，眉目间有一些模糊，脸色难看。她穿得清凉，肩上挎着一个小包包，下意识地四处张望了一下，然后朝街上走去。

因为有金蚕蛊在，我并不忙着跟上去，只远远地尾随着。

小梅先是到附近的小超市买了一些零食和生活用品，然后又到附近的小店喝了杯珍珠奶茶，最后，她才来到一家快餐店，打包了六个菜。六个菜，一个人两个人定然是吃不完的，当我看到这里的时候，心中激动起来：我的直觉是对的，小梅果然是参与了偷窃，此刻，她一定是在给那些藏起来的家伙们送吃食。

对，就是这样的！

打完包之后，小梅的警惕感突然就加强了，几乎是走几步路就开始往四周张望。她越是如此，我越发地肯定其中大有蹊跷，于是远远地缓步跟着。我离得远，而且注意力一直集中在小梅身上，她一回转过身，我便立刻隐入黑暗或者人群中。这城中村虽然破旧狭窄，但是也繁华，主街上熙熙攘攘的人群，倒是便于随处躲避。

就这般走走停停，足足过了十多分钟，我们也从热闹的大街来到了西边的偏僻之处。

小梅来到一排带小院子的平房前，她敲了敲门，喊了一声，过了一会儿，门开了，有人过来接她。小梅进去之后，那人还在外面张望了一番，我看到了他，心中一阵狂跳：这个粗脖子的矮个儿虽然那天未出现，但是在火车上，却跟中年大哥是一伙的——我找对地方了！

我心中狂喜，等到院门关闭之后，蹑手蹑脚地靠近，然后来到院墙的一侧。这院墙有两米多高，上面还有些碎玻璃渣子。我没有上去，而是请出了肥虫子，让它先行去侦查。或许是因为开饭的缘故，院子里没有一个人，全部都集中在了房间里。我心道，天助我也，摩拳擦掌，准备找一个好地方攀爬上去。然而我刚刚瞅到一处玻璃渣子比较少的地方，突然听到院子里传来一阵猛犬低吠的声音。

养狗了？我将朵朵也放出来，让她去帮我把那狗搞定。

我小的时候被狗咬过，心里始终留有阴影，而朵朵却不一样，她一出马，再狂躁的狗都要被吓得尾巴夹到屁股里去。

我让肥虫子看了一会儿动静，感觉院中没什么危险了，于是将手机调成震动，气息沉于胸中，退后几步，一个助跑就轻松攀上了墙头，然后小心翻身，悄无声息地落进了院子里。这是那种普通的小平房，总共有四间屋子，窗子上蒙着白纸，白炽灯照上去显得雾蒙蒙的。院子的另外一端，朵朵正骑着一条伸着舌头的土狗，朝我张望，然后笑容满面地朝我举了一个胜利的"V"字。

我缓缓地来到说话声音最多的房间窗边，耳朵贴墙，听着里面的动静。

房间里好像有四五个人，声音也杂，口音有些含糊，有点像小美那边的口音，所幸我能够听懂。我听到一个粗壮的声音边吃饭边说话："……哥，咱们干吗不赶紧回家去啊？你不是说这项链老值钱了，把它卖了咱们分了就回家避风头呗？"

"二壮子，你娘的耳朵是当摆设啊？大哥不是讲联防队的老乡说咱们被内部通缉了吗？这个时候回去，你想死啊？再说了，那东西要想卖个好价钱，不需要慢慢找买家啊？你消停些，反正有郑梅每天给你送饭，饿不死你。"一个巴掌响起来，显然是前面说话的那个人被扇了下脑袋。

两人闹腾了一会儿，一个沉稳的声音说道："你们两个别闹了。这次多亏了郑梅报信，猴三出手，我们才得了这项链。要分大头，猴三第一，郑梅有份。"几个人都说是的，是的，三哥跟八手神偷学了这些年，果真是有本事了。有一人恨恨骂道："那小子没想到也是个厉害角色，偷个东西，都能够给咱们整成通缉犯，莫不是有背景的人？"

二壮子说，早知道，那天跟着下车就直接把那小子给划拉了，弄死算球，搞得现在见不了光，难受得紧。他说着，嘿嘿地笑，说，郑梅妹子，你要不介绍几个姐妹到我们这院子里面来，让哥几个开开荤啊？我保证，小费多多……

我指挥着朵朵过来守门口，让肥虫子去后面的窗户堵着，别让这些人有机会逃了。接着我听到一阵骂娘声，那个二壮子显然已经犯了众怒，被好几个人呵斥，说难怪这两天动静这么奇怪呢，感情是你在这叫春。他也不高兴了，拿着碗跑到院子里来吃。

他一走出房门，就看到院子里拴着的那条土狗站在门口。

因为朵朵隐去了身形，肉眼凡胎如他，自然看不出，他疑惑地看着土狗，伸脚去踢，骂骂咧咧地说："你他娘的怎么跑到这里来了？饿了是吧？老子都没得吃，还管你这只狗？"没承想那条被朵朵控制住的狗一张口，竟然将他的脚咬住。二壮子穿的是人字拖，被这么一咬就咬到肉了，"啊"的一声大叫。

这一叫，我心想坏了。果然，好几个人跑到了院子里，还听到后窗打开的声音。

我暂时跑到墙角根，不让他们发现我。几个人来到院子里，看到被咬得哇哇大叫的二壮子，松了一口气，幸灾乐祸地纷纷取笑，说他精虫上了脑，连母狗也欺负，当人家不会反抗是怎么的？几个人七手八脚地把那条土狗撑开。那个中年男人突然扭头看向了我这一边，说，不对，有人。

他拾起一根棍子，缓慢地朝着我藏身的墙角走来。我站直了身子，准备跟这个家伙干一架。

随着脚步声渐渐靠近，我的拳头越攥越紧。就在这时，突然听到好几声大叫："天，这是什么东西？"

"黄大仙啊……"

"玉、玉，我们的项链……"

我听到急切的脚步声跑开，探头出来一看，只见有一个体型细长、四肢短、行走像滑行的动物,从院子的那一头向我这边冲了过来。它的脸似狐狸,有着诡异的笑容,而嘴上面,则叼着我用来装麒麟胎的绒布袋子。

第十一章 剑斩黄大仙

看到这鬼鬼祟祟、身型比狸猫略长一些的动物,一个词立刻浮上我的心头:黄鼠狼!

这玩意儿在苗疆并不常见,但是在祖国的大江南北,特别是东北内蒙,却是到处都有它的身影。它本名为鼬,因为小头尖嘴、鬼鬼祟祟,像鼠、又经常偷袭家禽,所以民间通常把它叫做黄鼠狼、黄皮子。关于这东西的传说,比矮骡子多,传言年岁过五十的老鼬,多能够附体害人,或者能幻化为美女诱惑人。是在民俗传说中,出现较多的邪物,与狐狸齐名。《玄中记》曾言:狐五十岁,能变化为妇人,百岁为美女,为神巫,能知千里外事。善蛊魅,使人迷惑失智。千岁即与天通,为天狐。

还没等我反应过来,只见朝它扑去的几个人身形一晃,竟然栽倒在地。

当它靠近我的时候,一股熏得人脑壳发胀的恶臭便先扑了过来,我的意识一模糊,便感觉这东西从我身边两米处掠了过去,朝着墙头翻出。我看到它嘴里叼着装有麒麟胎的绒布袋,哪里敢让它走脱,使劲地晃了一下头,顾不得墙头的玻璃,一个箭步蹬上墙,翻身过去。

在香岛的时候,我还曾对杂毛小道翻墙的轻功表示艳羡,如今,两米多高的墙头我也能够轻松翻过。这便是进步。不是电影里的飞檐走壁,而是一种力量、速度和协调力的完美结合。

我脚一落地,便见这黄鼠狼朝着黑暗的巷道跑去。我一点儿都不敢停歇,跨着大步追去。我跟着追了一段路,发现这东西准备攀爬上围墙房顶去了,心中大急,想着我可没有这等真正飞檐走壁的功夫,肯定得追丢。不过好在朵朵在紧要关头也跟了上来,小丫头因为是灵体,速度比我快,后发先至,站在围墙上朝冲上来的黄鼠狼一掌拍去。

这死东西张开嘴,露出一口的尖牙,愤怒地咆哮一声,嘴里的绒布袋应声而落。朵朵的手掌与这黄鼠狼的牙齿对碰,因为居高临下的缘故,黄鼠狼不敌朵朵,掉落了下来,然后又叼着绒布袋,往前奔去。

我依然在大踏步地狂奔着,心想这头黄鼠狼定然是民间所传的那般,是个活了几十年、成精了的家伙,不然哪里会这么凌厉。要知道,朵朵虽然战斗经验不足,但她是稀有的鬼妖之体,底子厚,一股气力堪比常人,而且修炼了《鬼道真解》许久,就像刚才那条土狗一般的小动物,向来都是手到擒来,转不过几个回合的。

果然,当我用"炁"之场域去感应前方那矫健得不像话的身影时,便发现有一道浓浓的气息在它身边萦绕，如同一层气障壁垒，呈现出淡淡的黄色，同样的感觉我曾在小妖朵朵凶性大发的时候见到过，是一抹淡绿色。此物必是妖无疑，想来它定是潜伏在这附近，被这麒麟胎的宝气所吸引，闻味而来。这等妖物平日里其实也怕人，特别是人多阳气壮的时候，更是恐惧。所以，民间传闻被黄大仙、狐大仙附体缠身的，多为老人、小孩，或者体弱多病之辈。

它定是趁刚才房间里的众人因为害怕警察，纷纷跑出屋子来，所以才出手夺玉，因为朵朵在门口堵着，肥虫子在后窗守候，所以它才朝我这边突围。

杂毛小道曾言："反常必为妖"，这东西若说厉害还真厉害，说不定能够迷惑人心志，附身于人，然而正面与我交锋，我自信它不是我的对手。术业有专攻，这小畜生偷偷摸摸有一套，也仅此而已。我正这样想着，几次想翻墙逃脱不成的它突然扭过身来，眼睛眯成一条缝，正在急追的我突然感到一丝眩晕，仿佛小脑失去了作用，平衡感瞬间降低到警戒线。

哼，小意思！

我双手立刻结出不动明王印，然后大喝一声"灵——"，所有的负面效果全部消失不见。

与此同时，我终于追到它面前，二话不说，大脚丫子就往它身上踩去。

关键时刻它倒也是好本事，没见脚怎么动，倏然就滑行好几米，避开了我的泰山压顶。它唧唧地叫了一声，身子突然弓了起来，前身低伏而屁股高高拱起，如同动物世界里面捕捉猎物的猎豹，哧溜一下，浑身立刻弥漫出一股子"妖气"。它并不与我争锋，这突然一下的爆发，却是为了逃走。眼见着这家伙叼着麒麟胎消失在巷道尽头的黑暗中时，手拿着震镜准备照一下的我气得吐血。

这家伙太狡猾了，我以为它要冲上来跟我干一架呢。

十几米，震镜的距离不够啊？

墙头上的朵朵本来还准备跃下来助战，看见这黄鼠狼居然转变了方向，朝着巷道狂奔而去，也有些发愣。当她反应过来，拔身追去的时候，那家伙已然快消失在我视线的尽头。奋力直追的我心中紧张得要死："完了，不会跟丢了吧？千辛万苦得来的麒麟胎，就这么被我眼睁睁地再次丢失了？"

答案是否定的，一把桃木剑出现在狂奔的黄鼠狼前路上，此剑深得剑术精髓，一出便细密如网，封锁住它所有的逃窜方向。而这持剑者，口中还高诵着"缚妖咒"，那条如同打了鸡血一般的黄鼠狼顿时精神委靡、痛苦不堪地反转逃来。

却是杂毛小道在最合适的时间和最合适的地点，最合适地出现了。

见到朝我这边窜来的黄鼠狼气势弱了许多，想从墙角溜走，我不慌不忙，手中的震镜朝它脑门顶招呼去："无量天尊！"经过这些日子的磨炼和契合，震镜不再如段誉的六脉神剑一般时灵时不灵，人妻镜灵早已蓄满了威势，待我话一出口，一道精光便朝着疾奔的黄鼠狼，当头照去。

222

此光一入黄鼠狼头顶,它竟然瞬间直立起来,绝望地尖叫一声,浑身抽搐发抖,眼神发愣。

紧跟而来的杂毛小道桃木剑已至,下挑横劈,将这条四十公分长的畜生往那墙上重重地甩去。轰!此劲道又急又重,墙上顿时发出一声骨头碎裂的响声,然后有殷红的鲜血流下来。

我快步走过去,将地上掉落的绒布袋捡起来,我丢失的麒麟胎确实在里面。看着玉中的小妖朵朵抱膝蜷缩的柔弱样子,我长舒了一口气:刚才在追赶这条黄鼠狼的时候,我心中还在担心一个问题——莫非我中了调虎离山之计?所幸不是,那一伙贼人也许就是他们所说的猴三比较有本事,其他的,都只是不入流的毛贼而已。

舒完这口气,我问杂毛小道怎么会出现在这里?

杂毛小道拎起这条黄鼠狼毛茸茸的大尾巴,倒提着仔细瞧。见我问,说他是过来找我的,结果路过这巷子,感觉瞬间有一大股妖气喷薄。他是谁?他可是训练有素的茅山精英,捉妖炼鬼实乃分内之事,于是提着剑就奔过来了,没想到竟然在这里与我相遇。

他笑着看向我手里的麒麟胎,说,怎么样,找回来了吧?是不是觉得失去的东西最珍贵?你自己回忆一下这两天你那失魂落魄的样子,整个就一个失恋的状态,就是热锅上的蚂蚁!我说吧,以后你可要好好对待小妖这狐媚子,要不然就给我来养,怎么着都比你强!

我将麒麟胎捧在手里,越看这个花生米大小的小妖精,越觉得如同心头肉一般珍贵。

可是想起她之前跟我说过的,我并不强大,不足以保护她,又有些气馁。想一想,她竟然被一个小毛贼从我怀里偷走,我还有什么好说的呢?我把小妖朵朵执意要离开的意思和原因告诉杂毛小道,他没有再说什么,摇摇头,说你这个傻瓜,我都懒得说你……

我说,我们赶回去捉贼吧?肥虫子还留在那个院落呢,那帮该死的蟊贼,我饶不了他们。

杂毛小道跟着我走,说,那是,也不看看是什么就偷,真的是太岁头上动土,老虎的菊花也敢摸?胆子的毛怕不得有三寸了。他提着手中沉甸甸的黄鼠狼,笑了,说:"郭瞎子那厮说得真不错,塞翁失马,焉知非福。嘿嘿,你看看它的胡须,这条黄鼠狼至少得有四十岁了,在这个城市里活这么大,真够不容易,也不知道吸了多少人的性命。不过它倒是一身宝,可遇不可求。"

我问,这黄鼠狼可是妖了吧?它这一身臭皮囊,能做个甚?

杂毛小道卖了个关子,也不肯讲。从百宝囊中掏出一罐茱萸水,全数灌进了这死活不知的黄鼠狼口中,说,回去之后再详细说给你知晓。

我怕那几个贼偷偷溜走,便让朵朵赶紧先行过去。当我再次返回那个平房院落的时候，才发现这一伙人横七竖八地躺在院子里，而金蚕蛊则地看着我，一副高傲样。

我下意识地捏了捏拳头，我说过的话，是时候要兑现了。

第十二章　黄大仙有三宝

　　院子里躺着四个人，包括昨天在包厢里面与我逢场作戏的公主小梅，全部都四脚朝天。

　　我朝金蚕蛊竖起了大拇指，它在空中跳了一段"8"字舞，自我感觉良好。在缅甸饱受挫折的它，终于在普通人身上找回了丢失已久的自信。不过当它看到我手中紧紧攥着的绒布袋时，立刻飞奔过来，钻进袋子里去确认了麒麟胎的存在之后，黑豆子眼终于高兴得眯成了一条缝。

　　小家伙永远都是不记仇的性子，对于朋友，它比我们这些心思复杂的人类，更加真诚。

　　我让杂毛小道看着前院，自己跑到平房的后面去。只见后面的阴沟里伏趴着一个瘦弱的男人，而窗户紧闭，只开了一扇气窗。也就是说，这个男人是从气窗中跳出来的，他这一招，莫非是缩骨功吗？我将这人的身子翻了过来，一看，相貌堂堂，左眼角有一颗带毛黑痣，果真就是昨天晚上，从我怀里偷走麒麟胎的那个小子。

　　也就是所谓的贼王八手神偷的徒弟，猴三。

　　我蹲身看着他那十只纤细的适合弹钢琴的手指，上面有细微的茧子和伤痕，一看就是久经训练。俗话说高手高手，他身上最值钱的，莫过于这一双能够展示出神乎其技偷术的手。一想到就是这双手，将小妖朵朵从我身边摸走，让我这两天的心情，在地狱与天堂之间坐过山车，我心中就气不打一处来，操起旁边的一块砖头，将他的双手平摊在地上。

　　啪、啪、啪……

　　砖头上血迹斑斑，骨骼碎裂的声音从这双施展神奇的手上面传来。

　　在这过程中，猴三一声也不吭，只是肌肉无意识地在收缩痉挛——金蚕蛊的昏迷能力竟然如此之强。我看着这血肉模糊的双手，心想这家伙即使放出去，这辈子也只怕不能再靠这门手艺吃饭了。

　　我把砖头往阴沟最深的地方扔去，将猴三拖到了前院。杂毛小道正在打电话，见到这个人血肉模糊的手，眉头皱起，但是也没有说什么。

　　过了几分钟，他挂了电话，说他已经报了警，并且联系了郭一指，让他赶紧过来，毕竟他在警察面前还是比较有面子的。然后他指着我扔在地上的猴三说，用不着这么狠吧，你这一下子，他手全废了不说，一会儿警察来了该怎么说？这可不是正当防卫了，而是故意伤害。

我一脚踹了下旁边的那个小辫子,说还记得这几个杂毛不?就是年后我们坐火车的时候,碰到的那个盗窃团伙。当时犯了事,现在又活蹦乱跳地跑来报复我们。特别是这个下手的,这手上的功夫太厉害,我都着了道,不知道有多少人被他偷过,我把他手给废了,免得他过几年又凭着这手艺去害人——只有丢过东西的人,才会知道这些偷东西的蟊贼,有多可恨。至于故意伤害嘛……肥虫子!

我和金蚕蛊心意相通,我一声令下,它便立刻附上了这血肉模糊的双手。

不到五分钟,猴三的双手就开始结痂了,变成了老伤的模样。

当然,指骨依然是碎的。

杂毛小道也不是什么滥好人,他笑嘻嘻地瞄起了院子里的几个糙老爷们,说一不做二不休,要不然将这些贼的手全给废了,敢打小妖的主意,简直是不要命了。我大为所动,正跃跃欲试,听到远处有警铃声传来——警察到了,我们可不敢再顶着风头玩火,于是放弃了这个让人心动的提议。

当四五个派出所民警来到这院落,看到地上躺着一堆人时,吓了一大跳,什么也不说,先叫我们全部蹲下,接受检查。他们是另外一个派出所的,不知道此事。我们虽然是报警者,但是也不好反抗,唯有乖乖地靠墙蹲下。飘在空中的朵朵眨着大大的眼睛,冲我和杂毛小道笑。

我手上的麒麟胎被一个肥头大耳的中年警察拿着,他是个识货的人,将这翡翠项链放在眼前细看,眼睛在玉石的衬托下,冒着绿光。他眼神闪烁,左右看了会儿,似乎有什么想法。

我蹲在地上冷笑,看着飘在他头顶上的朵朵。

普通人看不到隐藏起来的朵朵,这个家伙若是有那包天的贪欲,后面的朵朵便是索命的死神。也许是明白了领头的意思,问讯我们的那个年轻警察语气十分不善,当我们是犯人一样,对我们所说的黄大仙害人(其实是金蚕蛊做的)一事,也嗤之以鼻。好在这场闹剧并没有持续多久,郭一指跟另外几个身份高一些的领导也过来了。

郭一指这个人交游广泛,小至摊煎饼炸油条的商贩,大至一定级别的领导,都熟识,是此处的地头蛇。有了这层关系,我们终于摆脱了嫌疑人的待遇。麒麟胎被当作证物被人收着,我不放心,让朵朵在旁边监督,防止有人掉包。然后我们前往局子里做笔录。

等一切结束,我们从局子出来的时候,已经是晚上十点钟了。

有郭一指在,一切都开了绿灯,不但我将麒麟胎拿了出来,那本来被当作证物的黄鼠狼,也被杂毛小道以销毁妖物的缘由,带了出来。在返回郭一指住处的路上,这个假瞎子一手握着方向盘,一手指着杂毛小道手中的黄鼠狼说,这黄大仙膘肥体壮,胡须微白,瞳孔泛黑,怕不得有三四十年的光景了啊?你们两个幸运的家伙,我怎么说来着,捡大便宜了吧?

我便问这黄大仙到底有什么好处?

杂毛小道地说:"这成精了的黄大仙有三样东西最值钱,一为这身裘皮,它毛色金黄鲜艳,针毛细密,底绒丰厚,用来做玉符、木器的抛光布,有增强法力的功效;二为尾毛,以前高明的制符师都是用黄大仙尾毛做成狼毫笔,来画符纸的,功效和成功率远远大于极品的紫羔皮,是画符者的至宝,可惜现在黄大仙越来越少,所以更加珍贵;三嘛……这黄鼠狼屁臭,但是肛门附近的腺体,却是制作顶级春药最重要的原料,据说还会有情蛊一般影响人心灵的用处。嘿嘿……"

郭一指眼睛发亮说,我倒是懂得一些丹药之道,嘿嘿……

杂毛小道见他笑得发欢,毫不犹豫地说:"此次我兄弟二人前来金陵,对郭哥多有叨扰。这两天的事情也是让你操碎了心,实在有些过意不去。这黄鼠狼菊花我和陆左都用不上,便让给你,表示感谢,还请郭哥不要推辞。"郭瞎子嘿嘿笑,依然假意推辞一番,杂毛小道说,那你不要我就留着了?气得他顾不上开车,揣了杂毛小道几拳,两个好基友嘻嘻哈哈一番笑。

杂毛小道转头看向我,说这黄大仙皮毛做的抛光布他正好有用处,尾毛可以做两支毛笔,他一支我一支,如此可好?我紧紧握着绒布袋笑,说好,反正我只要找回麒麟胎来,就已经很满足了。

杂毛小道摇摇头笑,说你这个家伙啊,好好想一想怎么留住小妖朵朵吧,看把你紧张的。

路上的时候杂毛小道到百货店里买了些用具,回到郭一指家中,便将这黄大仙给肢解了,按之前说好的分配。郭一指拿着分给他的菊花腺体,脸也笑成了菊花,问杂毛小道为何不要这等泡妞神器?杂毛小道眉毛一跳,说不用,他这个人向来习惯靠个人魅力来解决问题,实在不行,就用买。

忙活了一阵,我们坐下来喝功夫茶,郭一指跟我们说起了案情。

事情基本上已经证据确凿了,我们这边的首尾也都由他摆平,他说的是这一伙人的来由。

他赞叹我破案的天赋,说整件事情的经过,确实如同我之前所猜想的那样,是那个叫郑梅的包厢公主给中年人报的信,他们是老乡,一个村子的。其实说来也巧,双方也是刚搭上线不久,由郑梅确认客人身上的财物,然后由中年男人一伙下手偷窃。他们本来一向都是在停车场出入口下手,但是因为郑梅说我怀中的东西很珍贵(也不知道她是怎么看出来的),于是就在门口下了手。

下手的那个人叫侯东,外号猴三,是一个流窜的惯犯,纵横南北,向来都是单独行动,是在很多地方都有案底的家伙,是冀北线上新生一代的贼王之一。他也是心血来潮,到金陵游玩,于是跟着这一伙老乡同行混到了一起,昨天晚上算是友情客串……

好嘛,敢情这一切都是巧合中的巧合,合着偏偏是我倒了大霉。

说到这里,郭一指的脸色就有些严肃了,他说:"陆左,虽然那猴三的手看着像是旧伤，但是他昨天还能够出手偷你项链，今天却十指皆废，但凡是明眼人，都知道你们动了手脚。你这一招，太绝了，砸人饭碗。猴三的师父是八手神偷，这位老爷子可是东北三省的传奇人物，小心人家上门来找你麻烦。"

杂毛小道笑了笑说，怕个鸟儿？来一个砍一个，来两个灭一双。

他笑完，有些疑惑地问我："八手神偷？这个名字好熟悉。小毒物，还记得我们去年在江城的时候，那个植物园主人胡金荣的师父，也就是发现修罗彼岸花的那个老千，叫什么来着？"

我想了一会儿，感觉背后生凉："八手神眼！"

第十三章　两块钱的自助餐

因为没有铁齿神算刘的具体消息,杂毛小道跟我说既然无缘,不如回去吧。

第二天清晨虎皮猫大人自己回来了。中午与郭一指吃完饭后,我们打电话与三叔、小叔等人一一作别,然后乘飞机从金陵返回了南方市。

提前通知了阿根,一出机场,他便在门口等着我们。这个兄弟的气色不错,自从湾浩广场里"聚阴炼魂十二宫门阵"被我们破解之后,附近的生意好了一些,而且现在也正是饰品买卖的旺季,所以他脸上挂着抑制不住的笑容。见我们出来,阿根过来跟我和杂毛小道各来了一个紧紧的拥抱,又跟萎靡不振的虎皮猫打招呼,虎皮猫大人咕哝了一声"倒霉蛋",扭过身去不说话。

从白云机场到东官不过两个小时,阿根将我们送到了东官的住处楼下,等我们放好东西,一起去吃饭。这时候已经七点多,我和杂毛小道上了楼,发现两个女房客正在客厅里看电视,因为天气热,穿着吊带超短裤,十分清凉。见我们打开门进来,好是一阵热情招呼。

我们稍稍聊了几句,把背包行李放到我的卧室之后,下了楼。

虎皮猫大人困倦得很,便让它留在家里,看守包裹。

吃饭选在附近一家幽静的餐厅,阿根另外还约了一个妆容精致的女孩子,叫欧立夏,在银行工作,是他的女朋友。这个女孩是本地人,个头不高,待人接物极好,人也精明。我们聊了几句,感觉比较靠谱,纷纷恭喜阿根,说他找到了一个好女孩。

阿根呵呵地憨笑,眼睛都笑眯了。

身为阿根最铁杆的好哥们,他肯定是把我的事情跟自己女友分享过,所以欧立夏十分好奇,望着杂毛小道的发髻说:"萧大哥,你真的是一个道士啊?"——因为我竭力劝阻的,杂毛小道除了出门摆摊,基本上还是普通人打扮,没有那么标新立异了,只是头上的发髻一直留着。

杂毛小道正在吃一坨肥而不腻的东坡肉呢,抬起头说是啊,怎么了?

欧立夏指着他筷子上的肉说,道士也能吃肉?

我笑了,跟她解释正一派的道士不但可以吃肉,还可以娶妻生子。话题也就这么顺下来了。阿根的新女朋友仿佛是个好奇宝宝,循序渐进地不断盘问杂毛小道和我的事情。聊了一会儿,我感觉她问得有些过细了,不像是一般的朋友聊天,而像是警察查户口了,便将话题岔开,问起两个人是怎么相遇开始恋爱的了。

很简单,两人最开始是顾客和客户的关系,然后两人互有好感,渐渐开始交往起来。

从两人甜蜜的叙述中,我感觉女生主动多一些,以我阿根兄弟的个性,追女孩的本领还处于小学生的级别。有了上次的教训,吃完饭,我没有继续下半场的娱乐活动了,而是打了车返回住处歇息。杂毛小道却死性不改,向我预支了五千块,便消失在灯红酒绿的东官街头。

这事,我并不怎么劝杂毛小道:须知朋友之道,贵在交心,管得太宽,用自己的道德标准去束缚、衡量朋友,这样不明智的行为只会让别人觉得难受。

次日清晨,我接到一个电话,是城南收废品的掌柜赵中华打给我的,问我是不是在东官。

这个长得很像刘烨的哥们跟我在湾浩广场事件中有一段同生共死的交情,这交情并不因为他是有关部门的人而转移。我很高兴地跟他聊了一会儿天,过了一会,他说既然我在东官,那就去他那里一趟吧。

我说什么事情?他说陈老大没有跟你说吗?

我这才想起来,在缅甸的时候,黑手双城陈志程曾经跟我谈过,说为了防止萨库朗可能的报复行动,让我加入他们部门,到时候也可以随时找人支援。不用坐班,只是编外人员而已,就是说如果有什么任务,适合的便可以让我接下,帮忙搞定一些情况即可,和赵中华一样,自由度极大。

看得出来,这其实是一个外表松散本质紧密的组织,其实也是为像我们这样的人度身打造的。

为何?因为但凡是在这些领域上有所建树的人,一般都不是很缺钱,也有个性,自由懒散惯了,哪里能接受苛刻的制度约束。所以将这些人集中到一起,发一个编外人员的身份,实现攻守同盟的格局,既好约束,也好安排其做一些事情。

如果我猜得没错的话,应该大致如此。

六扇门中好修行。因为会有大量的资源向这里倾斜,所以很多诸如茅山、龙虎山天师道之类的派别会让弟子进入其中,谋得一席之位。毕竟,大家虽然都是修行之人,但也是身在凡尘,要吃喝拉撒,也要呼吸空气,受着世间的规则约束。特别是像我这种有一定危害能力的人,更是要严格控制。

以上,便是我这些日子来思考到的东西,所以我的选择是——加入。

人在江湖,身不由己。多多少少,也算是找了一份工作。

由于我的帕萨特停在了洪山,于是我跟还没有回来的杂毛小道打了一声招呼,便乘出租来到南城赵中华的废品收购站。这是一个还算大的地方,看赵中华在空地上招呼工人的模样,好像是在正经地做生意。我们俩有段时间没有见面了,寒暄了一会儿,赵中华看了下手表,说走吧,我们去局里面走道程序。

路上,赵中华跟我说他是黑手双城的人,以前跟陈老大办过好几件案子,比如西川蓉城的僵尸咬人事件、太湖阴兵过道、泰山吸血蝙蝠事件都参与过,甚至1999年那场轰动全球的事件，他也跟大师兄在江浙一带参与过。后来他结婚生子了，就在东官定居下来。不过陈老大一句话，好使得很，不要见外——再说了，咱们不也是共过命的战友了吗？

说话间，赵中华把车子停在了一处陈旧的建筑群前。

这里最高的一栋楼，是20世纪七八十年代的那种老建筑，在这个日新月异的城市里并不多见。封闭的大门侧边开了一个小门，旁边有棵树。树下面有石凳石桌，上面摆着功夫茶具，一个老眼昏花的老头在摇着蒲扇。我们走到近前，只见大门上挂着一个白底黑字的招牌，上面写着"市特勤局二处"。

赵中华热情地跟老头打招呼，叫他张伯。张伯翻了下眼皮，看了我一眼，问，新人？

赵中华说是，他叫陆左。我也随着恭声喊了句"张伯"，他点头说记住了，然后慢悠悠地拿起桌子上的茶杯，问要来喝一杯吗？赵中华说不用了，要先带他登个记，您老忙着。

我们从小门进去，赵中华径直带着我朝那栋老楼走去。

我问他，那个老爷子很厉害？赵中华摇摇头说，不知道，从来没有见过他出手。听这里的人说，这老爷子以前有个外号，叫镇虎门，你想想呢？我呵呵笑，没有再说话。我们去的是三楼的处长办公室，上二楼的时候，正好从楼上走下来几个人，领头的一个就是张伟国，跟在他后面的则是他的小秘谢奇和杂毛小道的师侄黄鹏飞，还有一个年轻人我不认得，但是跟黄鹏飞是一个打扮。

赵中华热情地跟张伟国打招呼，张伟国则矜持地点了点头，客气地问候了几句，对旁边的我理都不理，仿佛我是空气一般。两人不咸不淡地说了几句，然后便离开了。黄鹏飞与我擦肩而过的时候，故意地耸了耸眉毛，以表示不屑。上了三楼，赵中华跟我说别在意，他这人就是这样。

我说没事，习惯了，倒是黄鹏飞那个家伙让我看着不爽。

赵中华压低声音说道："张伟国是袖手双城赵承风的人，大师兄和赵承风虽然齐名，但两人私下里还是有些龃龉的，所以才会对你如此。黄鹏飞这个家伙是个脑袋不清楚的人，有杨知修这个茅山话事人的舅舅，就看不起陈老大……唉，这些事情，小萧应是知道一些的。不谈这个。"

我心情有些沉重，有人在的地方，就有江湖，在哪里，斗争都存在着。

在赵中华的陪伴下我见了一下管理局二处的处长，一个戴着厚眼镜像大学老师的老家伙，随便谈了几句话，他便站起来跟我握手，说欢迎新同志。因为有大师兄的招呼，之后的事情就简单多了，在组织办公室里一个老阿姨帮我录入了档案，然后给我照了张标准相，说过几天来取证件，一切就OK了。

为了体现有组织的优越性，赵中华还带我去二处的食堂吃了一顿饭，有鱼有肉有香喷喷炸鸡腿的自助餐，居然只要两块钱，果然和传说中一样幸福。

第十四章 临时工与堂妹子

在食堂吃完饭，我和赵中华在院子里的篮球场旁边又聊了很久。如我所猜测的一般，编外人员就是临时工，不用坐班和出勤，享受着为数不多的津贴和福利，但是若想要分房或者别的东西，那便是妄想了。

这里的原则就是，按劳取酬，多劳多得。

他告诉我，我的上线就是他，在南方这一片有什么事情都可以联系他，他会随时关注我的动向。除此之外，组织还会根据个人特点，布置一些任务，我可以做选择，如果觉得合理就接，不合理也不必去理睬，如此而已。聊了一会儿，他又带着我去各部门熟悉人头，说以后如果碰到什么事情，可以相互照应。

如此一圈走下来，赵中华说可以了，我们回去吧，相关的证件和工资卡，到时候会通知你来拿的。

竟然如此简单，让我有一种进了草台班子的感觉。

我在东官待了三天，其间处理了一些店里和房客的杂事，又自己跑了一趟特勤局二处，拿了工资卡和证件。工资卡是中国银行的，每个月的工资水平和一个新入职的普通科员差不多，当然也有一些象征意义的伙食、通讯和交通补助；证件很拉风，跟刑侦电视剧里面的警察证件是一样一样的，表皮黑色，有国徽。

不过组织办公室的那个老阿姨苦口婆心地跟我说，因为是地下编制，所以平时最好不要拿出来用，免得惹麻烦。

她在碎碎念，我听了大半天，终于明白了其中的含义：不要拿出来张扬，小心俺们不认账。

所以说，这世界上最辛苦的都是临时工，拿得最少，干得最累，背黑锅的时候冲在最前面……

好吧，以上只是开玩笑。

第四天的早上我和杂毛小道由阿根开车送到洪山，终于歇下了脚。休息一天之后，杂毛小道开始忙碌地制作起黄大仙牌抛光布和狼毫符笔。这两样东西的制作工艺十分复杂，杂毛小道也只是听闻，没有尝试过，所以需要反复琢磨。同时，他手头还有那块血虎红翡需要雕凿篆刻，这东西才是最熬人的，杂毛小道需要将自己对道法的领悟，融入到刀法中去，几乎大半天才会下一刀。

洪山苗疆餐房的生意已经进入正轨，阿东经营得很不错。虽然我基本上不在，但是通过电话我还是能够了解一些情况。这次返回洪山，我找到阿东，说到年尾我可以转让些股份给他，毕竟我不常在这里守着，对餐厅的经营没有多大的支持，眼见生意蒸蒸日上，不好意思拿太多的分红。

他拒绝了我的要求，说我能够在关键时刻信任他，便是最好的支持，这是我们共同的事业。

我没有再说话，只是轻轻拍着他的肩膀。争与不争，这些都只是态度问题。

在静静等待小妖重铸妖身之时，我还有一件事情要做。

早在东官的时候，我小叔就已又打了两次电话给我。他并没有多说什么，但是我知道他对远在南方江城的女儿小婧，十分地挂记，想来想去，也只有求到我这里来了。

说实话，我小叔这个人的性格有些问题，简单来说就是有些拗，不愿意求人。所以我想他能够打这两通电话，应该是下了很大的决心。儿行千里母担忧，小叔小婶肯定是急得不行的。于是在回到洪山的第三天，我决定前往江城一趟。

上次麒麟胎丢失的事情让我魂飞魄散，于是我也留了心，将那项链拆散，然后将翡翠吊坠跟槐木牌挂在一起，贴肉而放，除了洗澡以外，一天二十四小时不离身，用我的体温尽早将小妖朵朵孵化出来。其实这件事情，肥母鸡一般的虎皮猫大人也是争着要做的，但是最终被我一票否决了。

长得像肥母鸡，但是它终究有一颗男儿心，我可不放心。

从我所在的洪山古镇到我堂妹小婧所在的江城西区并不远，车程不过一小时，比去主城区近得多。我吃完早餐出发，没到九点就来到了小婧打工的地方。

这是个远离城镇的一个小工业园，很荒凉，多以做线路板和电子产品为主，都是简单的后期制作，没什么技术含量，因为人力资源便宜，才坐落于此。我从小叔那里打听到小婧所在厂子的名称，找了好半天，问了几个人才终于在一个离附近村子很远的地方找到。

我把车停在路边，看着那厂房前疯狂生长的杂草，心中不由得惆怅。

我也曾经在这样类型的厂子里，生活了一年多。

没有这样经历的人，是不会理解这种生活状态的：这里的工人通常来自农村或小城镇，他们普遍受教育程度不高，家中贫困，背井离乡来到东南沿海城市，来到这样的小工厂里。他们日复一日，年复一年，在流水线上做着机械的事情，如同一个木偶，拿着少得可怜的工资，前程没有一点儿期盼。

很多人，也包括年少时的我都认为外面的世界很精彩，就像电视剧上演的那般美好，然而当我们真正不远千里万里而来的时候，发现自己仅仅只是作为廉价劳动力而存在，世界里满满地写着无奈。

有不甘者便如我一般奋力挣扎，或成功或失败；服从者便如同我鹏市那两个工友阿培和孔阳，耗尽青春，默默终老，如是而已。

与家里面不同，江城、洪山这些地方，除了台风季节，一般天气都是很好的，四季不分明。我下了车，靠在车边晒太阳。清晨的阳光并不是很热烈，有一种暖暖的惬意。麒麟胎贴着我胸前的肌肉，传来一种凉凉的感觉。我拿起电话，拨通了小婧的号码，脑海里开始浮现起那个跟我小叔一样性格的堂妹子娇俏的模样。

电话没通，这并不出乎我的意料：在台资或者日资电子厂工作过的朋友应该都知道，上班不能带手机，这是一项硬性规定。

我给小婧的手机发了一条信息，让她吃中饭的时候出厂门口来找我。然后我返回车中歇息。

坐在驾驶位上，我伸出右手食指，金蚕蛊浮现出来。

在缅甸山林中，这个饿死鬼因为吃了太多的蛟毒，难以消化，变得又黑又肿，过了这些日子，终于在昨天，它褪去了一层黑皮，重新恢复了金黄色，只是周身会有眼睛一样的黑点，均匀地分布在身体两侧，我数了数，足足有九对。我拿从蛊丽妹那里得来的虫丹给它吃，它摇了摇头，没要。当我以为收到了假冒伪劣商品的时候，它冲我打饱嗝。

得，原来是吃多了，不消化。那虫丹有用就好。

没有小妖朵朵的陪伴，肥虫子显得有些无聊，我将车窗打开一道缝隙，它便向附近的草丛钻去，去祸害里面藏着的飞虫。我等了两个多钟头，十二点，接到了小婧的电话，问我在哪里。我说在你们厂门口。她有些犹豫，说，那辆蓝色的小车子是你的啊？我说是。

过了一会儿，陆婧出现在了厂门口。

她穿着蓝色的工装，这种制服让她的身材变得有些臃肿。几个月没见，她瘦了一些，下巴尖，眼睛亮，变得漂亮了。她走过来，有些不好意思，说你怎么来了？之前我在青山界抓矮骡子，害得小叔受伤，小婧一直不怎么理我，后来关系稍微缓和了一些，但并不算亲近。她之前总是有一股傲气，认为自己是天之骄子，而像我这种人，则是社会上的混混（在我们家乡，没有正经工作的人很受歧视的）。现在她变成这个样子，自然很不好意思。

我跟她聊了几句，得知她一点半才上班，于是带她去附近的村子里吃饭。这厂子前不着村后不着店，足足开了十分钟，才在最近的村子找到一个稍微像样的餐馆。点好菜，我跟她聊起天来。她并不是很愿意谈学校的事情，每当我问起都有些失落。

不过她到底是小女孩，当菜上来的时候，忍不住频频举筷，不断地说好吃。然后跟我抱怨厂子里的伙食太差了，没有辣椒不说，其他味道也一点没有。

我问她工作情况怎么样？她说还好，就是天天检板看得眼睛痛，而且领班很凶，下班了又有些无聊。还让我一会儿带她去附近的租书店，她好租几本小说回去看——上街一趟实在是太不容易了。

我又问了她在这里的福利待遇之后，斟酌了一下语气，说出了我的想法："小婧，我觉得你还是回去重新复习一年，考一个大学，这样对你以后的人生，是最好的结果——你点头,我立刻去给你联系补习班,上学的费用你也不用考虑;当然,如果你不想回去读书,我也可以给你安排一个好一些的工作……"

　　小婧脸色为难地摇了摇头,不肯听从我的安排,说在这里有几个同学陪伴,挺好的。

　　我正想劝她,这时她的电话响起,一接通,我就听到电话那头传来一个刺耳的声音:"陆婧你这骚娘们,我听说你跟一个开小车的男人跑了?你现在在哪儿?"

第十五章　小婧爱情故事

小婧一听这话，忙不迭地解释，然后又将我们吃饭的餐馆告诉他。

我愣了会儿，半天才想起来，问这个人是杨杰？小婧点了点头，说是她男朋友。我说，这个家伙也在这边？小婧说，杨杰他表哥是他们厂子里的课长，所以她们几个同学就跟着杨杰到这边来了。我问，他也在厂子里上班吗？小婧点了点头，又摇头，说杨杰本来在上的，后来就不做了，准备在这里找人合伙做生意，目前在考察市场呢⋯⋯

我顿时就有些火大：他一个刚刚出来的小混子，考察个毛市场啊？这话哄小姑娘还可以，我一听就很刺耳，问她，那他在这里靠什么生活？小婧没说话，眼神闪烁。我没有耐心，径直问："你是不是因为他才不肯离开的，你们是不是发生关系了？"

小婧支支吾吾，半天没有说话，紧紧咬着嘴唇，脸通红，像浸润了红墨水一般。

正当我再想问起，餐馆外传来一阵刺耳的刹车声，然后有五个人从摩托车上跳下来，气势汹汹地冲到餐馆里来，为首的正是我以前见到的那个职校混子杨杰。大半年没见，这个家伙把头发染得又红又紫，像个公鸡，脖子上戴着粗粗的镀金项链，一脸戾气。我有些奇怪，我就带小婧出来吃个饭，他有必要急成这个样子吗？

看来，他和小婧之间的关系，并不像我所想的那么简单。

我们在餐馆的东北角，正对着门，杨杰一进来就看到了我，他愣了一下神，迟疑地走过来，问怎么是你？想必那一次我扇他耳光的事情，让他记忆犹新，所以有些犹豫。小婧站起来说，杨杰，这是我堂哥陆左，他过来看我的。

"堂哥，嘿嘿，堂哥⋯⋯"杨杰皮笑肉不笑地走过来，坐在我旁边，当作第一次认识我一般，伸出手来跟我握："左哥，我是陆婧的男朋友杨杰⋯⋯"

我端坐着，慢条斯理地用筷子夹了一颗花生米，语气淡然地说道："我让你坐下了吗？"

杨杰勉强装出来的亲热顿时一滞，立刻变了脸色，语气阴阴地说："要不是看在小婧面子上，老子根本懒得搭理你，你别给脸不要脸啊？"他旁边四个同来的混子也围了上来，眼神不善地盯着我。我则毫不犹疑地摆一摆筷子："滚开点⋯⋯"杨杰立刻发了飙，站起来猛拍桌子，将桌子上的菜汤震得洒落四处。他指着我破口大骂："你别以为这是在晋平，这里可没有警察护你⋯⋯"

啪——

他的话还没说完，便被我一巴掌抽倒在地，旁边几个见状想冲上来，被我一人一

脚，全部都踹了个大马趴子。

我这一身力量，含怒出手，他们没有一个人能扛得住。小婧在旁边，一脸惊讶地看着我，说不出话来。想必她定然十分疑惑，这个温文尔雅、一脸和气的男人，在她父亲面前谦虚恭顺，在她母亲的讽刺下面不改色、毫不计较，却在这一瞬间就变成了杀气凛然的恶狼，这到底是怎么回事？

杨杰被我扇得头晕晕的，眼睛翻白，趴在地上直咳嗽，没一会儿，就吐出了三颗后槽牙来。他抬起头，半边脸都肿起来，一脸害怕地看着我。

见我们这边打了起来，旁边吃饭的客人纷纷离桌，而那餐馆的老板则跑过来劝。我蹲下身来，忍住心头的暴戾，揪住杨杰的脖子，咬着牙一字一句地说："我不是一个爱管闲事的人，也没有对别人的爱情，指手画脚的权利。但是你那一句'骚娘们'，真的让我生气了。本来像你这种爬虫一般的垃圾，根本就没有惹我生气的资格，但是你成功做到了。这里跟你讲一句，不要让我再见到你，见你一次，我打断你一条腿！"

我将他的头重重地磕在地上，然后从他怀里掏出钱包来，只有十几块钱，穷鬼一个。气得我连着又扇了他几巴掌，然后又从这几个倒在地上的家伙身上搜了几百块钱，递给老板当作饭钱。

这些家伙被我踹得重，躺在地上直哼哼。

我拉着小婧出了餐馆，看着门口停的这几辆摩托车就来气，几脚将这些摩托车踹倒，警报声刺耳地叫。旁边围了几个人，小心翼翼地看着我。我上了车，带着小婧扬长而去。

没有人明白我为何如此生气，只有我自己最清楚：在刚才的那一刹那，我突然想到了一个与我无关的女孩子，她叫王姗情。在鹏市小鬼闹闹事件之后，她在我心中已经彻底成为一个烂女人了。然而可恨之人必有其可怜之处，她要不是最开始交到了一个混子男友，说不定已经嫁人生子，安静地过着自己的小日子了，而不是现在一般，成为一个人厌人憎的邪教分子。

我在小婧的身上看到了王姗情的影子。

我一直把车开到靠近小婧厂子的附近，把车停在路边，看见远处肥虫子在追逐着一只花蝴蝶，心情才好转了一些。我将车窗打开，让微风吹进来，然后看着眼中饱含着眼泪的小婧，把纸巾递给她，说你要是信任我，跟我讲一讲你和杨杰之间的事情吧。

小婧抽泣了十几分钟，跟我讲起了她的故事。

故事不长。小婧是去年认识杨杰的，她读一中，杨杰读职中，两个学校挨在一起，经常见面，然后通过同学的同学的关系，就认识了。因为长得漂亮，杨杰对小婧一阵狂追，中间发生的故事不细说，反正两人就好上了。小婧觉得杨杰在那几个学校一带混得不错，有面子，所以一开始还是蛮开心的，后来经常和杨杰一起玩，成绩也就一落千丈，本来可以上重点线的，结果刚刚够大专。

杨杰这个人的脾气很烂，人也滥情，小婧想跟他分手，但是毕竟是自己第一个男人，总是有些舍不得。她不是一个有主见的人，结果迷迷糊糊地就被杨杰忽悠到了这边来。她在家是饱受疼爱的小女儿，在这小工厂里打工，哪里受得了这个苦，于是想着回家去，也想和杨杰分手。然而杨杰打定了主意靠着她，连那摩托车都是小婧从小叔那里骗钱买的，他怎么肯罢休？于是他威胁小婧，如果分手了，他就打死她；要是她跑了，他就回家去将我小叔小婶捅死……

我黑着脸听完小婧这段离奇的经历，心想杨杰那个人渣，我刚才动手实在太轻了。

我问她接下来打算怎么办？

小婧哭着摇摇头，说不知道。她不敢跟爸妈说，也不敢跟别人讲。她知道杨杰这个人，什么事情都做得出来，她宁愿自己一个人吃苦，也不能害了她的家人。我不知道小婧这些话里面有多少是真话，但是我却能够看见她压抑不住的惶恐和悲哀。像她这种涉世未深的女孩子其实是最傻的，也好骗，杨杰那小子如果真的有他自己说的那么能耐，也不会被我打了几次，都不敢还手了。

这世间就是有这么一种人，他们欺软怕硬，欺上瞒下，就像狗皮膏药，缠着你、黏着你，让你不胜其烦——显然，杨杰便是这号人。当天中午我就陪着小婧去她厂子里办了离职手续，小婧回宿舍收拾了些衣物，然后与跟她一起来的几个女同学告别。这几个女孩子显然也不喜欢杨杰，纷纷为小婧的离开感到高兴，也很羡慕她有我这么一个堂哥。她们的世界很小，在这些小女孩的眼里，开着这么一辆小汽车的我，应该就算是成功人士了。

离别的时候，相互都抱在一起哭了起来。

我在旁边静静等待，杨杰并没有跟过来，想来他也没脸去报警。当然，如果他去报警了，我也不怕。我手里还有两张牌，第一就是不知道管不管用的有关部门证件，第二便是这江城的黑老大段叔，我们虽然闹翻了，但是最后靠着大师兄的撮合和解，向他求助，也可以。

虽然我和杂毛小道给他下了诅咒。

我带着小婧上车离开，并且打了个电话，将此事告诉了小叔。小叔显然并不知道小婧具体的境况，但仍然十分感激。挂了电话，我才想起还有一个远房堂弟陆言也在这附近，只是没有号码。问小婧，她也不知道，于是只有作罢，返回洪山。

我征求了小婧的意见，先把她放在苗疆餐房学习出纳，过一段时间如果她愿意了，我还是希望把她送回家复读，考取一个大学。对于我们这种人家，那是唯一前途光明的出路。

接下来的日子，我便哪儿也没去了，就像母鸡抱窝一样，准备孵化出麒麟胎来。

第十六章　小妖朵朵强势归来

在等待小妖朵朵孵化的日子里，我化身为宅男，天天家里蹲着。

当然，我在家并非无所事事、吃吃睡睡的那种。

除了自身的打磨外，我还要做好两项计划：萝莉养成计划和肥虫养成计划。经历了缅甸的生死决斗，我明白了一个道理：唯有让自己变得更强，才能够更好地在这个世界上生存下去。我现在可以随便欺负杨杰这种普通人，但是却不敢做得太过，因为天外有天，人外有人，上头还有大师兄这么一伙人在，那么这世界的规则，就必须遵守。

对于我来说，我自身的道行是硬功夫，而朵朵和金蚕蛊则是我的软实力，一样都不能缺。

有了蛊丽妹送给我的五颗虫丹和魂玉，我便有机会开始对两个小家伙循序渐进地进补了。当然，这一切都是根据《镇压山峦十二法门》那本破书上面的记载。人闲暇下来，心静了，更加容易理解这些东西，所以我开始又一次深入地研究起破书来。哎，还别说，真有一些发现。

温故而知新，如是而已。

杂毛小道的生活也很规律，他通常是在清晨的阳光中静静打坐，偶尔会拾起身边的刻刀，在那血虎红翡上刻几刀；中午睡懒觉，下午去出摊算命，晚上便消失在洪山灯红酒绿的繁华之中。同样的还有虎皮猫大人，白天基本上都是在家中呼呼大睡，到了晚上，它就会跟朵朵和肥虫子逗弄一阵之后消失，没有人知道这只肥母鸡去哪儿了。

一开始我还有些担心虎皮猫大人被当作真母鸡给人捉了，炖了吃掉，后来见它每天都会回来吃早餐（跟小佛更帖一样准时），然后呼噜呼噜睡，终于安心了。

日子就这样平淡地过去，没有了让人整日惊心动魄、提心吊胆的事情发生，也没有林林总总的麻烦事找上门，所以那段时间无故事，能说出来的东西也乏善可陈。唯有一件事，中旬的时候，我领到了来自新工作的第一笔工资，三千多块钱，让我有一种吃干饭的愧疚感。

我啥事不干，愧对纳税人的钱啊！

麒麟胎在我怀中慢慢成长，就像春天里柔弱的嫩芽，每一天都会有新的变化。

朵朵修炼累了，就会让我把麒麟胎解下来，放在桌子上，然后我们两个大眼小眼，一齐看着蜷曲着身子的小妖朵朵。这个小妮子一点都没有变，连头发丝都是按照精确比例缩小的,我看着她那妩媚精致的小脸,感觉这小狐媚子比电视上的女明星,漂亮千百倍。

有的时候,我甚至能够用"炁"之场域感受到里面这个小生命的心跳声,或者是看到她紧闭着的眼帘上,眼睫毛微微地颤动着。每当这个时候,我们都会欢呼雀跃,真心地高兴起来,连调皮的肥虫子和慵懒的虎皮猫大人,都会跑过来强势围观。

这个坚强泼辣的小狐媚子,在这一刻,展现出前所未有的恬静和安宁之美。

肥虫子欢喜得把整个身子都附在麒麟胎上,而虎皮猫大人则留下了怦然心动的痕迹——哈喇子。

九月末的一天晚上,我刚刚洗完澡,坐在沙发上和洗完碗的朵朵一起看电视。

朵朵最近喜欢上了看《海贼王》,所以我特意去租了一套碟,闲着没事的时候就和朵朵一起欣赏一下那个要成为海贼王的男人以及他伙伴的故事。朵朵看得很投入,总是用手指数:"朵朵、肥肥、陆左哥哥、臭干爹、臭屁猫大人再加上小妖姐姐,我们就可以去伟大航路探险,找到哥尔·D. 罗杰的秘宝 OnePiece 了!"

她说得认真,而我却是一头黑线:这小孩,可真有想象力。

不过为了奖励这个辛勤干家务的小管家,每天一集,我还是会陪她一起看的。

今天这个时候,我胸口一阵震动,酥酥麻麻的,有点类似于手机来电时的动静。我心中一跳,难道是小妖朵朵要出来了吗?我赶紧把吊在脖子上的麒麟胎和槐木牌一同取下,放在沙发前面的玻璃茶几上。

我和朵朵两人屏住了呼吸,努力睁大眼睛,看着麒麟胎里面花生米大小的胚胎。

只见一直蜷缩着身体的小妖朵朵开始动了,她周身涌出一团莹白如牛乳的气体,这气体如同流质,将她的全身都包裹在一个不断旋绕的气团之中。我很难描绘我当时的感受,就仿佛在方寸之间,宇宙星辰变化的一切真理,都在我的眼中,一瞬间释放出来,其中的美丽和炫目,妙不可言。

过了一会儿,那麒麟胎越来越亮,如同一百瓦白炽灯一般,发出耀眼的光芒来。

这光虽强,但是并不刺眼,是一种近乎神圣的纯白色,牛乳一般,里面的瑰丽,让人叹服。仿佛是烧开了的水,白气里面咕嘟咕嘟冒起了泡泡,不断地冲击着麒麟胎整块翠绿色琉璃状的玉。有一种沉静中汹涌的力量往四处蔓延,如同活火山。终于,在一分钟后这股力量到达了临界值,我听到"嘎……"的一声响,麒麟胎上裂出了七个小孔,里间蕴含的牛乳白气全部都喷薄出来,将整个房间都变成了雾茫茫的世界。

我一看,麒麟胎中,空荡荡的,哪里还有小妖朵朵。

渐渐雾气凝聚,最终汇聚在玻璃茶几上空,形成一个很大的旋转气场,一个既陌生又熟悉的声音传到我的耳中:"大梦谁先觉?平生我自知。草堂春睡足,窗外日迟迟……老……呃、小娘又睡了多久啊?"

随着话音落下,不断旋转的白色雾气终于缓慢停歇,最终形成了一个身高一米七二的高挑女神,单脚站在茶几上。她身材火爆,有着修长的美腿和汹涌澎湃的胸器，脸上集清纯和妖艳于一体，正用那足以魅惑众生的桃花眼打量着我，那璀璨如星空的眸子让人心醉。

以前小妖如同芭比娃娃一般的时候，再美丽再妖艳也只是一个孩子，然而此刻，确是如同女神一般。

我突然感觉心跳有些加快，不知道说什么好。

女神伸了一个懒腰，伸出粉红色的舌头舔了舔蜜色嘴唇，说："好久没有吃人肉了，好想啊……"说完，她款款走下玻璃茶几，直接来到我的面前，一点招呼都不打，朝着我肩膀上张嘴就咬——

我刚开始还感觉到一种柔嫩的触感，有一根香滑的舌头在舔舐肌肤，然而突然就传来了一阵剧痛，这痛入心，我全身的肌肉和神经都紧绷起来——这丫头还真咬啊？我感觉肩头火辣辣的，鲜血汩汩地流了出来。我紧紧地握住了拳头，没有动，也没有反抗。

然而我的脸却绷得发青。

小妖朵朵牙尖嘴利，并不停歇，下口越来越重，我疼得五官都皱成了菊花。一旁的朵朵非但不管，而且还把右手食指放在嘴里，眼睛睁得大大的，愣着神看。我在某一刻实在疼得受不了了，然而一想起对小妖朵朵的愧疚，想起刚刚我还浑蛋得把她丢掉，便强忍着。

终于，与我生命息息相关的金蚕蛊实在受不住了，浮现在我的肩头，钻进了小妖朵朵的檀口中。

还是金蚕蛊疼主人。

肥虫子的特殊爱好小妖朵朵哪里不知道？她立刻放开了我的肩膀，呸呸呸，吐了我一脸的血沫子。胖乎乎、金灿灿的肥虫子仍然在她的烈焰红唇上逗留着，于是被小妖朵朵揪起来，往电视机扔去。小丫头片子带着嚣张跋扈的表情，瞪着我，眼睛水汪汪。我对面前这个大了几号的小妖朵朵，感觉有一些陌生，张了张口，终于蹦出一句话："呃……醒过来了？"

"疼吗？"小妖笑吟吟地看着我。

"疼！"

"知道为什么咬你么，嗯？"鼻音绵长。

"呃……因为你好久没有吃人肉了？这样不好，你是草木成精的，要多吃素，这样子对你的身材会有好处的。"因为小妖那颇成规模的汹涌波涛，离我鼻尖只有几厘米，我边说边咽口水。还没咽第二口，"啪——"我脸上立刻被扇了一巴掌，变得通红。

这一巴掌扇得我恼火得很，我天天像个老母鸡一样护着她，换来的竟然是一巴掌？于是伸手抓住了这作恶的小手，我一通火大："小丫头片子，你别得寸进尺，小哥我长这么大，我爹娘不算，就被人扇过两耳光！这两耳光，还是你打的……"

小妖朵朵露出得意的笑容，奋力挣扎，张开嘴又想来咬我。
　　我立刻毫不犹豫地念起了"缚妖咒"，这刁蛮的女神浑身一颤，身形逐渐缩小，最后变成了比朵朵大一圈的小美女。我见她一副痛苦的表情，心中一软，没有再念，心中却有些慌：我怎么这么冲动啊，说好要让她的，这一闹，她肯定得走了。
　　没承想变回原样的小妖朵朵没有再挣扎，而是嘟着红唇，在我血肉模糊的右肩上，轻轻地吮吸了一下，然后抬起头来，语气低低地说："谢谢你，陆左……哥哥！"

第十七章 "醉不成欢惨将别,别时茫茫江浸月"

"小妖姐姐,我好想你啊……抱抱!"

两个小萝莉紧紧抱在一起:朵朵平胸西瓜头,小脸精致婴儿肥,眉目之间有倾国倾城的潜质;小妖朵朵别的不说,那一双眼睛妩媚得能滴出水来,而且按比例缩小的样子,有一种奇特的美丽。她们以前是共用一个灵体,这是两个小姐妹第一次相拥,小脸紧紧依偎着,耳鬓厮磨,让人好是羡慕。

我家的肥虫子还算是有良心,回到我的肩头,帮我止住伤口的血。

不过它的一双黑豆子眼,一刻也不曾离开小妖朵朵的酥胸。

搂了一会儿,朵朵才松开小妖,跑过来看我肩膀上面的伤口,忍不住流出了眼泪:"小妖姐姐,你怎么这么狠啊,陆左哥哥这段时间可心疼你了,我们天天都好希望、好希望你能够醒过来呢……以后不许打架了,不然我就、我就哭给你们看……"

小妖朵朵伸出粉红色的舌头舔了舔唇上的鲜血,有些略带小得意:"哼,别以为小娘我在麒麟胎里面,就什么都不知道。你居然敢跑到夜店里面乱搞,不但摸了人家的小馒头,而且还把装着小娘我的麒麟胎给弄丢了——最可气的是什么你知道吗?夜店里面的女孩子有多脏,给那么多人摸来摸去,你,你这个家伙,看我不咬死你……哼!"

我摸了摸鼻子,说,小丫头片子你到底想要说什么?

小妖朵朵叉着腰、皱着鼻子哼哼:"呸,男人没一个好东西……"

她这句话说得风情万种,让我有一种奇怪的感觉,朵朵睁着一双大眼睛看着小妖,表示听不懂:"陆左哥哥很好啊,朵朵最喜欢陆左哥哥了,呃……也喜欢小妖姐姐,也喜欢肥肥……反正大家都喜欢。"小孩子讲话没什么逻辑,不过倒是让气氛好了很多。

小妖朵朵翻了一个身,在布艺沙发上蹦跶,看看自己的手,又看看自己的腰,还揉了揉自己的酥胸,显然对这副身体很满意。

我也很好奇麒麟胎孕育的妖身,到底有什么独特之处,于是伸出手,将小妖朵朵拉到面前来,感觉她肌肤冰冰凉,又有一种玉质的温润。小妖朵朵被我一拉,脸突然有些羞红,抬头看我:"小毒物,你这是要非礼我吗?"我被她语气里面的戏谑给羞得老脸一热,说,呸,你们两个小屁孩子都被我当女儿来养,摸摸手就非礼你?

这一下两个朵朵都回嘴了:"谁是你女儿,放屁!"

"陆左哥哥,你怎么这么不害臊啊,我可不是你的女儿啊……"

……

两个小萝莉顿时对我三百六十度无死角地一顿猛批,搞得我连还嘴的功夫都没有,叽叽喳喳,就像两只小麻雀。我很悲哀地发现了一件事,我已经从以前说一不二的一家之长,沦落成了弱势群体。我很无奈地看着金蚕蛊,它幸灾乐祸地笑,摇头摆尾的。

我想幸好这肥虫子不会说话,要不然我可真要疯了。

吵闹一阵,小妖朵朵开始卖弄自己所获得的妖体到底是怎么回事了:麒麟乃上古瑞兽,传说是龙与牛交合的产物。当然传说终归是传说,做不得真。不过这麒麟胎夺天地之造化,汇日月之精华,藏在地下成千上万年,底蕴深厚,厚积薄发,所以,首先修行道路会事半功倍;其次因为是玉身,抗打击能力很强;最后便是……活得久!

小妖朵朵很得意,等到陆左你变成白骨头了,小娘我估计还能活个几百年呢……

我很不客气地说她:"老妖婆……"小妖朵朵想打我,又怕我念缚妖咒,气得直翻白眼。这个咒法并不能够克制一切妖怪,只因我以前留了一道气息在小妖朵朵的身体中,所以才会有如此奇效。越亲近,越伤人,是不是这个道理?

我有些得意,孙悟空再厉害,终究敌不过唐僧的紧箍咒。

这时门被推开,本来夜不归宿的杂毛小道和虎皮猫大人双双回返。见到身材火爆的小妖朵朵,杂毛小道的眼睛贼亮:"虎皮猫大人说今天晚上有喜事,贫道特意推开一切应酬,抽空回返。果然,还没回到楼里,就看到这房间里红光冲天,瞬息即逝,我就知道我家小娘横空出世了。哈哈,过来,抱一个!"

小妖朵朵一脸嫌弃地呸,说一身的廉价香水味,先去洗澡,脏死了。

杂毛小道却不管,径直跑过来紧紧搂着小女孩一般高的小妖朵朵,脸上露出了幸福而猥琐的微笑:"萝莉身高御姐脸,真是神奇啊……小妖,怎么现在变得这么讲究了啊?"抱完小妖朵朵,杂毛小道又来抱朵朵:"乖乖,怎么有些委屈啊?来,干爹疼你……"

虎皮猫大人也腆着脸皮飞过来,想要抱抱,结果被小妖朵朵一脚踹开。

平日里霸气威武的虎皮猫大人趴在沙发上哭泣:"嘎嘎……不公平!杂毛抱得,为什么大人我抱不得?"

小妖朵朵从麒麟胎中破茧而出,是一件让人高兴的事。就像期待已久的秋天,终于瓜熟蒂落,丰收了一般。气氛很热烈,我们在客厅的布艺沙发上聊天打闹,相互着玩笑,朵朵的可爱萌和小调皮、肥虫子的无所顾忌、小妖朵朵叉着腰的泼辣娇蛮女王范、虎皮猫大人的装波伊和一针见血的骂声,让这个晚上的时间过得特别的快。

我想说的是,那是我 2008 年最快乐的一个晚上,充满了浓郁得让人沉醉的友谊。这种感觉,即使是我后来与黄菲在一起的那个夜晚,都无法相比。

一直到凌晨一点钟,我们吃完了朵朵给煮的夜宵汤圆之后,连吃了两碗的小妖朵朵朵（因为已经恢复了妖身，所以可以吃东西了）突然说出了一句话："吃完了，我要准备离开了……"

我脸上的笑容僵了下来，周围的喧闹立刻变得宁静。

朵朵拉着她的手，说，小妖姐姐，你说什么啊？我们大家在一起不是很好吗？干吗要走啊？小妖搂着一瞬间急出眼泪来的朵朵，在她洁白的额头上面轻轻吻了一下，说："天下没有不散的筵席，有相聚，便有离别。虽然我很想念朵朵你，想念肥肥，想念臭杂毛、臭屁猫大人，想念臭陆左，但我还是有自己的事情要做啊，所以我需要离开了。"

朵朵使劲地摇头，晶莹的泪豆子洒下："为什么？为什么？为什么……"

我感觉自己的嘴巴发干，见到杂毛小道朝我猛使眼色，于是出言说道："小妖，你要是有什么事情需要做，说出来呗，我们大伙一块儿想想办法嘛……"杂毛小道和虎皮猫大人立刻点头赞同，是啊，是啊。

小妖朵朵哈哈一笑，伸手揉了揉朵朵肉乎乎的脸，又将虎皮猫大人一身漂亮的羽毛弄得杂乱，她得意地说："小娘我这次王者归来，有几件事情要办……至于是什么呢？哈哈，不跟你们说了，很私人的事情。比如，我有一个青梅竹马在等我呢。嗯，不用你们管。我必须得走，谁都不准留！"

朵朵紧紧攥着小妖朵朵的衣角哭："呜呜……那你带着我走。"

我立刻脑门出汗：小丫头之前还安慰我，说不会离开我的，怎么这会儿就变卦了？不过我还没有开始伤心呢，朵朵另一只手又拉着我的衣角："还要带上陆左哥哥！"

虎皮猫大人立刻强势插入："还要带上虎皮猫哥哥……"

一直说到了凌晨两点多，我们勉强把朵朵哄去修炼了，众人散去。小妖朵朵问我，答应她的翡翠项链呢？我连忙从房间里拿出首饰盒，将挂链和吊坠重新连接好，递到她面前。她喜滋滋地接过来，比在自己的脖子上，一脸自信地问："漂亮吗？"

我点了点头，说，漂亮，玉配人，人配玉，相得益彰。

她开心地笑了，说，没想到你这么会说话。我沉默了一会儿说，你真的要走啊？她点点头说，是啊，等朵朵一会儿打盹了，我就离开了。这些日子给你添麻烦了。这狐媚子这么一客气，倒是让我有些不自在，说就不能不走吗？你看朵朵也离不开你。她转头回去看了一眼在窗边打坐的朵朵，说不行，她真的有重要的事情。不过她记得我的号码，没事会打电话回来的。

我说哦，心中却不由得一阵酸楚，淡淡的，不知道说什么好。

我们沉默了很久，一直等到朵朵开始"小鸡啄米"之后，小妖朵朵抬起头，对我说："陆左哥哥，要加油啊，希望下一次见到你，会变得很厉害、很厉害哦……加油！"说完这些，她拿着那串用废的麒麟胎，消失在我的视线里。我望着小妖朵朵消失的地方，心中像是被什么紧紧抓住了，恍然若失，沉沉的痛楚浮上心头。

我下意识地来到窗边，发现本来应该在打瞌睡的朵朵，静静望着窗外，流了一脸的眼泪。

小妖朵朵，这个小狐媚子终于离开了我们。自从今年春节后她突然出现开始，从恐惧、忌惮到现在的朋友和亲人，我们之间发生了很多故事，然而，她终究是要离开了……

她还会回来吗？不知道怎么的，我眼泪夺眶而出，望着这个陷入沉睡的城市，默默无语。

两天后，我接到了我母亲打来的电话，说我奶奶突然脑溢血去世了，让我赶紧回去奔丧。

第十六卷　矮骡子的逆袭

第一章　奶奶故去，千里奔丧

2007年8月末，我的外婆去世，我匆匆赶回了晋平，结果遇到了改变我一生的金蚕蛊。

2008年10月初，我的奶奶也故去了。接到电话后我立刻交代了手上的事情，跟杂毛小道匆匆告别，带着我堂妹小婧乘车前往东官厚街汽车站。在那里，每天中午两点钟有直达晋平的长途汽车。我本来想过年的时候再回家，去见黄菲一面，好决定终生，然而命运好像转盘一般，不知下一秒停在何处，没想到身体一直健康的奶奶，就这么突然走了，没有给我留下一点儿心理准备时间。

我在故事最开头的时候曾介绍过我母亲一家的情况，对我父亲这边却说得比较少，这是为了行文的简洁流畅。然而论起关系的亲密程度，还是我父亲这一边要近些。

陆家在晋平是一个大姓，我曾经看过我父亲压在箱子底的一本族谱，林林总总的名字和分支，组成了一个很大的房族。远房不说，光我爷爷就生了四个儿子两个女儿——我大伯住在乡下，我爸排行老二，三叔在我家大敦子镇最近的村子里，小叔住县城，是林业局的职工，两个姑姑都嫁到了本市（州）。

这格局，竟然和杂毛小道家的情况一模一样，要不怎么说我们俩有缘呢？

我奶奶一直在我大伯家住着，带她的两个重孙子。她去年过年的时候还被我大伯家的堂姐带着去海蓝旅游了一圈，身体向来很好。我最近一次见她，是在外婆的葬礼上，那时候忙得头昏脑涨，都没有跟她老人家讲上几句话。后来又是各种事忙，除了偶尔想起来打打电话外，还真没怎么挂记她。

没承想，现在竟然阴阳两隔了。

躺在长途汽车卧铺上，我不断地回想起小时候奶奶在我家带我的事情，许多原本已经淡忘的细节又一点一点地浮上了心头。那是一个穿开裆裤的小屁孩和一个一脸慈祥的小老太太的尘封已久的故事。没有什么惊心动魄，只有淡淡的温馨。

和始终一脸严肃的外婆不一样，我奶奶是那种很传统的家庭妇女，一辈子田间地头地操劳，忙忙碌碌，勤俭持家，从来没有跟别人红过脸、拌过嘴，整天笑眯眯的，慈祥得很。所以我从小，喜欢奶奶多过外婆。

然而，她们在这一年多的时间里，相继离开了我。

我突然有些痛恨起自己来：竟然连奶奶死前的最后一面都没有见着，我是何等的不孝？上次我还记得奶奶跟我说过，让我赶快娶个媳妇，然后生个大胖小子，她来帮我们带。可是……当我们拥有的时候，觉得平淡无奇，唯有失去，体会到揪心一般的疼痛，才会想要去珍惜，去想念别人的好处。

比如奶奶，比如……小妖朵朵。

头天中午上车，到了第二天凌晨五点多才到达晋平县城。这时候天还没亮，正是一天中黑暗最浓郁的时刻。小婧晕车，吐了一路，下车后，我带她到车站的公厕洗漱一番，然后拉着行李箱，在昏黄的路灯下，慢腾腾地沿着滨江路，朝我小叔家走去。

走到半路，我路过一个巷子，忍不住地往里面看了一眼，黄菲家就在巷子里的第五家。

我心中的伤感被冲淡了一些，然后又没由来地一阵心慌。

这里面有一个姑娘，是我名正言顺的女朋友，然而半年多没有任何联系，我尽量不让自己去想她。到如今，我发现自己已经对她没有任何了解了：现在过得怎么样？是否还惦记着我？是否还爱我？所有的疑问都浮上了心头，我望着巷子里在暖黄色路灯下摇曳的树影，心中一点儿底都没有。

黄菲的父亲果然是老狐狸，所谓的一年之约，其实就是一个陷阱。

当热恋进行了冰水一般的冷却之后，还剩下什么呢？

我不得而知。心下生起不顾忌那劳什子一年之约，去见黄菲一面的冲动。我心头所有的疑问，我很想立刻得到答案。小婧见我停住了脚步，问，左哥怎么了？

我摇摇头，叹息一声，说没事，我们回去吧。

到了小叔家，小婶已经起来了，正在等着我们。我小叔不在，他昨天早上就赶回乡下大伯家去了。因为急着回去奔丧，我也没有多做停留，喝了一口水，便想赶紧回乡下去。小婶说去新化乡（我大伯所在的乡，大敦子镇再过去一点）的班车最早要八点多钟才有，先等一等。

即使到了乡场上面，再转往我大伯所在的村民小组，也需要找车。我想了一想，掏出手机打给在公安局的好友杨宇，跟他借辆车。这时候还不到早上六点，杨宇接到电话有些懵，不过当听出我的声音后，很惊喜地问我在哪里？我说我回来了，然后把我家里出的事情跟他讲了一下，说想跟他借辆车，这几天跑跑。

杨宇一口答应，说十分钟后十字路口见。

我跟我小婶说我要回去了，问她们去不去？小婶说家里面还有些事，而且到时候还要发讣告，县城需要有人，让小婧先跟我去。因为我在南方照顾小婧的缘故，原来

横眉竖眼的小婶对我的态度好了很多。

我又提着行李和小婧来到十字路口，没一会儿，杨宇便开着自己的那辆越野车过来了。久别重逢，两人紧紧握手，他问我近来可好，怎么好久没有我的消息了。我说过得不错，反正没死。两个人说了一阵话，我问这车开走你方便不？他说没事，反正出任务有公家的车开，误不了事的。

我急着回去，让他帮我跟马海波问好，便准备走了。

杨宇表情变得有些古怪，欲言又止，我问怎么了？他嘿嘿笑，说你和黄菲是不是散了啊？怎么对人家一点都不关心？我说没有，不过……说来话长，等忙完了这几天，我再跟你聊吧。杨宇见我眉上有悲色，知道我心情不好，拍了拍我的肩膀，说节哀吧，兄弟。

我坐上驾驶位，与杨宇挥手告别，载着小婧离开了县城。

小婧坐在车上，看杨宇还在后面挥手，羡慕地说左哥，你还认识这个警察啊？我说是啊，怎么了，你也认识？小婧猛点头，说她今年六月份的时候，杨杰他们打群架，结果警察来了，他们全部都蹲在地上。后来这个男的就来了，听警察们都喊他杨队，好威风的咧。

杨队？照理说小混子打群架，一般出面的不是派出所就是治安队，难道杨宇换到治安队，而且升职了？半年前他还是一个刑警，现在一下子就混成队长了，这小子还没跟我说。不过想一想，杨宇的后台也大，工作几年了爬到这么一个位置，说实话也算是低调的了。

小婧看我的眼光都有些发亮："左哥，想不到你在我们县城这么吃得开啊？"

我摇了摇头，笑。小叔是个嘴严的人，不会把我的事情跟别人乱讲，而且我小婶他们几个又有些城里人的清高，所以会瞧不起我，向来如此。当然，我也不太在意这些东西。

一个人自己看得起自己，足矣。若再有三两意气相投的好友的话，则幸甚。

回家的路曲曲折折。山路蜿蜒，路况并不是很好，虽然是越野车，我仍旧开得很小心，将近两个多钟头，才到我家。我父母都不在家，都去我大伯家操办丧事了，我没有钥匙，所以也不停留，又驱车前往新化，终于在九点多钟，到了我大伯家。

远远看到场院里盖起了个黑塑料皮顶的木头棚子，周围一堆人，我心中顿生酸楚：七年前，也正是这么一个时间，我爷爷也是刚刚走。七年后，奶奶也寻他而去了。

我们总是不舍得自己的亲人离开，但是却不得不面对这样的事实。

我和小婧的到来立刻引起了人们的注意，很快，我所熟悉的面孔全部都出现了。在母亲的带领下，我来到灵棚里，奶奶已经入殓了。灵棚正中间放着一口大黑棺材，前面挂着奶奶的遗像，这个苍老的、枯瘦的、一头白发的小老太太，正慈祥和蔼地看着我，微笑。

我的眼泪在那一瞬间就掉了下来,感觉心被击打得分外疼痛。

我觉得这笑容实在太刺眼,让我无地自容。

将头一磕到底,我伏在草蒲团上面低声地哭泣着:奶奶,陆左回来了,你最疼爱的陆左回来了……灵棚里香烛萦绕,有一个音响反复地播放着佛教音乐《大悲咒》。

灵棚里灯光昏暗,这个时候朵朵也从我怀里的槐木牌中浮现出来,乖乖地跪在地上,给棺材里面躺着的老太太,磕头。当然除了我之外,没有人能够看见她。但是她磕得很认真,小脸上满是严肃的悲容。

我感觉自己的肩膀被轻轻拍了一下,抬起头,只见我的父亲站在我身后。小半年不见,我一直都在生死边缘挣扎,此刻见到父亲那已经苍老的面容,忍不住站了起来,紧紧抱着他和我旁边的母亲:"爸、妈,我想你们了……"

第二章　乡下酒席

　　我和小婧辗转奔波了差不多一整天，路上基本没吃过东西，我身体好，没感觉到什么，小婧已经蹙着眉头，难受了。我二伯妈赶紧领我们去厨房吃油茶。坐在烟熏火燎的厨房里，喝着油茶，我的心情才舒缓一些。丧事需要忙的事情很多，我父母虽然很舍不得我，但也只是陪着说几句话，便忙去了。

　　穿上了白色的孝服，我和小婧坐在厨房的矮板凳上吃着油茶，旁边围了好几个亲戚，有同辈的，也有上一辈的，问东问西。也有人问我车是哪里来的，是我的吗？我摇摇头说是借的，小婧是小孩子心性，她说是左哥从一个当公安局队长的朋友那儿借的。

　　旁人纷纷惊叹，说哇，还有这样子的朋友呢……

　　我一个远房堂哥递了一支烟给我，我摆摆手说不抽，他嘿嘿地笑，说是不是嫌我的烟太撒（烂的意思）？我说不会抽烟，真不会，小婧也知道的。他仍旧疑惑，自己把烟点上，说你一个大老板，烟都不抽，忒省了点吧？然后就开始讲自己如何如何难了，说下面娃娃要读书，上面的老人又没有养老钱，媳妇天天吵架嫌他没本事……诸如此类的诉了一通苦，最后的意思是要我拉扯一把。

　　我点头说莫得事的，能帮就帮吧——这个远房堂兄是我二伯这村子有名的懒汉，尽想着天上掉馅饼。对于这种人，升米恩、斗米仇，我也只是说说而已，当不得真的。

　　我坐了一会儿，出来歇口气。奶奶死了，来了好多亲戚朋友，我们这房族大，各家各户都来人，所以很热闹，场院里摆着一张张的麻将桌，一堆人在那里推起麻将来，烟雾缭绕，喧嚣震天，大家玩得不亦乐乎。关系远些的亲戚和邻居，脸上笑容满面，喜气洋洋，感觉这不是葬礼，而是一场滑稽的聚会。我心里面很不舒服，然而这便是习俗，光凭我一个人是改变不了的。

　　我大伯过来跟我商量，说今天办酒，明天出丧下葬，需要去采办些东西，村子里只有一辆小货车，让我帮着也跑跑。我说好，开车来本来就是忙这个的。他很高兴，拍着我的肩膀说有出息了。

　　中间我母亲跑过来找我，把我拉到一边，问我最近都干了些啥？

　　我奇怪，说还不就是跟省屯的阿东在南方洪山那边，合伙开了一家餐厅吗？都是正常生意，不会给你丢人的。我母亲抬起手给我脑门来一下，骂说你这小子长大了，翅膀硬了是吧？我问的不是这个，是你跟黄菲的事情。去年黄菲这妹崽还经常来家里看我，今年自你上次回来过后，就再没有消息了。到底咋回事，不会是人家姑娘家嫌弃你没有正经工作，不要你了吧？

我母亲虽是老来得子，但是并不娇惯我，该打打，该骂骂，一点也不含糊。

我很无奈地说哪里跟哪里啊，你儿子现在是提供正经工作给别人，还愁这个？我和黄菲的事情，是因为她家人反对，所以暂时分开一段时间，冷静思考一下而已。我母亲递给我一个东西，我接过来一看，是一串钥匙。母亲说这是那个杨警官送过来的，让我拿着，我的事情她管不着，但是总要让她临死的时候，能够抱到孙子，要不然她活这一辈子，真没个意思。

我忙不迭地点头，说到时候给你生一群孙子，烦死你。

我母亲就笑了，说你这死小子，你以为我不懂呢？人家是有工作的人，违反了计划生育，国家不答应，要开除的。

接下来的时间我就忙活起来了。在农村参加过丧事的朋友都知道，讣告、迎接、采办、哭灵、哀悼、花圈挽联、坟地选址……乱七八糟的事情，繁杂得很。而且我们那里还有一个"新风俗"，就是请一些草台班子来唱戏，不是传统的唱腔戏曲，而是唱老一些的通俗歌曲，比如《母亲》《妈妈的吻》以及时下流行的刀郎，图个热闹。

这个东西也是近年来流行起来的，稍微宽裕一些的人家都会请，不然会被人说子孙混得太差，忒穷。当然，吹喇叭、唢呐、打锣的人也少不了。这是面子和攀比的问题，我虽然极其不喜欢，但是仍旧忍受着这种恶俗的事情。

坟地是请了一个附近有名的风水先生看的。老先生早先是个小学老师，退休之后捡起了罗盘，凭着几本易学杂谈竖起了招牌。我去看过那坟地，选得中规中矩，不凶，但是说有多富贵发达，也纯属扯淡。我之前曾在家里干过这些，算是个同行，跟他说话，往往能够一点就透，交流一番之后，他连连拱手求饶，说小先生你是高明之人，何必为难老夫？要早知道是您的奶奶，老夫就不接这单活儿，平添笑话。

我摆摆手也笑，说术业有专攻，风水堪舆之道，我也只是略懂，相互印证罢了。

我在家乡帮人算命看香的时间很短，只有区区两个月，但是影响却很大，很多认识我的人见到我，都叫我陆先生、小先生，尊敬得很。乡民们的文化程度有限，认识也浅薄，但有一点，认定你有本事，就毕恭毕敬，好得很。我忙了一下午，到了吃饭的时候，我大伯就来请我坐上席，不要忙了。

晚上是丧礼的正酒，差不多有二十来桌人，所谓上席，就是我们这个房族几个混得比较好的长辈和村里的几个头头在的桌子。我并不乐意跟一堆老家伙凑在一块儿，而且我也有认识的朋友需要招呼，便推辞不去。正说着，不远处来了两辆警车，停在路边的空地上。车门打开，马海波、杨宇还有刑警队的几个人，都走了出来。

这几个家伙的气势有点怪异，本来正准备开席的热闹场面，一下子就静了下来，所有人都面面相觑，以为谁家小子犯事了，惹得警察来抓。

马海波领人过来，我大伯看他们冲着我来，有些慌，说阿左，你莫是犯事了？正说着，马海波走过来跟我握手，说要不是听杨宇说起，哥哥还真的不知道你回来了。真是的，也不早点打声招呼，害我火急火燎地跑过来。哦，节哀啊……

我耸了耸肩膀，说刚刚回来，没来得及呢。寻思着过几天再去找你们。

马海波说老人去了，总是要上个礼的。旁边的杨宇和几个我认识的警察都跟我打招呼，说这事情得告诉大家伙儿的。我大伯听到这对话，有些惊讶，连忙帮着招呼。马海波执意带着杨宇等人去灵堂拜祭了一下我奶奶，然后又到负责登记收礼的桌子前把礼金给交了。

他们总共来了六个人，我大伯马上给安排了一个里屋的桌子，也不让我去上席了，就陪着这伙朋友吃饭。我那边也来了一些打小的朋友，跟他们打了个招呼之后，便过屋来陪马海波他们喝酒。

其实马海波等人会来我并不意外，都是朋友了嘛，然而让我难过的是居然是六个糙老爷们，黄菲没有过来。虽然有一年之约，但是我奶奶去世的事情显然比她父亲弄出来的限制要大得多，连马海波、杨宇都来了，她却没有来，这个样子，实在是很反常啊！

我有种不祥之感。

不过当着这些人的面，我也不便细问，当下也只是跟他们扯淡闲聊。杨宇升职的事情我也问了一下，他有些不好意思，说过几天单独请我吃饭。乡下地方的酒席十分简陋，都是些鸡鸭鱼肉的大锅菜，一盆一盆地煮好现舀的。酒是农家自酿的苞谷酒，又辣又上头，喝了几杯，几个人都不说话了，马海波拍着我的肩膀，咳了咳嗓子，说陆左，其实你这次回来，真正是巧了，我正想着去找你呢。

我一听他这话里的意思，便问是不是又碰到什么棘手的案子了？

马海波朝门外望了一下，有些犹豫，说，也不是案子，就是有些奇怪，还记得上次我们一起去青山界围剿矮骡子的事情吗？我说，记得啊，这咋能不记得呢。马海波说，那你还记得吴刚得的那场重病吧？我脑袋里顿时有些混乱，想了半天，才想起来不是缅甸那个向导吴刚，而是围剿矮骡子时带队的武警吴队长。

我说，他上次被死去的那个小胡鬼缠身，我还特意跑到湘南把那怨念超度了。到底怎么了，突然提起这个来？

马海波和杨宇他们几个相互对视，犹豫着不说话。我用筷子敲了敲酒杯，发出清脆的响声，说有话快讲，有屁快放。今天哥几个过来祭拜我死去的奶奶，是给我陆左面子。是兄弟，就直接说。

马海波点点头，沉声说道："陆左，今天来找你，也是想求你帮忙。事情是这样的，那次去围剿矮骡子，吴刚手下有两个兄弟后来莫名其妙地死了，就在前两天。而罗福安——你还记得我手下那个胖子不？——他头两天也突然得了重病，送医院治也治不好，说没几天时间好活了……"

杨宇十分不好意思地说："你奶奶明天下葬，出殡的时候你这孝子贤孙肯定要在，可是罗福安再不救，只怕就死了，所以，所以……"

我睁大了眼睛，一拍大腿：老子一回家就遇到这种事，这事情怎么就这么巧？

第三章　病房里的鬼水母

难怪我感觉马海波这个人平日里大大咧咧的，今天却含糊得很，原来是因为这事儿。

不过说来也是，一般情况下这种忙我是毫不犹豫就答应的，然而偏偏现在不是时机：奶奶明天下葬出殡，我虽然不是长房长孙，不用端灵牌领路，但是今天夜里我是要跪着守灵的，明天早上去出殡下葬，扛棺材的那几个人里面，我也是要算一个的——这是规矩，不能不遵守。你不做，无论你混得有多好，就算你当了县太爷，也会被别人戳脊梁骨，骂你不孝，什么难听的话都会传出来。

我说过，在我们那里，世界太小了，东家长西家短的闲话说得让人头疼。

我倒不打紧，左耳进右耳出，如清风一阵过。但是我父母却常年在这十里八乡地来往，我这个当儿子的，可不能让两位老人家受这气。我爸倒还好说，一辈子都老实巴交的，三棍子打不出一个闷屁（此处绝无对他老人家不敬之意），拙于表达，也不擅沟通；我妈却不行，她这当大姐的人，向来要强，最受不了别人的闲言碎语。

马海波和杨宇将这意思说完，都没再说话，满脸期望地看着我。

我犹豫了一会儿，没吭声。

马海波和杨宇算是老油条了，也没说话，倒是一个年轻小伙儿脸立刻就红了，着急得眼泪涌了出来："陆先生，你救救罗师傅啊……"——"先生"一词，在我们方言里并不是常用语，家里面向来是称兄道弟攀亲戚，实在不行就叫同志，这个词向来是对风水算命师傅的敬称。这个小伙儿我也见过，在色盖村碎尸案的专案组里面，还睡过一个房间。刑警队是老人带新人，看来这个是罗福安带的人，有感情，所以才会如此着急。

这个时候我大伯和小叔过来敬酒，见气氛有些僵，问怎么回事？

马海波将情况讲给他俩听。大伯看着我说，听别人传你接了你外婆的班，却想不到你还有这本事。那去一趟呗，救人一命胜造七级浮屠，你奶奶要是地下有知，也会得意的。我小叔说，这么多个堂兄弟姐妹，不差你这一个守灵的，放心，你奶奶最疼你了，不会怪罪你的。杨宇和几个警察也在旁边附和着，特别是那个年轻警察，眼眶都红了。我想了一下，现在晚上七点，如果来得及的话，我完全可以赶回来。

于是我起身前往灵棚，到我奶奶的灵前重重地磕了三个头，然后与马海波等人离开。

借杨宇的车子因为要留下来接送亲戚，于是我把钥匙递给小叔，乘坐着马海波的车子离开。路上我问到底是怎么回事？马海波告诉我，吴刚手下那两个武警，一个是突发性肺炎，一个是落水死亡，而罗福安则是病毒性高烧，医院也检查不出个所以然来，本来今天中午就准备转院到市里面去的，但是听杨宇说你来了，便想让你来看看，毕竟你在这方面，是大师……

我说，得了吧，咱们几个人，没必要这么肉麻吹捧。

杨宇在后面笑，说，还真不是吹捧，我感觉你这个人有灵性，气场足得很。我昨天晚上做噩梦，又梦到我拉出了一坨全是黑色虫子的屎来，吓得一身冷汗醒了过来，结果你的电话就打过来了。坐在副驾驶的我扭过头去含笑威胁："看来你很怀念那种味道，要不要再试一试，当然，我的花样越来越多了……"

杨宇吓得又冒了一身汗，连连摆手："不用了，不用了……"

我们哈哈大笑，车里面有着浓浓的情谊。

原本有可能成为敌人的一伙人，现如今是亲密无间的朋友，这便是宽恕和圆滑的作用，比暴力更有力量。当然，这些都是值得一交，而且足够聪明的人。而某些混不吝，你越退让，却越蹬鼻子上脸，欺压到你头上来。一个男人的成长，就在于审时度势，该恶的时候恶，该善的时候善，分清楚谁是你的对手，谁是你的朋友，这远远比财富更加重要。

所幸我渐渐地知道了这些，同时我也更加明白一个道理：争勇斗狠，就会四处树敌，无论你有多厉害，终归有比你厉害、比你狠毒的人出现。所以，养蛊人的"孤、贫、夭"三结局，其实也与这个有关。

然而，遇到这世间的不平事，就忍了、就让了、就无动于衷麻木了吗？当做看客旁观，可以吗？

每一个血液未冷的人都不会这么做。

我不是圣人。当我开始渐渐用另外的视角来看待这个世界，我惊恐地发现：无论我们怎么挣扎，这天道都一直在我们的头顶上缓缓运转，从不偏移。命运的河流无论如何分叉汇合，最终都会流入大海，不可逆转。

什么是大势？这便是大势！

即使你知道会这样，你看到了，但是仍然不可避免地随波逐流而去。

罗福安在县人民医院住院部的三楼病房，门口守着他婆娘和一个柔弱得像豆芽菜的少女。

我们到病房的时候，已经是晚上九点。十月份有些秋凉，这娘俩挤在走廊的长椅上，瑟瑟发抖。马海波走过去抱着罗福安七八岁大的女儿问，丫丫，怎么都在外面等着啊，进去啊？丫丫摇了摇头说，里面好冷啊，不去。罗福安他婆娘在旁边解释说，刚才孩子闹，说太冷了，结果就跑出来了，本来打算去里面睡一觉的，结果这妮子死活都不肯。

马海波笑了笑，说，孩子嘛，总是不喜欢病房里面消毒水的味道，且由她吧。

我看这孩子一双恐惧的眼睛，发亮，有种不自然的飘忽。于是我的警觉性提升起来，将右手中指放到唇边，沾了一点口水，然后将手放在空中，有一种汗毛微凉的酥麻感；而当我的眼睛开始关注到病房里面的时候，一种阴森寒冷的诡异感觉，立刻从我心中浮现起来。

不对，这房间里面有古怪。

我伸手将后面的马海波几个拦住，快速念了一段"金刚萨埵法身咒"，然后双手结着外狮子印，一步一步地走近病房门。不知道是马海波他们单位福利待遇好，还是罗福安的病情比较特殊，反正这是一间单人病房。透过门上的玻璃，我可以看见一个胖子正躺在床上眯眼睡觉，因为怕打扰他的睡眠，所以关着灯，黑黑的。

在模糊的视线中，我看到一个古怪的东西正浮在罗福安的头上。

这景象只有通过朵朵赋予我的鬼眼，方能够看清。

这是一个如同悬浮水母一般的东西，柔软如水中头发一般的身体在罗福安的头上逗留着，没有颜色，所以一般人是看不到的。但是因为它的存在，所有的光线都不能够融入那一团区域，所以显得格外的暗。

这暗，便在视觉上形成了黑影。

我不知道这是什么鬼玩意儿，却能够看到有淡淡的能量从罗福安的身体中被吸取出来。

这种能量流动其实我还是熟悉的。一年以前，我曾经在每个星期六的下午，带着朵朵蹲守在东官各大医院的停尸房附近，就是吸收这种东西。它的名字叫天魂，古称"胎光"，也有叫其主魂、元神的，是人从娘肚子里面带来的先天元气。人死后，这天魂遵守能量守恒定律归天路。因有肉体的因果牵连，上升至空间天路的寄托处，暂为其主神收押。此谓"天牢"也。

死人天魂无用，活人天魂被吸过多，则阳寿顿无，谈个毛的治病救人啊？我也管不得这鬼东西是什么玩意儿，右手已经揣入怀中拿震镜，左手打了个手势，让身后的人全部往后退开。通过真言的力量，我已经将自己的信心攀升到了巅峰，深吸一口气，猛然将门锁拧开，几步踏到床前，高高扬起手中震镜，一声"无量天尊"喝出，顿时金光闪耀。

那团肉眼不能见的东西浑身一震，竟然浮现在了我的视线中。

我看到粉红色犹如水母鱿鱼一般的生物浮现在眼前，浑身都是柔软的触手，密密麻麻地浮动着，最长的一只，竟然直接黏在罗福安的后脑勺上面。我趁它稍一凝滞，双手便朝它抓去。这东西看似水母，滑溜无比，如同涂了一层润滑油一般，幸好我好久没剪指甲了，留得一手好爪子，反手一扣，将其紧紧抓在手中。

与此同时，朵朵和金蚕蛊同时出现，金蚕蛊直奔这鬼水母连接罗福安的那根触角去，而朵朵则朝着那东西喷了一口寒气。

这寒气是朵朵炼化了魂玉中被蛊丽妹所收藏的部分精魄之后，根据《鬼道真解》中的法门，修炼成功的。

　　寒冰鬼火。

　　此火非明火，而是来自地狱的幽火——地狱是什么，鬼才知道！当然，这是《鬼道真解》中所杜撰的，大家呵呵一笑吧。

　　被朵朵这一口寒气喷到，这鬼水母顿时收回所有的触角，瞬间变成了一个拳头大的红色肉团，还没等我反应过来，这东西就朝我直扑而来，如同一个包袱皮一般，将我笼罩住。

　　啊——

　　我顿时窒息了，如同淹没在水中。

第四章　问情

有过溺水经验的朋友可能能体会那种无法呼吸的恐惧感，让人的心一下子惊慌起来。不过面对这种情况，作为一个经验丰富的老鸟，我瞬间就回过神来，平心静气，将全部的精神都变化为口中的一股怒气："镖——"

密宗九会坛城的九字真言"灵镖统洽解心裂齐禅"，以"禅"最为神秘，而以"镖"最具攻击力。有关真言，我曾经专门介绍过，这是一种简洁的咒语，讲究神形合一，去繁拨冗，一字见功力，是快速战斗的不二法门。我由心迸发的一字真言出口，整个人的内脏都不由得蠕动，发出雷声一般的轰鸣。即使整个头颅都被包裹住，也阻挡不住我这一声怒吼。

飓风在瞬间生成，血气冲喉而出。

包裹在我头上的软体怪物被这一下子震得"筋骨"松散，竟然软塌塌地滑落下来。我心中得意，这货虽是个让人头疼的东西，但是终究经不住我奋力一吼的威力，这说明咱陆卫己不是当年拿着猎网去抓矮骡子的懵懂二货了。痛打落水狗是我惯来的优秀品质，当下也不言语，双手再次结"大金刚轮印"，左脚踏住这东西，双手平印下去。

我双手灼热，此一击，立刻将其彻底轰溃，只见它浑身颤抖几下之后，竟然无火自燃，三两秒钟之后，化为灰烬。

空气中只剩下一丝丝的阴冷。

肥虫子如同受了刺激，在那堆黑色的灰烬上空一直盘旋，跳"8"字舞，如同作法。我皱着眉看，不明其意——我虽然有时候与肥虫子心意相通，但是大部分是单向的，就是它明了我的意思，而它的想法，除了生理上的，我还是照顾不到。朵朵将空中游离的天魂收集，将其缓缓驱赶回罗福安的天灵盖中。

看着这介乎于灵体和实质的鬼物，我搓弄着手中发黄腥臭的浆液，有些发愣。

世间正刊发行的奇谈怪论，为了强调各种鬼物的神秘，向来都不会对其形象作正面具体的描写。而我因为有了十二法门这本破书，特别是看了后面洛十八的杂谈和注解，多少也知道这东西叫什么——此物苗语名曰"斯夺噶"，翻译成汉话就是害鹄，有的地方也叫食魂鬼，它的形状千种万种，不一而足，但大部分都是以吸食人的魂魄为生，据说是徘徊于灵界和幽府的低等灵物。当然，这些都是杂谈，我没有验证过，不知真假。

值得一说的是，害鹄和矮骡子关系向来是很好的。

打个比方,它们之间就如同日本和美国,属于攻守同盟关系。当然,论实力,害鸹仅仅是很低等的幽魂,处于食物链的低端。

这无疑是一件让人不喜的事情,我似乎看到了一个阴谋在暗处展开。

当然,我在最后关头,危机中迸发出来的那一声,也让我欣喜莫名。对国术有过研究的朋友,应该知道腑脏齐鸣出雷声代表着什么。出生于19世纪的形意拳大师尚云祥曾经就"虎豹雷音"做过专门解释,这是一种练至肺腑化境的大成境界。相对而言,通过道家养生术,练至如此境界要简单一些,威力也小。然而虽说简单,功入内里的人,却是少之又少。

我若无金蚕蛊在体内疏导经脉,哪里能够有此成就?

当最后一缕能量流动被朵朵白乎乎的小手推动进体,罗福安猛烈地咳嗽了数声后,终于醒转过来,扭头就是一口浓浓的黑痰。

这黑痰带血,浓稠如浆。

他睁开眼睛,黑暗中见到我吓了一跳,大叫了一声,然后回过神来说,咦?陆左,你怎么回来了?朵朵和肥虫子已然返回各自居处,深藏功与名。这时候病房的灯亮了起来,马海波等人走进来,看着地上那一团黑色的灰烬,吓一大跳,问,刚才真的有脏东西?我点头,说没事,已经不在了。杨宇走过来拍了拍罗福安,笑着说,罗胖子,你这家伙好命,幸亏陆左回来了,不然铁定丧命。

马海波蹲下来观察地上的灰烬,让一个警察将这些收集起来,拿回去化验。

罗福安的婆娘和女儿丫丫也进来了,一脸苍白地抱着罗福安哭泣。我问罗福安感觉身体怎么样?他扭了扭头,说还好。之前感觉胸口如同压了一块大石头,睡觉的时候,像是冬天在河里面游泳,阴森寒冷,有时候像被鬼压了身,明明意识清晰,但就是醒转不过来。现在呢?浑身舒畅,一身轻松,真想出去跑两圈……

说了一阵子,我们留罗福安家人在病房里,马海波拉着我到一旁说话,同来的还有杨宇。

他一脸严肃说,陆左,依你之见,这里面是不是有蹊跷?

我知道他所指的是什么:去年春节前,我们一起去青山界的千年古树下围剿矮骡子,当时死了一些人,但是我们却终于将矮骡子剿灭了,也将那溶洞子封锁,一转眼大半年过去,青山界再无乱象,所以那次行动可以看成是一次成功的行动。然而十月来临,寒冬风起,连续几天的时间内,当日参与行动的人,便有两人离奇死亡、一人病重,而且被我现场抓到,有鬼怪出现。

《镇压山峦十二法门》中说:矮骡子是轻易不出现在人们的视线中的,也少有其传闻,但是一旦惹上它们,却要惹的人至死方休。

矮骡子就是如此记仇的生物。

现在,一年又要过去了,这连续的死亡事件,是它们的复仇吗?

我不得而知,但是却有一种深深的忧虑。

要知道，我、马海波还有其余的十几人，都是当日围剿行动的当事人，若真是一次报复行动，那么除了我之外，他们这些普通人，谁能够保证自己逃得掉呢？都是为国家做事，如此就丢掉性命，是不是太倒霉了？

我笑了笑说，希望不是吧？

马海波的眼神更加忧郁了，苦笑着说："你这语气虚假得让我害怕……有什么法子吗？"我当下也没再藏拙，将随身背包中的朱砂、烟墨、狼毫、黄符等制符器具拿出，又吩咐马海波去找寻时鲜果子、茶、米酒等祭祀之物各一套，以及祭拜的南方赤帝和黑杀大将神像，准备完毕之后，净手焚香，开坛作法制符，烟雾缭绕中，制取了"净天地神咒"符纸三张，贴于病房门窗处。

一切妥当，我信心满满地告诉罗福安，不出三日必可出院。

这个曾经被矮骡子附身的胖子激动得热泪盈眶，让他家女儿跪地给我磕头，谢救命之恩。这小女孩懵懵懂懂，不知道爸爸让她干什么，准备趴地跪起。我不让，一把拉住，将罗福安批评了一顿，说病好了，请我喝酒便是，何必搞这些虚礼？

忙完这些已经是晚上十二点，马海波留了一人照顾病房，拉我到一边一阵感激。

我说，今日之事，未必是一个独立事件。最近这段时间，我暂时不会离开晋平，若有什么事情，尽管打我电话，也不要怕打扰，都是兄弟伙，莫得这些讲究。马海波说好，让人送我回新化。送我的本来是罗福安的那个徒弟，但是杨宇却拿过车钥匙，说由他来送我吧，马海波点头说好。时间也很晚了，这些人平日也忙，便各自散去。

我和杨宇往回赶，晋平的城乡公路山回路转，黑黢黢，也没个路灯，所以开得很慢。

朵朵和金藏蛊早已耐不住寂寞，跑了出来，一起来看这个老朋友。杨宇很开心地跟这两位打招呼，谈起了上次星夜赶往镇宁的情节，不胜唏嘘。那次是因为黄菲被倒客飞刀七弄伤，暴怒的我从他口中得知掮客老歪的消息后，忍不住立刻去追查幕后凶手。当然，张海洋已经远走英国，就是那个时候，我与黄菲的父亲定下了一年之约。

想到这里，我忍不住问杨宇，说黄菲还好吧？

杨宇的脸色有些古怪，他笑了笑，嘴角抽动，说："你终于问起黄菲了！陆左，说实话我很敬佩你这个人的本事和人品，但是你对女孩子心思的揣摩和对感情的把握，真的让我鄙视。"

他这么说，让我心中疑虑重重，我立刻脸色一僵，问到底怎么了？

杨宇摇摇头，说他也不知道。"最开始，黄菲的情绪整天都是怏怏的，神情恍惚，看着让人心痛，我们便问她和你的关系到底怎么了？她不肯跟我们讲，只是摇头。后来他父亲带她出去旅游，四处走了走，脸上才有了一些笑容。但是我们感觉黄菲整个人都沉静下来，也不爱说话了。这时我知道，你们之间是出了很大的问题。可是最近两个月，黄菲的脸上突然又有了笑容，人也爱开玩笑了，我还以为你们关系好转了，后来她托我把你那县城的房子钥匙交给你母亲，我才知道你们……"

我的心顿时凉了大半截：这节奏，莫不是移情别恋了？

　　杨宇似笑非笑，说："你看看，心疼了吧？当初要离开的可是你啊。你也不想一想，哪个女孩子有这大把的青春，去浪费在等待的时间里？谁人不寂寞……异地恋，而且还是一丝音讯都没有的恋情，能够长久吗？当然，归根结底，是因为黄菲明白了一个道理，她跟你，不是一个世界的人。崇拜，不代表爱情。况且，你也并不是很爱她啊……"

　　我望着前方黑暗而曲折的路，扪心自问：我爱黄菲吗？

第五章　连环凶杀案之第三个死人

我返回大伯家时，已经是凌晨两点多钟。

杨宇拍了拍我的肩膀，叹了一口气，没有说什么，与朵朵和金蚕蛊挥手告别，驱车离开。我顺着村路返回，四下无光，田边有蛙声，此起彼伏，显得很宁静。不过大伯家仍然有灯光在，喧闹了一整天的场院仍旧没有停歇，搓麻将的搓麻将，放影碟的放影碟，只是人少了很多。灵棚处传来低低的哭泣声，我走近，我父亲从黑暗中走出来，他的脸上有泪痕。

灵棚的棺材里面躺着的，是我奶奶，也是他的母亲。他白天忙碌，无暇悲伤，但是到了夜里，却也忍不住悲恸。

他拍了拍我的肩膀说，回来了？事情怎么样了？

我点了点头，说一切安好，放心吧。于是我跟着父亲走进灵棚，来到黑色棺材前，跪在空余的草蒲团上。

在我们那儿一直有这么一个说法：人死后三天内要回家探望，因此子女要守候在灵棚内，等他的灵魂归来，所以每夜都要有亲友陪伴，直到下葬，此谓守灵。我奶奶死于前天，昨天就入殓装棺了（这棺材我奶奶十年前就为自己准备好了，放在屋子后面的茅棚里。我小时候玩耍，不小心掉到里面去，吓丢了魂，后来还是我外婆喊回来的），按理要死后搁置三天，方可下葬。但是因为奶奶的生辰八字与明日巳时最合，所以便定于明日入土。

守灵是轮流的，不然白天操持丧事，晚上还要熬夜，铁打的身子都扛不住。我看着我爸灰白的头发和憔悴的面容，就劝他去房子里歇息。他很固执，不肯，结果我们几个年轻一辈的连哄带劝，架着他往房间里送，这才成功。

返回灵堂，跪在草蒲团上的我和小婧还有几个堂兄弟聊天，打发时间。

到了后半夜，大家都困倦得不行了，各自找了个靠椅，小眯一会儿。我身体素质好，便代替大家坚持着。我跪在地，按照十二法门的固体练气之术，暗自修行冥想，并不寂寞。朵朵也出来了，陪着我一起。当然，她刻意隐藏了身形，倒也不会吓着我这些亲戚。

遗像上面的这个小老太太安详地躺在棺材里，我望过了，早已经魂归地府。

希望她在那边过得快乐，或许还能跟我爷爷团聚呢。

或许是精力集中的缘故，时间一晃就过去，当鸡叫第一遍时，朵朵便回到了槐木牌中，而清净的场院也开始喧闹起来。陆续有人过来，丧事的乐队、来帮忙抬棺提幡的亲戚以及各种人都集中到了院落里。我父母、叔伯妯子和房族中比较有威望的老人也聚在一起，统筹布置一会儿送葬的事情，忙乱成一团。到了七点，铳炮一放，哀乐齐鸣，各种冥纸漫天扬起，我大伯披着重孝，端着奶奶的遗像在前面走，而我则和同房族的汉子们一同将棺材扛起来，朝着坟地进发。

我肩膀扛着木杆，感觉沉甸甸的棺材压在身上，旁边几个堂表兄脸色如常。他们都是普通的农家汉子，倒也不费气力。我母亲一开始还担心我身娇，做不得这活计，见我表情轻松，终于松了一口气。

送葬的队伍，以我大伯为首，每个人都披麻戴孝，由一个长长的麻绳牵着，走十步就停下来磕头，然后接着走。

远远排出上百米的长龙，蔚为壮观。

有哭的，主要是我爷爷这一房的以及与我奶奶相熟的老人，其他人，嚎嚎嗓子而已。

我面无表情地抬着棺材，走走停停，心里面一点儿也不好受。

说实话，我羡慕外国电影里那种沉寂肃穆的葬礼，有牧师，胸前别着白色的花朵，每个人都在心里面缅怀着逝去的人；又或者如同追悼会一样，在殡仪馆里安静地焚化；然而在我们这穷乡僻壤里，流行的是土葬。

当然，这只是像我这种接受新式教育的人的想法，在我父母的思想中，这样的葬礼，才算是隆重。

坟地是在新化乡与春雷林场交界的一片山头，这里是陆家的祖坟所在。山路崎岖，羊肠小道，单人过还好，像我们这八个扛棺材的，就有些难过了。费了老鼻子劲，终于来到了坟地前。掘土、入葬、垒坟、树碑、挑旗幡……一切完毕，已经是十一点了。

当看到装着奶奶的棺材入了土，乡人们撅着土往坑中填埋的时候，我心里面突然空了一截。

一个世界上最亲的人，终于离我而去了。

这个世界上，再也没有这么一个小老太太，笑眯眯地看着我，将我的所有，都视为她的世界，她的骄傲，她生命的延续了。

一切尘归尘，土归土。

此去之后，再无奶奶，再无一个叫"赵妹二"的女人。她将挂在墙上，或者藏于我们的心头。

奶奶下葬后的第二天，便是收拾残局，请前来帮忙的亲戚朋友吃饭，一切忙碌终于日趋平淡。

我是在中午的时候接到电话的，是吴刚的，这个曾被我救过一命的武警语气沉重，问我有没有时间。若有，请务必到市里来一趟，他急着找我。我问是不是关于那两个同志逝世的事情,他说是,然后说他手下又有一个死了,掉到茅坑里淹死的。一周之内死了三个人,现在队里面谣言四起,人心惶惶,他自己也没了主意,听马海波说我回来了,请我帮帮他。

我没有半分犹豫,立刻答应了他,驱车前往市里。

路上,我打电话给杂毛小道,说起矮骡子有可能卷土重来的事情。当初我和警察去围剿矮骡子的时候,杂毛小道在江城段叔手下混事,这些事情我也曾经跟他提过。他一听,立刻来了兴趣,说在洪山摆摊,闲闷得很,不如跑来我家凑个热闹,省的虎皮猫这肥母鸡天天叫嚷着想媳妇儿了。"立马将你家地址告诉俺。"他说。

我问,你觉得这里面有蹊跷吗?

他说,当然有了,又不是电视剧,一死一堆,这世上哪里有这么多巧合?定是那山魈一路查询,跟踪至此。不信的话,你到现场去验一验尸体就知道了。

跟杂毛小道聊了一阵子,我驱车三小时,终于来到了吴刚他们部队的驻地。

他们的营房在郊外,背靠着一座大山,吴刚在门口等着我。

我在一处营房里看见了那个死去不久的战士。时隔已久,他的样子我已经没有印象了,但是这面孔却年轻得让人心痛。吴刚告诉我,因为那两个战士的死亡,他开始有所警觉了,让上次参加行动的战士不要轻易离开驻地。这个刚死的战士是昨天神秘失踪,最后在附近农户家中的茅厕里找到的。在我们家乡,农村的厕所不讲究,就是盖一个茅棚,然后挖坑放一个大木桶,搭两根木板在上面。农户早上起来如厕的时候,发现粪桶里面露出了一个人头,吓得半死,报了警,结果才发现是他们失踪的战士。

当时的现场他也去看了,看起来完全是自己掉进去的,真的像个意外。

这,才是让人不寒而栗的地方。

太多的巧合,最终形成了一片笼罩在人心头的阴影。

我看着这张惨白的脸孔,他的身体已经清洁过了,有一股淡淡的沐浴乳和粪便混合的古怪味道。我似乎想起来了他,一个默默背着尸体走路的年轻人,当时出山的时候,他走在我的前面,一路走,不曾停歇。我走过去,将手放在他的头顶,摩挲着。天魂已失,地魂离走,他已经魂归幽府了。翻看眼皮,能够看到瞳孔发散,有一种迷茫的痕迹。

我问吴刚,是不是要尸检?

他点点头说,要,现在人心惶惶的,所有人都不安宁了,上报了军区,说是要派什么部门过来协助。依你看,是不是有古怪?我摇摇头,说不知道。看看左右,好几个不认识的人,于是我说,我想单独在这里一会儿,行不行?吴刚被我救过,溶洞子里也一起共生死,多少也知道些我的本事,于是带着众人离开。我见门关闭,放出金蚕蛊,让它闻闻味道。

金蚕蛊围着尸体绕了一圈,最终落在了他的下体处。

过了一会，它嘴里面叼着一根毛发飞到了我的眼前。我伸手接过来，拿在手里看，是一根墨绿色的毛发，几厘米，又粗又短。

我的记忆有些短路，过了一会儿，我想起来了，他的死，果然跟矮骡子有关。

这种毛，便是矮骡子所有的。只是……他不是做过清洁么，怎么还会留下这痕迹？

我出了房门，将这根毛递给吴刚，把我的怀疑讲给他听，他吓得直冒冷汗，问怎么办？我说，先这样吧，那天参加任务的人还有几个？他说有三个退伍了，有两个调离这里了，留在这里没死的，除了他就只有两个了。我说，好，今天晚上我们睡在一起，这几天，我陪着你们。

吴刚一听我的话，连忙一阵感谢——对于他来说，我无疑是最后一根救命稻草了。

我突然想起一个事情：之前我们擒获的矮骡子尸体，后来马海波他们上缴到哪里去了？

第六章　连环凶杀案之黑夜降临

我掏出电话，拨通了马海波的号码。

接通之后，我把我人在市里以及这里发生的事情告诉了他。马海波说在我去市里的路上他就已经知道了，本来也想过来的，不过这边的事情太忙了——昨天晚上县城发生一起案件，几个小兔崽子合伙猥亵一个初中女教师，其中有一个是药材公司老板的儿子，十分麻烦，他正在忙这事儿——不过，大后天举行的追悼会，他一定会赶到的。

我问马海波，上次我们从青山界带回来的矮骡子尸体，后来是怎么处理的？我记得我中了钉子蛊后，陷入了昏迷，后来一直在病床上度过，就忘了这事了。

马海波说总共带回去四具，一具市里面派法医过来当场解剖了，还有三具被冰冻好，由上面的人拉走了。我问什么上面的人？马海波有些犹豫，不过终究还是说了："我也不是很清楚，是我们局长亲自接待的，同来的还有县特勤局的老王。接尸体用的是军车，但是出面的是一个穿中山装的男人。后来去青山界封洞砌墙，他也有参与……至于他是哪儿的，我级别不够，所以不知道。"

特勤局？穿中山装的男子？

以前的我还以为那是一个清闲得出鸟儿来的闲置部门，每天无非就是看看报纸、管理管理文件，经济发达一些的地区可能还会举办些宗教活动。然而当我真正去了解，才发现它机构职能的第七条是这么写的："配合有关部门开展对外国敌对势力渗透活动的斗争，揭露和打击披着宗教外衣的反动分子和其他犯罪分子。协助地方人民政府及时处理民族、宗教方面的突发事件和影响社会稳定的问题。"

什么是有关部门？这就是有关部门。

原来最后是由大师兄他们的部门接手了，难怪会如此。那么吴刚说的上面会派人过来的说辞，应该也是派遣这相关人等过来咯？我对电话那头的马海波嘱咐，让他小心一点，然后挂了电话。

当天我便留在了吴刚他们部队的驻地，吴刚帮我找了房间，是平日家属来探亲时住宿的招待所，条件还不错，也有冷热水，是排平房。然后他叫了剩余的小刘、小张两个战士过来跟我见面，让我好声宽慰他们。这两个战士都比我小，部队给了他们刚强的体魄和坚强的意志，但是和平时期，这种诡异的事件，还是让他们不由得心生恐慌。

死亡对于每个人，都是平等的，并不因为身份而变化。

聊了一会儿，部队开饭了，小刘拉我去食堂。一堆大兵哥都好奇地看着身着便服的我，彼此低声交流着信息。我有些好笑，平日里见这些军人，只觉得他们威严有加，是祖国的血肉长城，但是真正跟他们接触，便会发现，他们和普通人没什么区别，也有爱、有恨，有人品质高尚、满腔热情，也有人一脑门子龌龊……

当然，不管怎么说，这些为祖国奉献青春的年轻人，是值得尊重和敬仰的。

也许是因为我的到来，今天的伙食特别不错，土豆烧牛肉炖得又烂又香，入味极了。

吴刚给我介绍到场的领导，当得知我的身份，有人惊讶，有人怀疑，当然，也有人表示了热烈的欢迎。我看得出来，连续三个人或许正常、或许非正常地死亡，已经化作沉重的压力，将这个队伍的领导层压得气都喘不过来，所以即使是部队，也有很多人对这种"封建迷信"将信将疑起来。

饭后，我与吴刚、小刘、小张一起返回招待所房间。

这房间里只有两铺床，不过四个人睡倒也足够了。房间里面有电视，播放着孙红雷主演的《落地请开手机》。这是一部悬疑题材的电视剧，讲的是一个国安特工潜伏民间，与境外间谍组织斗智斗勇的故事。我很喜欢孙红雷的演技，同时也喜欢电视里面的李小晚，感觉这样纯洁或者说傻乎乎的女孩子真可爱，只是我有些不明白，国安局和我所了解的特勤局，在某部分的工作职能上，是不是重合了？

我刚开始还以为大师兄他们是供职于国安局呢——至少很多小说上面是这么说的。

看着电视上面的李小晚，我不由得又想起了黄菲，一个同样可爱的女孩子。

我至今也没有明白我对黄菲是什么样的感情，是爱吗？我以前以为是，然而那天杨宇跟我说的那一番话，却深深地触动了我。说起来，我与黄菲认识了一年多，但是真正在一起接触的时间，伸出双手，不超过十天。不可否认，我最开始对黄菲，确实是动了心——一个如此美丽的女生对你心存好感，任何一个男人都不会错过她。然而，除了最开始的色盖村碎尸案，我们的生活其实没有一点儿交集。

我在南方厮混，生死挣扎，而黄菲则在家乡晋平安安稳稳地做着她的警察。

爱情除了一开始彼此双方的心动之外，还要有生活中的点点滴滴来滋润和维持。

这些，我们没有。

我和黄菲的故事，就像是后来网上最流行的"屌丝逆袭女神"的套路，我曾经有一段时间很高兴，觉得拥有这样美丽又善良的女朋友，是人生的幸事、上天的眷顾；然而等我真正清醒下来的时候，心里又开始迷茫了：我根本就不了解黄菲，我不知道她的过去，不知道她喜欢什么，这个女生的很多东西，我一无所知。两个背景、经历和生活完全不搭的人，能够真正走到一起来吗？

我害怕了、彷徨了、开始自我怀疑了，所以才会顺势答应了黄菲父亲的要求，等待自己足够强大。

害怕无法给予黄菲真正想要的幸福，这才是我最根本的原因。

用现在最流行的一个词解释，这叫做"屌丝心态"。

一个善良的屌丝不会为了一夜春宵而去伤害心中的女神，他有着太多的顾忌，这个想法的持续的时长甚至有可能是一辈子，所以他会彷徨、会犹豫，而不会像"人渣"一样只求拥有，拔鸟便无情。黄菲要的是稳定的生活，而我，自从被外婆种了金蚕蛊，又被矮骡子诅咒之后，此生必定漂泊动荡，所以我没有信心，给不了承诺。

不是不爱，是不敢爱。害怕失去，所以不敢拥有。

然而黄菲伤心了，这个纯洁善良的姑娘终于准备离我而去了，她不是受不了寂寞，受不了孤苦，而是受不了我的冷漠和不爱。她是一个需要爱情的好姑娘，而我，却始终不适合她。是吗？为什么我的心，会这么的痛，痛得自己都无法呼吸？

看着电视，我泪眼朦胧，生怕吴刚等人看着笑话，于是站起来，说我去营房四周转一转，看看有没有矮骡子的痕迹。你们不要离开，等我回来。说完这话，我在门窗之上各贴了一张"净天地神咒"，口中默念着："天地自然，秽气分散，洞中玄虚，晃朗太元……凶秽消散，道气长存。急急如律令！"

咒毕，我出了营房，装模作样地四处巡查一番，然后躲在角落里，蹲地哭泣。

当泪水顺着眼眶流下来的时候，我心中的郁结之气开始长长地舒缓。

我自认为我一直是一个坚强的男人，也曾如阿培、孔阳所说的一般，在不懂事的时候纵横花丛。那个时候懵懂，不会有太多的顾忌，所以开心。而如今，当我真正想着去了解、去爱一个如同女神的女孩子，却发现自己被责任和未来紧紧束缚住了。爱情一事，最怕认真，是故洒脱之人最让人羡慕，然而又有几人能够做到？

我的哭泣，诸位莫要笑我：男儿有泪不轻弹，只是未到伤心处。"情"字两旁，百转千回，缠指绕肠，古今几人能参透？

半小时后，我返回招待所，看到吴刚正在和小刘下象棋，而小张则撅着屁股在旁边观战。

我年少时，极爱这方寸之间的游戏，曾经获得过高中象棋比赛的第二名，所以也兴致盎然地围观着。吴刚这人格斗枪法不错，但是棋力却有所欠缺，小刘这个二愣子也不懂得收敛，不一会儿就把领导给弄死了。我心中痒痒，撸起袖子接上，连败了他三个回合，气得他不肯下了，倒头睡去。

我和吴刚、小张坐在床头聊天，我把矮骡子的习性讲给他们听，又将那日在病房中看到的害鹄说起，两人吓得胆寒。我也跟他们请教军队的一些技能，比如射击格斗之类的，虽然是三线部队，但好歹也曾经在解放军系统里，所以还是有些干货在。

到了晚上十点钟，他们两个的生物钟就开始发作，便不说话，沉沉睡去。

我躺在吴刚旁边，双手枕头，默默地想着黄菲。

到凌晨一点多的时候，迷迷糊糊的我突然一激灵，头脑瞬间清醒过来——有情况！

第七章　矮骡子卷土重来

一羽不能加，蝇虫不能落。

国术中形容一个人灵觉强大，通常会用这么一句话，说明其皮肤和内脏都能够作为独立的感受器官。我虽然做不到这种地步，但是一旦遇到危险，便能够在睡梦中随时醒转过来，并且迅速找到危险源。

世间的原理大体是相通的，这是一个优秀狙击手的品质，也是我逐渐形成的能力之一。

预感、预觉、灵光一闪的念头、天道中遁去的一，皆是如此。

我的身体如同装了弹簧，立刻跳下床来，往窗口处望去。果然，那里有一个矮小的身影在恶狠狠地打量着里间的人。它见我突然跳转下来，一惊，便想逃开。我是和衣而睡，立刻从兜中掏出震镜，一声"无量天尊"，兜头就是一照。

金光一闪，我听到一声尖锐的叫声，那小东西应声跌落。

我快步走到窗边，可恶的是这窗户有用铁栏杆将其封住，本意是防盗，但是却将我下一步的攻击给阻拦住。与往日相比，我手上没有新鲜的糯米，没有猎网，但是我却有了两个更加强大的帮手。我听到有细碎的声音在窗台下出现，知道它要跑，一拍胸脯，朵朵和金蚕蛊立刻出现，朝着那货追去。

我这一番动静，吴刚等人自然也醒了，见我匆匆往门外跑去，问怎么了？

我急着去追凶，大声说"它们来了"，便摔门而出，绕过旁边的房子，匆匆来到平房后面。哪里还有黑影子的踪影？便连朵朵和金蚕蛊也消失不见了。我心中有些着急，长吸了几口气，让剧烈的心跳平缓下来。当我的脉搏进入平缓的时候，我双手按住额头，闭上双眼，开始联通起与我生命息息相关的肥虫子。

画面在黑暗中慢慢地勾勒出来，所有的景物都处于一个剧烈变化的状态，如同坐过山车。

我很少与金蚕蛊做这种形式的沟通，主要是因为人类的神经思维难以去处理这种让人头晕目眩的视觉效果，强烈的变化和喷涌的数据会让人的头脑神经因过载而处于崩溃的边缘，尤其是这种激烈追逐的状态。我通过金蚕蛊的视角看到一个戴着草帽的"庞然大物"，在确定是矮骡子之后，难过得吐血的我立刻主动切断了与它的联系。

睁开眼睛，我的脚有一些发软，世界在旋转，仿佛我是中心，而所有的一切都围绕着我转动。这种感觉，如同我们小时候原地转十几个、几十个圈之后的那种小脑失衡。

我伸手扶住了墙,斑驳的墙灰簌簌地掉落下来。

休息了一分多钟,我朝地上吐了一口唾沫,感觉喉咙里面发干,唾沫星子都显得干枯无力。不远处有三个人朝我缓缓走来,是吴刚和小刘、小张,刚刚我跑出门,他们同时也醒转过来。我使劲地甩了甩头,朝他们走过去,让他们回房睡去,外面太危险了,说不定还有别的矮骡子在潜伏着呢……

话还没说完,走到吴刚跟前两米处的我,突然感觉到有些不对劲。

我从出门追到这里,已经有两三分钟了,他们同样是和衣而睡,怎么才跟过来?而且他们从黑暗中走过来,竟然都没说一句话——我借着远处的路灯,打量吴刚。只见他脸色麻木且僵硬,眼神游离不定,似乎是……

我心一跳,连忙朝后方跑去。

见我开始跑路,本来行走迟缓的吴刚、小刘和小张三人,立刻如同放出了栅门的野兽,口中发出阵阵嘶嚎声,朝我奔来。我心中一阵怒骂:这矮骡子真嚣张,居然敢跑到军营里面来闹事,而且还将吴刚等人给迷惑了。不过我心中多少还是有些把握,因为这是军营,里面全部都是些精力十足、阳气旺盛的糙老爷们,而且军营向来都是肃杀之地,除了矮骡子这种山魈野怪,其余的孤魂野鬼,是没法进来帮忙的。

被迷惑住的吴刚等人我并不畏惧,难的是怎么引出幕后的真凶。

我一边跑一边考量着,见吴刚他们一直追,想到了矮骡子控制人,多少也是有一个距离的,我将他们引到空地处,没有了建筑的掩护,那么幕后的矮骡子应该就能够出现了。这个主意一打定,我就往训练的操场跑去。途中遇到了一队巡逻的武警,见我在前狂奔,而吴刚三人在后面直追,便立刻警戒,问怎么回事?

我高声喊:"他们被鬼上身了,赶紧把吴刚他们给制服……"

其实吴刚等人并不是鬼上身,只是因为通俗易懂及简洁表达的需要,我只得如此说。我只是一个外人,巡逻的人并不信,便朝着吴刚等人寻求反馈,然而此时的吴刚哪里能够回答他们?见巡逻队阻挡,他们二话不说,便是一阵拳脚。被迷惑的人眼中血红一片,巡逻队挨了几拳,立刻火起来,虽然并不信我,但是也知道这里面有状况,一时间扑了上去,扭打成一团。

有人吹哨叫人,顿时好多地方的灯就亮了起来,门口放哨的士兵也有人跑过来帮忙。

而就在这时,我已经锁定了一个目标。

在东北角的十五米处,有一团黑色的影子蹲伏在地上,我只是瞥了一眼,就知道那厮就是另外一个矮骡子,也是吴刚等人性情大变,来攻击我的幕后"凶手"。这等小畜生,竟然将人类这万物之灵长玩弄于股掌之中,确实是厉害。不过再厉害,能有我厉害?我心中冷笑着,一边跑一边从侧面靠近了它。

我并没有刻意朝那团疑似矮骡子的黑影跑去,甚至仅仅只是用余光在打量它。

当吴刚等三人被巡逻队和前来帮忙的士兵按住的时候,我已经离东北角的那黑影，只有八米了。

八米的距离并不是镜灵的有效射程，但是我全身已经调节到了最佳的状态，一个冲刺，口中的"无量天尊"念出，抬手就是一道金光。自从吞噬了香岛和合石坟场大鬼之气，人妻镜灵是越来越厉害，这一道光芒径直锁住了躲在石头后面的矮骡子，只见它浑身一阵颤，僵直，动弹不得。

我知道这"震一下"不能僵持很久，快步跑过去，右脚猛力踩在这家伙的脑壳上。

它依然带着龙蕨草编制的草帽，个头不大，被我奋力一踩，发出凄厉的惨叫。

即使我心如坚铁，骤然之间，也抵不住这一音波攻击，浑身都不由得一颤。

这声音传远，在很远的地方也传来相同频率的叫声。

我知道这家伙是在召唤同伴，只是它想不到，它所呼喊的那个同伴已被我手下的两大干将追杀，或许也自身难保了。在惨叫的同时，它奋力挣扎，从我脚下传来的力道，一点也看不出这力量是来自这么瘦弱的躯体。

我稳稳地将矮骡子踩于脚下，它用手、脚上的爪子奋力地抓着我的腿，甚至张开嘴巴，露出密密麻麻的牙齿来咬我的鞋子。我穿的是大头皮鞋，这种鞋子的前面垫有一层钢板，沉重，通常是工厂用来作劳保鞋的，防砸防穿刺，被这家伙一咬之下，竟然咯吱作响。

我没有半分惊慌，淡定无比地俯身看着它，脚上的力量缓缓增加。

它的眼睛是红中带紫，有一种将人心神吸引的诡异力量。

然后，它昏了过去。

这时候一个刚认识的领导跑过来，问我怎么回事。我指着地上这个毛猴一样的矮骡子，将事情的缘由告知，然后问有没有红线以及能装这家伙的东西？他说他们这里有养狼狗的铁笼子，行不行？我说可以。不一会儿红线和铁笼子就被找过来，我俯身下去，用红线打结，将这矮骡子缠好，放入铁笼子中。这才有时间来到吴刚等人面前，快速念"金刚萨埵降魔咒"，结内狮子印，一人脑门敲一下。

"洽——"

此声棒喝为复原，传递自由支配自己躯体和别人躯体的力量。吴刚和小刘、小张相继醒转，头昏眼花，当得知了缘由，皆瞠目结舌，纷纷惊叹。吴刚清醒一点，立刻下了禁口令，让大家不要外传，然后和领导一起去办公室向上级汇报。

我的事情并没完，出了营房，来到围墙外部，在一个阴沟处找到了另外一个矮骡子。

它已经死了，尸身血肉模糊，朵朵和肥虫子在旁边围绕，看样子是经过了一场搏杀。我伸出手摸了摸朵朵的脸蛋，然后拎起矮骡子的尸体返回了营房。

为了防止又出现上次李德财被迷惑的情况，我让吴刚找了一个房间，为死去的矮骡子超度亡魂，又亲自镇守铁笼子，一夜无事。

第二日下午两点,一辆汽车径直开进了部队大院,停在大楼前面。
吴刚一群人在楼前迎接。
车门开,走下来一个军人和两个穿着灰白色中山装的男子。

第八章　死神来了

这两个中山装打扮的人，中年男子老成稳重，稍微年轻的相貌普通，表情平淡。当我以为就只来了三个人的时候，后车门又钻出一个女人来。这个女的四十来岁，穿着政府工作人员那种严谨的灰色套裙，戴着黑框眼镜，虽然模样徐娘半老，风韵犹存，但是让人看着沉闷。

一群领导汇在一起，紧紧握手，相互介绍。

中年男人叫胡文飞，年轻一点的叫杨操，一脸严肃的中年女人叫贾微，都是上面派下来的。那个叫老叶的尉官则充当双方的联络员。吴刚介绍我的时候，隆重地说："这是我们州最有名、最厉害的大师，陆左，昨天也就是他出手抓住的矮骡子。要不是他，只怕我的命都没有咯。"

这几位都是从省城派过来的，听到吴刚说的两个"最"，两个男的淡定自若，倒是那个叫贾微的女人，一脸的愠色，用一种怀疑的目光看着我，出声试探说："小兄弟，敢问师出何门何派，你的师父是哪一位？"

见她一副倨傲、不相信的模样，我笑了笑，说小子无门无派，所学一靠家传，二为运气，当不得吴队长的盛誉，见笑了，见笑了。见我这般谦虚，贾微的脸色好了一些，说年轻人，能够这般谦虚有度的，也是值得培养。为了表示赞赏，她用大老板见新员工的眼神，欣慰地看着我。倒是胡文飞伸手跟我紧紧握在一起，说，陆左，既是同道中人，便莫要谦虚，一会儿还要劳烦你帮我们介绍一下情况才是。

我点头说好，没得问题。

老叶、杨操和贾微纷纷和我握手，前两者还好，一副公事公办的热情，而贾微，言语之间，却能够让人感觉到一种居高临下的优越感，就像武侠小说里名门正派看见跑江湖的小杂鱼一般，让我不喜。

当然，我已经过了以自身的好恶去决定事情的年龄。所谓男儿，要锐气藏于胸，和气浮于脸，才气见于事，义气施于人，方能成就大事。所以我也并不计较，把他们带到了关押矮骡子的房间，不卑不亢地将情况给他们做了介绍。

整个过程中，胡文飞和贾微不断提问，杨操则不怎么说话，眼睛不断地四处扫量。

贾微对那只死去的矮骡子十分感兴趣，蹲下来，戴上橡胶手套翻看尸体，反复查询，然后问我是怎么弄死它的。我含笑不语，并不作回答。她觉得我有些无礼，眉头蹙起来，而我却觉得可笑：老子的手段，需要跟你报备吗？简直当自己是太平洋警

察了。

因为这个,我甚至连藏在内兜的那本证件都懒得拿出来,跟她叙一下同事情谊。

胡文飞呵呵地笑,为我们打了圆场,然后转过头来问杨操怎么看?

杨操看了下我,又看了下吴刚,缓缓地说道:"不好。据我观察,你们这一批进入到矮骡子聚居溶洞里面的人,应该是被某种东西下了念头,也就是通常所说的诅咒。这种诅咒,就像死神的请帖,随时将你们拖入死亡的深渊。也正是它,让矮骡子这种鬼物找到你们。同样的诅咒,还发生过在萨卡拉金字塔中,但凡是进入内殿中的人,无一幸免。"

他停顿了一下,语气有些迟缓:"我……我怀疑不但是你们几个,其他离开的人,也很有可能会遭遇不测,所以,还请你们尽快联系另外五个离开这个部队的人。最后,我看见,你,身上所受到的诅咒,是他们三人集合的几十倍……很难想象,你是怎么逃脱这噩运的。"

我无所谓地耸了耸肩,说,很简单。来一个杀一个,来两个杀一双,杀多了,身上的凶焰就盛,就没有邪物敢惹了。哈哈……他们几个也跟着我笑,说你的胆量倒是大得很。也有不以为然的,不过大家都没有表露出来。这边的事情由胡文飞等人接手之后,我便向吴刚告辞,准备离开。

他紧紧握着我的手说,好兄弟,这是你救我第二次了,两条命!以后有什么兄弟帮得上忙的,尽管说话,甭客气。吴刚目前在跟州武装部领导的女儿谈恋爱,是和杨宇一般的优质股,能量确实还是有一些。

我点点头说,要得,绝对不废话。

胡文飞留我,说,事情还未结束,能够留在这里最好,出去了,危险。虽然陆左你一身好本事,但是好汉还怕群狼,现在已经不是单打独斗的时代了。我说,我最近不会离开这儿,有事情,随时联系便是。

他紧紧握着我的手,说好,我们随时保持联系。

我开着杨宇的越野车离开,从后视镜里面,看到这三个人在望着我这边谈论,对象应该是我。我笑了笑,没有说什么,而是将车开回晋平,不想在此逗留。路上,我打电话给马海波,说了昨天的事情,也讲了那个杨操的判断。我看得出,杨操的眼睛有一些特别,眸子里有一种十字形的星芒在闪动,显然是个有着天生机缘的人。我告诉马海波,让他小心一点,别被矮骡子找到了。

马海波笑着说他现在嚼着甘草槟榔,随身带枪,恨不得矮骡子早点出现呢。

从市里面到达晋平,需要五个多小时,从这个时间,也能够看出我们家乡的交通有多么不发达。为何?山太多了,层峦叠嶂,连绵不绝,所以说晋平是十万大山的门户,一点也不假。我赶到了晋平县城的时候,已经是九点多钟。我打电话给杨宇,把车还给他。他拉了我到他家,让他女朋友给我们做了一点菜,两个人喝酒聊天,一直到了十一点。

期间谈到了他的表弟张海洋。他苦笑说，他那舅舅也是个蛮横的人，就是不松口，准备让那家伙入了外籍，逃避这场祸事。我说你老舅家真有钱。他摇了摇头，说不谈这些，他也不想，可是没办法，社会就是这个样子，你要么阻挡得粉身碎骨，要么就默默接受。

杨宇问我在家里待多久，我说不知道，可能要些日子，毕竟要把矮骡子的事情了结，我才能放心离开。他说车子你先用着呗，着急还什么？我摇头说算了，丧事办完，我顶多就是宅在家里，用不着的。

杨宇似乎有话想跟我说，应该是关于黄菲，然而欲言又止，最终叹了气。

喝到最后，杨宇醉了，拉着我哭，说老子才不是靠老子混上位的呢……他说得结结巴巴，逻辑混乱，杨宇的女朋友赶紧过来扶着他。我起身告辞，一脸的歉意。他女朋友倒是个和善的人，将我送到了门口。有了肥虫子在，我倒是不会醉，不但没醉，头脑反而清醒得很。

这时候街道上冷冷清清的，行人也少得可怜。十月份天气转凉，有风从北边刮来，呼呼的，我穿着白色长袖衬衫，突然感觉有些冷。走在这既陌生又熟悉的街头，路灯将我的身影拉得长长的。我蹲在马路牙子旁发了一会儿呆，不知道自己接下来该去哪儿。

酒精被体内的那个小酒鬼缓慢地吸收了，酒意消退，我反而有些迷茫了。

我将何去何从？

脑袋暂时空白了一会儿，我伸手入怀，掏出一串晶亮的钥匙来。记忆涌上心头，某个日子里，我和一个女孩一起去买房子，然后我将房门钥匙交给她，委托她帮我装修，布置一个属于我们共同的家。那个家，我从来都没有去过，但是在我心中，却一直是一个很神圣的地方。

它代表着我心中很认真的一段感情。

只可惜，那个女孩后来托人，经过几道手，最终将钥匙交还给了我。我端详着这串钥匙很久，然后站起身，朝着新街大步走去。在那里，有一个曾经属于我和黄菲的家。以后，它将成为我在县城的一个落脚处。累了、困了、倦了，我都可以在那个港湾歇息。

虽然，里面的女主人已经没有了。

从杨宇住处一直走到新街市，足足用了十来分钟，当我来到那栋楼房的时候，看着四楼处的窗户露出来的灯光，我突然有一些发愣，第一反应是我找错地方了。翻腾了一会儿尘封的记忆，我发现自己没来错地方，那个从窗帘处透着温暖灯光的房间，就是我的房子。

不知道怎么的，我的心在一瞬间就热了起来。

怀着颤抖的心，我忐忑地来到楼下，缓步走上了楼道，一直来到了大三居的房门口。棕红色的防盗门紧紧关着，我掏出了钥匙，每一把上面都有黄菲用娟秀字迹作的

标签。我找到了大门钥匙，然后将它捅进锁孔里面，轻轻一拧。
"嗒"的一声，门锁开了。
我将房门轻轻推开，听到一阵悠扬的音乐声传来："Every night in my dreams, I see you, I feel you, That is how I know you go on ..."

第九章　天亮之后

　　房间里一股热流扑面，在悠扬恬静的音乐声中，我缓慢锁上大门，穿过门廊，看到一个女孩子侧卧在客厅黄白色的布艺沙发上，已经睡着。客厅正中的水晶吊灯没开，角落和墙壁上有三盏微黄的艺术灯，在散发着橘黄色的温暖光芒。

　　这如同夕阳一般的灯光，照在女孩圆润柔美的脸蛋上，让她秀直的鼻梁、小巧饱满的红唇在这淡淡的昏暗中，有一种浮于清澈湖水之上的明艳。

　　黄菲身段高挑，大腿修长，臀的伏线有着难以言说的美妙，杏黄色的蝙蝠衫兜不住胸前饱满的玉兔，衬托出一种让人心动的挺拔。她以手枕头，云鬓散乱，青丝遮拦，反而将整个脸蛋衬托得分外的娇艳欲滴。

　　我缓慢地走到她的跟前，蹲下来，静静地看着她这张让我魂牵梦萦的脸，感受着她的美丽。

　　黄菲的呼吸中，有一股香甜的气息。

　　过了一会儿，她长长的睫毛颤动着，然后，睁开了眼睛，那双璀璨得如同天空最美丽繁星的眸子，静静地看着我，接着，有红墨水一样的颜色在她的脸颊上出现。她轻轻地说："你来了……"

　　我点点头，扶她起来，问你怎么在这里？

　　黄菲刚刚醒转，有一种女性特有的慵懒，她横了我一眼说，听马队长说你回来了，所以特意跑到这房子来，想给你一个惊喜的。结果，没想到到了十点多你还没有回来，结果就睡着了。

　　说到这里，黄菲伸手掐了我一把，说，跑哪里去鬼混了啊？

　　看着面前这个女孩子娇蛮地跟我说着话，我脑海里一瞬间就有些迷失了：黄菲把钥匙交给我母亲，而杨宇又跟我说了那一段话，让我以为与黄菲已经放手了。但是黄菲这亲密地一拧，我才想起来，时至如今，我和黄菲依然还是男女朋友关系，所有的臆想和猜测，都只是我主观的"想当然"而已。

　　看着笑靥如花的黄菲，我将她揽入怀中，紧紧地抱着："菲菲，我好想你啊……"

　　我抱得是如此的用力，以至于黄菲很快就喘不过气来，使劲用拳头捶我："你这个死人，想我也不知道打个电话给我？你不知道追女生是要主动的吗？笨蛋啦……放开我，疼！"

　　听到黄菲呼痛，我赶紧放开她。然而当她挺拔的酥胸离开了我的胸口时，我心里又莫名地失落了一下，忍不住地去瞧她那浑圆丰满的胸。黄菲见我这不怀好意的目光，啐了一口，说你这个流氓。我嘿嘿地笑，不好意思地站了起来，挠挠头。

黄菲整了整衣襟，指着房间里面的布置，说作为这房子的主人，你可是第一次来这里哦，要不要我带你参观一下啊？

我说好，便在她的陪同下，拉着手，一同参观客厅、卧室、客房、儿童房和厨房浴室。房子装修得很不错，整体风格明快，色调偏暖，特别是主卧，更是以粉红色的基调为主，轻装修、重装饰，看得出来黄菲不但用了心，而且还投入了很多花费。

最后来到客厅，黄菲一本正经地跟我算账，花了多少钱，并将单据给我，让我报销。

打量着这让人住下来就不肯走的小窝，我不由得心情畅快，凝视着她的脸问，你父亲和我的约定，是不是算提前解除了？她笑了笑说，你觉得呢？我说，你父亲的意见是什么？黄菲有些不满意了，她瞪着我说，到底是我们谈恋爱，还是你和他谈？我说，当然是我们了，不过，多少还是要尊重一下长辈的意见嘛……

我话还没说完，便继续不下去了。

因为我的嘴已经被黄菲那如同鲜花叶瓣一般的香唇给堵住了。我睁大了双眼，感觉好像有些不认识黄菲一样。在我的印象里，黄菲是一个含蓄的女孩子，矜持、自律、张弛有度，她突然的主动，让我有些陌生。

然而，当一根香滑软绵的舌头剃开我的嘴唇的时候，我脑海突然间就炸裂了。

我口中有黄菲舌头传递过来的津液，甜丝丝，脑海里面乱糟糟的。我已经有大半年没有接过吻了，骤然之间，如同一个初哥一般，惶然无措。黄菲的脸上突然出现了笑意，这笑意在我的眼里，变成了嘲讽，我恶狠狠地咬住她那根灵动的舌头，轻重有度地咀嚼着……

法式热吻足足持续了十余分钟，最后黄菲透不过气来，使劲儿地推开了我，琼鼻皱起，说，你身上好臭，快去洗个澡。一听到这话，心情本来就激荡不已的我立刻就沸腾了起来：孤男寡女，深更半夜，去洗澡？

去洗澡……

即使我是傻子，也能够明白其中蕴含的意思。我头脑一热，轻轻地吻了一下黄菲光洁白皙的额头，然后兴奋地往浴室跑去，黄菲在我后面嘱咐我："浴袍在门后面……"

匆匆洗完澡，我用毛巾将短短的头发擦干净后，穿着白色浴袍走出房间，发现客厅里面居然没人了。

我愣了神，摸了摸脸，几乎怀疑自己是在做梦。

而后我醒转过来，走到主卧门口，推开房门，只见黄菲在往床头柜放东西。她见我进来，有些意外和不自然，说，怎么这么快就洗好了？我说，是啊，想你了嘛。黄菲不屑地哼了一声，我走过去，将她抱起，转了两圈，然后两人并肩躺在床上。黄菲买的这张床十分大，而且软得很，躺在上面，如在云端。

我压着黄菲如云的秀发，伸出右手穿过她的脖子，让她枕住，然后看着天花板上时隐时现的星星装饰。

我听到黄菲轻轻地低叹了一声，若有若无，转过头来看她，问怎么了？

她的眼睛明亮而又美丽，充满了让人沉醉的笑意，摇了摇头说，没有啊？只是……这好像是我们第一次同处一室唉。跟你讲一点哦，不能碰我，知道不？我看着她眼中的媚意一点多过一点，然后很认真地点点头，说，好的，我没问题。除非你色诱我，不然我就做这"禽兽不如"。

我这个老掉牙的笑话，让黄菲不由得会心一笑，胸前一片晃荡。

不过既然这么说了，我就将自己心中的欲望按捺下去，闻着黄菲头发上洗发香波的芬芳，体会着身边美人肌肤上传来的顺滑触感，心中一片安宁。黄菲枕着我的肩膀，美眸缓缓闭起。她没有问我这一年来的遭遇，我也没有问她这些日子是怎么过的，我们彼此都享受着这肌肤相亲时的宁静。

过了一会儿，我感觉到黄菲的呼吸有些急促了，然后转过脸来，对着她。

我们很自然地接吻了，开始是鸟啄一般地亲吻，嘴唇相触，而后黄菲主动抱住了我的头，将香滑的舌头伸出来，我一边吻，一边将手往下滑，当摸到她玉脂似的胸口时，她的身体明显地僵硬了一下，然而很快就舒缓下来，紧紧地抓住了我，疯狂地接吻。

接下来的事情顺理成章，在我进入的那一刻，黄菲痛苦的呼喊，让我心神一滞。

凤箫声动，玉壶光转，一夜鱼龙舞。

窗外的阳光从窗帘缝隙洒落在我的脸上，暖暖的，如同情人调皮的挑逗。

我醒转过来，才发现凌乱的床上，只有我一个人。

我脸上带着笑容，望着门外。此刻的黄菲，是不是像电视剧上的新妇一般，在为我准备早餐呢？然而我并没有听到除了钟表之外其他的声音，在我躺了十分钟后，终于觉得不对，从床上爬起来，光着脚走出卧房——没有人，房子里面，已经没有任何人了。

我看了一下客厅挂着的时钟，早上十点。

昨天癫狂得太晚了，我憋了有一两年的时光，昨天虽然黄菲新次，不堪征伐，但是却也忙活到了凌晨三四点。我心中有一些慌了，因为我感觉自己错过了什么，跑回卧室，终于在床头柜的相册下面，找到了一张信笺纸，开头第一句便是：陆左，我们分手吧。

我的心如遭雷轰，整个人从天堂掉落到了地狱。

信笺上面写着黄菲的心路历程，一个外表美丽、内心保守的单亲家庭女孩，从崇拜到喜欢到逐渐清醒，黄菲写了很多，最后的一句话是：我们是两个世界的过客，本来就不应该有交集。愿昨晚的疯狂，化作彼此最美丽的回忆。我答应了我爸爸，工作已经调往了黔阳。不要找我了,祝我幸福吧。

　　我呆若木鸡,坐在床头发愣。命运真会开玩笑,大起大落,让我迷茫得受不了。

　　黄菲就这样离我而去了吗?我们的爱情,就这般结束了吗?

　　过了好久,我才想起要给杨宇打电话证实一下,刚想去找手机,铃声就从客厅里面传了过来。我拿起手机接通,听到杨宇在电话那头猛喊:"陆左?你在吗?老马出事了,现在在县人民医院急救,你在哪里?我过来接你!"

第十章　奔波忙碌，治病救人

　　接到电话，我顾不得此刻的小儿女之情，马上报了地址，匆匆穿上衣服，锁好门跑下楼去。过一会儿，杨宇便开着车赶到了新街这边来。
　　上了车，我问他怎么回事？
　　杨宇一脸的气愤，说老马在处理一个猥亵案，涉案人员里，有一个小兔崽子他爸是药材公司的老总，使了点关系，结果老马压力太大了，有些抗不住。早上提审的时候，准备让当事人和解了。没想到那个小兔崽子发疯了一般，竟然扑到老马的面前，一口咬到他的大腿处。旁边的几个人一阵忙乱，终于把那小子给扯开制住了，问老马怎么样？老马说咬一口算啥子，就出了一点血，没事。
　　结果九点钟的时候，老马在办公室晕倒，他手下的兄弟送他到医院，发现整个被咬的大腿处，一片黑肿，畸形得不成样子。医院当时看了，就说是病毒感染，问是什么病毒呢，也讲不清楚，只是说已经入骨髓了，来不及送市医院了，唯有截肢——当然，截肢也不一定会保住性命。
　　他没有办法了，只有求助我。
　　晋平县城很小，新街到县人民医院只有五分钟的车程。杨宇刚讲完车子已进了医院，我们匆匆赶往急救室，只见马海波那个在二中当老师的妻子和他九岁大的女儿都在门口，与一个戴白口罩的医师交谈着。旁边站了一圈人，都是马海波的手下。
　　见到我和杨宇走过来，一群人全部围了上来，纷纷跟我打招呼。马海波的妻子也带着女儿走过来，一脸的泪水，拉着我的手说陆左兄弟，你可一定要帮一帮你马哥啊。他要去了，我们娘儿俩可怎么活啊？
　　她女儿也紧紧抱着我的腿，哭着喊陆叔叔，救救我爸爸……
　　我摩挲着小女孩的头，然后双手抱拳向众人说道："老马是我陆左的铁哥们，能帮的，我义不容辞。救人要紧，就不跟大伙儿废话了，一会儿再说吧。"我推开马海波女儿，往急救室走去，那个白口罩拦住我，说，你是什么人？急救室哪里是说进就进的？开什么玩笑！
　　杨宇笑嘻嘻地拉住了医师说，这个人是我们晋平县最厉害的医者，你别挡着路了。
　　我走进病房，里面还有两个护士在，我让两个认识的警察把她们全部带出去，很抱歉地双手合十，然后将急救室给关上。走到手术台前面来，只见马海波面如金箔，牙齿一直在打颤。掀开白色的床单，只见他右边的大腿处局部肿胀得如同西瓜一般，那一排牙印被撑得大大的,皮肤薄而亮,透着一股子黑色,不断地有黑红色的浓浆从牙印破口处流出来。

这只腿与左腿相比,尤其让人触目惊心。

杨宇跟我说是一个小屁孩子咬的,我有些不信,依这种离奇的病情,莫说是小孩子,便是一条眼镜王蛇,都不可能让老马变成这样。当然,现在也不是追究这个的时候,我双手合十,清声朗诵道:"有请金蚕蛊大人现身……"肥虫子十分给面子地出现,很自觉地附在马海波的右腿伤口处,开始吮吸那黏稠如浆的脓血,咕嘟咕嘟,喝得那叫一个畅快。

我扭过头去不看,心中一阵恶心。

不过,看来马海波这病,倒是跟金蚕蛊的专业对口。

肥虫子足足吸了有十分钟,那肿胀如西瓜的大腿方才消了肿。它也并不好受,飞到了手术台旁边桌子上的一个广口烧杯旁,憋着肚子,往里面吐。一种鼻涕一样清亮的黏液从它的嘴里流出来,很臭,味道如同死去的蟑螂。看来马海波中的这毒,连毒中饕餮的金蚕蛊,都不屑于吃。

肥虫子吐完,又回到马海波的身上,这次是钻进了大腿里,游来游去,吸毒,也疏通筋脉。

吸完吐,吐完吸,如此反复三次,直到那广口烧杯五百毫升的界限将满未满,马海波的腿才消肿,脸上气色也好转一些。肥虫子却累得够呛,也许是不喜欢烧杯中的毒素,小东西显然并不乐意做这事儿,完成之后,疲倦地返回我的身体里,深藏功与名。

我将桌子上的烧杯拿起来,感觉到杯壁温热,但是却传导出一种让人生寒的感觉。

我立刻有一种感觉,这毒,跟矮骡子有着强烈的关联。虽然矮骡子无毒,但是既然已经有害鸦出现在罗福安的病房中,那么其他的鬼东西,是不是也会随之出现呢?那个小孩子,只怕是被脏东西附了身。我心中有些方向了,如果不能够将这一批卷土重来的矮骡子直接打趴灭绝,只怕我们后面的日子会更难过。

要不然,让所有当事人都远离晋平,远离这十万大山?

当我把广口烧杯放回桌子上的时候,马海波悠悠地醒了过来,睁开眼,看到了我。他苦笑说,晕的时候,老子就感觉着了道,当时最后的意识想着能救我的,恐怕就只有你了,现在一看,果然……陆左,多谢了。我说,谢就不必了,我救得了你初一,救不了十五,现在的情况越来越诡异了,你有没有想过接下来该怎么办?

马海波依旧苦笑说,老子刚刚醒过来,鬼知道怎么办啊?

我走过去,按着他的腿问,感觉好点没?他说,不错,有知觉,不知道能不能下地。他坐起来,左腿下地,右腿刚一触地,就疼得要跌倒。我扶着他,笑了,说,看来你得和罗福安做两天伴了。不妨事,我这里有副药方,是专门驱毒养体的,一会儿给嫂子，让她给你熬两天便是。马海波连声感谢。

我出了手术室，跟外边翘首以待的人们点头，说没事了。马海波他妻子腿一软，差点跌倒，旁边一群糙老爷们纷纷跑过来跟我握手，表示感谢。那个医生一副难以置信的神情，跑进病房里去核实。

趁着一堆人涌进房间里去探望马海波，我一把拉住杨宇，把他押到了楼道口前的大树下。

他笑容满面地问我，干吗这么严肃，难道老马还有问题？我摇头说，不是，老马过两天就能够下床，活蹦乱跳的。他没事，但我有事。杨宇愣住了，问怎么了？我说，我昨天遇到黄菲了。

"啊……"杨宇沉吟了一下说，你知道黄菲调往黔阳的事情了？

我点点头，他有些尴尬，解释说是黄菲不让他告诉我的。作为双方的朋友，他只能够站在中立的位置，两不相帮，当作不知道这事儿。我问她什么时候走？杨宇说，你不是昨天还和她见面么，你还不知道？黄菲已经调走一个多星期了，手机号码都换了！

我蹲了下来，在树荫下面，感觉天空的阳光有些刺眼，问杨宇有没有烟？

他从兜里面掏出一包软中华，递给我一支，然后给我点着。我深深地吸了一口，让呛人的烟草味流到肺里去，结果呛得我不住地咳嗽，咳得眼泪都要流下来。杨宇蹲在我旁边，犹豫了一会儿说，陆左，有句话不知道当不当讲？

我好不容易止住咳嗽，说有话快讲，有屁快放。

他斟酌了一下语句，然后说："其实一开始哥几个很看好你和黄菲，郎情妾意，珠联璧合。不过后来我和老马都发现你们两个之间有着巨大的差异了。谈不上配不配的事情，你陆左的本事，我杨宇没见过更厉害的，黄菲漂亮得像电影明星，但是郎才女貌的事情，哪有那么简单？就实质上来讲，你是浪子，漂泊无定，而黄菲，无论她有多么漂亮，终究还是一个柔弱普通的女生，她需要有人理解，有人关心，在伤心的时候，需要有人陪伴。她要的不多，只是这个。可惜，她要的你不懂，或者你给不了，所以，她心冷了，才下决心离开你。说实话，我不想劝你去追回她，除非你能够给她最平静的幸福。你能吗？"

我扪心自问，我能吗？我也很想像赵中华一样金盆洗手，然而，有太多的事将我牵扯，三叔的伤我不能不管，小妖朵朵、顾老板……我欠了很多人的恩情，要还。我若不管，即使我和黄菲幸福地生活在这小城里，我也是不快乐的。

人生若只如初见，何事西风悲画扇。等闲变却故人心，却道故人心易变！

不是黄菲变心，也不是我变心，只是，这命运曲折离奇。

不是不爱，是不能爱。

我和杨宇在大树下面抽了两根烟，呛得我眼泪水直流，我说你这烟是不是假的，辣烘烘的。

杨宇笑，也不作答。没有一会儿，我接到了吴刚的电话，他在电话那头语气沉重地告诉我，那三个退伍兵有一个西川兵在家修猪圈的时候，墙垮下来被砸死了，而两个调走的，有一个失踪了，生死不知。他已经联络了剩下的三个人，务必要赶回来，不得有误。

他还告诉我，上头相当重视这个情况，又增加了人手，来解决这个问题。他还问我怎么马海波的电话打不通。我把我这边的情况，讲给他听。他说他赶紧请示上面，务必把上次行动的人全部召集在一起，然后商量一个办法出来，我说好。

刚挂电话，有一个来电显示出现，我一看，立刻接通，电话那头传来了杂毛小道特有的嗓门："小毒物，你们这个地方真穷，车站都破破烂烂的……速来接驾！"

第十一章　青山界，我们来了

在晋平汽车站，我看到杂毛小道正一脸好奇地四处张望，而虎皮猫大人则蔫不啦叽地站在他肩头，不知道是睡是醒。在我们这偏僻的小县城，人们整日忙碌，奔波生活，哪里有闲情逸致去养鸟？少有人能够瞧见这花花绿绿的虎皮鹦鹉，所以这一对活宝，惹得不少人侧目观看。

我走过去，把杂毛小道拉到一边，说你看看你有多拉风！

杂毛小道天生就不怕别人关注，扬扬得意、顾盼生辉，与我互诉离别之情，倒是虎皮猫大人翻开眼皮瞧我一眼，便继续眯着眼睛。杂毛小道笑嘻嘻说，到你们这里二十来个钟头的长途汽车，把这肥母鸡坐得直吐血。我问怎么不坐飞机？杂毛小道郁闷极了："一周两次的航班，等到飞机来，黄花菜都凉了……"

显然是听到杂毛小道在说它，虎皮猫大人顿时来劲了，破口大骂："你个没良心的败家玩意儿，大人我千里迢迢赶过来助拳，居然这么黑我？谁肥母鸡？你丫才肥母鸡呢，你全家肥母鸡，你们村一村的肥母鸡！"

我苦笑不已，肥母鸡可不是我说的。

不过，要跟大人讲理，可真是白费唇舌。我连忙认错，然后出了车站，打了辆出租车，将他们带到了新街的住处。然而当我准备上楼的时候，脚步僵住了：我刚才出来得匆忙，卧室里可什么都没有收拾。杂毛小道这鬼精一般的人物，怎么可能瞒得住他？然而都已经走到了二楼，我也转道不得，只好硬着头皮往上走。

果然，进了屋子，杂毛小道转了一圈，深深吸了一口气，赞叹说，多么美好的味道啊，小毒物，没想到你这个家伙在外面是个苦行僧，回到家里的夜生活，竟然这么精彩啊？

我苦笑，也不解释，这种事情越描越黑，指不定这家伙还有更多醒醍的话会说出来。看着杂毛小道准备往主卧室里面走，我连忙拦在门口，指着斜对面说，你暂时住客房，主卧勿扰。杂毛小道脸上露出了"我懂的"的笑容，有些猥琐地嘿嘿直乐，说里面不会藏着美女吧？是黄菲吗？

我心中一痛，脸色便有些冷，说，让你住对面就住对面，费这么多话干吗？

杂毛小道哂然一笑，知道我情绪不好了，背着包就进了对面的房间放行李，倒是虎皮猫大人扑腾着翅膀在半空中，声音严肃地问我："你办事的时候，朵朵没有在旁边吧？"它这个学术性问题，让我不由得一愣——对呀，昨天只顾着鱼水之欢，倒是把朵朵和金蚕蛊给忘了。

它们两个，不会在旁边强势围观吧？

我努力地回想着，然而昨天的记忆模糊，全部被黄菲填得满满的，一点儿空隙都没有。所以我越想越糊涂，不一会儿，冷汗就流了下来。

当天晚上，我和杂毛小道在县人民医院的病房陪床，一夜无事。到了第二天，我接到吴刚电话，说想让我去市里面开会，商讨一下关于矮骡子报复的事情。

我问都有谁？他说除了我们这些当事人之外，还有"有关部门"。

我说我可以不参加吗？

他苦笑着说，你就当是拉扯兄弟们一把，毕竟都是共过生死的战友，你怎么忍心抛下我们……我说，帮忙倒真没问题，不过就是受不了某些人一身的官僚气。吴刚叹气，说其实大部分人的眼睛都明了，清楚圆滑得很，但也保不齐有一些恃才傲物之人。我明白你的意思，就当她更年期提前，忍一忍，都是为大局，你身上的印记也要解开的，是不是？

吴刚好是一番劝，我勉强答应，中午的时候我和杂毛小道乘县局的车子，与带病在身的马海波、罗福安以及两个当时参加任务的警察，一同前往市里。

在市区某一个会议室里，关于清剿矮骡子的会议正在召开，与会的人员除了参与任务还活着的人外，另外还有武警系统、公安系统的相关领导，以及有关部门派驻下来的人。这些人除了前面提到过的胡文飞、杨操、贾微外，还有两个面色严肃的老者，一个做苗人打扮，一个则是中山装。

胡文飞给我们做了介绍，说中山装是他们小组的领导，叫做洪安国，而苗人打扮的是特意从同仁请过来的生物专家，叫做吴临一（苗姓除了最初的十二房姓外，大多都是编户籍之时的赐姓）。

当然，这场合少不了我的好友杂毛小道萧克明和精神导师虎皮猫大人。

会议召开之前，洪安国先跟我碰面，同我握手，说已经跟南方省的同行取得了联系，知道是内部的同志，所以一切都好说。然后又指着吴临一说这个老同志也是蛊师，应该多多亲近才是。吴临一年纪约有五六十岁了，本着尊敬长者的心情，我热情地跟他打招呼，他点了点头，并不亲热。杂毛小道后来跟我说，同行是冤家，蛊这东西相互吞噬，少有和睦共处，养蛊人也是如此，你不知道？

我原意是想低调一些，奈何档案一旦入了户，只要权限达到，我想"隐身"都不行。

信息化社会，便是如此麻烦。

会议从晚上六点一直持续到了九点，大部分人都是旁听打酱油的，主要的话事人也就各部门的几个领导、特勤局的胡文飞、杨操，在后面介绍矮骡子习性的时候，养蛊人吴临一也出来说了一段。

和我知道的不同，吴临一解释说矮骡子是一种地下生物，常年栖息于地底的溶洞或者地下河流中，也常见于丘陵山地的树林、灌丛、草莽等各种环境，掘洞穴居，昼伏夜出，能爬树游水，以白蚁、黑蚁、昆虫的幼虫以及各种野果为食，也吃肉，最爱吃老鼠肉。因为长期吞食地下一种叫做"黑麦浆"的茎根，通常会分泌出麦角酸二乙铣胺的迷幻物质，能够惑人……

听到这个头上包裹着蓝色粗布的老头口中滔滔不绝地蹦出一些专业术语名词，我才知道，人家是与时俱进的盅师，而不像我，仅凭着一本破书，傻乎乎地认为矮骡子是常年来往于什么虚无缥缈的"灵界"。

听到了吴临一的这些解释，我终于明白了什么叫做"时代的局限性"。

百年后的我看洛十八的备注，即使知识面不广，也知道里面有很多都是枉自揣度，毫无根据。然而再过百年之后的后人，又会用怎样的视角，来看待我所记述的所有奇闻怪事呢？

冗长的会议内容，在此我不再赘述，直接进入会议的结果：大家一致认定我们身上所携带的黑气（诅咒），是来自矮骡子曾经驻足的溶洞，而上头对我们曾经见过的壁画十分感兴趣，认为所有的线索都在那个地方，如果能够将那里的源头给镇压住，我们身上的黑气就将消失。

失去了坐标，矮骡子就不会来寻仇了。

杨操提出，所有身上有黑气的人，都需要重返青山界，将一切因果了结。

所以在三日之后，各部门将抽调精英，以科学考察的名义组成探险队，再次前往青山界的千年古树之下，重探那个溶洞，争取彻底解决这个问题。事情闹得这么大，已经不是单独存在的凶杀案，而是两种生物之间的战争了。

值得一提的是，有两个人很幸运地避过了这一任务。

一个警察和一个战士。

他们上次在进山的过程中落水，中途便没有再前行。杨操并不知道此事，但是他还是一眼就指出了这两个人身上没有被诅咒的痕迹。由此可见，杨操此人，果然是个火眼金睛的家伙。

我和杂毛小道自然也是队伍中的成员，所以队友越强大，心中越觉得慰藉和安全。

开完会，我们到食堂聚餐，相互认识和熟悉，因为是同僚的缘故，所以特勤局的五人对我还算是亲热，洪安国还有心招揽我，问我既然是这边的人，为何又跑到南方省去效力？我们这边的人手十分薄弱，不如回来！

我说主要是之前在那边有自己的工作，所以就被拉进去了，我平时不怎么在家的。

接下来的几天里，我们开始做各种准备，制订计划、筹备物资、选择线路以及人员的挑选和磨合，最终确定了一支拥有三十多名成员的队伍，这里面有军人、警察、特勤局的专业人士以及……杂毛小道这种闲散人等。在热火朝天的准备中，我作为最了解溶洞的相关人员，忙得不可开交，连闲下来想想黄菲的时间都没有。

要知道，此次的目标是揭开矮骡子卷土重来之谜，在确保完全平息祸乱的基础上，尽量少死人，不死人。

国庆长假结束的第二天下午，我们乘坐四辆小车和两辆军车，从市区出发，在晋平县城休整了一晚，然后驱车前往距离青山界深处最近的村子。当然，要路过青蒙乡，因为在那里，还有一个当事人，向导老金。

第十二章　坡下传来的惨叫

在前往青蒙乡的县道上，我一直在思考一个问题。

在此之前，矮骡子虽然时常出现在我们童年的传闻里，但是若说如同草丛里的野兔长蛇一般常见，这自是不可能的。我小叔守了一辈子山林，我之前跟他谈及，他也只是回我一句话："扯淡！"是的，像我小叔这种整日里在深山老林中护林防火的人都认为仅仅只是传言，那么我基本可以认定，矮骡子很少出现在这世间，它自有着固定而隐秘的活动范围。

矮骡子除了少数恶作剧之外，很少犯人，这个连洛十八在破书的备注里，也不得不承认。

然而从色盖村的那两起碎尸案开始，矮骡子凶残的手段就开始暴露到我们的面前。

它们为什么要将两个无辜之人碎尸杀害呢？

一开始我们不得而知，在溶洞子那间尽是壁画的大厅里，我看到了石台上的内脏，便觉得有些奇怪。后来，罗二妹的堂兄、中仰村七组的罗聋子告诉我，这是一种很神秘的黑巫术，算准了死者的生辰八字和死期，然后杀十一人，分别取五脏、四肢、阳物以及头颅，精确到时刻，融入到有邪性的石头中，召唤出一个大黑天来。

如此恶毒的黑巫术，难道是一群智慧未开的矮骡子，所能够施展出来的？

我当时就深表怀疑，而罗聋子并没有跟我说完，就与我斗起蛊来。

之后，他也再没有提及此事。

前两天我曾经问到罗聋子的下落，马海波告诉我，这个老人在劳改期间死了，是自杀。用磨尖的塑料牙刷柄将自己脖子和大腿的血管割裂，流了一地的血。据监狱的朋友说，当时的那个状况很惨，同牢房的狱友没一个发现，早上起来的时候，几道伤口都变成了白色，场面特别恐怖，血流在地上，好像一幅古怪的图画，让人一眼就觉得心寒。

死去的欧阳指间老先生曾经跟我说过，这几年的怪事，特别的多啊……

向导老金这一年过得不错，他早年先是色盖村的农民，常年在山林子里采药材、打野物，后来搬到了乡上做起生意来，专门从乡民那里收药材，然后贩卖到外面去。因为上次是乡里面派的任务，他也就带着去了。这次我们又来找他，他有些不愿意，即使跟他讲明了利害关系，他也不信。

后来好歹是乡里面的领导说了话,他才不情不愿地同行。

车开到了色盖村就再难前行。一路颠簸,我的屁股痛得要死,走下来揉了揉,望着这熟悉的乡村景象,那条乡间土路上,似乎还有一个中年男人嘻嘻笑着朝我跑来:"给你们看,我捡到一坨金子呢……",而朵朵,也是在这里被我当作小猫小狗儿一样,给捡了回去。

一晃一年多,旧地重游,感慨良多啊。

杂毛小道站在我旁边,看着远处那片田洼和陈旧简陋的民居,皱着眉头说,你们这儿可真穷啊!

我默然无语,谁不说咱家乡美,可是风景如画能当饭吃?

王宝松四十多岁了,还打着光棍,就是因为穷。

当下所有人都下了车,整理装备。此次前来,上面特批了一批防化服,能够把全身包裹得严严实实的那种,总共十五套。这是为了进洞的时候,给普通人防范毒蛇和爬虫用的。除此之外,一应给养、防蚊虫的药物、防范矮骡子迷惑的甘草以及新鲜糯米之类的应对物资,也都准备齐全。与上次不一样,这是一次有准备的行动。

队伍的总指挥是特勤局的洪安国(我们叫他洪老大),而军事指挥员则是吴刚。马海波、罗福安的病刚刚好,和一个姓刘的警官(他曾经进过洞子里)在队伍中间慢慢地走着。我和杂毛小道走在队伍的最末端,慢悠悠,像是来野游一样。

说句实话,矮骡子最大的威胁,在于它能够操控人的思想。除此之外,或许也能够引导毒虫。而就其肉体的力量强度,跟我根本就不是一个级别的,要不然我仅凭着钢头劳保鞋,也制服不了它。矮骡子能够迷惑人,口嚼甘草或槟榔即可化解。因此在我看来,这次的行动有些大惊小怪,杀鸡用牛刀了。

不过万事需谨慎,人多了,也好有个照应。

进山的路并不好走,望山跑死马,这话不假,所幸的是这次过来天气还不错,并没有如同上次一样下毛毛雨,所以没有多少烂泥路要走,这也节省了很多的体力。路过色盖村七组,我特意指了一下罗聋子的房子,给杂毛小道看,说看到没?中仰苗蛊最后的一脉,就在这里断绝了。

杂毛小道说不是还有个小孩子跑了,至今没有见着吗?

他这么说,我不由得想起了一双无比怨毒的眼睛来。我讪笑,说那么大的一个小屁孩子,说不定在哪个工地里隐姓埋名搬砖头呢?不过话说回来,朵朵之死,就是那个青伢子一手操作的,这小孩,不得了。

杂毛小道面色忧郁地看着前面的人群,说今天这一趟行动,总感觉有些不顺利啊?

我眉毛一跳,说,此话怎讲?

他指着在天空中自由翱翔的虎皮猫大人说,是肥母鸡讲的,你们这里的地势波峦起伏,连绵不绝,望山字,走水流,人越多,祸事越多。你看看那个"屁眼通",不断地跟人交头接耳,脸色忧郁得滴下水来,就知道他也不看好这次行动了。没有调查,就没有发言权,官老爷们在办公室拍大腿的时候,我一句话都没说,就是懒得跟那些自信满满的人吵了。

我说,那你还跟来了?

他笑嘻嘻,说,反正闲着也是闲着,我老萧周游四海,图的不就是个搏命惊魂的乐子?哦……想起来一事儿,给你!

他从兜里掏出一根黑丝套筒的毛笔,说,黄大仙狼毫笔,先给你,一会儿要是打生打死,打丢了就算你自己的。我接过来瞧,笔杆的材质粗糙,但是雕工还算精美,笔尖整齐顺滑,颇有他的风格:低调,模样山寨,但管用。

行路中,我来不及多看,草草塞进背包里,继续往前走。

一路曲折艰难自不必说,太阳偏西的时候,我们终于来到了后亭崖子。

这是整个青山界最高的山峰,海拔多少米我不知道,感觉入了云,白雾缭绕的。老金带着我们从侧边的沟子走,下坡是滑板岩,上次就有人从这里直接掉进溪水里。又绕过了后亭崖子,出了植物茂密的峡道谷口,终于看见了那棵二十多米高的榕树华盖,绿叶如幛。

走进这一片坡地,外面虽然是艳阳天,然而此处却是薄雾连绵,四处透着股阴森寒气。也有阳光洒落,然而如同隔靴搔痒,并不温暖。

终于,我们来到那棵巨树下面聚集。歇息了一阵,在吴刚的命令下,战士们开始搜寻四周,排除潜在的危险。而杨操则跑过来叫我,让我们去不远处的溶洞口开会。我和杂毛小道踏着青草地,过了树荫,来到人群里。特勤局五人都在,吴刚、马海波还有省军区老叶,就这些人。

洪老大见我过来,便跟我说:"陆左,上次是你带着人从洞中全身而退的,我们商量了一下,这次还是想让你进去领路。"

我一听就不乐意。之前定计划的时候,我说我有洞穴幽暗恐惧症,不进洞的,当时他们也同意了,现在又临时改方案,这不是玩"逼宫"吗?胡文飞一脸歉意地跟我解释,说当时没有实地考察,现在才发现这里实在是太凶险,这坡谷的地势是典型的聚阴幽鬼阵型,而且还是天生的,必须要有一个熟知路况的人,不然我们今次有可能会重蹈上一次的覆辙。

贾微也在旁边帮腔,说我们会给南方局发邮件赞扬的,人民也会记住你的。

这话听着像悼词。

我本来是个无所谓的态度,一听这话顿时就更加不乐意了。这话怎么听怎么刺耳:老子就是个混日子的临时工,也没指望着转正后在体制里效犬马之劳,什么功劳啊、名誉啊都是浮云,关老子屁事啊?不过吴刚、马海波也劝我,说他们也要进洞里面去,将那诅咒给化解,你虽然不在乎,但是清除了那印迹,不是挺好?

我这才勉强同意,问杂毛小道?他点头,说想进去看看矮骡子的壁画艺术。

那溶洞口之前被用砖封住了，墨绿色的藤蔓低垂，最下面有一个被掏出来的口子，大小刚好可容一个矮骡子出入。因为要进洞，所以好几个士兵在用工具将其弄开来。

杂毛小道盯着洞口右边的那个大水坑，里面的水绿油油的，水藻浮动。他扭过头来，笑了，说，小毒物，你没感到这里面有古怪？我蹲身下去，闻到一股腥臭味，却没有死水的陈腐。正想回话，突然听到一声惨叫，从下方传上来，接着就有杂乱的枪声响起。

我抬起头，只见周围所有的人都乱哄哄地往坡下跑去。

第十三章　堵门熏烟，红布透火

我跟着闹哄哄的人群往下面跑，旁边有人高喊怎么了？下面立刻有人回答说死人了，问是谁，说是刘汉光。

二十几米的距离，我们终于跑到了，拨开几个惊魂未定的士兵，只见地上躺着一个无头尸体，他的头颅，在十几米外，被一个战士捧着往这边跑来。在头被砍下来的一刹那，有大量的鲜血喷泉一般激涌而出，草丛中、小树上、石头泥土里都是血滴，将这一片整个地方都变得血腥无比。我闻着腥甜的血气，看到那个战士跑了过来，哭喊着想把这头颅和身体凑回到一起。

破镜已难圆，何况是人体？无论他怎么努力，都难以将这两个东西结合到一起。最后他放弃了，坐在血泊中像个孩子一样哭泣。

我透过斑斑的血迹，看着滚在一旁的那张年轻而苍白的脸孔，方才明白他们所说的刘汉光是何人。

小刘，这个我连名字都没有问全的小战士，前几天还在招待所里面跟我睡一个床铺，而如今，他已经身首分离，魂归幽府了。在这一刻，我突然感到生命是那么脆弱。即使见惯了死亡的我，在这一瞬间，也有一种强烈的怒意要爆发出来。

凡是参与行动的人，都要赶尽杀绝吗？

如此狠毒！

看到天天跟自己一个锅吃饭的兄弟在转瞬之间就变成了一具死尸，吴刚的眼睛通红，伸手使劲拽着最近的一个战士领口，愤怒地咆哮："你告诉我，这到底是怎么一回事？"那个战士也激动得眼泪鼻涕一起流出来，说刚才有一个东西从草丛里面突然就蹿了出来，然后只一刀，就将小刘给砍死了……它是个怪物，我们来不及反应，它就跑了！

胡文飞从旁边一把拉住狂怒中的吴刚，问：那东西戴着草帽吗？

那个战士直摇头，结结巴巴地比划形容道："那鬼东西有八十公分高，浑身黑毛，脑袋白，嘴巴尖尖像猪，脚有点像人，但是手跟螳螂一个样子，很快，跑得跟飞一样，枪子都追不上……"他说着，前去追赶的战士也陆续返回来了，为首一个长相凶悍的家伙抹了一把额头上的汗，说吴队，那东西跑得跟个猫一样，追丢了！

吴刚脸色一变，额头上的青筋顿时就如同蚯蚓在蠕动，朝着远处的荆棘丛中大喊一声："该死的你有本事就过来玩啊！偷偷摸摸算啥子本事？"

我们默然，感觉周遭的气氛有一些压抑。这还没开始怎么着，就死了一个人，而且还是在我们这么一大堆人的眼皮子底下。显然,矮骡子对于我们的到来,已经了如指掌了。那么,出其不意的袭击就变得不现实了。带队的洪老大也十分不舒服,老头儿前两天开会还说分析了我们上次行动的失败原因,这次争取不死一个人,完成最终的胜利。小刘的死,响亮地甩了他一个耳光。

矮骡子,远远没有想象的那么简单。

我蹲身看着死去的小刘,看着他的脖子处的断口,想象着是怎样利落的一刀,将这个年轻人的命给索去。我突然抓紧杂毛小道的胳膊说,你有没有觉得他们的描述,很像一个东西?杂毛小道在抬头找虎皮猫大人,但是那只肥鸟儿不知道蹲到了哪儿去了,见我问他,他便疑惑地说,啥玩意儿?我说迅捷的黑影、刀、忽闪忽现……你就不会联想到什么吗?

杂毛小道闭上眼睛想了一下,说,难道是神农架耶朗祭殿中斩下小叔左臂的那个黑影子?

我点点头说,我感觉好像。

杂毛小道若有所思地点了点头说,这一趟,可能真的有麻烦了。正说着,马海波喊我们到树边去。匆匆走过去,一堆人围拢在一起,只听到洪老大说:"……上次任务的当事人,一定要重点保护起来。好了,我们实行第二套方案吧,老吴,你准备好没有?"

一直沉默寡言、抽着旱烟的吴临一点了点头说,没问题,现在就开始吧。

说完,他喊来一个战士,从他的背包里面拿出许多陶罐子,然后蹲在地上开始忙活起来。他虽然年岁已高,但是一双手却保养得如同少年,而且十分灵巧,不断地从陶罐子和玻璃瓶中倒出各种草汁药水,然后摇晃中和,如同我们上学时做化学实验的老师一样。过了一会儿,他将调配出来的一大罐东西,全部都倒在了一张张红色的布上面。

我闻到了刺鼻的雄黄气味,还看到了蛇倒退、凤凰草和狗屎豆等物,更多的就分不出来了。

在老吴配置药草红布的时候,已经有战士陆续地去拾来柴火。当然这些柴火可不是干的,而是介于干燥和潮湿之间的那种,一旦燃烧就会产生大量的烟雾。所谓第二套方案,其实是吴临一这老头提出来的,他说如果达不到突袭的效果,便用他专门为驱除矮骡子而配置的红布巾,放在洞口燃烧,让烟雾渗透到洞子里面去,将那些家伙逼出来跟我们决斗。

文火炖汤,他这特制的玩意儿矮骡子指定受不了,比那新鲜糯米还要奏效,只要闻到一股气息,那些矮骡子就会变得性情大躁,然后红着眼睛出来拼命。然而当时我就提出,说那溶洞子掩藏于地下,几乎掏空了整个山,这些个生化攻击,未必能够奏效。吴临一听了哈哈大笑,说他这东西,只是个味儿,堵在门口熏一晚上,要么全部晕死,要么就跌跌撞撞出来拼命,不管溶洞有多大。

当然，事情的最后结果是用来做了备用方案，因为大家的顾虑和我一样，洞太深太远了，只怕不奏效。

然而在看过了刚才那一幕之后，洪老大的压力立刻大了起来，也不敢冒险了，唯有用文火慢熬，逼出矮骡子，以最小的代价赢取最大的胜利。忙活了大半个钟头，那一边已经由吴刚带人用裹尸袋将刘汉光的尸体收敛起来。吴刚发泄了一通，心绪平静下来，镇定自若地下达命令，让大家安营扎寨，我们得在这个地方耗上一耗了。

那可容一人进出的洞口被战士们拆开之后，堆满了枯枝烂叶。

有人浇上汽油，然后吴临一将十三张浸满药水的红布依次摆放在柴火堆上，然后朝旁边看去。旁边的是胡文飞，这个中年人也不见怎么动，指间就多了一张黄色符箓，挥舞两下，手指快速地在纸符上面搓动，竟然无火自燃起来，当符纸燃烧到了半截，他伸手往前一扔，火星子引动了柴堆上的汽油，轰一下，火焰蹿得几米高。

在不断跳跃的火焰中，有乳白色的烟雾从半干半湿的树枝中透出来，竟然还有人准备了鼓风机，朝着洞子里吹去。

杂毛小道碰了碰我的肩膀，用下巴指着引火符的胡文飞说，喏，这个应该是天师道南宗青城上清派的人，那摩擦生火的功夫，其实就是《青城秘录》中"火候详指"的指技衍生而来，嘿嘿……这厮的笑容在这一瞬间，变得猥琐不堪。我曾听闻小叔讲过世间的道教门派，也知道青城功法虽采用南派阴阳双修法，但仅限于上乘双修法，即男不宽衣，女不解带，"千里神交，万里心通"。

绝对没有他所想的这么猥琐。

那火堆依然在烧着，然而吴临一浸润的那十三张红布竟然没有被火焰吞蚀一分，只是有淡淡的药力被逼发出来。异香扑鼻，是茯苓混合着桂花的味道。当然，大部分都融入了白色的烟雾，朝着洞子里吹去。

吴临一这一番动作后，似乎有些累了，折回营地旁，矮下身来，用一种很奇怪的姿势盘腿趺坐。

洪老大吩咐吴刚、马海波等人要注意不断地添加柴火，并且注意洞口的状况，最好时刻安排四个人以上盯着，防止矮骡子趁乱逃出去。然后开始忙活着布置露营，看来是准备打持久战了。杂毛小道走到被放入裹尸袋中的小刘旁边，掏出桃木剑，还有香烛，开始为这个死去的年轻军人超度亡魂，做着他的本职工作。

我见他做过无数场法事，唯独这一次，无比认真。

时间过得很快，从下午到晚上，夜幕悄悄降临，洞口的火堆一直在持续，而那十三张红布除了稍微有些焦黄之外，并不燃烧，奇怪之极。中间从洞子里爬出许多五彩斑斓的马陆和爬虫来，之后又三五成群地跑出一些拳头大的黑老鼠，除此之外，别无他物。吴临一也并不介意，他老人家不断地在营地附近布置着。

五个战士，分三班轮流守着洞口，眼睛都不眨地拎枪守候着。

夜间的篝火燃起来，熊熊的火焰在几个地方跳跃。

到了晚上十点钟的时候,我们听到了嗤嗤的响声,不管睡没睡觉,所有人都立刻蹦了起来。我仰头望去,只见营地不远处,涌出了许多黑背红头的巨大蜈蚣,从四面八方袭来。

第十四章　吴临一，阴蛇蛊

营地中一片灯火明亮，常人看到这一大片面目狰狞的黑背硬壳蜈蚣，想必都淡定不了。当然，也有人对此习以为常，比如我，比如吴临一。这苗服老头的脾气虽硬拗，但却也是一个极有本事的人，大声呵斥着腿软的普通战士们，然后信誓旦旦地表示，没有一条蜈蚣能够闯进黄线中来。

那黄线，是苗服老头在傍晚的时候，沿着我们营地洒下的药粉，有强烈的驱虫之效。

听到他的话语，大家的心情都平缓下来，胡文飞在我旁边抱着胳膊冷笑，说这丁点儿手段，就想让我们知难而返，是不是太想当然了一点儿？那个一脸严肃的中年妇女贾微抱着一个笼子出来，将黑布揭开，然后嘴中不断地吹着口哨。吴刚大声指挥着手下注意警戒，并且让值勤的五人小组严密注意被火光映照的洞口。这时我才发现，那个小张竟然蹲在一块石头后边，举着一把狙击枪。

普通的武警系统里面，也有狙击手吗？

看着他旁边的观察手，我感到自己有些孤陋寡闻了。

因为是职业军人，而且经过了几天的磨合，所以大家虽然有些惊慌那些从树上、草丛、泥土中翻出游来的蜈蚣，但是却很快就有条不紊地穿起了厚重的防化服，也有专门的人准备起装着强力杀虫剂的喷罐，手持着喷枪小心戒备。倒是马海波、罗福安和刘警官三人，有些心虚地朝我靠来。

我注意到贾微手中的那个黑笼子，当门一放开，立刻爬出一条约八十公分长、三十公分高的动物来。这东西喉部、肩部具黑色楔形条纹，其边缘是白色，体形如猪，毛发蓬松，爪子尖锐，而且两头尖尖，尾巴和头部都呈长长的锥形，特别是脑袋，头骨长而大致呈圆筒状，颧骨粗大，长长的鼻吻部有复杂的鼻甲，给人极其怪异的感觉。

这东西一出现，立刻站直起身体，啾啾地叫了几声。这声音并不大，但是很有穿透力，似乎在欢呼。

贾微用手摸了摸它眼睛附近的黑毛，然后蹲下身来，小东西立刻伸出蠕虫状的长舌，上面有黏嗒嗒的唾液，贾微一点也不避嫌，将这舌头含在口中，与它亲密一吻，然后拍了拍它的背部，说："小黑，去把它们给吓走……"这家伙立刻转身，如同一只疯狂的鸭子，朝着远处袭来的蜈蚣奔去。

成百上千的蜈蚣袭来，如此饕餮盛宴自然少不了金蚕蛊这个吃货。它早已顾不得身份的暴露，不用请，直接从我的胸口浮出，朝蜈蚣最密集的方向，电射而去。

杂毛小道开始燃起了手中的符纸，然后用胳膊捅了捅我的肚子说，这个贾微的食蚁兽怎么这么怪异啊？我说，什么食蚁兽，是那个小黑吗？我指着远处在蜈蚣群里的小东西，只见它那看着畸形的头颅不断地摆动，舌头灵活如鞭，不断地将十几公分的多脚蜈蚣卷进嘴中，欢快地咀嚼。

杂毛小道点头说是，看着很像是南美洲的食蚁兽，但是有很多地方又不同——那个女人，不简单啊。

确实不简单，我看着那食蚁兽不断地将肮脏的蜈蚣吞进肚里，想起刚才那缠绵的咬舌吻。

我肚中翻腾，有一种强烈想吐的欲望，成百上千的蜈蚣从黑暗中不断地涌上前来，即使有食蚁兽小黑和肥虫子在，也只是杯水车薪，不足以将这些毒虫给瓦解。当密密麻麻的虫子来势汹汹，出现在七八米外的黄线附近时，果然如同吴临一所说的一般，止步不前。然而第一批黑背蜈蚣停止了蠕动的脚步，后面的却并没有停止，层层叠叠地挤压上来，密集之处，形成堆叠在一起二十多公分高的虫堆。

显然，这些黄色粉末虽然让黑背蜈蚣们厌恶，但是还远远达不到恐惧的程度。尽管不断有蜈蚣碰到那黄色粉末，浑身冒出黑烟，但是也有蜈蚣借助着同伴的身体爬过来，出现在我们面前不远的空地上，张牙舞爪地往这边扑来。

六个穿着厚重防化服的战士跨前一步，背着罐子，手持喷枪，大量有机卤杀虫剂呈白雾状，朝着这些漏网之鱼喷射去。而一直都很淡定的吴临一则老脸一红，居然扑通一下，跪了下来。这个苗人打扮的老爷子双手合十，口中大声念诵着苗语。我略懂一点儿，但是听得不周全，大意好像是在跟古老苗族的一个山神祈祷，请求其给予神效和惩罚。

他三叩九拜之后，那一圈黄线仿佛活了过来，纷纷粘附在旁边的黑背蜈蚣上面。

在我的气场感应中，有一股阴森与腥热并存的气息在这一瞬间，翻涌出现。

我心中一跳，终于知道这位同行弄的是什么蛊了。

阴蛇蛊。

这种蛊毒的制作手法，在《镇压山峦十二法门》育蛊一章中略有提及：多是取自一窝生、寸余长的小蛇，以器皿盛贮，然后喂之蚂蚁、蝉、蚯蚓、蛐蛊、头发灰末……任其自相啖食，置于五瘟神像前，早诵拜晚吃斋，每日将手贴于器皿边缘一个时辰。三月后，将其埋于乱坟岗子中，半年后取出，将所有虫子的尸体都研磨成粉末状。

此粉末，即为阴蛇蛊。

这阴蛇蛊并不是生蛊，而是死的，是毒药，与人体结合方能够转化为虫。中了阴蛇蛊的人初则吐泻，继则肚胀、减食、口腥、额热、面红。重的面上、耳、鼻、肚有蛊行动，翻转作声，大便秘结，如无医治，一月之后，必死无疑。

而吴临一的这阴蛇蛊，竟然能够在他的祈祷之下，主动攻击附近的虫子，而且还能够迅速控制场面，显然已是一个变异的品种。

随着这黄色粉末如龙翻滚，许多堆积不前的黑背蜈蚣竟然发疯一般四处逃散起来。当然，它们并没有逃散出多远，就纷纷蹬着几十双的触足，僵死过去。外有食蚁兽小黑和金蚕蛊，屏障有阴蛇蛊，内里还有陆续加入的五根喷枪在打着烟雾一般的强效杀虫药，眼看着在暗处潜藏着的矮骡子打出的第一张牌就要臭了，此时从不远处的树上飞奔下来一道黑影，朝着马海波和罗福安这边扑来。

我只感觉到眼角的余光一阵风过，旁边的杂毛小道大喝一声"孽畜敢尔？"挺剑便朝着这黑影刺去。

杂毛小道的剑术承道家太极剑一脉，手法随意自然，点刺精准，只一剑刺出，便有惨烈的气势出现。到底是正宗的茅山真传弟子，既家学渊源，又正派名门，杂毛小道平日里嘻嘻哈哈，这一出手，便引得洪老大、老胡和杨操等人纷纷注目，为之端凝。

说时迟那时快，当我回转过头的时候，那东西已然被杂毛小道用刚劲给崩开到一边儿去。

借着熊熊的篝火以及强力电筒的照射，我看清楚了这东西，正如白天那个战士所描述的那般，像猪又像人，直立多毛，硬毛如同刺猬附体，猪嘴上口涎滴落，而它的双手竟然比脚要长得多，手最前端的地方是坚硬的骨质钳子，被修磨得锐利，如同两把尖刀。

杨操在旁边惊呼道："怎么可能？这里居然会有双刃人脚獾？"

话音刚落，只听一声沉闷如炸雷的枪声响起，转身奔往草丛中的那头人脚獾浑身一震，被火药的力量重重推飞，跌落在地。我转过头，看见小张蹲身在地，手中的狙击枪稳稳地指着伏地抽搐的人脚獾，胸膛剧烈起伏，而脸上却有着报复的快意。

如此近的距离，他倒是能够抓住机会。

这一声枪响仿佛宣告了黑背蜈蚣攻击潮的结束，随着强效杀虫剂的生效，这些数十条肢节的毒虫纷纷死去，剩下的也匆忙往后倒退。那几个穿着厚厚防化服的战士一脚一脚地将半死不活的蜈蚣，给全部踩死。我和杂毛小道走过去，蹲下身来看这个快刀凶物，我伸出手，摸了一下它双手前端的骨刀：二十公分长，锋利，有过很明显的打磨痕迹，根部的手已经退化成了拳头状的肉团，坚硬如茧。

这半尺青锋，不知道收敛了多少人的性命啊？

黑背蜈蚣终于崩溃了。当大家都不由得想松一口气的时候，一直盯着溶洞口的几个战士突然大声示警。只见一个矮小的粉红色身影冲到了火堆旁边，伸手去抓那十三条红布——矮骡子终于忍耐不住，准备趁乱动作了。

然而它来得似乎有些晚。一时间枪声大作，五枝自动步枪在一瞬间爆发出了金属风暴，将这个企图破坏吴临一布置的粉红身影给射成了筛子。

枪声停歇之后,两个穿防化服的战士跑过去,准备将尸体带回来。
一个战士将躺在血泊中的那小东西单手提起,举起来给我们看。是一个粉红色的猴子,样子十分奇怪。他跟另外一个人朝这边走来,当路过那个水潭的时候,从里面突然甩出了一股墨绿色的黏液,如触手一般,将他整个头颅紧紧包裹住,向深潭中拖去。

第十五章　所谓童子尿

这突然的变故让所有人大吃一惊。我的身子刚刚一弓,便见那面瘫脸的妇女贾微从我身边一掠而过,手中倏然多了一把赤红色的铁剑。当她到达小水潭边的时候,挥剑横斩,砍在这人腰粗细的黏液触手上。黑暗中,擦出闪耀的火花来。同时跟进的是杨操,这个灵觉强大的年轻人早有所察,从怀中掏出一排银针,穿过贾微的腰间,准确地射在了这根滑腻的恐怖触手上。

当我们大部队赶到的时候,只见那墨绿色小水潭上气泡翻滚,一圈又一圈的水纹来回晃动。

而那东西,早已不见踪影了。

岸边跪坐着一个人,防护罩被吸走,脑袋如同被硫酸泼过一般,血肉模糊,已经严重变形了。脑袋塌了一边,一颗眼睛留在汩汩冒血的眼眶里,另外一颗,则由一根筋肉吊着,在胸口处晃荡。我在旁边看着,仿佛看到了一个正在燃烧的蜡烛,最上面一片狼藉的模样。

更让人恐怖的是,变成了如此古怪形状,如同恶鬼,这个可怜的战士却并没有死去,而是在大声地嘶号着。因为太过恐惧和痛苦,他的声带很快就号破了,发出一种近乎刮玻璃的声音。

奄奄一息。

这东西是什么?我拿着震镜连连后退,小心防备着,心中生寒。

看到这恐怖的一幕,敢围上来的人并不多,只有我、杂毛小道、特勤局五人以及吴刚。我们都在小心防备着这一口井眼般的小潭里,将会冒出的危险,而吴临一则蹲下地来,掏出一根玻璃棒,小心搅动着挂在伤口上的黏液,很浓稠,而且还柔韧,如胶水一般,难以断开。洪老大在手下的压阵下,用浸过桐油的红线在这小小的深潭上面,快速设了一个阵法,并且在最中间的连线上面挂了一个小巧的黄金铃铛。

他是一边念咒一边布阵的,完成这些之后,脸上露出了倦意,一抹额头上的汗,问老吴,怎么回事?

蹲在旁边检查战士伤情的吴临一摇了摇头,看着这个战士的头颅在迅速地消融,双手无力地往上抓,好像是想找一根稻草捞住一般。他抬起头,没有回答洪老大的问题,而是跟旁边的吴刚说道:"给他一个痛快吧,要快!"吴刚毫不犹豫地抬起手上的黑色手枪,对准这个战士脑门就是一枪。

战士浑身一震,没有再发出任何声音,只是腥臭的血流了一地。

吴临一站起来，神情严肃地看着我们说，莫不是鱼？

我顿时一愣，鱼是什么鱼？大叔唉，这玩意儿分明就是触手怪啊！然而很快吴临一就为我们做了解释："鱼是《山海经》中的一种水兽，鱼身而犬首，其音如婴儿，手如望潮（章鱼的古称），现在来看——其实就是章鱼的变种。之所以说它是鱼，是因为我年轻的时候在安顺龙宫水潭里也见过这么一只，不过不大，蓝环剧毒，跟这个很像——淡水章鱼不多，向来潜伏于大山大泽之下，不仅剧毒，而且通灵！"

洪老大的脸色有些不好，咬牙切齿地望着那陷入沉静的绿色水面，说鬼东西，有本事再出来。

他耗费心神布置的这红绳法阵，倒是和赵中华的结绳手法有着异曲同工之妙，不过在我看来，略显煞气了一些，想来威力也是极大的。

发泄完，他立刻又恢复了淡定的表情，问这里还有几个人是处男。陆续有人红着脸站了出来，问需要做什么？洪老大指着这口混浊发绿的潭水说，往这里撒尿，既然是鱼，那么就必然怕阳气灼热的童子尿，撒几泡就不用担心它再次出现了。

说完，他领头解开裤带，然后一本正经地抖落一片清亮的液体。

一听是童子尿，站出来的五个男人立刻羞羞答答地尿了回去了三个，将自己发烫的脸藏在黑暗里面；而另外两个，则犹犹豫豫地尿出一泡混浊的液体。老先生看了，直摇头，叹气说，人心不古。

这种事情我和杂毛小道两个过来人自然远远躲开，回到刚才所站的位置。自有人过来收拾那个死去战士的尸体，马海波在我旁边声音颤抖地说："第六个……"我这才发现，那个刚刚死去的战士，从他那仅存的侧脸来看，是如此的熟悉，竟然是跟我们之前一起出任务的战士。

我不认识他，想来是退伍或者调走的三个人里，其中的一个。

这代表着：这里所有人都在遭受死亡的威胁，但是相对而言，我们这些曾经围剿过矮骡子的人，死亡的几率最大。所有离奇出现的恐怖邪物，它们无一例外地选中了被标识印记的我们，从小刘，到这个我不知道姓名的战士。难怪马海波脸色如此差：人生下来就不平等，却没想到连死亡，都是不平等的。

这种事情，搁在谁那，都受不了。

我也是一阵头疼，有点想回家了：洪老大这伙特勤局的人先斩后奏，忽悠我这个有着洞穴恐惧症的家伙进洞带路，让我心中一直都不爽。外面都这么危险了，一旦进了里面，又黑又窄，周转不灵，到时候吃瘪的机会一大把。上次进洞九死一生，让我后悔不已，此番再次进去，我到底所为何来？

为了世界和平？扯淡！要是为了黄菲，我倒是更加有觉悟一些。

我拍了拍马海波说，放心，你随时紧跟着我，有我一口气，不会让嫂子变成征婚广告上那肤白貌美的丧偶少妇的。马海波想笑，结果脸太僵硬了，比哭还难看。杂毛小道蹲下身来研究那个人脚獾的骨刀，不时发出啧啧的赞叹声。我问咋了？他说，这东西手上的两柄骨刀,是十分好用的材料,用来制作符箓,是再好不过的了。来,小毒物,帮我把这东西弄下来,趁着天还没有亮,抓紧时间,多少也算一个手段。

我扭过头去,发现特勤局的人都在安抚那些受惊的战士,没有管我们这边,便蹲下身来,用随身的匕首将这人脚踝的手掌给卸下来。

我想起一事,问,你那血虎红翡的玉刀搞得怎么样了?有没有我的震镜霸道?

杂毛小道不屑地撇嘴说,你那震镜也就沾了年代久远的光,孕育出了一个镜灵,跟我那深埋地底十几万年的血虎红翡,根本不是一个级别的——不过呢,我那玉刀还没有完工呢,你这人是个闷捻子,一肚子才气,有时间给我想一个牛烘烘的名字,以后好拿出去吓人。

我们两个在这里说着话,一直在我们身边的马海波、罗福安、刘警官和向导老金紧张的心情才终于和缓了一些,开始尝试着跟我们探讨一些事情,比如说"真的有鬼吗""矮骡子这种东西是阎罗王的小鬼吗"之类的问题,我没怎么说,杂毛小道却能够胡诌,天花乱坠地应付着。

到了后半夜,精疲力竭的几个人终于没有气力了,返回火堆旁,相互背靠而睡。

杂毛小道开始拿着刻刀,一个人借着火光,静静雕刻两把血淋淋的骨刀,在上面刻下各种古怪和抽象的图案文字。我坐着,静静地看值班的战士们不断向溶洞口的篝火添置柴火,看着特勤局的几个人围着那个粉红肤色的小猴子在做讨论,看着有的战士在默默地清扫着地上的虫尸,看着肥虫子在逗弄着那只傻乎乎的食蚁兽……

这气氛有些压抑,每一个人都不爱说话,有沉重的压力在心头搁置着。我的心里面,也突然有些恐惧起来。明天过后,要进洞了,那么,有几个人能够出来呢?

我无比地讨厌起引起这一切的矮骡子和它背后所有的势力来——因为死亡,也因为失去。

两个种族之间的战争,没有对错,只有胜负。

头顶上呼啦一阵响,我抬起头,只见肥母鸡出现在枝头,正朝着我们嘎嘎地笑。这贱鸟,终于出现了。

洞口的火堆一直燃烧到了天明,在太阳出来的那一刻,十三条红布巾终于化成了灰烬。

准备进洞的有我、杂毛小道、马海波、罗福安、刘警官、向导老金、吴刚及手下六个战士,特勤局的胡文飞、杨操和贾微也将同行,而洪老大、吴临一则和叶联络员在外面戒备,随时接应我们。本次行动不但配备了无线电通话器,而且还有许多装备,比如二氧化碳测试仪、强力电筒,甚至还有人背了两个急救氧气罐,还有全套的防化服。

我整理了自己的背包,除了里面有大把的糯米和一些纸符外,还有些个人用品、匕首,急救医用包以及一些干粮、运动饮料。临行之前,洪老大找到我,说到了里面,胡文飞和杨操会配合我的工作的。只要找到那个大厅,杨操就有办法,把我们所

有人身上所有的印记抹除。

　　不知道为什么,我感觉特勤局这些人,他们的目的并不单纯,肯定不是只为了我们这些人的破事,也许探求耶朗故地的事情对他们更加重要。我在犹豫,是不是将神农架的那一段,跟他们说起。

　　早上九点钟,我们背好装备行囊,绕过那个水潭,朝着溶洞子里进发。

第十六章　失足

溶洞的开口有些狭窄，仅仅能容一人前行，往里走了几米，才宽阔一些。

或许是由于经过了大半天的烟熏火燎，里面有一股呛人的浓浓烟味，而与这些气味一起的，还有一种难以形容的臭味。我在前面带路，头顶着塑料矿工帽，明亮的灯光朝着前面探去。并不是人人都如同我一般洒脱自然，不怕毒虫，所以除了我之外，所有人都穿着厚重的防化服跟在后面。杂毛小道也是如此，这厮穿上之后，感觉气闷得很，又将帽子脱了下来，跟着我缓缓前行。

虎皮猫大人懒得出奇，找到了马海波，在他头顶上盘踞下来，然后安静地打盹。亏得它还要在行进中，保持平衡。

走进洞里，为了安全，我也顾不得胡文飞他们会不会发现朵朵，直接将这小丫头唤出来，帮我在前面探路。与我相比，朵朵的预知能力更加强大，也更能够发现和预警危险。当然，大家谁都不是傻子，即使朵朵隐匿了身形，胡文飞、杨操等人还是一下子就发现了，我回过头，看见这几个人的眼睛往一边飘忽而去。

戴着防护帽，看不到他们的表情，但是我似乎还是感受到了一丝质疑和不屑的目光。

我扭过头，大步朝前走。

那目光我能够猜到是来自那个叫贾微的中年妇女。既然把我忽悠做了最危险的带路党，还这般地鄙视我，让我心头好是一阵不爽。走了几十米路，溶洞子里的气味方才好了一些，此时地上出现了许多拳头大的黑东西。我用头顶的灯看过去，只见肌骨柔韧、毛茸茸的，都是些死去的蝙蝠。

这些应该是被吴临一这个苗家老头熏死的，我顺着道路往前走，发现地上死了不下四十只。

在我的印象里，那个刻有壁画的大厅中，仿佛聚集着很多这种小动物，而且还是吸血的，如今死了，倒也让人心中好受一些——生死关头，谁也不会去想蝙蝠无辜之类的事情。我接着走，到了第一个分岔路口的时候，我发现地上密密麻麻地铺了一层爬虫，而且有的还翻滚转动着。隔得有差不多七八米，我用头顶的探照灯照过去，看到些活着的，不断地发出哧哧的叫声，是如同壁虎一般的东西，头似蛤蟆，眼大而突出，颈部短而粗，皮肤粗糙，全身密生粒状细鳞。

不知道为什么，一看到这类爬行动物，我就会想到白垩纪时代的恐龙。

我停住了脚步，后面的人就跟了上来，有人问怎么了？我扭过头去，却是特勤局的杨操。他也已经将头上的防护罩取了下来,脑门上全是汗水。我努努嘴,他走到前面,嘶了一口气,说红瘰疣螈?这下子造孽了,这些可都是国家二级保护动物,结果都被我们给闷死了,这么多……我说怎么办?这些东西有毒吗?

他点点头,说有。

我指着左边的道口说,要从这里过去,这一层死的活的疣螈挡了道,你说怎么办?旁边挤进来一个人,站在前面,脱下防护罩,吹了一声口哨,一个黑影子从后面溜了上来。是贾微。她照样蹲下来,跟这个奇怪的小动物"法式湿吻",然后摸着它的头吩咐了一会儿,变种食蚁兽小黑立刻冲到前面去,一阵驱赶,硬生生地给我们蹚出一条路来。

见到这些奇怪出现的红瘰疣螈,吴刚走上来拍了拍几个摘了头罩的人,劝说道,这里十分危险,最好还是戴着防护头罩前行吧。杂毛小道倒是听劝,或者说是怕死,反正是毫不犹豫地就戴了起来,反而是两位特勤局的人,耸了耸肩膀笑,说陆左都不用,我们也不怕的。

我们接着往前走,虽然小黑给我们扫出了一条道路,但是并不完全,所以即使我小心翼翼地找空地走,仍然免不了踩到红瘰疣螈的尸体上。这是一种很奇怪的感觉,滑腻腻的,一脚上去还能感觉到尸体的炸裂声,有浆汁流出来,让人的心里面咯噔一下,十分不舒服。如此又走了一段路程,不断地看到各种各样的虫子、毒物尸体横在通道里,有斑蝥、穴居狼蛛、赤马陆、千足蜈蚣……许许多多,不一而足。

看得出来,那个同仁蛊师吴临一帮我们省了不少事。要不然,这密密麻麻的毒虫阵,可够我们这些人喝一壶的了。

望着地上这些爬虫,我们都不由得感叹:磨刀不误砍柴工,昨天消耗的时间当真是划得来啊。

踩着各色毒虫的尸体,我们安静地走着,只听到鞋底和硬壳虫子的碾压声响,让人心中不自在。看到这些东西,贾微的脸色白了起来,不知道什么时候,已经将头罩戴起。在这种幽暗的环境里行路,其实对于个人心理,是一个极大的挑战。我听到好多人沉重的呼吸,不稳,除了三个警察之外,许多战士也是有些心慌。

毕竟不是野战部队,这些武警的战斗力和心理都没有达到一定的高度——当然,没有经过战火熏陶的和平时期,军队的战斗力也就这样吧。

我循着记忆中的路,一直往左走。转了两个岔口,突然对这里有一种陌生的感觉,一点记忆都没有。

朝前猛走了一段路程,我发现不对劲,十分不对劲!

不可能吧,又迷路了?

看到我疯子一般跑来跑去,胡文飞拦住了我,说怎么回事?

我有些茫然,看到吴刚走了上来,问他说你还记得这里吗?我们以前来过这个地方吗?我指着前面不远处开阔地的石笋问他。吴刚回想了一下,犹豫地说,来过吧?

我听到了他的含糊，然后把队伍中间的刘警官叫出来，问他还记得吗？这个微胖的警察说有的，我们是到过这里，再往前走一段路，我们应该就能够到那个大厅了。

我转过身来，看向面前这一群打扮一模一样的人，试图找出一个曾经一起进洞的。

终于，有一个战士将防护头罩解开，一字一句地跟我说："这里，好像是上次迷路的时候，我们路过的地方。去的路上，没有！"

我打量这个战士，似乎有些印象，他叫小陈，大号陈子峰还是陈什么，就是他当初想把在洞子里死去又诈尸的胡油然背回去，所以我的印象比较深刻。得到了肯定的答案，我的心中却有一些空荡荡的。当初之所以能走出这个迷宫，是全凭朵朵对阴阳二气的把握，才一路跌跌撞撞走出洞口。而这一次，我们的目标却是那个曾经到过的壁画大厅。

这山洞是个僵死的地方，建筑格局是成千上万年的地理运动所形成的，不可能说变就变。然而当我一直往左，想着过了三个路口，便能够找到那个大厅的时候，却意外地发现我们迷路了。我立刻跟胡文飞、杨操和吴刚等人说起了我的判断，并且想叫人返回一截路，看看我们路上做的记号，是不是也被抹除了。

贾微有些不确定，说你真的迷路了？

我点头说是的。

贾微略带责怪的语气，说你怎么会这么糊涂，自己去过一个地方，竟然连路都忘了！这么重大的事情，你居然会忘记？

她唠唠叨叨地表达着不满，走在我们前面的杨操突然出声，让我们到这根石笋后面来看看。我们不解，走过去一瞧，吓了一大跳：只见在这阴影之中，跌坐着一个矮小的身影，满面皱纹褶子，呈黑色，如同一个老人，毛是黄绿色，眼睛亮晶晶的。

它戴着鸟窝锅盖一样的草帽，正是一个矮骡子。

在它的旁边，食蚁兽小黑正在小心地嗅着这个溶洞的主人，而朵朵，则坐在我的肩头，眯着眼睛看它。和未晋级的肥虫子不同，朵朵原本就不怕矮骡子，更何况这是一具已经没有任何生命迹象的尸体。杨操蹲下来，翻开了矮骡子的嘴巴和鼻孔，然后回头说道："这个家伙并不是昨天死的，应该不是中了老吴的毒，而是……"他翻到了矮骡子的肚皮，上面有一道血淋淋的伤口："死于内讧！"

看这道伤口，似乎是那个人脚獴干的好事。

这两者，不是一丘之貉吗？

正怀疑着，突然听到队伍的后端一阵骚乱，吴刚大声问怎么回事？有人回答说那边有一个黑影子在我们的来路徘徊，要不要开枪？我豁然站起身，回头望去，光线的尽头，果然有一个模糊的影子，只看身高，就知道是矮骡子。

经历了两次死人事件，我心中的愤怒攀升到了一定的高度，猛然掏出了怀里的震镜，朝着那个黑影子追去："抓活的！"

那狗东西似乎在涂抹我们在墙上做的印记,一开始被电筒照住还没有动,当我一开始冲刺,它便受惊一般往后跑开。我轻身简囊,一下子就追出几十米,转过一道弯曲的道口,还没反应过来,一脚踏空。我大叫一声苦也,嗖的一下就往下跌去。

所幸坑不算高,四五米,我顺势一滚,倒也没有受伤。

然而趴在地上的我,手上竟然摸到了一团毛茸茸的东西。

图书在版编目（CIP）数据

金蚕往事. 4 / 南无袈裟理科佛著. — 上海：上海社会科学院出版社，2020
 ISBN 978-7-5520-3015-0

Ⅰ.①金… Ⅱ.①南… Ⅲ.①长篇小说-中国-当代 Ⅳ.① I247.5

中国版本图书馆CIP数据核字(2020)第001234号

金蚕往事. 4

著　　者：南无袈裟理科佛
责任编辑：王　勤
封面设计：人马设计
出版发行：上海社会科学院出版社
　　　　　上海市顺昌路622号　　邮编 200025
　　　　　电话总机 021-63315947　销售热线 021-53063735
　　　　　http://www.sassp.cn　E-mail:sassp@sassp.cn
印　　刷：上海盛通时代印刷有限公司
开　　本：890毫米×1240毫米　1/32
印　　张：10
字　　数：368千字
版　　次：2020年10月第1版　2020年10月第1次印刷

ISBN 978-7-5520-3015-0/I·379　　　　　　　定价：49.80元

版权所有　翻印必究